DARK PLACES

Anthony J. Quinn

Auslöschung

Aus dem Englischen von Sven Koch
Herausgegeben von Jürgen Ruckh

Polar Verlag

Originaltitel: Disappeared

First published in the United States in 2012 by MysteriousPress.com/ Open Road Integrated Media.
First published in the UK in 2014 by Head of Zeus Ltd

Deutsche Erstausgabe, 1. Auflage 2021
Aus dem Englischen von Sven Koch
Mit einem Nachwort von Ulrich Noller

www.polar-verlag.de

Redaktion: Andrea Stumpf, Gabriele Werbeck
Umschlaggestaltung: Britta Kuhlmann
Coverfoto: © JTATODD / Adobe Stock
Autorenfoto: © Eileen Quinn
Satz/Layout: Martina Stolzmann
Gesetzt aus Adobe Garamond PostScript, InDesign
Druck und Bindung: CPI books GmbH, Leck, Deutschland

ISBN: 978-3-948392-26-0

Für Cathal und Marie, die sich meine ersten Geschichten angehört haben und dabei lächelten

Prolog

20. Januar, Washing Bay, Lough Neagh, Nordirland

Den ganzen Winter über hoffte David Hughes, ehemaliger Polizist der Special Branch, dass die Sonne den schwarzen Horizont durchstieß und die Trübnis lichtete. Zwar jagten häufig kräftige Winde die schweren Wolken über den Himmel, aber sie von dort zu vertreiben gelang ihnen nicht. Mit jeder Dämmerung breitete sich von Osten her ein verwaschenes Grau aus, das die Hügel in schales Licht tauchte, jedoch nicht für einen Farbtupfer als Fluchtpunkt für Hughes' Gemüt sorgen konnte. Die an sein Cottage grenzenden Felder waren morastig und kahl, die Hecken aus Schlehdorn und Weißdorn um sie herum schwarz und verschlungen wie Stacheldraht.

An diesem Nachmittag war Hughes so unruhig, dass es ihn nicht im Haus hielt. Der Wind, der vom Lough herüberblies, war wieder finster geworden. Dunkel wie die Nacht, weil er ihn umfing und von der Welt abschirmte, während er gegen die Steinmauern des Cottage rempelte, über das Dach fegte, an die Fenster klopfte und sich mit spitzen Fingern in seinen Kopf bohrte, bis Hughes meinte, die versteckten Dämonen würden sich aus den Schatten darin hervorwinden.

Um sich zu beruhigen, schluckte er eine der vom Arzt verschriebenen Tabletten. Zwar halfen sie ihm nicht mehr beim Einschlafen, aber immerhin schoben sie die Gegenwart beiseite und machten ihn zu einem hohlen tumben Schatten seiner selbst. Lieber das, dachte er, als die Schreie zu hören, die aus den tiefsten Ritzen seines Gehirns kamen.

Mit grimmiger Entschlossenheit stellte er den Fernseher an und sah sich eine Heimwerkersendung an, gefolgt von einer Talkshow und einer Reportage über Flugbegleiter. Dabei schaltete er ständig um oder dämmerte weg und wachte wieder auf. Allmählich kehrte er in die Gegenwart und das dumpfe Gleichmaß eines Winterabends zurück. Schließlich ging er leicht humpelnd in die Küche, setzte den Wasserkessel auf und blickte aus dem Fenster.

Am Ende des Gartens entdeckte er einen Mann, der wild mit den Armen herumfuchtelte. Hughes hatte ihn bereits zuvor an der Hecke, die den Garten vom Ackerland trennte, entlanggehen sehen. Jetzt stand der Mann mit freiem Blick auf das Cottage unter der alten Eiche und warf die Arme in die Luft, als würde er wutentbrannt unsichtbare Steine schleudern.

David Hughes vergaß den Tee und den Keks, den er neben die Tasse auf den Unterteller gelegt hatte. Der Anblick des Fremden verwirrte ihn. In der Diele zog er etwas über, um sich gegen den heulenden Wind zu wappnen. Sein Spiegelbild und der um ihn schlotternde Mantel verrieten ihm, dass er abgenommen hatte.

Zögernd und zweifelnd trat er ins Freie. Der Wind brüllte ohrenbetäubend. Ihm wurde davon so schwindlig, als hätte er sich den Kopf angeschlagen.

Erst als er direkt auf den Mann zuging, bemerkte er, dass der etwas rief. Doch der schwarze Wind ertränkte alle anderen Geräusche.

Vielleicht sollte ich diesen Mann mehr fürchten als meine Krankheit und den Wind, der schon den ganzen Winter so bläst, dachte Hughes. Vielleicht sollte ich mich um ihn und das, was ihn aufregt, nicht scheren und in meinen stumpfsinnigen Abend und die Sicherheit meines Hauses zurückkehren. Warum einen komischen Typen stören, der an einem Winterabend draußen rumläuft, mit den Händen in der Luft rumfuchtelt und sich selbst anbrüllt?

Aber die Neugier machte ihn mutig.

»Kann ich Ihnen helfen?«, fragte er den Fremden mit einem treuherzigen Lächeln, während er in die Rolle des arglosen Alten schlüpfte.

Der andere schrie und gestikulierte weiter, nur wurde das Gebrüll jetzt durch fliegende Schatten gedämpft. Der Wind war in die Äste über ihren Köpfen gefahren und rüttelte sie durch, sodass sich die Zwischenräume mit dem Tosen des Lough füllten.

Der Fremde baute sich vor ihm auf.

Sobald er sprach, bemerkte Hughes, dass das Geräusch des Winds und der Äste verschwand und der dämmrige Himmel noch düsterer wurde. Das Gesicht des Manns erstrahlte in kaltem Licht.

»Glauben Sie, dass wir selbst darüber bestimmen, wie wir leben und sterben?«

Hughes lachte auf. Die Frage des Fremden bereitete ihm bittere Freude. »Nur im Kleinen«, antwortete er. »Im Großen und Ganzen herrscht das Chaos über uns.«

Der Fremde zog einen kleinen Metallgegenstand aus der Hosentasche und warf ihn wie ein Spielzeug von einer Hand in die andere.

»Was ist das?«

Der Fremde erklärte, es sei eine besondere Art Batterie.

»An sich völlig harmlos«, sagte er. »Aber sie soll dem Zeitzünder einer Bombe, die viele Menschen das Leben kosten wird, den Strom liefern. Schon der Gedanke daran lässt es mir kalt den Rücken runterlaufen. Aber diesmal werde ich die Sache absichtlich vermasseln«, verkündete er Hughes. »Das wird der letzte Auftrag, den ich für die IRA übernehme.«

Das Gesicht des Fremden war sehr blass. Hughes sah das Mitgefühl in seinen Augen. Es glich dem eines Vaters, der sich verzweifelt abmüht, seinem Sohn einen Schiefer aus dem Daumen zu ziehen.

Ein Detail der Geschichte kam ihm bekannt vor. In seinem Kopf trieb ein Bild aus der Vergangenheit heran.

»Wer sind Sie? Sie können unmöglich der sein, für den ich Sie halte!« Hughes klang plötzlich erregt.

Kurz spähte der aufgehende Mond durch die Wolkendecke, dann war er erneut verschwunden.

»Hören Sie nicht?«, rief Hughes. »Wer sind Sie? Ich

kann doch unmöglich mit Oliver Jordan sprechen. Der ist seit fast zwanzig Jahren tot!«

»Ich bin wieder da«, sagte der Fremde. »Ich bin mit dem schwarzen Winterwind gekommen, um meine Mörder heimzusuchen.«

Erschüttert trat der alte Mann einen Schritt zurück. Jordans Tod war ihm immer etwas eigenartig vorgekommen.

»Sind nicht alle Morde eigenartig?«, fragte der Fremde, als könnte er Hughes' Gedanken lesen.

Aber der Mord an Jordan war besonders merkwürdig gewesen. Nicht nur, dass die Ermittlungen dazu im Sande verlaufen waren, auch die republikanischen Paramilitärs hatten all die Jahre darüber geschwiegen. Doch wer konnte glauben, dass ein Geist an einem stürmischen Winterabend einfach so ein tief in der Vergangenheit begrabenes Verbrechen ansprach?

»Sie haben mich übertölpelt«, sagte Hughes, und jetzt schwang in seinen Worten ein Vorwurf mit. »Die Behörden konnten Ihr Verschwinden nie richtig aufklären. Was wollen Sie von mir?«

An den Handgelenken des Fremden sah er dunkle Ringe, Spuren der Fesseln, die ihm seine Kidnapper angelegt hatten. Das Bild in Hughes' Kopf trat nun klar erkennbar an die Oberfläche. Er sah einen mit Paketschnur gefesselten Mann kopfüber in einem Kuhstall hängen, auf den Handrücken Brandmale, auf dem Boden lagen büschelweise ausgerissene Haare zwischen dem Kuhmist.

»Tote Körper wiegen schwerer als lebende«, sagte der Fremde.

»Das weiß ich. Ich schleppe die Erinnerung an Sie schon Jahre mit mir herum.«

»Trotzdem sind Sie damit immer weiter in die Sackgasse gelaufen. Es wird Zeit umzudrehen.«

»Was soll das heißen?«

»Ich will, dass Sie die Ermittlungen wiederaufnehmen. Die vielen losen Enden aufsammeln und zusammenführen. Sie sind der Letzte, der das Rätsel meines Verschwindens noch lösen kann.«

»Warum kommen Sie mir jetzt damit, wo ich so alt bin? Schauen Sie mich doch an. Ich bin zu nichts mehr zu gebrauchen.«

»Selbst Sie haben eine Seele. Sie müssen das für Ihr eigenes Seelenheil tun.«

»Aber ich verliere mein Gedächtnis. Ich vergesse Gesichter, Namen und Zeiten, sie verschwinden wie Knöpfe, die mir vom Hemd springen. Mein Verstand löst sich auf.«

»Wenn Sie Frieden finden wollen, müssen Sie auch einen Weg finden, sich zu erinnern.«

Der Fremde reichte dem alten Mann die Batterie, seinen ersten Hinweis.

»Tun Sie's für mich. Nur Sie allein. Ohne Polizei oder sonst jemanden. Die werden Sie nur davon abhalten wollen.«

»So hab ich immer gearbeitet«, flüsterte Hughes. »Immer allein.«

Er betrachtete die Batterie, dann steckte er sie in die Tasche.

Der Wind frischte wieder auf, und ein Schauer peitschte durch die Luft, der dem Fremden wie Dornen in Hände und Gesicht stach.

»Gut«, sagte er. »In einem Monat komme ich zurück und erkundige mich nach dem Fortschritt.«

Der dornige Schauer wurde heftiger, und er zerkratzte die Luft mit einem Geräusch, als würde eine Sense geschärft. Das Gesicht des Fremden schien in der Flut zu verschwimmen. Er tat ein paar Schritte rückwärts, und auf einmal wurde sein Körper wie ein schwarzes Leintuch vom tosenden Wind fortgetragen.

1

Ein Monat später, Coney Island, Lough Neagh

»Diesmal wollen sie dich töten.« In der vollgerümpelten Vogelbeobachtungshütte wandte sich Joseph Devine um, um zu sehen, wer ihn angesprochen hatte, aber außer ihm war niemand da. Seine Augen waren müde, und der beißende Wind, der vom grauen Seeufer über eine Meile heranfegte, brachte sie zum Tränen.

»Gott im Himmel, reicht's denn nicht, mich zu erschrecken?«

»Diesmal nicht. Nicht für sie. Sie haben bereits zu lange gewartet.«

»Ich hab niemandem was getan«, sagte er. Aber das hatte er immer behauptet.

Schon den ganzen Tag versteckte er sich auf einer Insel, die für Wasservögel ein Rückzugsort war, aber für einen verängstigten alten Spitzel eine unsichere Zuflucht.

Sogar bis hierher war ihm die Stimme gefolgt.

»Ich bin kein Informant mehr«, sagte er flehend. »Ich tu auch nicht mehr so, als wär ich ein andrer als der, der ich bin. Merkst du das nicht?«

»Hast du's etwa vergessen, Joseph?«, stichelte die

Stimme weiter. »Ein Spitzel ohne Tarnung ist bald gar nichts mehr.«

Dem konnte er nicht widersprechen.

Er spähte durch das Fernglas auf den Ort, von dem er befürchtete, dass er für seinen Tod vorgesehen war – ein leer stehendes Cottage, das sich an dem baumbestandenen Ufer duckte. Für ihn war es kaum vorstellbar, dass er ausgerechnet jetzt, in dieser Phase seines Lebens, nach dem Ende der Troubles und dem Abschluss des Waffenstillstandsabkommens, sterben könnte.

Die Schuld, die ihm die Stimme aufbürdete, wog schwer.

»Am Ende hat dein Gewissen dich doch mürbe gemacht, Joseph. Jahrelang hat es geduldig gewartet. Aber es hatte dir gegenüber einen entscheidenden Vorteil. Die Zeit war auf seiner Seite.«

Die meiste Zeit seines Lebens war Joseph Devine vor etwas weggelaufen – vor der British Army, der Royal Ulster Constabulary, der IRA, merkwürdigen Autos im Rückspiegel oder unerwarteten nächtlichen Anrufen, sogar vor Schatten am Ende einer Gasse. Zwar würde er niemals das geringste Bedauern über den wiederholten Verrat äußern, der seine vierzigjährige Karriere begleitet hatte, aber er hatte auch nie aufgehört, hinter sich zu blicken und nach den Schatten Ausschau zu halten, von denen er wusste, dass sie immer dort warteten. Nachdem die Troubles vorüber waren und die Special Branch ihn praktisch in den Ruhestand versetzt hatte, war seine größte Befürchtung die, dass er sogar seinen geheimsten Verfolgern entwischt sein könnte. In was für ein Loch fiel er, wenn sogar sie verschwunden waren? Er wusste, dass er, wenn ihn keiner mehr beobachtete, auch nie mehr von sich selbst befreit sein und vor den Stimmen in seinem Kopf verschont bleiben würde.

Der klagende Ruf eines Stockentenerpels zerschnitt die Luft. Devine hielt die gewölbten Hände vor den Mund und antwortete mit einem heiser-kehligen Laut, dann ließ er schnell hintereinander vier Lockrufe folgen, um das unruhige Tier zur Rückkehr an die Beobachtungshütte zu bewegen. Er wollte den Vogel in seiner Nähe halten, weil er hoffte, er würde Alarm schlagen, wenn sich ein Eindringling näherte. So ein quakender Geigerzähler schlug bereits an, wenn auch nur ein Ast knackte.

Der Erpel hörte den falschen Ruf einer Ente in Not, flog eine enge Kurve und kehrte zurück. Ungefähr fünfzehn Meter vor dem Versteck schlug er mit den Flügeln und landete auf dem Wasser. Devine gestattete sich ein kurzes Lächeln, weil er den Vogel so problemlos angelockt hatte.

»Schon besser«, sagte die Stimme. »Jetzt sicherst du dich ab. Schließlich gibt's auf der Welt keine besseren Wachposten als Wildvögel. Ein Meisterstreich, Mr. Devine, wie Master Brannigan, der alte Brandy Balls, sagen würde.«

Während im Westen die letzte Glut am Horizont noch einmal angeblasen wurde, hob Devine wieder das

Fernglas vor die Augen und blickte auf das Haus, von dem er gehofft hatte, es würde sein Altersruhesitz werden. Sorgfältig inspizierte er das Ende des Feldwegs, das undurchdringliche Schlehdorndickicht, das an den verwilderten Garten grenzte, die Position der zerschlissenen Vorhänge in den Fenstern und prüfte alles auf ein Anzeichen der Schatten, vor denen er sich seit seiner Jugend versteckte.

Bei einer Kopfdrehung strich er mit seinem Stoppelkinn über den schlanken kühlen Lauf des Jagdgewehrs, das neben ihm an der Wand lehnte. Da fiel ihm ein, dass er mit den neuen Handschuhen noch keine Schießpraxis hatte, und er fluchte. Sie waren so dick, dass es womöglich einen Einfluss darauf hatte, wenn er die Waffe hielt und den Abzug betätigte. Beim Dehnen seiner müden Finger spürte er die feuchte Kälte, die sogar durch das Leder gekrochen war, und packte das Fernglas fester.

Von einer nahen Eiche flog ein Krähenschwarm auf und lenkte ihn von der eingehenden Betrachtung des Cottage ab. Als er sich wieder darauf konzentrieren konnte, lag es unverändert still am Ufer. Abgesehen davon, dass kein Rauch aus dem Kamin stieg, war es ein Sinnbild häuslichen Friedens. Die Krähen ließen sich nieder, und die Nacht schlich die Uferlinie entlang. Er seufzte und ließ das Fernglas sinken.

»Du hast dir Ruhe verdient, Joseph«, schnurrte die Stimme. »Es war mühsam für dich, über all die Jahre den Schein zu wahren. Die Anstrengung hat dich müde werden lassen. Es ist weiß Gott ein Wunder, dass du überhaupt noch lebst.«

Froststacheln bohrten sich durch die eisigen Bodenbretter und stachen ihm ihre kalten Spitzen in Füße und Knie. Er meinte zu spüren, dass er, von der kalten Schwerkraft des Winters angezogen, wie ein Tier im Winterschlaf immer tiefer in sein Innerstes hineinsank. Die stundenlange Überwachung begann an ihm zu zehren.

»Mach einfach die Augen zu und schlaf, Joseph. Du hast das perfekte Versteck für einen perfekten Spitzel gefunden.«

Obwohl er sicher war, dass seine Feinde tief in ihren Gräbern ruhten, schwirrten ihre Geister seit Jahren durch seine Träume und peinigten ihn mit ihrem nächtlichen Gestöber, als wären sie Laub von einem unsterblichen Baum. Einzige Ablenkung war das Abspielen seiner Lieblingsplatte, die das erste Geschenk seines Vaters war, eine zerkratzte Aufnahme mit dem Titel *Dawn in the Duck-Hide*. Die A-Seite bestand aus einer gesprochenen Einführung in die Vogeljagd, auf der B-Seite waren nur die erwachenden Wasservögel bei Sonnenaufgang zu hören.

Sein ganzes Leben lang war er ein passionierter Entenjäger gewesen, und diese Aufnahme erfreute ihn stets aufs Neue. Das Schnattern, Quaken und die leisen Lockrufe waren ein Labsal für seinen Geist und schenkten ihm das innere Gleichgewicht, das er früher im Alkohol gefunden hatte. So war ihm auch die Lösung, wie er sich endgültig von der Vergangenheit befreien konnte, beim Lauschen dieser Vogelstimmen eingefallen.

Allerdings hatte er sich damit in falscher Sicherheit gewiegt. Als an jenem Morgen das Telefon klingelte, befiel ihn die kälteste Panik. Die vertraute Stimme am anderen Ende hatte nur wenige Worte gesprochen, dennoch hatte ihn der Anruf zur sofortigen Flucht aus dem Cottage veranlasst. Augenblicklich und ohne den geringsten Zweifel war ihm klar geworden, dass sich seine Feinde versammelten, um endgültig Rache zu nehmen.

Die Hintertür war von der Kälte verzogen gewesen, und er musste sie mit der Schulter aufstemmen. Trotz der Schmerzen in den arthritischen Händen zog er das Ruderboot über das glitschige Ufer, während er schnaufend unregelmäßige Atemwölkchen in der kalten Luft ausstieß. Die schneidende Morgenkälte schmerzte in seiner Lunge, und unter seinen Schritten zerbrachen kleine Eisplatten, deren Krachen und Knacken das stille Ufer aufschreckte.

Die Insel. Er war sicher, dass seine Verfolger nichts von dem Versteck wussten, das er sich dort eingerichtet hatte. Niemals hätte er so lange überlebt, wenn von seiner alten Findigkeit nicht noch einiges übrig wäre.

Er war ein Teenager gewesen, als die Schatten angefangen hatten, ihn zu verfolgen. Erst hatte er gemeint, der schnittige Wagen, der auf dem Nachhauseweg von einem Fußballspiel neben ihm hielt, habe sich verfahren und die Insassen wollten nach dem Weg fragen. Als auf der Fahrerseite das Fenster heruntergekurbelt wurde, erschien ein Mann mit grauem Gesicht und grauen Augen, dessen Stimme so dunkel und tief war wie der kräftige Motor seines Wagens.

»Hättest du Lust, für die andere Seite zu spielen, Joseph?«, fragte er mit einem Lächeln.

Woher kannte der Mann seinen Namen? Für einen Moment dachte er in aller Unschuld, der Fahrer sei der Trainer des Teams der Nachbargemeinde.

»Wer sind Sie überhaupt?«

»Das ist für den Augenblick nicht so wichtig, Joseph. Sagen wir einfach, ich bin Forscher und du bist mein Spezialgebiet.« Mit kühlem Blick lauerte er auf die Reaktion im Gesicht des Jungen.

»Ich will nichts weiter von dir als ein paar Informationen über die bösen Jungs und darüber, wer was mit wem macht. Dafür passen wir auf dich auf, du kriegst gutes Geld von uns, und wir helfen dir, wenn du Schwierigkeiten kriegst oder Soldaten dich belästigen.«

Devine machte einen Schritt rückwärts, dabei sanken seine Turnschuhe in den Schlamm am Straßenrand ein. Plötzlich hatte er das Gefühl, er habe sich in ein Schlüsselloch verwandelt, durch das gleißendes Licht fiel.

»Nein, danke«, sagte er, ohne den Anflug von Panik in seiner Stimme verbergen zu können.

Der Mann, der für ihn später nur der Anbahner war, nickte kurz. Er schien mit der Antwort zufrieden.

»Alles klar, war ja nur eine Frage«, sagte er und kurbelte das Fenster wieder hoch. Er salutierte knapp und fuhr davon.

Aber es folgten weitere Begegnungen auf einsamen Straßen, Gespräche über Onkel, die zusammengeschlagen worden waren, kranke, von Soldaten drangsalierte Verwandte und Warnungen, dass er von Paramilitärs verfolgt wurde. Manchmal wurden ihm Geld und schnelle Autos versprochen, manchmal verklausulierte Drohungen ausgesprochen, bei denen der Anbahner mit seinem kühlen Blick dem Jungen so starr in die Augen sah, als würde er magnetisch von einem Makel, einem inneren Pol der Schwäche angezogen, von dem Devine nicht einmal geahnt hatte, dass es ihn gab.

In den langen Jahren voller Ausflüchte und Täuschungen, die folgen sollten, hatte sich ihm eine Wahrheit offenbart, vor der es kein Entrinnen gab – dass nämlich sein erster Verrat einem Feuer glich, das niemals völlig herabbrennen würde. Sein ganzes Leben hatte er sich gefühlt wie ein Kind allein im dunklen Wald und sich immer einen so allumfassenden Verrat gewünscht, dass alles hinter ihm Liegende vollständig niederbrannte. Kein Rauch, keine Funken, keine glimmende Kohle, keine Spuren oder Schatten sollten übrig bleiben, nur noch Schutt und Asche.

Das ferne Krächzen einer Krähe weckte ihn aus einem kurzen unbequemen Schlaf. Aufmerksam lauschte er der Tonfolge. *Krah-rah, krah-rah, krah-rah, krah-rah.* Obwohl der Krähenruf halb vom Abendnebel verschluckt wurde, erkannte er den Laut, mit dem der Vogel anzeigte, dass keine Gefahr drohte.

Er lächelte über den Gedanken, dass er auf einen Krähenruf baute, um seine ärgste Furcht in Schach zu halten. Bei einem Jagdausflug hätte er sich vielleicht einen Spaß daraus gemacht, den Vogel vom Himmel zu holen.

Für die Wasservögel war die Schlafenszeit gekommen, und überall am Ufer schwärmten sie zurück in die Nester. Ihre Rufe antworteten der heranflutenden Nacht. Devine schloss die Augen, versammelte in Gedanken die Schlafrufe aller Vögel und verortete sie an ihren Schlafplätzen. So wob er sich in der Dunkelheit des Verstecks langsam selbst ein in das bewegliche Gespinst der Vogellaute, und während er dem Rufen und abendlichen Flügelrauschen zuhörte, schlief er wieder ein.

Das klägliche Quaken der Stockente ließ ihn aufschrecken. Der Laut erfüllte ihn mit Sorge, dieser Krächzer klang wie ein Todesschrei, ein klammes Gurgeln, das aus dem Vogelhals herausgepresst wurde. Er kletterte aus dem Versteck und watete in die Richtung des Lauts, aber er hatte abrupt geendet, wie verschluckt von der Schwärze der eisigen Nacht.

Doch dann hörte er ein weiteres klägliches Quaken aus dem Unterholz. Jetzt, im Freien, erkannte er den Misston darin. Den falschen Klang. Einen menschlichen Ton. So zu quaken erforderte Übung, aber ihn konnte man damit nicht täuschen.

Aus dem Augenwinkel nahm er eine Bewegung

wahr, und im selben Moment wurde ihm klar, dass sich ein Pfad zum Tod aufgetan hatte. Die Binsen schwankten, Schatten stürzten auf ihn zu. Während er durch das Ried zu seinem Versteck rannte, entdeckte er einen weiteren Schatten vor sich. Als er einen Haken schlug, hörte er etwas, das wie Lachen klang.

Die Stimme, die er heute Morgen am Telefon gehört hatte, sprach jetzt aus der Dunkelheit. Sie hatte sich verändert, war von jahrelangem Hass oder Krankheit entstellt. Er versuchte, ihren genauen Ursprung zu orten, den schwarzen Umriss, der die still ausschwärmenden Schatten auf die Beute lenkte.

Er hatte nicht damit gerechnet, dass es so viele Verfolger sein würden. Die große Zahl erfüllte ihn mit Grauen. Was wäre, wenn sie alle Sühne von ihm forderten und ihn aufteilten, ein Stück von ihm für jede ihrer ganz persönlichen Versionen von Hölle wollten? Wie viele Tode konnte ein Mensch ertragen?

Als ihn ein schwerer Gegenstand im Gesicht traf und sein Mund sich mit Blut füllte, ließ er alle Hoffnung fahren. Ein zweiter Schlag drosch ihm das linke Auge wie einen Nagel in den Schädel.

Sein verbliebenes Auge irrlichterte umher, während die Schatten an seiner Kleidung rissen, bis sein Oberkörper entblößt war, und Schlag auf Schlag auf ihn einprasselte. Dann Totenstille, als sie innehielten und Atem schöpften. Die Arme schützend an den nackten Oberkörper gepresst, versuchte er sich wegzurollen. Seinen Körper nahm er nur noch als Schmerz wahr.

»Du mörderisches Dreckschwein«, sagte die bekannte Stimme nah an seinem zwinkernden Auge. Ein kaltes Lächeln zerschnitt dünne Lippen.

»Ich hab Jordan nicht umgebracht, wenn ihr das glaubt«, winselte er.

»Aber du hast mit denen, die's getan haben, gemeinsame Sache gemacht«, entgegnete die Stimme. Sie schien von Speichel zu triefen, bereit, das kalte Mahl zu verschlingen, das gleich serviert werden würde.

»Ich wollte nur der Familie helfen. Wiedergutmachen, was passiert ist.«

Zu verletzt, um sich zu bewegen, begann er um Gnade zu flehen.

»Ich geb auf«, flüsterte er. »Ich geb auf.« Es wirkte eher wie ein an ihn selbst gerichtetes Versprechen.

Aber die Schatten ließen nicht von ihm ab, bis es fast dämmerte. Sie schlugen und traten auf ihn ein, als hätten sie jahrelang auf diese Gewalt verzichtet und genössen das Fest jetzt umso mehr.

Nachdem sie fertig waren und die Insel verlassen hatten, versammelte sich ein Krähenschwarm um das Opfer. Sobald die ersten hellen Flecken der Dämmerung am Himmel erschienen, begannen die Krähen zu zetern, als würden sie sich mit dem Krächzen über den schrecklichen Anblick beschweren, und übertönten damit den üblichen Morgenchor. Nur gab es kein Publikum, sie zu hören. Dünner Regen setzte ein und senkte sich wie ein Vorhang über den Informanten und die Insel, die ein Rückzugsort für Wasservögel war.

2

Dem angehenden Polizisten hatte man eröffnet, dass er als Rekrut erst mal viel Zeit in Gesellschaft Betrunkener verbringen würde. Als er am Samstagabend einen Notruf entgegennahm, dämmerte ihm, dass das grotesk untertrieben gewesen war. Der junge Officer hatte gerade mit einem Kollegen eine Runde durch die Pubs von Armagh City beendet. Er war unruhig, weil er den Trubel nach Schankende nicht gewohnt war, wenn wankende Betrunkene ihn durch die Scheiben des Streifenwagens anglotzten und ihr Grölen und Lachen durch das kugelsichere Glas drang. Er konnte sich des Gedankens nicht erwehren, dass der Pulk auf den Straßen herumtollender junger Leute einem vergifteten Organismus ähnelte, der freudig dem eigenen Tod entgegentanzte.

Abgestoßen hatte ihn der Anblick der Körperflüssigkeiten, die in Gassen und gegen Mauern plätscherten – der schäumende Schwall, der sich bei nächtlichen Exzessen auf die Straßen der ehrwürdigen Kirchenstadt ergoss. Auf dem Beifahrersitz kam er sich vor wie ein Taucher in einem Unterwasserkäfig, dem es vor den vorbeischwimmenden grinsenden Haien graute.

»Jetzt hindert sie nichts mehr, die Sau rauszulassen«, hatte der ältere Officer neben ihm bemerkt.

Die nordirischen Landstädte waren keine stummen, gehemmten und konfessionell getrennten Inseln der Nüchternheit mehr. Für seinen Kollegen waren diese Darbietungen eines ungezügelten Nachtlebens jedoch eher ein Plädoyer für die heilsame Kraft von ein klein bisschen Terror. Über die Paramilitärs und die schießwütigen Soldaten konnte man sagen, was man wollte, aber sie hatten gewusst, wie man Gesindel in die Schranken wies.

In der Ruhe der Leitstelle hörte der Rekrut jetzt einer sorgenvollen Anruferin zu und kam zu dem Schluss, dass es sich um einen betrunkenen Angehörigen handelte, der nicht nach Hause gekommen war. Er vermutete, dass auch die Anruferin nicht mehr nüchtern war. Fast hätte er den Hörer ein Stück vom Ohr weghalten müssen, um sie besser zu verstehen. Er zog einen Notizblock zu sich. Hinter dem schrillen Zetern bemerkte er einen letzten Rest von Selbstbeherrschung in der Frauenstimme, doch ihre übliche Contenance war von einer Welle der Empörung fortgespült worden. Er nahm ihre Angaben auf und prüfte, wo sich der nächste Streifenwagen befand.

Danach zog er eine kugelsichere Weste an und trat hinaus in den schützenden Schatten des Wachturms, um sich eine Zigarette anzuzünden. Leider war die Kollegin, die sonst Telefondienst machte und mit der er immer plauderte und flirtete, um diese Uhrzeit nicht mehr da. Die Langeweile zu ertragen, während man stundenlang auf den neuen Morgen wartete, war eine berufliche Fähigkeit, die der junge Officer erst erlernen musste.

Er drückte die Zigarette aus und traf eine Entscheidung. Immer wieder hatte Inspector Celcius Daly die Diensthabenden der Nachtschicht angewiesen, ihn bei ungewöhnlichen Vorkommnissen anzurufen, vor allem an Wochenenden. Die Schwemme alkoholbedingter Vergehen war jedoch nicht weiter ungewöhnlich. Diese Anweisung, die stets mit einem Blick seiner müden, wie zum Gebet nach oben wandernden Augen verbunden war, bewirkte, dass die anwesenden Polizisten alle etwaigen Schwierigkeiten allein zu bewältigen versuchten. In diesem Fall entschied der Rekrut aber anders, selbst wenn er damit Dalys Zorn auf sich ziehen sollte.

Celcius Daly hatte bis spät in die Nacht im Cottage seines Vaters am Torffeuer gesessen und Whiskey getrunken. Der Torf stammte von einem schimmligen Haufen, den sein Vater im Sommer des Vorjahrs gestochen hatte. Der alte Mann hatte sämtliche Torfstücke mindestens fünf Mal gewendet, ehe er sie ins Haus trug, und dennoch waren sie noch nass. Der feuchte Rauch hatte sich im Raum verteilt und bei Daly einen Hustenanfall ausgelöst. Daraufhin hatte er einen Dufflecoat angezogen und war vors Haus gegangen, wo die Luft klar und rein, aber auch kalt war.

Er sah, wie der Mond aufging, und zusammen mit dem Frost legte sein Licht einen silbrigen Raureifschimmer auf die Grate der Ackerfurchen, wo sein zweiundachtzigjähriger Vater bis eine Woche vor seinem Tod Kartoffeln gezogen hatte. Erneut füllte Daly sein Glas und kehrte zurück, um die im Mondlicht glänzenden Erhebungen zu betrachten, als wären es die Rippen eines hungrigen Tiers. Angetrunken, wie er war, fand er die Mondscheinszenerie wohl unterhaltsam. Es wurde fast drei Uhr nachts, bis er ins Bett wankte.

Das Telefon riss ihn aus dem Schlaf. Sein Magen war sauer, und seinem Mund entwich ein Fluch. Gerade hatte er einen bemerkenswerten Traum gehabt – eine Reihe Lottokugeln rollte in sein Blickfeld, und als wäre es eine Prophezeiung, leuchtete eine nach der anderen auf. Gebannt sah er zu, wie sie nacheinander fielen: 49, 11, 21, 7 …

Das Erste, was er nach dem Aufwachen tat, war, die Zahlen auf die Rückseite eines alten Fotos zu schreiben, das er in der Schublade des Nachtkästchens gefunden hatte. Leider hatte der Anruf die weiteren Glückszahlen abgeschnitten. Er versuchte, sich die fehlenden zwei Zahlen zu erschließen, aber die Gewissheit hatte ihn verlassen. Als er sich die Augen rieb, verschwanden die Zufallszahlen in der elementaren Zwecklosigkeit, die sich in der tiefen Nacht über alles legt. Er begriff, dass es mitten in der Nacht war und er allein im Bett lag.

Obwohl er und seine Frau sich bereits vor sechs Monaten getrennt hatten, überraschte es ihn, wenn er in Nächten wie dieser aufwachte, wie tief das Gefühl von Einsamkeit war. Das schwache Glimmen des Weckers war das einzige Licht im Raum – 3:50 zeigte er an. Die Bars sind längst geschlossen, und die meisten Feiernden müssten zu Hause sein, dachte er. Vielleicht war ein Ehekrach ausgeartet oder eine Schlägerei unter Betrunkenen auf der Straße hatte ein böses Ende genommen? Aber egal, was es war, er konnte sich auf einen Morgen mit flauem Magen einrichten. Immerhin hatte er noch nicht lang genug geschlafen, um den Katerkopfschmerz zu spüren.

Er stieg aus dem Bett und hob ab.

»Hallo, was gibt's?«

»Ich hoffe, ich störe nicht, Sir«, sagte die Stimme.

»Nein, gar nicht«, antwortete er mit einem Seufzen und starrte auf die hingekritzelten Zahlen. Für einen Augenblick fühlte er sich betrogen. Was hatte es ihn, über die Jahre gesehen, gekostet, solche Anrufe anzunehmen? Reumütig dachte er an seine Frau und die bevorstehende Scheidung, und kurz überlegte er, dass eine glückliche Ehe mehr wert war als jedes Vermögen.

»Es hat sich was Ungewöhnliches ereignet.«

»Ein Toter?«

»Nein, eigentlich nicht. Eine alte Frau aus Washing Bay hat angerufen. Jemand hat ihre Hintertür aufgebrochen und ist in ihr Haus.«

»Ein Raub?«

»Nein. Ein paar Kleidungsstücke und Medikamente fehlen, aber deswegen hat sie nicht angerufen.«

»Sollen wir vielleicht das Versicherungsformular mit ihr ausfüllen?«, fragte Daly verdrießlich. Hatte ihn der

Rekrut etwa bloß wegen eines verbockten Einbruchs aufgescheucht?

»Sie war kurz vorm Durchdrehen. Ich hab versucht, sie zu beruhigen. Sie hat behauptet, die Einbrecher hätten ihren älteren Bruder entführt. Einen gewissen David Hughes.«

Daly überlegte. »Ach? Haben die eine Lösegeldforderung dagelassen?«

»Davon hat sie nichts gesagt. Aber sie klang panisch. Ihr Bruder ist krank. Er hat Alzheimer. Ich wusste nicht, was ich tun sollte.«

»Besteht vielleicht die Möglichkeit, dass er mal musste und sich verlaufen hat?«, fragte Daly genervt. Leider brachte man den Grünschnäbeln auf der Akademie keinen gesunden Menschenverstand bei.

»Sie behauptet, allein könnte er das Haus nicht mehr verlassen.«

»Okay. Sagen Sie den Leuten draußen, sie sollen vor dem Haus auf mich warten. Wir bilden einen Suchtrupp. Wer weiß? Vielleicht ist der alte Knabe irgendwo eingenickt. Hoffen wir, dass er nicht allzu weit gekommen ist.«

Daly schlüpfte in Hemd und Hose. Sein Mund war trocken, und er spürte, dass Kopfschmerz im Anmarsch war. Dass er es mit dem Whiskey übertrieben hatte, merkte er endgültig, als er sich nach seinen zusammengeknäulten Socken bückte. Ein Blick auf sein trübes Spiegelbild im Fenster verriet mehr über seinen momentanen Zustand, als er wissen wollte.

Das Cottage seines Vaters befand sich am Südufer des Lough Neagh. Im Winter ähnelte die Landschaft einer Miniaturtundra, so viele arktische Gänse bezogen hier ihr Winterquartier. Der Mond hatte sich in der kurzen Spanne, in der Daly geschlafen hatte, verzogen, durch das kleine Fenster war nichts mehr von ihm zu entdecken.

Anfang Februar und an Morgen wie diesem war der Lough am dunkelsten und vollsten. Auch die Felder und Moorflächen, die sich bis ans Ufer erstreckten, lagen jetzt im Dunkeln und ließen sich ohne die Orientierung an Hecken und Feldwegen kaum unterscheiden. Überall gab es Schlammlöcher, die so tief waren, dass ein Mensch bis zur Hüfte darin einsinken konnte. Die Landschaft war ein Flickenteppich aus Leben und Tod, den man nur mit Bedacht betreten durfte, selbst wenn man jung und kräftig war. Zumindest war es in den vergangenen Tagen trocken geblieben, dachte Daly. Er hoffte, dass die Flüsse in diesem Winter keine schlimmen Hochwasser führen würden. Erst vor sechs Monaten hatte ein Sturm mit heftigem Regen die Landschaft um den Lough geflutet und Daly zu einer unfreiwilligen Verlängerung der Totenwache für seinen Vater gezwungen. Der Blackwater River war über die Ufer getreten und hatte die Straße zum Cottage überschwemmt. Die Gemeindekirche, nur eine halbe Meile entfernt, war von der Außenwelt abgeschnitten gewesen und hatte nur noch auf einer kleinen grünen Insel aus dem Wasser geragt.

Selbst für irische Verhältnisse hatte die Totenwache lang gedauert. Durch die winzigen Fenster eines Schlafzimmers im ersten Stock sahen die Trauernden, wie ein tiefer Himmel sich ihrer Betrübnis annahm. Als der Regen aufhörte, breitete sich über alles eine merkwürdige Stille. Erst am nächsten Morgen, als die Sonne durch die Wolken brach, zog sich das Wasser langsam zurück.

Als der Leichenwagen auf der von glänzenden grünen Stechpalmen gesäumten Straße davonfuhr, war die Erleichterung der Trauergesellschaft fast mit Händen zu greifen. Daly folgte ihm mit seinen Verwandten und den Nachbarn in einem sich weit dahinziehenden Leichenzug. Die nasse Straße vor dem Leichenwagen strahlte wie der hellste Ort auf Erden. Jemand riss einen Witz über das alte Auto seines Vaters, das aus dem Hof gespült worden und auf einem Heuhaufen gestrandet war. Daly fiel ein, dass sein Vater den Motor immer bis zum Anschlag hochgejagt hatte, ehe er morgens zur Messe fuhr.

Er zwängte seine Füße in Gummistiefel und stieg in sein Auto. Um vier Uhr morgens war die winterliche Dunkelheit jenseits der Windschutzscheibe etwas Absolutes, eine Sackgasse in der Nacht. Er fuhr am Seeufer entlang bis nach Bannfoot und bog nach links in Richtung Autobahn ab. Dabei warf er einen Blick in den Rückspiegel. Kein Auto weit und breit. Am Kreisverkehr stellte er die Heizung niedriger und suchte im Radio nach einem Wetterbericht. Ein DJ mit rauer

Stimme sprach Gälisch und legte Motown-Songs aus den Sechzigern auf. An den Rändern seines Bewusstseins stiegen vage Erinnerungen an Diskoabende in Gemeindezentren auf.

Er öffnete das Fenster einen Spalt, um einen klareren Kopf zu bekommen, und nahm die Autobahn nach Westen. Der alte Mann muss losgelaufen und irgendwo in einen Graben gefallen sein, dachte er. Wahrscheinlich ist er den Weg früher unzählige Male gegangen – eine kleine Wanderung über die altbekannten Furchen und Senken seiner Felder, nur am Tag und im Vollbesitz seiner geistigen Kräfte.

Er setzte an, einen Wagen mit jungen Leuten zu überholen. Ein Bursche, offensichtlich betrunken, lehnte sich aus dem Fenster und bedachte den Detective mit einer obszönen Geste. Daly fuhr vorbei, ohne sich von der bevorstehenden Aufgabe ablenken zu lassen. Es würde nur ein kleiner Suchtrupp werden, wenn er nicht auch die Nachbarn einspannen konnte. In seiner zwanzigjährigen Laufbahn hatte er schon einige Suchtrupps zusammengestellt und wusste, dass die Leiche einer vermissten Person oft erst nach tagelanger Suche aus einem Fluss oder See gefischt wurde. Er hoffte, dass sie nicht zu spät kamen oder dass zumindest der schützende Mantel der Senilität dem alten Mann den schlimmsten Schrecken erspart hatte.

Daly staunte, wie abgelegen das Bauernhaus war. Hätten seine Verwandten dort gelebt, hätte er bei den ersten Anzeichen von Krankheit einen Umzug ins nächste Dorf veranlasst. Seine Scheinwerfer beleuchteten einen grasbewachsenen Feldweg, der anscheinend nicht allzu oft befahren wurde. Ein Warnschild vor Maul- und Klauenseuche, das nur unerlässliche Besuche gestattete, blitzte vor ihm auf. Er fuhr weiter; der letzte Ausbruch der Seuche lag über drei Jahre zurück.

3

Daly parkte in einem Hof hinter dem Wohnhaus. Den Versuch, ein paar kleine Anbauflächen daneben abzusperren, hatten ein unablässiger Wind und hungrige Tiere zunichtegemacht, die immer wieder Lücken in den Zaun gerissen hatten und darüber hinweggetrottet waren. Stellenweise hatte sich der Boden in schlammigen Morast verwandelt.

Die Anzeichen des Verfalls waren unübersehbar. Er zeigte sich im Durcheinander des Hofs voll rostiger Landmaschinen, in dem von Brombeeren und Unkraut halb überwucherten Garten und dem die Felder erobernden Schlehdorn. Von den Mauern blätterte die Farbe ab, auf dem Dach fehlten einige Ziegel. Dieselbe Vernachlässigung und der allmähliche Verfall waren auch beim Cottage seines Vaters nicht zu übersehen. Überall auf dem Land entlang des Seeufers standen solche verfallenden Häuser, geduckt hinter dunklen Hecken aus Schlehdorn, Weißdorn oder Holunder.

Als Daly ausstieg, schlug ihm muffiger Geruch entgegen, in den sich der übersüßliche Duft verfaulender Zwetschgen mischte. Sofort stürzte eine hagere Mittsechzigerin in einem schweren Morgenmantel auf ihn zu. Trotz der Dunkelheit und des Winds, der Eliza Hughes die grauen Haare ins Gesicht blies, war das

Angstleuchten ihrer Augen sofort erkennbar. Im ersten Moment dachte Daly, sie sei verrückt, aber als sie zu sprechen begann, klang sie klar und bestimmt.

»Ich hab in den Schuppen und auf den Feldern nachgesehen. Nirgends eine Spur von ihm. Es ist zu spät, er ist längst verschwunden.«

Sie führte Daly ins Haus, und nachdem sie kurz mit einem Schlüssel herumgefummelt hatte, schloss sie die Tür zum Schlafzimmer des Vermissten auf. Daly kam der Raum eher wie ein Verhörzimmer als ein Schlafzimmer vor. An den nackten Wänden war weder ein Foto noch anderer Wandschmuck, das Fenster war winzig, und von der Decke hing eine grelle nackte Glühbirne. In der Raummitte stand ein vergittertes Bett, auf dem Boden davor lag eine Sensortrittmatte. Auf einer kleinen Kommode stand eine heruntergebrannte Kerze, deren Stummel von einem Häufchen Asche und verbranntem Papier umgeben war. Etwas an der Kerze kam Daly merkwürdig vor, aber er wusste nicht, was.

»Was ist passiert?«, fragte er.

»Ich hab David zur gleichen Zeit wie immer ins Bett gebracht und die Gitter festgemacht und die Sensormatte angeschaltet. Wenn er aufgestanden wäre, hätte der Alarm losgehen müssen.«

»Sie war sicher angeschaltet?«

Sie nickte.

»Ihr Bruder ist krank?«, fragte Daly nach einem weiteren Blick durch das Zimmer.

»Er ist dement. An manchen Tagen weiß er nicht mehr, wer er ist, und verwechselt mich mit unserer Mutter. Ich hab schon eine Pflegehilfe beantragt, aber Sie wissen ja, wie das heute mit den Sozialdiensten ist. Aber David könnte sich nie in das Leben in einem Pflegeheim einfügen.«

Als Daly die Hintertür kontrollierte, sah er, dass sie mit einem Hebeleisen aufgebrochen worden war. Der Schluss, dass Einbrecher ins Haus eingedrungen waren, lag nahe. Er nahm Eliza beim Arm und führte sie zum Küchentisch.

»Setzen wir uns«, sagte er. »Es scheint, dass in Ihr Haus eingebrochen wurde, Miss Hughes. Haben Sie nach den Wertsachen gesehen?«

»Hier gibt's nichts, was irgendeinen Wert hätte. Sie haben nur seine Medikamente und ein paar seiner Anziehsachen mitgenommen«, entgegnete sie.

»Könnte es nicht sein, dass Ihr Bruder aufgewacht ist und in seiner Verwirrung einfach den Einbrechern gefolgt ist?«, schlug Daly vor.

Sie stand auf und setzte Teewasser auf. »Sie haben ihn mitgenommen. Sie beobachten uns schon seit Wochen.«

»Wer?«

»Keine Ahnung. Aber letzte Woche gab's nachts einen schweren Sturm. Eine Kuh wurde davon wuschig und ist durch den Weidezaun gebrochen. Unseren ganzen Garten hat sie zertrampelt und die Blumentöpfe umgeschmissen. Ich hab sie zurück auf die Weide gescheucht und den Besitzer angerufen.«

Sie reichte Daly eine Tasse dünnen Tee.

»Als ich draußen war, hab ich bemerkt, dass jemand ein Loch in die Hecke geschnitten hat. Auf dem Boden waren Zigarettenkippen und Fußspuren. Seitdem hab ich das Gefühl, dass sich draußen im Dunkeln jemand rumtreibt, der da nichts verloren hat.«

»Haben Sie irgendwas Wertvolles im Haus?«

»Nichts, was mehr als Erinnerungswert hätte. Mein Bruder hat sein Leben lang nichts anderes gemacht, als in die Kirche zu gehen, sich um den Hof zu kümmern und im Winter Enten zu jagen. Seine Felder waren für ihn der Garten Gottes. Die Arbeit war sein Leben.«

Daly nickte, dachte im Stillen aber an die vielen ledig gebliebenen Bauern, nach deren Tod man kleine unter der Matratze gehortete Vermögen fand.

»Wenn Ihr Bruder gegen seinen Willen fortgebracht wurde, dann hätte er doch sicher Lärm gemacht oder sich gewehrt?«

Ausdruckslos sah sie ihn an. »Wenn er nicht bewusstlos war.«

»Haben Sie eine Idee, wer so was mit ihm tun könnte?«

»Nein. David stand sich mit allen gut. Bevor er krank wurde.«

Daly ging auf einen zweiten Blick in das karge Schlafzimmer. Offenbar hielt das Alter wenig Trost und angenehme Überraschungen bereit. Vielleicht hatte der alte Mann das Fortschreiten seiner Krankheit und den Tod gefürchtet und war davor abgehauen? Daly erinnerte sich, wie oft er schon überlegt hatte, ob es nicht besser wäre, sich aus seinem Leben zu verabschieden, zumindest für eine Weile.

Eliza Hughes blieb in der Küche, als Daly hinaus in die Dunkelheit ging. Zwischen den niedrigen Schuppen strich der Strahl seiner Taschenlampe über verrostetes Gerümpel, ein umgedrehtes Ruderboot und allerlei landwirtschaftliche Geräte. Aus einem Korb Saatkartoffeln flitzte eine Mäusekolonie, und aus dem Schatten starrte ihn ein schwarzes Augenpaar an, das einer Ratte gehören musste. In der Luft hing Terpentingeruch. Er entdeckte nichts, was ihm bei der Suche nach dem Vermissten weiterhelfen würde.

Im Hof stieß er auf Officer Harland und Officer Robertson, die in den umliegenden Feldern gesucht hatten.

»Bisher nichts Auffälliges, Sir«, sagte Harland.

»Rufen Sie die Nachbarn an und informieren Sie sie, dass David Hughes vermisst wird«, sagte Daly. »Fragen Sie, ob jemand was gesehen oder gehört hat. Und bitten Sie sie, in ihren Schuppen und Scheunen nachzusehen. Es ist kalt heute Nacht. Wenn er da draußen unterwegs ist, sucht er bestimmt einen Unterschlupf.«

Wenn sie ihn nicht in der nächsten Stunde fänden, dachte Daly, müssten sie einen Spürhund anfordern und dazu einen Hubschrauber, der den weiteren Umkreis abflog. Mit seiner Taschenlampe untersuchte er die Hecke, die den Garten hinter dem Haus begrenzte.

Dabei entdeckte er zwischen dicken Ästen eine Lücke, durch die der Wind ungehindert blies. Hier waren die Äste sauber herausgeschnitten worden, die Wunden noch frisch. Von dieser Stelle bot sich ein fast freier Blick auf die Hintertür.

Auf dem Rückweg zum Haus war die reglose Silhouette von Eliza Hughes im Küchenfenster zu sehen. Daly fühlte sich zu größerer Eile angespornt. Er lief mit der Taschenlampe in der Hand hinaus in das wellige Weideland, wo er immer wieder in schlammige, eisige Löcher trat. Der Mond kam hinter den Wolken hervor, und sein Licht, das durch die Bäume fiel, war so blau und kalt, dass Daly meinte, es in der eisigen Luft schmecken zu können.

Als er in einem verborgenen Graben umknickte, stürzte er kopfüber in ein Schlehdorndickicht. Rasch drehte er das Gesicht weg, um einem knorrigen Ast auszuweichen, und für den Bruchteil einer Sekunde sah er im Strahl seiner Taschenlampe etwas Weißes aufblitzen. Es flog an seinen Augen vorbei und war im nächsten Moment verschwunden, nur ein paar gefrorene Wassertropfen fielen von höheren Ästen herab. Deutlich hörte er ein Flattern zwischen den schwankenden Ästen. In dem Dickicht musste sich etwas verfangen haben. Aber was immer es war, es gab keinen Hinweis auf den alten Mann oder seine mutmaßlichen Kidnapper. Er kam sich vor wie ein Hund, der einer verflüchtigten Fährte folgen sollte.

Er arbeitete sich tiefer in das Schlehdorndickicht

hinein. Als er auf einen versteckten Hohlraum stieß, schnappte er überrascht nach Luft. Etwas Gelbes winkte ihm zu, riesig wie zwei Clownshände. Erschrocken wich er zurück und tastete nach der Taschenlampe. In ihrem Schein sah er, dass jemand ein Paar Haushaltshandschuhe auf Zweige gesteckt hatte. Zum ersten Mal seit seinem Eintreffen fühlte er sich verunsichert. Er riss sich zusammen und untersuchte den Rest der Hecke. An den Zweigen hingen noch weitere Gegenstände – ein Wecker, eine alte Batterie, Tüten mit Nägeln und Draht. Als er die Taschenlampe auf den Boden richtete, streifte der Strahl über winzige, kaum wahrnehmbare Erhebungen. Er kniete sich auf den Boden und legte die Taschenlampe auf einen Stein. War das wirklich, wofür er es hielt? Dann sah er auf jeder Erhebung plumpe Kreuze mit einer Beschriftung. Namen und Daten: OLIVER JORDAN gest. 1989, BRIAN UND ALICE MCKEARNEY gest. 1984, PATRICK O'DOWD, gest. 1985.

Die Erhebungen waren sehr klein und sahen danach aus, als hätte ein Kind Friedhof gespielt, und nicht nach einer echten Gedenkstätte. Als Daly mit bloßen Händen darin grub, fand er nichts außer verrottenden Blättern und Erde. Ihm schien, als würde kurz ein Vorhang zur Seite gezogen, um das unheilvolle Bild eines kranken Geists aufscheinen zu lassen. Beim Aufsehen entdeckte er, dass alte Zeitungsausschnitte auf Dornen gespickt waren, wie Votivgaben für eine heidnische Gottheit. Die meisten Zettel waren durchnässt und vom Wind zerfetzt.

Er nahm einen ab. Es war ein alter Bericht über eine Bombe, die nicht hochgegangen war. Ein anderer Ausriss war ein Artikel über eine Detonation, die ein sechsjähriges Mädchen und eine Nonne getötet hatte.

Plötzlich war er wie elektrisiert. Als hätte er in einem Lift die Aufwärts-Taste gedrückt und wäre mit der Kabine direkt in Hughes' verwirrten Verstand gefahren. Plötzlich war er sicher, dass die Gedanken des alten Manns den engeren Kreis seines Gartens und seiner Felder verlassen hatten und weiter hinausgewandert waren.

Wieder im Cottage, übergab er Eliza Hughes die gelben Haushaltshandschuhe.

»Ich nehme an, die gehören Ihnen. Sie waren an einer Art Gedenkstätte in der Hecke, mit improvisierten Gräbern und Kreuzen.«

Sie ließ sich auf einen Stuhl sinken. »Du meine Güte, David und seine verrückten Spiele.«

Mit müdem Blick sah sie ihn an. »Inspector Daly, die Demenz hat den Kopf meines Bruders zu einem Rummelplatz gemacht, auf dem er den ganzen Tag Achterbahn fährt. Er vergisst nicht nur immer mehr und vergisst, wo er ist. Seit er diese Krankheit hat, hat er auch eigenartige Marotten, unter anderem hängt er alte Zeitungsausschnitte in der Hecke auf. Immerzu redet er von der Vergangenheit und behauptet, er sieht Geister. Seit ein paar Wochen bastelt er aus allem, was er in die Finger kriegt, Kreuze. Aus Bändern, Stöcken, Blumen oder Seilen. Ich versuch, alles wegzuräumen, wenn Besuch kommt, aber ich kann ihm ja nicht permanent hinterherlaufen. Und dann schreibt er immerzu irgendwelche Botschaften. Wirklich schreckliche Sachen, die ich lieber nicht wiederhole. Voller Flüche und Verwünschungen.«

Daly beschloss, nicht nachzuhaken. Die Frau war offenkundig in einer schrecklichen Situation. Ohne Beistand musste sie miterleben, wie der bröckelnde Verstand ihres Bruders tagtäglich weiter verfiel. Er rieb sich die Augen und stand auf.

»Wir tun unser Bestes, um Ihren Bruder zu finden, Miss Hughes«, versprach er. Schweigend und ihren Morgenmantel eng um sich ziehend, sah ihm Eliza nach, als er ging.

Draußen war es noch dunkel, und die Äste des Schlehdorns krallten sich an den Wind. Die umherhuschenden Lichtkegel zeigten ihm an, wo seine Officer die Felder absuchten, die sich bis zum unsichtbar daliegenden Seeufer erstreckten. In wenigen Stunden würde es dämmern. Wenn sie Hughes nicht bald fänden, würde er an Unterkühlung sterben. Nur Gott wusste, was im Kopf des alten Manns vor sich ging.

Auf dem Weg zurück zum Auto begann das Handy in Dalys Tasche zu klingeln. Er kannte die Nummer nicht und ging ran.

»Wo ist dein schwarzer Anzug, Celcius?«, fragte eine vertraute Stimme.

»Anna«, rief er überrascht und ließ sich auf den Fahrersitz fallen. »Wo bist du?«

»In deinem Haus. Ich hab den Ersatzschlüssel unter dem gebrochenen Pflasterstein gefunden. Im Schrank und in der Kommode ist der Anzug nicht.«

»Was machst du denn da?«

»Der Schwiegervater meiner Schwester ist am Donnerstag gestorben, und heute Vormittag ist Beerdigung in Dublin. Ich wollte, dass du mich begleitest, aber jetzt ist es zu spät. Ich hab deinen Traueranzug nirgends gefunden.«

»Der ist in der Reinigung.«

»Ich denke oft an dich, Celcius. Das wollte ich dir längst sagen. Aber ich muss jetzt los.«

»Ich bin mit einem Fall beschäftigt. Kannst du nicht noch eine Stunde warten?«

Die bisherige Zärtlichkeit in ihrer Stimme wurde von der bekannten Entschiedenheit verdrängt. »Nein. Ich muss sofort los. Meine Schwester wartet auf mich. Und du bist ja immer mit irgendeinem Fall beschäftigt.«

»Einen Moment noch. Kannst du mir einen Gefallen tun?«

Sie seufzte. »Was denn?«

In einem verzweifelten Versuch, das Gespräch zu verlängern, drückte Daly das Telefon fester an sein Ohr. Sein Atem ging schneller, hektischer, als wäre er in einem Raum eingesperrt, in dem die Luft immer dünner wurde.

»Kannst du für mich einen Lottoschein ausfüllen?«, sagte er, ehe sie auflegte. »Ich hab so ein Gefühl, dass das unsere Glückszahlen sein könnten – 49, 11, 21, 7. Die zwei letzten kannst du dir aussuchen.«

Es gab eine Pause, während sie die Zahlen notierte.

Als sie wieder sprach, war die Zärtlichkeit in ihre Stimme zurückgekehrt. »Ist das jetzt der neue romantische Daly?«, fragte sie.

»Wie meinst du das?«

»Die Zahlen – rückwärts gelesen ergeben sie das Datum unseres ersten Rendezvous. Sieben Uhr am zwölften November 1994. Hätte nicht gedacht, dass du dich daran erinnerst.« Sie hielt kurz inne. »Ich ruf dich an, wenn die Zahlen gezogen werden. Bye, Celcius.«

Bei der Rückkehr in das Cottage seines Vaters empfingen Daly die Dämmerung mit drohendem Regen und ein aufziehender Kater. Doch eine Lücke hatte die Sonne noch in den Wolken gefunden und warf einen Lichtstreifen auf tief liegendes Moorland und Hecken. Auf dem Weg zur Tür drängten sich ihm einige Einzelheiten mit schmerzlicher Klarheit auf: die hellen Steinmauern, eine Fensterscheibe, in der sich das flammende Morgenlicht spiegelte, das Whiskeyglas, das weiß vor Reif im Schatten unter dem Vordach stand.

Bereits beim Eintreten ins Haus spürte er ihre Anwesenheit. Sie hatte sich die Mühe gemacht, im Wohnzimmer etwas Ordnung zu schaffen, Kleidungsstücke zusammenzulegen, benutzte Tassen und Teller wegzuräumen und die Zeitungen und CDs in ein Regal zu legen.

Er empfand einen Stich, weil sie sich die Zeit genommen hatte, sich den Gegenständen im Raum zu widmen, nicht aber auf ihn hatte warten oder das Gespräch fortsetzen wollen. Statt sich richtig zu verabschieden, hatte sie ihn mit diesem aufgeräumten Zimmer zurückgelassen, dessen Luft von ihrem Parfüm und einer unguten Stille erfüllt war. Die Erinnerung an ihre Stimme schrammte an den Rändern seines Katers entlang. Vielleicht hätte er den Anruf der Leitstelle doch ignorieren sollen, in seinem Verhau bleiben und auf ihr Kommen warten sollen?

In den ersten Monaten ihrer Trennung, als Anna bei ihren Eltern in Glasgow lebte, hatte Daly sie oft angerufen. Der Gedanke hatte ihn gequält, sie könnte mit einem anderen Mann zusammen sein. »Da ist niemand, dem wir die Schuld geben können, außer uns selbst«, hatte sie immer wieder gesagt. Aber ihm war es schwergefallen, ihr das zu glauben, und gefangen im Denken eines Detective, war er überzeugt gewesen, ein unbekannter Täter habe ihre Liebe zerstört. Diese Reaktion war in mancher Hinsicht irrational gewesen, gespeist von Selbsttäuschung und Wahn.

In den ersten Monaten hatte er tagtäglich auf die Post mit den Scheidungsunterlagen gewartet, aber sie kam nie. Er bot das gemeinsame Haus in Glasgow zur Vermietung an und bewarb sich um eine Versetzung nach Nordirland. Er hatte gehofft, nach Belfast zu kommen, aber zu seiner Überraschung wurde er nach Armagh geschickt, die Stadt, in der er aufgewachsen war. Zu der Zeit war es ihm sinnvoll erschienen, in das leer stehende Cottage seines Vaters zu ziehen.

In einem anderen Telefongespräch hatte er gefragt, was sie von ihm verlange. Sie hatte geantwortet, er müsse beweisen, dass er auch ein Leben jenseits seines Berufs habe. Noch in Glasgow kam er zu der bitteren Erkenntnis, dass er, zerrieben zwischen Lust an der Ermittlerarbeit und Papierkram, diesem Anspruch nicht gerecht werden konnte. Sie hätte genauso gut einen Beweis für die Existenz einer vierten Dimension fordern können. Mittlerweile würde er wohl sogar die Zeit krümmen, um zu retten, was er mit ihr gehabt hatte.

Er ging in die Küche und öffnete irgendeine Dose. Er hatte keine Lust, das Etikett zu lesen, aber es roch, als würde Anna es höchstens an ihre Katze verfüttern. Nach ein paar Bissen ließ er die Gabel in der Dose stecken, stand auf und schleppte sich ins Bett.

4

Die namenlose Stimme am anderen Ende der Leitung sprach wenig und beendete das Gespräch rasch. Father Jack Fee hörte sich die nüchtern aufgezählten Tatsachen an, denen nichts von einer Tragödie anhaftete, und legte dann ebenfalls auf. Es war fünf Uhr morgens, und er saß in seinem kalten Arbeitszimmer. Während der Troubles war er Vikar in einer Gemeinde im Grenzgebiet gewesen, daher wusste er, was der Überbringer der Nachricht meinte. Der Mann hatte mit großer Autorität gesprochen, auch wenn die Nachricht selbst nicht schlüssig war und man ihn vielleicht zum Narren halten wollte. Aber für Father Fee war sie traurig und mehr als das – bestürzend. Er ging zu seinem Schreibtisch und schrieb die Worte nieder. Es war seine Pflicht als Priester, den Anweisungen zu folgen, auch wenn das Priesterseminar ihn auf so etwas nicht vorbereitet hatte.

In einem Baum auf Coney Island wartet ein Toter auf Sie.

Das klingt wie eine makabre Aufgabe bei einer Schnitzeljagd, dachte er. Bis er sich gewaschen, angezogen und sein Gebetbuch und die heiligen Öle eingepackt hatte, war die Dämmerung aufgezogen. Er öffnete die Haustür und ging hinaus. Der Morgen roch nach feuchtem Moos. Aus den tiefen Wolken, die über den tristen Himmel zogen, tröpfelte es leicht. Beneidenswert, mit welch stiller Zielstrebigkeit sich Wolken bewegen, dachte er.

Ein grauer Star hatte Father Fee auf einem Auge fast erblinden lassen. Das bedeutete auch, dass er nicht mehr selbst Auto fahren konnte, sondern auf die Hilfe eines Gemeindemitglieds angewiesen war. Die ihm heute bevorstehende Prüfung wollte er seinem üblichen Fahrer jedoch ersparen. Mit einem Stoßgebet zum heiligen Christophorus fuhr er mit seinem zehn Jahre alten Renault über die schlaglochübersäten ländlichen Straßen bis zu dem Ring der Townlands, die Munchies genannt wurden.

Bisher hatte er insgesamt sechs Ermordeten die Letzte Ölung gegeben. Anrufe hatten ihn an Straßengräben oder stille Waldflecken geleitet, wo ihre Leichen lagen, mit Düngersäcken über dem Kopf und die Hände mit Paketschnur gefesselt. Alle sechs waren als Spitzel gegeißelt worden, während der Troubles eine hochgefährdete Spezies.

In der schlechten alten Zeit war seine Gemeinde für ihn weniger ein sicherer Hafen einer gottesfürchtigen Schar gewesen als vielmehr das Niemandsland zwischen zwei Armeen, Schauplatz für IRA-Überfälle und Patrouillen der British Army. Die herkömmliche Unterscheidung zwischen richtig und falsch hatte für die Mitglieder seiner Gemeinde wenig Bedeutung gehabt, es kam nur darauf an, was für das Überleben notwendig war oder nicht.

Durch ein dichtes Birkenwäldchen kam Father Fee in das Townland Derryinver mit einem weiten Blick über den Lough Neagh. Er manövrierte den alten Wagen durch eine Abfolge von Kurven, die den Einheimischen zufolge selbst einem Häretiker den Teufel austreiben konnten, und fuhr, knirschend schaltend, an der Maghery Church vorbei. In der Ferne waren vage die Umrisse der schneebedeckten Sperrin Mountains zu erkennen. Dann beschleunigte er und rollte durch eine Landschaft, die mit ihren dichten Hecken und abfallenden Feldern auch ein Naturschutzgebiet für Scharfschützen darstellen konnte.

Es war passend, dass dies eine seiner letzten Aufgaben vor dem Ruhestand sein sollte. Die achtundvierzig Jahre seines Berufslebens waren ein einziger trauriger Gang durch sämtliche Fegefeuer dieser verfluchten Provinz gewesen. Vielleicht würde er, wenn er vom Totenbett aus zurückblickte, erkennen, dass die Troubles ihm das Priesteramt gerettet hatten, vor allem gegen Ende zu, als sich die Verbrechen, die ihm seine Gemeindemitglieder beichteten, wie ein Knäuel Schlangen um seine Seele legten. Da war es leicht gewesen, Gut und Böse zu unterscheiden und sein eigenes Abgleiten in spirituelle Gleichgültigkeit zu verhindern oder zumindest zu verlangsamen.

Als er in den Maghery Park einbog, kam sein Wagen dort, wo nicht gestreut worden war, auf einer Eisplatte ein wenig ins Rutschen. Ein Fischer, der gerade mit seinem Boot anlegte, sah auf und winkte ihm zu. Father

Fee überspielte sein ungutes Gefühl, stieg aus und erkundigte sich freundlich nach dem Befinden der Mutter des Manns, die schwer erkrankt war.

Es war ein langer, dunkler Winter mit viel zu vielen wolkenverhangenen Himmeln gewesen. Doch am Ufer des Lough stach Father Fee die grelle Spiegelung in den Augen und ließ sein Starauge tränen. Die hellen Wellen schwappten gegen das Fischerboot und ließen kleine Lichtbogen um den dunklen Rumpf laufen.

Der Priester bat den Fischer, ihn nach Coney Island überzusetzen. Dann ließ er sich schwerfällig auf der Holzbank nieder und spielte mit den Dosen der heiligen Öle und dem Weihwasserfläschchen in seiner Rocktasche. Er war froh um den Sonnenschein, während sie hinausruderten. Die Ruderblätter tauchten nur so tief ein, dass sie mit jedem Schlag mehr Licht als Wasser herausschöpften. Die Helligkeit ließ Father Fee für den Moment alle beängstigenden Gedanken an das Kommende vergessen, und er war zufrieden, dem Fischer beim Rudern zuzusehen und sich mit ihm verbunden zu fühlen. Menschenfischer, Fischer verlorener Seelen, dachte er im Stillen. Er ließ ein paar Worte über das Wetter fallen, hütete sich aber, den Grund für diese Fahrt oder etwas von seiner Angst zu verraten.

Er hatte schon mehrere an abgelegenen Stellen versteckte Informantenleichen gefunden, mit dem Gesicht auf dem Boden liegend und von Ranken und Unkraut umschlungen. An diesen x-beliebigen Orten, wo sein Blick von blühenden Pflanzen und durch die

Hecken raschelnden Vögeln abgelenkt wurde, waren sie schwer auszumachen gewesen. Doch sobald er die Insel betrat, ahnte er, dass es dieses Mal anders sein würde. Wer auch immer die Leiche hier abgelegt hatte, hatte einen Hang zur makabren Inszenierung. Der Leichnam war groteskerweise sitzend in einer Baumhöhle hindrapiert, Kopf und Schultern waren nach vorne gesackt, auf dem fahlen Gesicht lag ein Ausdruck verhärmter Erschöpfung. Father Fee erkannte auf den ersten Blick, dass es eines seiner älteren Gemeindemitglieder war, ein regelmäßiger Kirchgänger noch dazu. Er hatte sich schon gewundert, warum er ihn seit Wochen nicht gesehen hatte.

Traurig schüttelte der Priester den Kopf. Ein weiteres menschliches Opfer des gewaltsamen sozialen Schiffbruchs, der Troubles hieß, war angespült worden. Obwohl das Bomben seit mehr als einem Jahrzehnt beendet war, kam es noch immer scheußlich oft vor, dass konfessionelle Konflikte und Mord sein Priesterleben beeinträchtigten.

Wenn er vom Altar aus auf seine kleine Gemeinde blickte, dachte Father Fee oft an ihre Ängste und Hoffnungen, an ihre Familien und ihren Alltag, die kleinen Lasten auf ihren Schultern und in ihren Herzen. Seit dem Waffenstillstand hatten sich viele Paramilitärs hier am Seeufer niedergelassen – manchmal sogar ganze Familien. Einige hatten in der Politik ein neues Betätigungsfeld gefunden, andere waren dem Alkohol verfallen, und ein paar hatten zu Gott gefunden. Letztere waren jene, deren Gewissen von dem gequält wurde, was sie gesehen und getan hatten. Durch das Sakrament der Beichte wurde ihnen die Gnade Gottes zuteil, aber ihre Unsicherheit zwang sie dazu, sich dessen immer wieder zu vergewissern. Sie waren die verlorenen Schafe seiner Herde, die jetzt an jedem Tag in der Woche zuverlässig zur Messe kamen, sich großzügig an den Kollekten beteiligten und sich sogar erboten, ihm eine Reise nach Rom und in das Heilige Land zu ermöglichen. Bei Beerdigungen legten sie ihm die groben Hände auf die Schultern und flüsterten: »Sehr schön, Herr Pfarrer.«

Auf den Stationen des Kreuzwegs sah er sie, gespiegelt in den verglasten Bildern von Christus und seinem Leidensweg auf dem Kalvarienberg, alle hinter sich versammelt.

Wenn er sie vom Altar aus betrachtete, machte sich sein grauer Star besonders unangenehm bemerkbar.

Er sah den Erpresser mit kaltem Blick hinter der Mutter mit dem kleinen Kind sitzen, und in den letzten Reihen saß der herzlose Mörder neben dem alten Ehepaar, dessen Söhne alle in Amerika lebten.

Die furchtbaren Verbrechen spukten immer durch seine Gedanken.

Und dann war da Joseph Devine gewesen.

Zu seinem Gesicht, wenn es nachdenklich nach oben zu der Figur am Kreuz gerichtet war, hatte sich Father Fee beinahe zärtlich hingezogen gefühlt. Zu diesem alten Mann, der mit seinem Gewissen rang.

Alle Kraft floss in den letzten Kampf gegen die Stimmen in seinem Kopf.

Seine Gedanken wanderten zurück zu Devines letzter Beichte. Es war ein ungewöhnliches Gespräch zwischen Beichtvater und Beichtendem geworden. Begonnen hatte es damit, dass Devine berichtete, er habe sich nicht über die Taufe der Enkelin eines Freunds freuen können.

»Father, ich habe überhaupt nichts dabei empfunden«, hatte er geflüstert. »Selbst lächeln ist mir schwergefallen. Ich habe es auch nicht über mich gebracht, das Baby im Arm zu halten.«

Father Fee hatte geschwiegen, es wollte ihm keine tröstliche Antwort einfallen. Obwohl sie durch ein Metallgitter getrennt waren, schien Devines Gesicht sehr nah zu sein. In seinem Atem leichter Alkoholgeruch.

»Habe ich denn Grund für meine Befürchtungen?«

»Was sind denn deine Befürchtungen?«

»Dass ich nie meinen Frieden finden werde?«

Die Frage beunruhigte Father Fee. Ehe er antwortete, rieb er sein krankes Auge.

»Warum solltest du keinen Frieden finden? Gottes Gnade ist unerschöpflich. Du musst nichts weiter tun, als vor Gott ein vollständiges Bekenntnis abzulegen.«

»Das tue ich jeden Monat, Father.«

Der Priester schwieg.

Dann sagte er mahnend: »Du erzählst mir nicht die ganze Wahrheit. Du bist heute nicht wegen dieser

Taufe zu mir gekommen. Dich plagt etwas anderes. Aber ich weiß nicht, was. Vielleicht schämst du dich zu sehr, um es zu sagen. Ich weiß es nicht. Der Einzige, der das weiß, bist du. Und Gott.«

»Sonst plagt aber nichts mein Gewissen, Father«, entgegnete Devine ein wenig aufsässig.

»Warum bist du dann hier?«

Und dann fielen die Worte, die Father Fee erwartet hatte. Erfreut stellte er fest, dass Scham noch immer eine wirksame Kraft war. Es kam selbstverständlich darauf an, aus welcher Gemeinschaft man stammte und wie viel Bedeutung die Meinung anderer hatte. Aber in diesem Land begegnete man Informanten immer noch mit größter Verachtung. Father Fee hatte sogar Leute sagen hören, dass man seine Nachbarin vergewaltigen konnte und es bald vergessen würde, aber wenn der Großvater Spitzel gewesen war, bliebe man noch als Enkel sein Leben lang Außenseiter.

Im Halbdunkel des Beichtstuhls spürte Father Fee Devines Blick.

»Ich dachte, ich könnte die vergangenen Taten hinter mir lassen, aber die Stimmen verschwinden nicht. Ich habe für die britischen Sicherheitsdienste spioniert. Für Geld. Wegen meiner Informationen kamen Menschen ums Leben.«

Aufmerksam lauschte Father Fee dem Geständnis. Mit einem Seufzer wappnete er sich.

»Wie oft ist das vorgekommen?«

»Öfter, als ich mich daran erinnere.«

»Und empfindest du Reue über deine Taten?«

»Am Anfang ja, da hab ich mich schuldig gefühlt. Da hat mir mein Gewissen keine Ruhe gelassen. Aber allmählich ist die Scham verschwunden. Und es stimmt ja, dass die Männer, die durch meine Mithilfe umkamen, gefährlich und gewalttätig waren. Keiner von denen war unschuldig.«

Den Priester beschlich ein Gefühl tiefer Müdigkeit. Es war, als suchte er krampfhaft nach einem Ausweg aus einem Albtraum.

Devine wartete geduldig auf Absolution durch den Priester, doch statt sie zu erteilen, schloss Father Fee nur die Augen. Der Hunger seiner Gemeinde nach Vergebung von Sünden erschien ihm unersättlich, ein Schlund, den er bis in alle Ewigkeit füttern musste. Sein Mund war trocken, in seinem Kopf pochte es. Der Priester meinte nicht einfach mit der üblichen Formel fortfahren zu können. Licht drang durch den Schlitz unter der Beichtstuhltür. Als er auf seine Hände blickte, bemerkte er überrascht, dass sie zitterten. Vielleicht sollte das die letzte Beichte sein, die ich abnehme, dachte er. Morgen rufe ich den Diözesansekretär an und bitte um meine Versetzung in den Ruhestand.

Schließlich ergriff er doch noch das Wort. »Normalerweise schlage ich zur Buße Gebete vor, aber in deinem Fall weiche ich davon ab. Du bist zu mir um Vergebung gekommen, aber das ist hier nicht so einfach. Ehe ich dich von deinen Sünden lossprechen kann, musst du dafür Buße tun.«

Dann erläuterte er die ungewöhnliche Aufgabe, die ihm als Sühne vorschwebte.

Schließlich segnete er Devine und schloss das Sprechgitter. Die Beichte war beendet. Er hörte, wie Devine stotterte und etwas zu sagen versuchte. Er glich einem Kind, dem keine weiteren Fragen mehr einfielen.

Danach fühlte sich der Priester seltsam beschwingt. Nach Jahren braver Pflichterfüllung, in denen er sich gegenüber dem Willen Gottes hintangestellt hatte, empfand er diese Abweichung vom Beichtritus wie eine Befreiung. Jetzt musste er Männern, die gemordet oder Beihilfe dazu geleistet hatten, das Leben nicht mehr einfach leichter machen.

Vor Devines Leiche redete sich Father Fee ein, dass alles, was geschehen war, Vorsehung war. Selbstverständlich hatte er sich nicht vorstellen können, dass Devine ermordet werden würde, aber in dem Umstand, dass er als Erster bei dem Toten sein durfte, sah er das Walten einer höheren, vielleicht sogar göttlichen Gerechtigkeit. Jetzt konnte er Devine mit den Sterbesakramenten versehen und ihm die Beichte abnehmen.

Der Priester kniete sich auf den Boden und legte dem Mann behutsam die Hand auf die Stirn. Dann sprach er die Worte, die er schon so oft gesprochen hatte.

»Möge Gott, der Allmächtige, dir seine Gnade zuteilwerden lassen, dir deine Sünden vergeben und dir das ewige Leben schenken.«

Das Gebet dauerte nur wenige Sekunden. Danach streifte sein Blick eine alte Hortensie, die vom Gewicht der durchweichten Blüten des Vorjahrs niedergedrückt war. Tief gebeugt waren ihre Zweige, die diese Überfülle an toten Blüten kaum zu tragen vermochten. Er fragte sich, warum die Natur den Strauch seine riesigen Blütenstände nicht abwerfen ließ, wenn sie verblüht waren, um es ihm leichter zu machen. Eine verzweifelte Sehnsucht nach den ersten Frühlingsboten ergriff ihn, nach einem zarten Schneeglöckchenblatt oder einer Blattknospe kurz vor dem Aufbrechen, aber der Strauch taugte dafür nicht, so wenig wie ihm der Ballast, der sich über die Jahre in seinem Kopf angesammelt hatte, half.

Wasser trat in sein krankes Auge, und dann fing auch das gesunde an zu tränen. Devines Leiche verschwamm vor seinem Blick wie ein Dorn, der sich nicht fassen und herausziehen ließ.

5

Nachdem sie den wackligen Bootsanleger hinter sich gelassen hatten, riet der Fischer Celcius Daly, sich zurückzulehnen und die Landschaft zu genießen. Beim Hinausrudern aus der Mündungsbucht tat sich im Norden die weite Seefläche des Lough Neagh auf, während die Uferlinie immer zerklüfteter wurde. Bald sah Daly die Umrisse von Coney Island, und als das Boot sich der Insel näherte, entdeckte er den verkohlten Eichenstumpf, die ein Blitz in Brand gesetzt hatte. Eine Gruppe von Männern und Frauen, teils in Schutzanzügen, wuselte zwischen den geschwärzten Baumteilen hin und her. Als der Fischer an einer Schilffläche vorbeiruderte, flog eine Seeschwalbe mit zunehmend gereiztem Keckern auf sie zu.

Der schlanke, schnittige Fiberglasrumpf des Polizeiboots, des einzigen, das hier im Einsatz war, blockierte fast den gesamten Anlegesteg. Daly gelang es, auf die Planken zu springen, ohne sich ein Bein zu brechen. Er war froh, wieder halbwegs festen Boden unter den Füßen zu haben.

»In der Regel machen Leichen keine Geräusche«, warnte Ruari Butler, der heranschlendernde Rechtsmediziner, den Detective zur Begrüßung. »Aber ich fürchte, hier haben wir es mit einem sehr speziellen Fall zu tun.«

Er zeigte Daly den Tatort mit einer Beflissenheit, als ob er ihn durch ein Naturschutzgebiet führen würde. Unbeholfen tastete Daly hinter dem großen Mann nach dem Absperrband, um darüberzusteigen, und stolperte leicht.

Auf den ersten Blick entdeckte Daly nichts Auffälliges. Der Körper eines barfüßigen älteren Manns war sitzend gegen einen verkohlten Baumstumpf gelehnt. Seine Miene war entspannt, der Mund stand leicht offen, und die Zunge hing heraus, als hätte sie versucht, dem Tod ihres Wirts zu entwischen. In der Luft hing der Duft überreifer Schlehen, und das Surren der um die Leiche schwirrenden Fliegen erweckte den Anschein, als würde sie leise schnarchen. Kein sichtbares Anzeichen für ein Verbrechen, bemerkte er. Es könnte auch der tragische Unfall eines alten Manns sein, der wie jeden Morgen barfuß hierhergekommen war und sich in dieser Baumhöhle ausgeruht hatte, als ihn der Tod ereilte.

Aber bei genauerem Hinsehen war offensichtlich, dass Teile der Leiche versengt waren und man kaum zwischen menschlichen Sehnen und verbranntem Holz unterscheiden konnte. Die schwarzen, im Feuer geschrumpften Gliedmaßen des Opfers und die verkohlten Äste waren ineinander verschlungen, als hätte sich der Körper um die Überreste eines deformierten Zwillings gewickelt. Eine Untersuchung des Kopfs ergab vielfache stumpfe Verletzungen und Reste klebrigen Bluts. Der Hinterkopf war grießig wie ein durch den Fleischwolf gedrehter Knorpel.

Um die Leiche schwirrten Kriminaltechniker, die fleißig fotografierten, Haarproben nahmen und mikroskopisch kleine Beweisstücke aus dem Gebüsch klaubten, um ein brutales Stück Vergangenheit zu heben und zu katalogisieren. Nach getaner Arbeit würden sie damit abmarschieren und es in den Regalen eines forensischen Labors einlagern.

Butler sprach zu ihm, aber Daly konnte seinen Worten kaum folgen, weil er zu sehr mit diesem Anblick beschäftigt war. Manche Detectives vermochten alle Einzelheiten eines grausamen Mords aufzusaugen wie ein Hochleistungsstaubsauger, aber Daly gehörte nicht dazu. Butler bemerkte sein Unbehagen. Um ihm zu helfen, die Fassung wiederzuerlangen, richtete der Pathologe den Blick auf das Südufer des Sees und fing wie zum Spaß an, die dortigen Townlands des County Armagh aufzuzählen: Clonmakate, Columbkille, Maghery und Derrylileagh.

Der Schauder, der Daly in die Eingeweide gefahren war, war jedoch schwächer ausgeprägt als die professionelle Rivalität im Umgang mit Unangenehmem, die ihn mit Butler verband, und so ärgerte er sich ein wenig über dessen taktvolle Ablenkung von seiner Schwäche.

»Wie lang ist die Leiche hier?« Daly blickte auf das entspannte Profil des Gerichtsmediziners.

»Zum Glück wurde das Opfer gefunden, bevor der eigentliche Verwesungsprozess eingesetzt hat oder sich die Wildtiere hier daran haben gütlich tun können.«

»Dann hätte es für ihn ja kaum besser laufen können, was?« Dalys Ton war eisig.

»In gewisser Hinsicht ja. Für eine Leiche ist so ein Wildschutzgebiet kein guter Aufenthaltsort.«

»Und was wäre einer?«

Unbeeindruckt von Daly wie von der Leiche, ging Butler behutsam um einige Holzstücke herum, allein auf den Fortgang seiner Gedanken und Schlussfolgerungen konzentriert. Ähnlich wie die Mathematik machte der Tod die Dinge einfacher. Herauszufinden, wie etwas geschehen war, bedeutete, die Dinge mit klarem, nüchternem Blick zu betrachten und den Schleier der Gefühle zu lüften.

»Immerhin hat er die Sterbesakramente bekommen«, bemerkte Daly.

»Freundlicherweise verabreicht durch Father Jack Fee aus Maghery. Kennen Sie ihn?«

»Nein. Ich bin kein regelmäßiger Kirchgänger. Aber ich werde ihn besuchen.«

»Er sagt, der Tote ist Joseph Devine, ein frommes Mitglied seiner Gemeinde. Offenbar hat Mr. Devine keine näheren Verwandten. In seiner Jacke war eine Brieftasche mit einem Führerschein und mehreren Bankkarten.«

Die Wellen von einem vorbeifahrenden Motorboot klatschten gegen den Anlegesteg. Die beiden Männer sahen zu, wie das Boot um das Inselufer kurvte und aus ihrem Blickfeld verschwand.

»Das Opfer wurde durch eine Reihe von Schlägen

gegen den Kopf, ausgeführt mit einem stumpfen Gegenstand, getötet«, fuhr Butler fort. »Außerdem wurden seine Gliedmaßen angezündet, möglicherweise um ihn zu foltern. Dabei diente Baumharz als eine Art Brennstoff. Den genauen Todeszeitpunkt werden wir nicht mehr herausfinden, aber grob geschätzt dürfte er nicht länger als vierundzwanzig Stunden zurückliegen.«

Mit einer Pinzette drückte der Gerichtsmediziner auf die Brust des Opfers. Es folgte ein Zischen, und aus dem Hals der Leiche kam ein Geräusch. Ein anhaltendes raues, vogelartiges Gurgeln. Es war eines der merkwürdigsten Geräusche, die Daly je gehört hatte. Hoch, wild, unmenschlich.

Er sah Butler beinahe flehend an. »Was zum Teufel war das?«

»Erkennen Sie's nicht?«

Butler öffnete den Mund des Opfers. Er hatte die Kehle schon eingehend untersucht. Geschickt fummelte er mit der Pinzette einen kleinen Metallgegenstand heraus und hielt ihn vor Daly in die Höhe.

»Eine Entenpfeife. Steckte knapp über dem Kehlkopf.«

Die Anspannung auf dem Gesicht des Detective nahm etwas ab.

»Nach dem Trauma in der Mundhöhle zu schließen, wurde sie dem noch lebenden Opfer gewaltsam eingeführt.«

Er schwieg einen Moment wie ein Schauspieler, der sich die Bühne zurückerobert. »Weil die Leiche so theatralisch zur Schau gestellt wurde und weil ein Priester über den Fundort informiert wurde, kann man wohl davon ausgehen, dass hier irgendwelche Paramilitärs die Hand im Spiel hatten.«

»Für diese Vermutung haben wir noch keine Beweise«, knurrte Daly.

»Für die Medien ist das auch ohne Beweise ein gefundenes Fressen.«

Daly zuckte die Achseln. »Vielleicht bringt uns der Rummel ja ein paar brauchbare Hinweise.«

»Einen kann ich jetzt schon bieten. Offenbar war sein Tod für die Mörder von großer Bedeutung.«

»Wieso?«

»Verbrennen, foltern und dann totschlagen, dazu eine tief in den Hals gerammte Entenpfeife. Nach meiner Erfahrung werden nicht viele Opfer so zugerichtet. Eine Kugel in den Schädel wäre doch viel einfacher und effektiver gewesen.«

Daly war nörgelig. »Also sind unsere Hauptverdächtigen Paramilitärs mit kranker Fantasie und einem Faible für Entenjagd.«

Butler deutete ein schiefes Lächeln an. Dann wandte er sich der Leiche zu und setzte seine Arbeit fort, während Daly – froh, dem gruseligen Anblick des verkohlten Baumstumpfs zu entkommen – sich auf den Weg machte, um die übrige Insel in Augenschein zu nehmen. Eigentlich hätte er am Tatort bleiben und den Kriminaltechnikern zur Hand gehen sollen, aber er musste einen klaren Kopf bekommen. Außerdem war hier Butler für die Spurensicherung verantwortlich, und der würde keinen Stein auf dem anderen lassen.

Zurück am Ufer, nahm Daly ein paar tiefe Atemzüge Seeluft und sah zu, wie die Wolkenschatten über das Wasser huschten. Weiter unten im Süden verschwanden die Mourne Mountains im abnehmenden Winterlicht mit einem letzten violetten Schimmer am Horizont.

Coney Island war ein wilder, merkwürdiger Ort, an den nur vom Sturm überraschte Fischer oder wagemutigere Vogelbeobachter kamen. Während der elisabethanischen Kriege war die Insel von den Anführern des O'Neill-Clans als Zuflucht genutzt worden, und sie war nach einer Hexe benannt, die angeblich für die englische Königin spioniert hatte. Der Legende nach hatte sie Red Hugh O'Neill vergiftet, während sie seine Wunden nach einer Schlacht versorgte. Hexe, Mörderin und Spionin in einer Person, dachte Daly. Im Vergleich zu Miss Coney war Mata Hari eine Pfadfinderin.

Während er am Ufer entlangwanderte, legte er sich einen Plan für die Ermittlungen zurecht und überdachte die einzelnen Schritte. Nach der Spurensicherung am Tatort würden sie damit beginnen, die am Lough lebenden und arbeitenden Menschen zu befragen. Sie würden versuchen herauszufinden, wie der Tote auf die Insel gekommen war und wie die Mörder dorthin gelangt und wieder verschwunden waren. War jemandem etwas Ungewöhnliches aufgefallen? Waren plötzlich fremde Boote oder Autos in der Gegend gewesen? Am Seeufer gab es zwei Gemeinden, eine protestantisch, die andere katholisch, beide in tiefem Argwohn miteinander verbunden. Alles, was auch nur im Entferntesten ungewöhnlich gewesen war, war garantiert von jemandem bemerkt worden.

Er kam an einen Kiesstrand mit wunderbar rund geschliffenen Kieselsteinen, und während er dort entlangspazierte, spielte er mit dem Gedanken, ein paar davon auf das Boot des Fischers zu schaffen. Damit könnte er den vernachlässigten Garten seines Vaters etwas hübscher machen. Eine Möwe tauchte ins Wasser und kam mit einem zappelnden Aal im Schnabel heraus. Im See wimmelte es von Leben, dachte er, aber genauso war dort der Tod zu Hause. Vielleicht war die Zivilisation hinter dem Lough ja nur seiner Fantasie entsprungen?

Zum Leben war Nordirland kein so übler Ort mehr, sprach er sich Mut zu. Möglicherweise war das Essen nicht so gut, und es gab auch hier schlechte Menschen, aber durch den Friedensprozess wurde das viele Leid, das in den vergangenen vierzig Jahren entstanden war, langsam geheilt.

Auf den Kieselstrand folgte dichtes Röhricht, das weit in den Lough hinausreichte. Beim Blick auf den Zerrspiegel der Seefläche schauderte es ihn. Dieser Mord war besonders grausam gewesen, und er befürchtete, dass sich die Ermittlungen lange hinziehen und schwierig werden würden. Die Mörder waren einige Risiken eingegangen, offenbar weil sie sicher waren, auf dieser unbewohnten Insel ungestört zu bleiben. Hatten sie ihr Opfer hierhergelockt, oder war es zu einem vereinbarten Treffen gekommen?

Er bemerkte eine Spur aus abgeknicktem Schilfrohr und kürzlich aufgewühltem Schlamm, die in das Röhricht führte. Als er darauf zuging, flog ein Schwarm Enten aus Nestern auf. Es waren flinke, vorsichtige Wesen, und ihre Körper waren für eine schnelle Flucht gebaut. Kurz blieb er stehen und betrachtete versonnen ihre gewandten Bewegungen, die sich im Wasser verdoppelten. Der einfachste Weg, um Ordnung ins Chaos zu bringen, dachte er plötzlich, war, zu warten, bis sich wieder Stille einstellte.

Im Röhricht stieß er auf eine Vogelbeobachtungshütte. Sie war nicht so klapprig und besser gebaut als jene, die er aus seiner Kindheit kannte. Im Innern fand er ein Fernglas. Eigentlich, dachte er, dienen Vogelbeobachtungshütten eher dazu, sich vor anderen Menschen zu verstecken, damit die das idiotische Verhalten von Ornithologen und Entenjägern nicht mitkriegen. Das Fernglas war von überraschend guter Qualität – keines der alten Dinger, wie er auf den ersten Blick vermutet hätte. Er nahm es und betrachtete damit die Uferlinie, eine verschlungene Gruppe von Wurzeln und Felsen, die über ihrem Spiegelbild schwebte. Er hatte weder Stift noch Block, um die Tiere zu notieren, die er entdeckte, aber zur Vogelbeobachtung war er ja nicht gekommen. Sein Blick blieb an einem heruntergekommenen Cottage hängen, halb versteckt unter

Bäumen, die Hintertür einen Spaltbreit offen. Außer dem Haus war am Ufer kein Anzeichen von menschlichem Leben zu sehen.

Daly blinzelte. Das Gesicht des Toten hatte sich so tief in sein Gedächtnis eingebrannt, dass er dessen Umrisse in den dunklen Bäumen und ihrem Spiegelbild darunter wiederentdeckte. Er setzte das Fernglas ab. Er wusste nicht einmal, wonach er suchte. Genauso gut konnte er einen Märchenwald nach Spuren eines Ungeheuers absuchen.

Er trat aus der Hütte und ging den Pfad durch das Röhricht zurück. Ein durchweichtes, blutiges Ding fiel ihm ins Auge. Weil er es für einen toten Vogel hielt, stupste er mit dem Schuh dagegen. Doch es erwies sich als der erste Hinweis, der ihn auf die Spur der Täter führen konnte. Es sah aus wie ein blutiger Tauchhandschuh, und er hob ihn auf, um ihn in eine Asservatentüte zu stecken. Vielleicht hatte der Angreifer ihn ausgezogen, um besser zupacken zu können. Daly begriff, dass der Überfall sehr genau geplant und mit großem Aufwand durchgeführt worden war. Dann fragte er sich, wie lange es gedauert haben mochte, bis das Opfer gestorben war.

Als der Fischer Daly zum Festland zurückruderte, war es später Nachmittag geworden. In immer mehr Cottage-Fenstern erschien Licht. Von Mücken umschwirrt, traten sie an Land. Der Fischer meinte, im Winter seien sie nicht so schlimm wie die Sommermücken. Jetzt könnten sie nur einmal stechen.

6

Am Rand des Fahrwegs, der zu dem abgelegenen Cottage führte, zwängte sich eine Schar Kriminaltechniker in weißen Schutzanzügen durch die Lücken in einer Schlehdornhecke. Daly und die an der Einfahrt zum Cottage postierten Uniformierten begrüßten sich mit einem kaum merklichen Nicken. Dabei sah er aus dem Augenwinkel, wie Detective Derek Irwin gelangweilt gegen einen rostigen Schubkarren trat.

Bereits seit sieben Uhr morgens beaufsichtigte Irwin die Spurensicherer, die rund um Joseph Devines Cottage zugange waren.

»Ich dachte schon, Sie lassen uns hängen«, sagte er grußlos, als er Daly bemerkte. Irwin war nicht am Fundort der Leiche gewesen, entsprechend ungetrübt war sein forscher Blick. Es hatte den Anschein, als könnte jeden Moment unterdrückte Wut aus dem Detective herausplatzen.

»Wirklich prima hier. Ich dachte, Sie hätten es heute früh eilig mit dem Anfangen. Nach Ihrem Anruf bin ich sofort aus dem Haus gestürzt, ich hab nicht mal gefrühstückt.«

Im Licht von Irwins funkelnder Gereiztheit war Dalys Miene ein dunkler Granitblock. Dieser kleine Zornesausbruch ließ ihn nicht einmal blinzeln.

»Kein Grund zur Panik«, sagte Daly kühl. »Devines Mörder sind nicht erst vor ein paar Minuten zur Hintertür raus. Im echten Leben sind Verbrechen nicht so simpel.«

Irwin schnitt ein verächtliches Gesicht und zog sein Handy aus der Tasche, das zu klingeln begonnen hatte. »Ist privat«, verkündete er, neigte den Kopf mit den langen Locken zur Seite, und im nächsten Moment waren alle Empörung und Müdigkeit aus seiner Stimme verschwunden: »Hi Poppy. Hey, ich hoffe, ich hab dich gestern Nacht nicht aufgeweckt. Hat ewig gedauert, bis ich ein Taxi bekommen hab.« Er senkte die Stimme zu einem rauen Flüstern. »Kann ich heute Abend kommen? Sag bloß nicht Nein, das würde mich in tiefste Depressionen stürzen.« Das Handy gierig an den Mund gedrückt, entfernte er sich ein paar Schritte weiter.

Irwin war mindestens zehn Jahre jünger als Daly und stand für die Art von Jugend, von der Daly innig hoffte, er habe sie hinter sich gelassen. Die vielen SMS, die Irwin bekam, und seine geflüsterten Telefonate ließen auf ein bewegtes Sexualleben schließen. Dabei mochte Daly die Energie und das Ungestüm, mit dem sich Irwin ins Leben stürzte, obwohl er die Tage meist mit Routineermittlungen zu Sachbeschädigungen und Hauseinbrüchen verbrachte. Allerdings zeichnete sich der junge Detective auch durch einen Mangel an Geschick und Umsicht aus, der Daly befürchten ließ, er könnte manchmal mehr mit den Verwicklungen seines

Liebeslebens beschäftigt sein als mit den Problemen eines Falls.

Irwin kehrte zurück und klappte sein Handy zu.

»Sie sehen scheiße aus«, sagte er nach einem prüfenden Blick auf Daly. »Wegen der vielen Wochenenden allein steht der Kessel ziemlich unter Druck, was? Ich glaube, Ihr Problem ist, dass Sie nicht genug unter Leuten sind.«

Dalys Trennung von seiner Frau war allen Kollegen bekannt. So etwas ließ sich bei der Polizei kaum verbergen. Nur wer glücklich liiert war, eilte freitagabends mit einem fröhlichen Lächeln nach Hause. Daly quittierte Irwins Bemerkung mit einem Nicken, als hätte sie ihm ein Quäntchen Trost beschert.

»So was wie Treue gibt's heut nicht mehr«, fuhr Irwin mit einem Zwinkern fort. »Wir spielen doch alle dauernd Bäumchen wechsle dich. Jeder ist Single, die Verheirateten nur nicht so oft.«

Daly wandte sich ab. Das Unbehagen über seine gescheiterte Ehe behinderte ihn wie ein gebrochener Flügel. Das Ende seiner Beziehung mit Anna hatte sie wieder zum Dreh- und Angelpunkt all seiner Gefühle gemacht, genau wie damals, als er angefangen hatte, um sie zu werben. Er hoffte, dass das vorübergehend war und nur so lange anhielt, bis er sich an den freien, glamourösen Lebensstil eines Junggesellen gewöhnt hatte, den Irwin inszenierte.

Als er jedoch sah, wie der jüngere Detective die Einfahrt hinaufschlenderte, sich dauernd mit der Hand durch die dichten Haare fuhr und den Text eines Popsongs halb trällerte, halb brummte, fragte er sich, welche Peinlichkeiten ihm noch bevorstanden, bis er dieses Ziel erreichte.

Ein junger Uniformierter mit ängstlichem Gesichtsausdruck hob das Absperrband an, um sie ins Cottage zu lassen. Das Eintreten in das Haus eines Mordopfers empfand Daly ähnlich wie den Einbruch in eine Kirche. Weil damit die Ruhe und die Unversehrtheit jener vier Wände verletzt wurden, die eigentlich die grausame Welt draußen halten sollten.

»Devine muss jemand mit ziemlich guten Kontakten zu Paramilitärs auf die Zehen getreten sein«, meinte Irwin. Sein Eifer kehrte zurück. »Was meinen Sie, welche Truppe das war? Die Real IRA, die Continuity IRA, die INLA oder die echte, irre, voll geheime IRA?«

»Nicht alle Arschlöcher auf der Welt sind republikanische Paramilitärs«, erwiderte Daly. »Aber wenn ich in diesem Fall wetten müsste, würde ich auch auf sie setzen.«

Die Eingangstür wies keinerlei Spuren eines gewaltsamen Eindringens auf, und weder in der Diele noch in einem der vollgestellten Zimmer schien es einen Kampf gegeben zu haben. Devine war so überstürzt aufgebrochen, dass er nicht einmal die Hintertür zugemacht hatte. Der Telefonhörer lag neben der Gabel, und in der Spülküche stand ein Topf mit klumpigem Porridge auf der Kochplatte.

»Jedes Haus erzählt eine eigene Geschichte«, sagte Daly.

Irwin steckte einen Finger in den Porridge und probierte. »Na, dann sieht mir die hier stark nach *Goldlöckchen und die drei Bären* aus.«

Die beiden Detectives traten ins Wohnzimmer, dessen gesamte Inneneinrichtung sich aus den 1950ern bis ins Heute gerettet hatte: Auf einer schweren Anrichte standen ein Röhrenradio und, als sentimentale Souvenirs aus dem katholischen Irland, ein religiöser Aufstellkalender und eine Flasche mit Weihwasser aus Knock. Außerdem gab es ein Porträt des vormaligen Papsts und eine Figur der Jungfrau Maria. Selbst die Lichtschneise, die von der Sonne durch das Zimmer geschnitten wurde, schien in der Vergangenheit festgefroren zu sein. Nur der Papst war, wie Daly bemerkte, staubfrei. Im Ringen um Gleichstellung hatte er gegenüber der verstaubten Marienfigur offenbar noch einen Vorteil.

Daly nahm die Marienfigur in die Hand und blies eine Spinnwebe weg. Marias Augen waren leer, ihre Gesichtszüge wirkten hagerer als die auf den Heiligenbildern, an die er sich erinnerte, so als hätte diese Jungfrau zu viele schlaflose Nächte erlebt. Oder bildete er sich das nur ein? Vielleicht war es auch eine Folge dessen, dass so viele verlorene Seelen Nachtwache hielten und Hunderte Male inbrünstig Marienlieder sangen.

Was die Haushaltsführung betraf, so war Devine nicht über Junggesellendurchschnitt hinausgekommen. Unter dem Küchentisch stand eine Kiste, aus der die leeren Stout-Flaschen ragten. In einem Gästezimmer gab es ein durchgesessenes Sofa, dessen mitgenommene Polster unter einer alten Decke lagen, und einen abgewetzten schwarzen Ledersessel. Das gesamte Cottage war mit grünem Linoleum mit Fliesenmuster ausgelegt, das nach Jahren der Abnutzung aber nur noch an wenigen Stellen zu erkennen war.

Das Einzige, was nicht den Eindruck eines verwehenden Lebens hinterließ, war eine Sammlung von Enten, die in einem Büfett und auf der tiefen Fensterbank in der Küche verteilt war. Beim ersten Blick auf die Enten stockte Daly kurz der Atem, weil er sie zunächst für echt hielt. Sie waren aus Holz geschnitzt und wirkten handbemalt. Als er näher trat, spiegelte sich das Zimmer im Glanz ihrer Glasaugen.

»Lockenten!«, entfuhr es Daly. »Nur wer allein lebt, kann seine Hobbys richtig ausleben.«

»Die sehen aus wie Antiquitäten. Sie könnten sogar ein bisschen was wert sein«, meinte Irwin und nahm eine in die Hand. Als der Kopf zu nicken anfing wie der einer fressenden Ente, hätte er sie vor Überraschung beinahe fallen gelassen.

»Jedenfalls könnten sie die Entenpfeife in Devines Hals erklären.«

»Nämlich?«

»Die Mörder fanden das wohl irgendwie witzig. Ein kranker Humor, aber die Pfeife passt zu Devine. Die Mörder müssen wissen, dass er ein Faible für Entenjagd hatte.«

Daly fiel ein, dass der vermisste David Hughes ebenfalls passionierter Entenjäger war. Hier schälte sich ein Muster heraus.

»Das ist doch pervers«, sagte Irwin angewidert. »Und ich dachte, die republikanischen Paramilitärs täten nichts anderes mehr als Blumensträuße binden und für Menschenrechte eintreten.«

Als es klingelte, fuhren beide herum.

Irwin ging nachsehen. Gleich darauf kam er mit verbissener Miene zurück.

»Keiner da. Wahrscheinlich ein dummer Scherz von einem Kollegen.«

Das Haus war bereits nach Fingerabdrücken abgesucht worden, alle Türgriffe, Gläser, Schubladen und Fensterscheiben waren mit Pulver eingepinselt worden. Es waren nur die Abdrücke von einer Person gefunden worden. Das war ungewöhnlich, aber Daly hatte schon geahnt, dass Devine ein Eigenbrötler gewesen war.

»Der nächste Nachbar hat angegeben, dass Devine Anfang letzten Jahres in diese Bruchbude gezogen ist«, sagte Irwin.

»Was, denken Sie, war der Grund dafür?«

Statt zu antworten, öffnete Irwin die Hintertür. Eine Böe blies einen Schwung altes Laub und trockene Ahornsamen über die Schwelle. Als Daly hinausging, eröffnete sich ihm ein weiter Blick auf den Lough Neagh mit seinen verzweigten, von Bäumen gesäumten Buchten. Er sah mehrere Landzungen, die er nicht genau erkannte, weil sie sich im windumtosten Nichts verloren. Es war der ideale Ausguck für einen Wilderer, nicht einsehbar und geschützt vor dem Treiben auf den Straßen, Feldern oder Dörfern. Der kurze, von undurchdringlichen Hecken gesäumte Weg zum Ufer glich einem Pfad an die Ränder des menschlichen Daseins. Am Himmel über ihm quäkte ein Schwarm Gänse mit lang gestreckten Hälsen im Winkelflug. Dalys Blick folgte der fliegenden Formation und wanderte dann zum Horizont, als hätten ihn alle Naturphänomene dorthin gelotst. Er gestattete sich einen Moment müßigen Schauens, ehe er ins Haus zurückkehrte.

Die friedliche Stimmung wurde durch das erneute Läuten der Türklingel gestört.

Irwin machte ein verdrießliches Gesicht, als er durch den Gang stapfte. Dieses Mal blieb er länger weg.

»Es ist mir schleierhaft, was für Knallköpfe die heute in den Dienst lassen«, sagte er bei seiner Rückkehr. »Keiner will's gewesen sein.«

»Vielleicht ist es gar nicht die Türklingel«, sagte Daly und fing an, durch die Zimmer zu gehen und zu lauschen. Er sah in der dunklen Diele und im Wohnzimmer nach. Die Marienfigur und das Papstfoto standen still, auch die Lockenten bewegten sich nicht. Nur Staubteilchen schwebten in einem Sonnenstrahl, ein uraltes feines Staubgespinst.

Wieder klingelte es, nicht allzu laut, aber fordernd, Aufmerksamkeit heischend. »Ich weiß, dass da jemand ist. Warum antwortet niemand?«, schien das Läuten zu sagen. Dalys Nackenhaare sträubten sich.

»Glauben Sie an Geister?«, hörte er Irwin hinter sich fragen.

»In manchen Nächten glaub ich nicht mal an mich selber«, erwiderte Daly. »Aber hierfür muss es eine rationale Erklärung geben. Vielleicht hat Devine eine Art Alarmanlage, die ständig ausgelöst wird?«

Er nahm den Telefonhörer und legte ihn dann auf die Gabel. Die Leitung war stumm.

Sie stiegen eine schmale Treppe hinauf in eine Dachkammer. Dort lag ein Stapel Papier auf einer Kommode, vor allem Rechnungen und Broschüren für Lockenten und mehr Jagdausrüstung. Zu zweit durchsuchten sie die Kommodenschubladen und griffen auch in die Taschen von Hosen und Hemden. Am Boden einer Schublade lag ein geöffneter Umschlag. Daly zog ein Foto und eine handgeschriebene Einladung heraus. Sie galt der Versammlung eines Vereins von Entenjägern und stammte aus dem Vorjahr. Darauf stand: *Nach dem Mittagessen und der Musik hält unser Vorstand David Hughes einen Vortrag.* Das Foto zeigte eine Gruppe älterer Männer mit massenhaft toten Enten vor einer Art Unterstand oder Schuppen. Nachdem er den Pass und den Führerschein gesehen hatte, erkannte Daly das Mordopfer sofort. Er stand in der ersten Reihe, und mit seinem misstrauischen, traurigen Blick in einem Gesicht ohne Lächeln wirkte er wie ein Mensch, der am Rand seines eigenen Grabs kniete.

Daly konnte gerade noch den Poststempel auf dem Umschlag lesen, als es unten wieder klingelte. Es klang, als würde etwas tief in den Mauern des Cottage Verborgenes vibrieren.

»Das kommt ungefähr alle zehn Minuten«, sagte er.

Daly ging in den Trockenraum mit den Wasserrohren und klopfte gegen die Leitungen. In der Küche überprüfte er den Kühlschrank und den Wasserkessel. Beide waren abgeschaltet. Dann stellte er sich ins Wohnzimmer und wartete. Irwin lief unruhig durch das Haus und jagte eingebildeten Geräuschen nach. Auch das Haus selbst schien beunruhigt zu sein und knarrte und scheuerte an seinem Fundament.

Genau zehn Minuten später begann das Papstfoto zu wackeln, und eine weitere Staubwolke schwebte von der Anrichte auf. Das Klingeln war jetzt lauter und vorwurfsvoll, drängend. Daly nahm den Fotorahmen in die Hand. Dahinter lag ein rundes schwarzes Gerät, das mit jedem Vibrieren über die Anrichte rutschte. Daly schnappte es sich, noch bevor es verstummte. Es war ein Pager. Daly drückte auf Empfang, und eine Nachricht erschien: SICHTKONTAKT ZU ZIEL A VON HAUS 1 ZU HECKE C3. SPRICHT MIT EVT UNBEK. IN HAND METALLOBJ. Die Nachricht war vor zwei Tagen gesendet, aber nicht beantwortet worden.

Irwin sah erst den Text, dann Daly fragend an.

»Wer schaut denn da wohin?«

»Möglicherweise ein Entenjäger? Keine Ahnung.«

Beim Nachdenken zwickte Irwin die Augenbrauen zusammen, was ihm das Aussehen eines grübelnden Schuljungen verlieh. »Vielleicht war Devine das Ziel. In diesem Fall wäre es nicht beim Sichtkontakt geblieben.«

Daly sah den Nachrichteneingang des Pagers durch. Er fand eine Reihe weiterer, ähnlich kryptischer Botschaften. Zwei davon waren in der vergangenen Woche gekommen, beide in einem offenbar sehr sorgfältig chiffrierten Code verfasst. Darin schien es um einen Mann in einem Haus zu gehen, in dem er womöglich wohnte. SICHTKONTAKT ZU ZIEL A VON C4 BEWEGUNGSLOS AN GIEBELWAND, und dann A TRÄGT PAPIER ZU HECKE C3. KEIN SICHTKONTAKT. ERSCHEINT BEI C2 BEWEGUNGSLOS. DANN ZURÜCK ZU HAUS 1.

Daly fragte sich, warum diese Nachrichten geschickt worden waren. Um Devines Verfolgungswahn neue Nahrung zu geben oder um ihn zu warnen, dass er beobachtet wurde? Er starrte durch das kleine Fenster auf die Hecke kahler, im Wind wogender Schlehdornsträucher, die den Garten einfassten. Dabei dachte er an Eliza Hughes und ihren herumirrenden Bruder, huschende nächtliche Schatten und ein Augenpaar, das offenbar niemals den Blick von dieser geheimnisvollen Landschaft nahm.

Sie wollten das Cottage gerade verlassen, als ein teuer aussehender Mercedes heranfuhr und ein kleiner, grauhaariger älterer Mann ausstieg. Er hatte das zufrieden-selbstgerechte Auftreten, das zu reichen Männern gehörte wie Zigarrengeruch und das Zischen von Golfschlägern.

»Inspector Daly«, rief er, »wieder führen uns widrige Umstände zusammen. Selten kreuzen sich unsere Wege bei eitel Sonnenschein.«

Der Mercedes-Fahrer war der Anwalt Malachy O'Hare, einer der mächtigsten Vertreter der örtlichen Zunft.

»Was bringt Sie denn hierher?«, fragte Daly.

»Reine Neugier. Ich wollte sehen, wo sich Joseph versteckt hatte.« Die volltönende, melodiöse Stimme des Anwalts erklang in letzter Zeit allerdings öfter, um Lokalrunden zu schmeißen, als Verbrechern die Haut zu retten. Er schien auch nicht mehr richtig vertraut mit polizeilichen Ermittlungsmethoden.

»Das ist ein Tatort, Mr. O'Hare.« Daly deutete auf das gelbe Absperrband. »Weiter dürfen Sie nicht.«

»Einer Ihrer Männer hat mich heute Morgen angerufen. Joseph war früher bei uns angestellt, vierzig Jahre war er in der Kanzlei als Gehilfe tätig.« O'Hare sah Daly offen und gewinnend an. »Wir vermuten, dass er noch etwas hat, das uns gehört.« Er sprach freundlich, aber mit Nachdruck.

»Na, genau solche Informationen will ich doch hören.« Daly setzte ein professionelles Lächeln auf. »Um was handelt es sich denn?«

»Ach, nur ein paar Akten zu alten Fällen. Keine laufenden Verfahren. Aber zum Schutz unserer Mandanten müssen wir natürlich Vertraulichkeit wahren.«

»Dann kommen Sie doch mal mit«, sagte Daly. »Und währenddessen erzählen Sie mir alles, was Sie über Mr. Devine wissen.«

»Was soll ich groß berichten, außer dass er ein guter Kanzleigehilfe war? Über sein Privatleben hat er kaum etwas erzählt.«

»Aber Sie glauben, dass er wichtige Akten mitgenommen hat?«

Vor dem ersten Schritt ins Cottage trat sich O'Hare auf der abgewetzten Türmatte seine teuren Schuhe ab. »Sagen wir, man hatte da so einen Verdacht.«

Trotz des Zwielichts im Haus erkannte Daly, dass aus den Augen des Rechtsanwalts Unruhe sprach. Er wartete geduldig in der Hoffnung, dass sich während ihres Gesprächs zeigen würde, warum der Anwalt den ungewöhnlichen Schritt unternommen hatte, so eilig an einem Tatort aufzutauchen.

Mit gerunzelter Stirn blickte O'Hare auf die Lockenten-Sammlung. Er zog die Augenbrauen hoch, als wären sie Geschworene, die gleich ein Urteil verkündeten.

»Man staunt immer wieder, was die Mitarbeiter privat so treiben. Ich wusste gar nicht, dass er sich für Enten interessiert. Vielleicht war er zwanghaft? Man soll ja über Tote nichts Schlechtes sagen, aber ich habe ihn immer für einen geistlosen, langweiligen Menschen gehalten.«

»Wir sind nicht hier, um den Stab über ihn zu brechen«, entgegnete Daly.

»Devine war bei uns fast so lange Kanzleigehilfe, wie

ich Rechtsanwalt bin«, fuhr O'Hare mit der unaufgeregten Exaktheit eines Staatsanwalts fort, der darlegt, was gegen den Beklagten vorgebracht wird. »Und eins können Sie mir glauben: Er war geistlos. Diese Lockenten haben sich seit unserem Eintreten kein Jota bewegt, aber trotzdem steckt in ihnen mehr Leben, als je in dem Mann war, Gott sei seiner Seele gnädig. Ich würde mir lieber eine Glatze rasieren lassen, als mit ihm plaudern zu müssen. Er war der größte Langweiler in der Kanzlei. Aber vermutlich ist in der Juristerei eine gewisse Bräsigkeit keine schlechte Eigenschaft. Wer keine Langeweile aushält, hat als Anwalt auf Dauer keinen Erfolg.«

»Fällt Ihnen jemand ein, der ihn gerne tot gesehen hätte? Vielleicht ein unzufriedener Mandant?«

»Unsere Kanzlei befasst sich fast ausschließlich mit den Alltagsgeschäften des menschlichen Miteinanders: Verträge, Auflassungserklärungen, Testamente … Ich kann mir wirklich nicht vorstellen, dass sich ein Mandant so über Joseph aufregen könnte, dass er ihn umbringen möchte. Allerdings gab es einmal einen Fall, bei dem er mitten auf einer Beerdigung einen Schriftsatz überbracht hat. In dem Moment, als Joseph dem Mann die Papiere aushändigte, wurde dessen Vater ins Grab hinabgelassen. Ich glaube, dass er sich über die emotionalen Auswirkungen nicht im Klaren war. Aber das ist lange her, das war in den Siebzigern. Abgesehen davon fällt mir kein Grund ein, warum ihn jemand hätte umbringen wollen.«

O'Hare erlag seiner Neugier und nahm eine Lockente in die Hand.

»Wir sollten den Wert dieser Stücke taxieren lassen«, sagte er, ohne sich allzu sehr für die Enten zu interessieren. Vielmehr blickte er forschend im Zimmer umher.

»Vielleicht sollte ich einen Mitarbeiter schicken, der sich ein bisschen Zeit nimmt und Josephs Hinterlassenschaften durchgeht. Es gibt auch bei Lockenten Antiquitäten, für die es Sammler gibt. Man müsste eine Vermögensaufstellung machen. Sie könnten unseren Mann ja im Haus einsperren und durchsuchen, wenn er rauskommt. Die Wertgegenstände lassen sich sicher in ein, zwei Stunden erfassen.«

»Und ihn durch eventuelle Beweisstücke wühlen lassen? Sie sollten eigentlich besser Bescheid wissen, als mir so was vorzuschlagen.«

»Ja, ja, natürlich, Sie haben recht.«

O'Hare warf Daly erneut einen Blick zu, um festzustellen, wie sehr sich der im Raum stehende Verdacht verdichtet hatte. Er musste es auf andere Art versuchen.

»Wurde die Leiche denn zweifelsfrei identifiziert?« Um einen persönlicheren Ton bemüht, neigte er sich bei der Frage zu Daly.

»Wenn nicht, dann haben Sie sich unbefugt Zutritt in das Haus eines Vermissten verschafft, und wir haben zwei Straftatbestände zu klären, nicht bloß einen. Halten Sie es denn für ausgeschlossen, dass er durch fremde Hand zu Tode kam?«

»Seltsam finde ich es schon.«

»Was ich seltsam finde, ist, dass Sie, nur weil ein Officer heute Vormittag anruft, alles stehen und liegen lassen und hierherkommen. Das ist wirklich seltsam. Devine war nur ein kleiner Angestellter Ihrer Kanzlei, und er war seit längerer Zeit nicht mehr für Sie tätig.«

»Ojemine«, seufzte O'Hare. »Alles an dieser Situation – die Umgebung, der verwahrloste Zustand des Hauses – wirkt auf mich höchst ungewöhnlich. Ich verstehe überhaupt nicht, warum er hierhergezogen ist.«

»Wenn man an einen solchen Ort zieht, tut man das, weil man vor irgendwas flieht. Verkehrsstaus, die Hektik des Alltags, Langeweile, die Vergangenheit«, meinte Daly. »Die langen verregneten Nachmittage und der gelegentliche Sonnenuntergang allein machen's wohl nicht aus.«

O'Hare machte ein ernstes Gesicht. »Ich fürchte, uns stehen noch mehr unangenehme Überraschungen bevor. Sie müssen mich informieren, wenn Sie vertrauliche Unterlagen von uns finden. Andernfalls könnte der Ruf der Kanzlei schweren Schaden nehmen.« Ein schiefes Lächeln huschte über O'Hares Mund, dann flüsterte er, fast als redete er mit sich selbst: »Die Vergangenheit ist ein vollgeschissener Nachttopf, und Devine hat darin mit einem großen Stock herumgerührt.«

»Die einzige unangenehme Überraschung für mich ist der Mord an diesem Mann. Wir werden alles dransetzen, die Mörder zu fangen. Aber wenn irgendwelche Unterlagen auftauchen, geb ich Ihnen Bescheid.«

Zum Abschied ließ O'Hare noch einen besorgten Blick durch das Zimmer schweifen. Devines Tod schien ihn ernsthaft zu beunruhigen. Seine Nervosität rief Daly ins Gedächtnis, dass der Anwalt bereits während der Troubles tätig gewesen war und zur Selbstverteidigung wohl auch eine Waffe getragen hatte. Es war eine Zeit voller Gewalt gewesen, und Anwälte waren eine Spezies, die nicht darauf hoffen konnte, sich viele neue Freunde zu machen.

»Sie sehen nicht gut aus«, sagte Daly.

O'Hare massierte seinen Arm. »Zu hoher Blutdruck. Der Arzt sagt, ich soll mehr Zeit auf dem Golfplatz verbringen. Und wenn mich Devine nicht am Donnerstag angerufen hätte, wäre ich jetzt auch dort.«

»Das erklärt vielleicht Ihre Besorgnis«, sagte Daly. »Warum hat er Sie denn angerufen?«

»Es war ein eigenartiges Gespräch.« Bei diesen Worten wurde der Ausdruck auf O'Hares blassem Gesicht verkniffen. »Er sagte, er wolle mit mir reden, aber nicht am Telefon. Als ich wissen wollte, wo, sagte er nur: ›Ich geb Ihnen Bescheid.‹ Er sagte, er wolle Informationen über einen alten Fall. Er gab auch zu, wichtige Akten mitgenommen zu haben. Aber mehr habe ich nicht aus ihm herausbekommen. Ich habe angefangen, mit ihm über dies und das zu plaudern, das Wetter, die Gesundheit, wo er jetzt lebt. Da hat er erzählt, er habe ein wunderbares Plätzchen am Lough gefunden. ›Ein schöner Ort zum Sterben‹, hat er gesagt. Ich dachte, dass er wohl schön langsam verrückt wird.«

Im nächsten Moment lenkten Irwins Rufe ihre Aufmerksamkeit nach draußen. Ein Officer hatte in einer Ecke des Gartens die Überreste eines Feuers entdeckt. Der Anwalt folgte Daly ins Freie.

Unter der grauen Asche befand sich ein Karton mit halb verbrannten Papieren. O'Hare erkannte den Karton und begann zu strahlen. Sein Selbstvertrauen kehrte zurück, und mit einem siegessicheren Lächeln streckte er die Hand nach den angekohlten Akten aus.

»Augenblick. Der Brandstelle darf nichts entnommen werden«, sagte Daly drohend. »Nicht mal von unseren Leuten. Auch wir müssen uns an die Regeln halten.«

»Warum?«

»In der Asche befinden sich Gegenstände aus dem Haus. Wir können nicht ausschließen, dass Baumaterial mit Asbest dabei ist. Daher darf niemand diese Asche berühren, bis ein Team mit entsprechender Schutzausrüstung da ist. Und ich weiß nicht, wie lang das dauert.«

»Diese Akten sind möglicherweise eine tickende Zeitbombe. Wer weiß, welche vertraulichen Informationen sie enthalten«, sagte O'Hare schrill.

»Lungenkrebs ist eine schreckliche Krankheit. Ich selbst hab zwar noch nicht erlebt, wie jemand daran gestorben ist, aber ich habe gehört, dass die Erkrankten am Ende an ihrem eigenen Blut und Speichel ersticken.«

O'Hare zog ein großes Taschentuch aus der Hosentasche und legte es sich über den Mund. Für einen

Moment starrten er und der Detective die tickende Zeitbombe an. Kurz blitzte in den Augen des Anwalts Enttäuschung auf, dann fasste er sich und fand zu seiner charmanten Unverbindlichkeit zurück.

»Also gut, Inspector. Ich danke Ihnen für Ihre Hilfe. Ich würde gerne informiert werden, sobald die Überreste des Feuers untersucht wurden. Diese Akten sind weiterhin Eigentum der Kanzlei.«

Nachdem O'Hare abgefahren war, kehrte Daly zu der Feuerstelle zurück. Die spontane Reaktion des Anwalts hatte gereicht, ihn zu der kleinen Lügengeschichte zu veranlassen. Er schob die Asche beiseite und zog die Akten heraus. Justitias Waage würde durch einen hinters Licht geführten Anwalt nicht groß aus dem Gleichgewicht kommen.

7

Oliver Jordan. Der Name sagte Celcius Daly weiterhin nichts, aber es war der einzige, den er bei der Durchsicht der angekohlten Kanzleiakten entziffern konnte. Mehrmals stand er da, in einer akkuraten, aber so winzigen Handschrift, dass er beinahe unlesbar war, in einem Postskriptum nachträglich eingefügt in etwas, das nach einem Aktenvermerk über einen Polizeigewahrsam aussah. Derselbe Name hatte auch auf einem der Kreuze auf Hughes' Spielzeugfriedhof gestanden. Das andere Detail, das ihm ins Auge sprang, war das Datum auf den Akten. Sie waren alle zwischen August und November 1989 datiert.

Er entschied, dass die Akten warten mussten, bis er Zeit hatte, sich eingehender damit zu beschäftigen. Es war früher Nachmittag, und er war spät dran für sein Treffen mit einem Lokalpolitiker. Er steckte die Papiere zusammen mit Devines Pager in eine Asservatentüte und warf alles auf den Beifahrersitz. Dann sagte er Irwin, er müsse zu einem Termin, und fuhr zurück zur Polizeistation.

Den ganzen Vormittag hatte er keine einzige Tasse Kaffee getrunken, und mittlerweile lechzte er nach dem Koffein-Kick. Weil er befürchtete einzunicken, ließ er das Fenster einen Spaltbreit herunter. Vom

Ufersaum rieselte Vogelgesang in den Wagen. Überall in den Bäumen erklang das perlende Zwitschern von Amseln und Drosseln.

Daly war auf dem Weg zu dem republikanischen Politiker Owen Sweeney. Er kannte Owen bereits aus Kindertagen und hatte ihn öfter mal auf dem Gepäckträger in die Schule mitfahren lassen, wenn er seine Runde mit den Morgenzeitungen drehte, aber vor vielen Jahren hatten sich ihre Wege getrennt. Jetzt hatte Sweeney ihn wegen der Hubschraubersuche nach David Hughes wutentbrannt angerufen. Der Hubschrauber war am Sonntagnachmittag kurz über einer Schar Gaelic-Football-Fans gekreist, die von einem Match zurückkehrten, und man hatte sie über den Bordlautsprecher gebeten, bei der Suche nach einem Vermissten zu helfen. In dem Glauben, ein gefährlicher Irrer sei auf freiem Fuß, war unter den Fans Panik ausgebrochen. Nun behauptete Sweeney, der Hubschrauberpilot habe die Gaelic-Football-Fans auf dem Nachhauseweg absichtlich belästigt.

Das sei ein gefundenes Fressen für die Presse, hatte er Daly gedroht. Im Geiste sah der Detective die Schlagzeile vor sich: ALZHEIMER-PATIENT IN PYJAMA UND PUSCHEN TERRORISIERT EINE HORDE HOOLIGANS. Er verabscheute die melodramatische Übertreibung und die politischen Erpressungsversuche, denen man seit dem Waffenstillstandsabkommen beinahe täglich ausgesetzt war, wenn man als Polizist in Nordirland mit der Öffentlichkeitspflege befasst war.

An einer Brücke fuhr Daly an einem schlammbespritzten Kastenwagen vorbei, der offenbar liegen geblieben war. Er verringerte das Tempo und sah zum Fahrer – ein dürrer junger Mann mit käsigem Gesicht stand neben dem Fahrzeug und hielt ein Handy an sein Ohr.

Der Transporter hatte einen Platten. Obwohl er es eilig hatte, bremste Daly und stellte den Warnblinker an. Sein Instinkt sagte ihm, dass hier etwas faul war.

Sobald der junge Mann Daly erblickte, sprintete er los und rannte auf einen von Brombeerranken und Gestrüpp überwucherten Feldweg. Die Hecktüren des Kastenwagens standen offen. Als Daly näher kam, roch er sofort den Dieselgeruch. Er sah sich die Fracht genauer an: eine mit schmuddeligen Decken halb abgedeckte Doppelreihe Benzinkanister. Er war zufällig auf eine schiefgelaufene Schmuggelfahrt gestoßen.

Schon mehrmals war Daly in brandgefährliche Katz-und-Maus-Spiele mit solchen Fahrzeugen verwickelt gewesen, die über die M1 rasten und dann auf engen Landstraßen entschwanden. Die Fahrer waren stets junge Männer, die noch vor zehn Jahren den lieben langen Tag fröhlich auf einem tuckernden Traktor gesessen und ein schlammiges Feld gepflügt hätten. Jetzt konnten sie mit einer Spritztour von der inneririschen Grenze zu den Schottland-Fähren in Larne oder zu den loyalistischen Paramilitärs in Belfast mehrere Tausend Pfund verdienen. Der Schmuggel, an sich so alt wie die Grenze selbst, überschritt auch eine Vielzahl politischer Trennlinien. Agrardiesel, der ursprünglich aus der Republik Irland stammte, wurde von ehemaligen IRA-Männern über die Grenze geschmuggelt, in versteckten Schuppen entfärbt und dann in die loyalistischen Hochburgen in der Hauptstadt transportiert. Selbst für Todfeinde war Geld wichtiger geworden als die Politik oder der Papst. Für einen Zehnpfundschein galt eben keine Religion.

Allerdings war die Sache nicht nur illegal, sondern auch hochgefährlich. Der Laderaum eines Kastenwagens war kein sicherer Ort für Tausende Liter entflammbaren Kraftstoff. Daly berührte die Motorhaube des Wagens, um festzustellen, ob der Motor noch warm war. Er war kalt. Als Behelfstanker war der Transporter eine Zeitbombe auf Rädern.

Aus dem Augenwinkel sah er den Trainingsanzug des Jungen. Er schien langsamer zu werden und sich im Gestrüpp ein Versteck zu suchen. Hinterher wusste Daly, dass er an diesem Punkt den Jungen hätte laufen lassen sollen und per Funk Verstärkung anfordern. In seinem Auto lagen wichtige Beweisstücke, und er hatte einen dringenden Termin. Doch stattdessen machte er sich an die Verfolgung. Nicht weil er so furchtlos war, sondern weil der Fliehende nichts weiter als ein aufblitzender Trainingsanzug war, ein flüchtiger Schatten, eine herausgerissene Seite aus einem Buch, das er noch lesen musste.

Knapp hundert Meter den Feldweg runter blieb der Junge stehen. Anscheinend glaubte er, dass ihn ein zufällig vorbeikommender Autofahrer mittleren Alters nicht verfolgen würde. Als Daly ihn am Ende eines Tunnels aus Gestrüpp entdeckte, war seine Miene so starr und ausdruckslos wie eine Eisplatte. Einzig seine Atemwölkchen, die im Schatten verschwanden, regten sich. Doch im nächsten Moment flitzte der Junge wieder los, schlängelte sich mit schnellen, flüssigen Bewegungen zwischen ausgreifenden Ranken hindurch, sprang über bröckelnde Mauern und verschwand erneut im buschigen Dickicht. Hinterdreinhechelnd blieb Daly mehr als einmal an ausgestreckten Ästen hängen.

Der Feldweg, der parallel zur Hauptstraße und einer Reihe neuer, strahlend weißer Bungalows verlief und von Schlehdorn, Weißdorn und Holunder gesäumt war, führte an den krummen und schiefen Mauern eingestürzter Cottages und Schuppen vorbei. In dieser Gegend riss man Häuser gar nicht erst ab. Man baute einfach größere, während die Behausungen früherer Generationen an langsam zuwuchernden alten Feldwegen wie diesem ihrem Schicksal überlassen wurden. Der County Armagh verwandelte sich in ein Labyrinth dunkler, vergessener Pfade und Wege, düster und verschlungen wie die Vergangenheit.

Das Gestrüpp wurde immer dichter, sodass Daly nur noch ein paar Meter weit sah. Er blieb stehen, hörte den Regen auf Blätter fallen und Äste im Wind knarren. Etwas weiter voraus entdeckte er einen bewegungslosen Fetzen des glänzenden Trainingsanzugs, als ob er an einem Ast hängen geblieben wäre. Hatte der Junge angehalten, damit Daly ihn wiederfand? Als er sich näherte, empfand er Neugier und Furcht zugleich und fragte sich, ob es bei dem Jungen genauso war. Immerhin waren das zwei elementare Empfindungen, die alle Spezies miteinander teilten, sogar Polizisten und Verbrecher.

Er rief: »Polizei! Gehen Sie bitte mit mir zurück zu Ihrem Wagen.«

Durch das Unterholz sah er das Jungengesicht genauer. Schmal, blass und mit feuchten Ponyfransen. Der Blick eines störrischen Schuljungen. Keine Anzeichen von Furcht oder Neugier. In den republikanischen Teilen des County Armagh brachte man Kindern früh bei, der Staatsgewalt gegenüber keine Gefühle zu zeigen. Daly ahnte, dass der Junge nicht kooperieren würde. Die Benzinschmuggler ähnelten dem Republikanismus der Grenze. Sie waren unabhängig und schlau, aber leicht zu verführen von den mächtigen Kräften des Gelds und der Politik.

Seine letzte Hoffnung auf eine Festnahme wurde durch den Lärm eines heranrasenden Quads zunichtegemacht. Der Junge winkte ihm kurz spöttisch zu, ehe er auf den Rücksitz sprang. Schlingernd setzte der Fahrer das Gefährt wieder in Bewegung und hielt auf Daly zu. In der Hand des Beifahrers erschien plötzlich ein Stock, den er im Vorbeifahren ausstreckte. Daly spürte einen Schlag gegen seine Knie und stürzte wie gefällt zu Boden.

»Up the hoods, Scheißbulle!«, rief der Junge und reckte den Stock in die Höhe. Dann war das Quad verschwunden. Daly hatte gerade noch erkannt, dass der Stock ein Hurling-Schläger gewesen war. Es war aber leider kein Trost für ihn, dass der Junge sich wohl mehr für gälischen Sport interessierte als für Messer oder Schusswaffen, denn er hatte den Schläger mit der Präzision eines Scharfschützen eingesetzt und ihn schmerzhaft getroffen.

Mittlerweile hatte es heftig zu regnen begonnen, und bis Daly zum Pannenauto zurückgehumpelt war, war er nass bis auf die Haut. Als er einen letzten Blick in den Laderaum des Transporters warf, strahlten die Scheinwerfer eines vorbeifahrenden Lasters hinein. Im Licht sah er, dass die Kanister leer waren. Müde schlug er die Hecktüren zu. Warum war der Junge geflohen, wenn er nicht mal Schmuggelware hatte? Als er sein eingeschlagenes Beifahrerfenster sah, hatte er die Antwort. Sofort sah er nach der Asservatentüte mit den Kanzleiakten und suchte sogar unter dem Sitz, aber sie war weg. Ein weiterer schwarzer, nasser Lastwagen, dessen Scheibenwischer mit dem schweren Regen kämpften, rumpelte an ihm vorbei. Der kalte Luftzug schien direkt durch ihn durchzuwehen, als wäre er nicht vorhanden.

Mittlerweile dämmerte es, und es war zu spät geworden, um Sweeney anzurufen und sich für das geplatzte Treffen zu entschuldigen. Der Tag ging zu Ende, und zwei wichtige Beweisstücke waren ihm gestohlen worden, allem Anschein nach in einem geplanten Überfall. Da war Daly als junger Zeitungsausträger erfolgreicher gewesen.

8

So wie sich dieser Winter in die Länge zog, befürchtete Daly, dass sein Gesicht bald die Farbe seiner Bürowände annehmen könnte – ein stumpfes, mattes Grau. Vorteilhaft war die Farbe weder für ihn noch für die Wände. Zwar fiel frostiges Vormittagslicht durch die Fenster der Polizeistation, aber es vermochte die Trübnis innen wie außen kaum aufzuhellen.

Sein letzter Urlaub war eine Woche Paris im Frühling gewesen. Es war auch das letzte Mal gewesen, dass Anna und er sich zusammen betrunken hatten. Das letzte Mal, dass sie beide die Gegenwart des anderen genossen hatten. Leider erinnerte er sich jetzt vor allem an den teuren Champagner und Wein sowie den Blick auf den Eiffelturm durch die regennassen Scheiben eines Taxis. Aber auch darin lag wohl eine gewisse Romantik.

Heimlich schlüpfte er unter dem Tisch aus seinen Schuhen. Als er sich in seinem Stuhl zurücklehnte, dachte er an Devine und seine Arbeit in der Anwaltskanzlei: wie er Tag für Tag, mehr als vierzig Jahre lang, mit zu wenig Sonnenlicht über Akten gebeugt dagesessen hatte. Wahrscheinlich war sein Büroraum dem von Daly nicht unähnlich gewesen. Vier Wände, getränkt in ein Grau, das sich irgendwann auch in einem selbst festsetzte. Hatte sich Devine je gefragt, ob er in seinem Leben etwas verpasste? Wenn ja, dann hatten ihn seine Mörder jeder Chance beraubt, es doch noch zu erreichen.

Der Mord kam Daly völlig sinnlos vor. Er war ein harter Kontrast zur langweiligen Regelmäßigkeit der Kanzleiarbeit und tauchte Devines Leben in ein komplett neues Licht. Ob sich in den halb verbrannten Akten etwas verborgen hatte, das einen Hinweis auf seinen schrecklichen Tod gab? Wenn ja, warum hatte es so lange gedauert, bis das sichtbar geworden war?

Genau wie für Priester und Ärzte gab es für Rechtsanwälte eine Schweigepflicht. Allmählich wurde Daly bewusst, dass Devine eine Fülle von Geheimnissen gekannt haben musste. Womöglich war ihm im Ruhestand ein Detail aus einem alten Fall in Erinnerung gekommen. Seinerzeit hatte er sicher nicht offen darüber reden dürfen, aber nachdem er die Kanzlei verlassen hatte, könnte sich das geändert haben. Auch Geheimnisse haben ihre Dauer, dachte Daly. Und nach Ablauf ihrer Zeit kehrten sie manchmal mit so einer Macht zurück an die Oberfläche, dass ein Leben kentern konnte.

Nach einer Weile schlüpfte er wieder in seine Schuhe und stand auf. Noch war es für Schlussfolgerungen zu früh, aber er hatte das Gefühl, auf der richtigen Fährte zu sein. Er ging in den Aufenthaltsraum, wo Irwin und Harland eine Polizistin zu beschwatzen versuchten, ihre Tüte Chips mit ihnen zu teilen.

Ein Lächeln, glatt wie polierter Stahl, glitt über Irwins Charmeursgesicht, als er Daly sah. Er stand auf und machte vier Tassen schwarzen Kaffee. Alle in der Station tranken ihn so, weil die Milch im Kühlschrank meistens sauer war.

»Ich stör doch nicht?«, fragte Daly und sah der jungen Polizistin nach, die den Raum verließ. Insgeheim fragte er sich, ob er überhaupt lebendig war.

»Nein. Aber selbst wenn, was würde das ändern?«, erwiderte Irwin.

Dann berichtete er, dass er Father Jack Fee nicht hatte erreichen können. »Nachdem er Devines Leiche gefunden hatte, ist er am nächsten Tag in eine Art Klausur gegangen«, sagte er. »Anscheinend ist er für mehrere Wochen nicht erreichbar.«

»Was ist denn eine Klausur?«, fragte Harland.

»Das ist so was wie die zweiten Flitterwochen für katholische Priester«, erläuterte Irwin und zwinkerte Daly zu. »Das gibt ihnen neue Kraft, wenn es ihnen zu langweilig wird mit dem Papst und ihren Dogmen aus Rom. Sie fahren irgendwohin, wo es hübsch und ruhig ist, und haben ein paar Schäferstündchen mit Gott.«

Daly rang sich ein Lächeln ab. »Nach was riecht's denn hier? Birnen?«, fragte er.

»Parfüm«, antwortete Irwin. »Aber nicht meins, wenn ich das ergänzen darf.«

»Ach so.«

Mit einem Gähnen reichte Irwin ihm einen Becher Kaffee.

Während Daly einen Schluck trank, sah er den jüngeren Detective über den Becherrand hinweg an.

»Haben wir schon was über den liegen gebliebenen Wagen?«, fragte Irwin.

»Der wurde gestern Nachmittag vor einem Haus in Mullenakill gestohlen. Der Besitzer hat angegeben, dass zwei maskierte Männer bei ihm eingebrochen sind und die Schlüssel verlangt haben.«

»Meinen Sie, die wussten, was in Ihrem Wagen war?«

Daly zuckte die Achseln. »Kann ich noch nicht sagen. Aber wenn es ein gezielter Überfall werden sollte, dann waren die ziemlich flott.«

»Vielleicht war's nur ein Zufall?«

Dalys hochgezogene Augenbraue ließ darauf schließen, dass er nicht an derartige Zufälle glaubte.

Danach sprachen sie über Devines Tätigkeit in der Kanzlei und mögliche Verbindungen mit dem Mord.

»Sind Sie immer noch der Meinung, dass ein früherer Mandant Devine umgebracht hat?«, fragte Irwin.

»Nicht unbedingt. Aber wir müssen Einsicht in alle Fälle bekommen, um die Möglichkeit sicher auszuschließen. Bislang können wir nicht viel mehr tun als die obersten Farbschichten abkratzen, um herauszufinden, was sich darunter verbirgt.«

Irwin stellte seinen Kaffeebecher ab. »Dürfte nicht leicht werden, diese Informationen aus O'Hares Kanzlei rauszuleiern.«

Beinahe hätte Daly den ironischen Unterton überhört.

»Wie meinen Sie das?«

»Erinnern Sie sich nicht an den früheren Partner, Brian Cavanagh? Er ist vor ein paar Jahren an einem Herzinfarkt gestorben. Aber in den Achtzigern war er ein sogenannter Menschenrechtsanwalt mit einer interessanten Mandantenliste. Ich will's mal so sagen: Er war nicht der Typ, der seine Zeit damit verbringt, den Treueschwur auf die Queen auswendig zu lernen.«

Schlagartig hatte Daly ein Bild von ihm im Kopf. Ein ausgebuffter Anwalt mit blitzenden Augen stand vor einem Gerichtsgebäude und verlas eine geharnischte Erklärung. Eine Reihe viel beachteter Prozesse gegen IRA-Mitglieder hatte Brian Cavanagh eine gewisse Berühmtheit beschert. Für seine Kritiker setzte sich der Anwalt allerdings nur für die Menschenrechte der von ihm vertretenen republikanischen Gefängnisinsassen ein.

In Sicherheitskreisen ging sogar das unbestätigte Gerücht, dass er als Verbindungsmann zwischen den Gefangenen und der IRA-Führung permanent Nachrichten übermittelte. Als Katholik neigte Daly allerdings der inoffiziellen Version zu: dass Cavanagh genau wie viele andere Anwälte, die sich für die republikanische Seite engagierten, keine politischen Motive umtrieben, sondern er vor allem die Wahrheit ans Licht bringen wollte. Aber egal, welche Version zutraf, die fehlenden Akten bekamen damit eine bedrohlichere Komponente.

»Es muss was geben, das uns O'Hare nicht verraten möchte«, sagte Daly.

»In Devines Cottage wirkte er auf alle Fälle angeschlagen.«

»Alles, was Devines Tod und seine Kanzlei miteinander in Verbindung bringt, wird Aufmerksamkeit auf ihn lenken. Wir lassen ihn erst mal in seinem Saft schmoren. Mal sehen, ob die Presse was Interessantes zutage fördert.«

»Ach, übrigens, Butler hat seinen vorläufigen Bericht vorbeigebracht. Hier, bitte.«

Er reichte Daly eine handschriftliche Mitteilung, die mit der für Butler typischen ironischen Bemerkung begann: *Aufräumen ist immer die undankbarste Aufgabe nach einer Feier. Aber Devines Mörder waren Profis. Bisher haben wir noch kein Fitzelchen DNA gefunden, die nicht dem Opfer zuzuordnen wäre.*

Fünf Minuten später saß Daly bei laufendem Motor in seinem Auto.

In diesem Fall musste es eine Verbindung zum Terrorismus und zu Nordirlands blutiger Vergangenheit geben. Schon beim ersten Anblick der Leiche auf der Insel hatte er das vermutet. Dass es in Devines Lebensumfeld keinen Hauptverdächtigen gab, hatte ihn in seiner Annahme bestärkt. Er ließ die Kupplung kommen, und nach kurzer Zeit fuhr er an den kahlen Obstgärten entlang aus der Stadt. Die ganze Zeit grübelte er darüber nach, mit welchen unerbittlichen Mächten sich der Kanzleigehilfe eingelassen haben mochte.

Der einsetzende feine Nieselregen verlieh den tiefen krummen Ästen der Apfelbäume unter dem grauen

Himmel die Feierlichkeit eines Trauerzugs. Dieser Teil des County Armagh hatte sich während der schlimmsten Zeiten der Troubles, als eine Serie von Rachemorden die protestantischen wie die katholischen Gemeinden erschütterte, den Spitznamen Murder Triangle erworben. Die Straßen, auf denen er fuhr, mussten zu den am häufigsten von Geistern heimgesuchten im Land gehören.

An einer kleinen Kreuzung hielt er an. Ein schmaler, bandartiger Wasserlauf wand sich von einer Hügelkuppe zur Straße hinab. Er war unentschieden. Als sich von hinten ein Auto näherte und kurz aufblendete, beschloss er, der Spur zu folgen, die in Devines Cottage als Erstes seine Aufmerksamkeit erregt hatte.

Er benötigte eine halbe Stunde, bis er den Bauernhof wiederfand, von dem David Hughes verschwunden war. Bei Tag sah der Hof noch heruntergekommener aus. Der Wind rüttelte an einem löchrigen Drahtzaun. Regenwasser stand in den Löchern, in denen die Zaunpfähle fehlten, und ein alter Traktor mit rostigem Sitz stand auf einem schlammigen Weg. Das gesamte Anwesen schien in einen unseligen Wartezustand verfallen zu sein.

Die Wäsche, die an einer dicht behängten Leine in der kalten Brise flatterte, deutete jedoch an, dass Eliza Hughes ihre Arbeit im Haushalt nicht vernachlässigte. Dieses Mal war die Tür mit mehreren Riegeln abgesperrt. Zunächst sprach Eliza Hughes nur durch eine reifüberzogene Fensterscheibe mit ihm. Angst stand in ihren Augen, als sie ihm die Tür öffnete.

»Entschuldigung«, sagte sie, »aber Fremden mach ich nur ungern die Tür auf.«

»Wir haben noch keine Nachrichten von Ihrem Bruder«, sagte Daly eilig. »Ich möchte Ihnen nur ein paar Fragen stellen. Es dauert auch nicht lang.«

Sie stellte einen Wischmopp und einen Eimer beiseite und führte Daly durch einen Gang, an dessen Wänden Jagdminiaturen in schmalen Goldrahmen hingen. Sie kamen in die Küche, in der Geschirrspüler und Waschmaschine in Lärm und Seifenlauge vereint liefen. Bei allem Aufruhr, den die Frau durchlitt, herrschte im Haus eine beklemmende Sauberkeit.

»Jeden Tag hab ich David gesagt, dass alles in Ordnung ist, damit er sich ja keine Sorgen macht«, sagte Eliza mit matter, hoffnungsloser Stimme. »Und jetzt sag ich dasselbe zu mir. Aber es ist überhaupt nichts in Ordnung. Hinter der Mauer, die ich um David und mich gezogen habe, fällt alles auseinander, einschließlich mir.«

Daly empfand mehr als nur Mitleid mit ihr und ihrem Gefühl von Verlassenheit. In gewisser Weise spiegelte sie seine Schwierigkeit mit Anna: nicht zu wissen, wo ein geliebter Mensch war und was er vorhatte.

Er nickte und riet ihr, jede verfügbare Hilfe anzunehmen. Innerlich stöhnte er über die Unbeholfenheit, mit der er sich ausgedrückt hatte.

»Haben Sie Verwandte, zu denen Sie eine Weile ziehen können?«

Stockend verneinte sie.

Daly zog das Foto der Entenjäger und die Einladung zum Vortrag heraus und zeigte sie Eliza. Ihre Finger zitterten leicht, als sie beides ergriff.

»Das war, bevor David krank wurde. Ich habe geglaubt, dass er länger als die anderen gesund bleiben würde.«

Nachdenklich betrachtete sie die Gesichter. »Eine Bruderschaft, die immer weiter hinschwindet« war alles, was sie sagte.

»Erkennen Sie Joseph Devine?«

»Ja. Er ist der links unten.« Ihre Miene wurde starr. »In der Zeitung stand, dass man ihn auf Coney Island gefunden hat. Tot. Ist das der Grund, warum Sie hier sind?«

»Leider ja. Diese Fragen muss ich in jedem Mordfall stellen.« Daly hielt kurz inne. »Wie gut kannte David Devine?«

Es folgte unbehagliches Schweigen. Auf dem Dach schnarrte eine Krähe, und das Krächzen hallte im Kamin wider. Daly wurde klar, dass er mit seinem Besuch bei Miss Hughes besser noch etwas gewartet hätte. Er wusste nicht, wie wichtig die Verbindung zwischen ihrem Bruder und dem Toten war. Er wusste nicht einmal, was er herausfinden wollte, und es war ihm nicht gegeben, der Frau die Unterstützung anzubieten, nach der sie sich offensichtlich sehnte.

Doch als sie antwortete, sprach sie klar und bestimmt. »Abgesehen von gelegentlichen Begegnungen im Club haben sie sich seit Jahren nicht gesehen. Eigentlich sprachen sie überhaupt nicht mehr miteinander.«

»Was ist mit den übrigen Männern auf dem Foto?«

»Die kenne ich nur mit Vornamen, zum Teil wahrscheinlich nur Spitznamen.«

Dann brach sie ohne Vorwarnung in Tränen aus.

Daly drehte sich um und ließ Wasser in einen Teekessel laufen. Während er nach Tassen suchte, fasste sich Eliza wieder.

»Haben Sie denn gar keine Ahnung, wer meinen Bruder entführt haben könnte?«, wollte sie wissen.

»Sie haben mir gesagt, dass es keinen Hinweis auf irgendein Problem in seiner Vergangenheit geben würde, abgesehen von der Krankheit. David habe ein ganz normales Leben geführt, mit völlig normalen Gewohnheiten. Dass er am Sonntag in die Kirche ging, sich um seine Obstbäume und den Garten gekümmert und im Winter gerne Enten gejagt hat. Ist das alles, was Sie mir an Anhaltspunkten geben können?«

»Ja.«

Kaum wahrnehmbar schüttelte Daly den Kopf. Er bemühte sich, nicht ungeduldig zu klingen. »Es muss in seinem Leben noch etwas anderes gegeben haben. Ehe ich Vermutungen anstellen kann, muss ich alles über ihn wissen, über die Leute, mit denen er Kontakt hatte, was er gedacht hat, wen er eventuell besucht hat.«

Schweigend reichte er ihr eine Tasse Tee. »Außerdem muss ich mich um den Mord an Devine kümmern. Alles, was Sie mir über ihn verraten können, wäre von größtem Wert. Und ich müsste es möglichst bald erfahren.«

Sie nickte. »Ich sag Ihnen alles, was mir einfällt. Aber vor allem sollten Sie vielleicht mal mit Ginger Gormley sprechen. Sein Vater hat auf dem Land der Familie Entenjagden organisiert. Er hat darüber Buch geführt, was der Club der Entenjäger so veranstaltet hat.«

Laut Eliza lebte Gormley auf einem Hof an einer bewaldeten Bucht des Lough. Noch in Elizas Diele wählte Daly Gormleys Nummer auf dem Handy, aber keiner ging ran. Weil der Ort schwer zu finden war, musste Eliza ihm eine Karte zeichnen. Sie war überzeugt, dass er Gormley zu Hause antreffen würde.

Bei seinem Abschied von Eliza hatte er den Eindruck, dass sich ihre Stimmung aufhellte. Jedenfalls stand sie mit einem Ausdruck der Erleichterung im Gesicht in der Tür und sah zu, wie er wegfuhr. Er trommelte mit den Fingern auf dem Lenkrad und fragte sich, welche Geheimnisse in diesem Cottage zu lüften waren.

Mit der Karte fiel es ihm nicht schwer, den Weg zu finden, und nach etwa zwanzig Minuten fuhr er auf einem Feldweg zu einem großen rechteckigen Bauernhof, der in mehrere Wohneinheiten aufgeteilt worden war. Er vermutete, dass Gormleys Eltern und Geschwister in den verschiedenen Teilen lebten. Das Gebäude selbst ähnelte einem alten Fort, das das Leben einer größeren Familie schützen sollte, auch wenn sie nur den Lough als Nachbarn hatte. Daly sah zu den großen Fenstern hinauf, die spiegelnden Schilden glichen, in denen sich das Licht des Himmels sammelte. Im ersten Stock wurde ein Fenster geschlossen, und ein Schemen verschwand aus Dalys Blick.

Die Gegend direkt am Lough mit den vielen verschwiegenen kleinen und großen Buchten ist als Rückzugsort und Versteck ideal, dachte Daly. Es war das Zuhause einer typischen Familie vom Seeufer.

Die ungepflegte Wiese, die bis an die Haustür reichte, war übersät mit einem Sammelsurium an Schaufeln, Hacken, Rechen und Sensen. Irgendwo begann ein Hund zu bellen.

Daly klingelte. Zum Glück brauchte er nicht lange zu warten. Ein Mann mit einem Spaten in der Hand kam hinter dem Haus hervor und blieb wie angewurzelt stehen, als er den Besucher sah.

»Tut mir leid, wenn ich störe«, sagte Daly. »Mein Name ist Inspector Celcius Daly. Ich habe versucht anzurufen, aber es ging niemand ran. Ich suche Ginger Gormley.«

»Der bin ich«, sagte der Mann. Er schüttelte den Kopf mit einem wilden Schopf ingwerfarbener Haare, fleischigen Lippen und hellen misstrauischen Augen. Daly sah sofort, dass der Mann auf der Hut war.

»Ich würde Ihnen gerne ein paar Fragen zu David Hughes stellen. Er wird vermisst, und seine Schwester ist sehr beunruhigt.«

Gormley schien sich zu entspannen. Er befahl dem

Hund, mit Bellen aufzuhören, und führte Daly ins Haus.

»Celcius. Seltsamer Name. Für 'nen Polizisten.«

»Meine Mutter hat mich nach Brother Celcius benannt, einem Mönch der Christian Brothers in Dungannon«, erläuterte Daly. Dann hielt er inne. Seiner Erfahrung nach bedeutete eine frühe Nachfrage zu seinem Namen, dass der Befragte schwierig war. »Ich bin ziemlich froh, dass meine Mutter sich mehr für die Religion als für die Kunst interessiert hat. Sonst würde ich am Ende Salvador heißen.«

Gormley quittierte den Witz mit einem Grunzen, sah ihm aber nicht in die Augen. Die Kunst der Schroffheit beherrschte er perfekt. Daly befürchtete, dass das Gespräch lang dauern und ergebnislos bleiben würde.

»Hughes schuldet mir noch Geld. Ich schätz mal, dass ich nichts mehr davon seh«, knurrte Gormley.

Sie gingen in einen großen Raum, eine Art Wohnküche, die – nach den Decken auf einem abgewetzten Sofa zu schließen – ab und zu auch als Schlafzimmer diente.

»Ich hatte die Grippe. Heut ist der erste Tag, an dem ich auf den Beinen bin«, sagte Gormley.

Er nahm für Daly einen Stapel Unterwäsche von einem Stuhl. Immerhin ein Versuch, so etwas wie Gastfreundlichkeit zu zeigen, dachte Daly. Leider hatte die Unterwäsche ein paar Essensreste bedeckt, deren genaue Zusammensetzung von einer blauen Schimmelschicht verschleiert wurde.

Als Gormley sich auf einen Sessel fallen ließ, breitete sich Leere über sein Gesicht. Daly kannte diese Miene gut. Sie besagte, der Betreffende habe nichts Besonderes bemerkt und es gebe nichts Besonderes zu sagen. Natürlich gab es Mittel und Wege, eine derartige Verteidigungsstrategie zu umgehen, aber dazu gehörten üblicherweise ein Besuch der Polizeistation und eine gewisse Zeitspanne in einem Verhörzimmer.

»Ich hab heut Morgen von der Suche nach ihm erfahren. Wie läuft's denn?«

»Momentan nicht so gut.«

»Gut. Ich hoffe, das bleibt auch so. David war doch regelrecht eingesperrt. Eigentlich hätte er 'nen Rettungstrupp gebraucht, keinen Suchtrupp.«

»Der Mann hat Alzheimer«, entgegnete Daly brüsk. »Laut seiner Schwester muss er rund um die Uhr betreut werden.«

»Für einen, der so krank ist, versteckt er sich aber ziemlich schlau.«

Plötzlich erschien auf Gormleys sommersprossiger Stirn eine Sorgenfalte, weil er begriff, dass er womöglich zu viel gesagt hatte. Daly spürte, dass er kein gesprächiger Typ war, ein Mann vom Seeufer, ungeübt in Small Talk und Drumrumreden. Was ihm durch den Kopf schoss, platzte sofort aus ihm heraus.

»Haben Sie Mr. Hughes denn in letzter Zeit gesehen?«

Gormley antwortete nicht, sondern hoffte, dass Daly ihn retten und eine andere Frage stellen würde.

Er warf ihm ein unsicheres Lächeln zu, das Daly freundlich erwiderte. Während er schwieg und wartete, entspannte sich Gormley wieder. Manche Leute brauchten einfach etwas Zeit, um sich zu öffnen. Und einer wie Gormley vielleicht noch ein bisschen länger.

»Am Samstag hat er mich weit nach Mitternacht aufgeweckt«, begann Gormley mit einem Seufzer. »Ich hab gehört, wie an der Tür geklopft wurde. Als ich nachsehen ging, stand er davor. Ich wusste nicht, dass er gar nicht draußen rumlaufen sollte. Als er mich gesehen hat, hat er einen kleinen Jig getanzt. Das hat er immer gemacht, wenn wir auf Entenjagd gingen. Er hat auch seine alte Entenjägerjacke angehabt, tropfnass war die.«

»Was hat er gesagt?«

»Nur dass ich mich beeilen soll, damit wir auf die Jagd können.«

Daly bemerkte, dass über Gormleys Gesicht ein jungenhafter Schalk huschte.

»Das hat mich ziemlich überrascht«, fuhr Gormley fort. »Die Entenschwärme waren ja gar nicht da. Nur ein paar versprengte Vögel am Südufer. Ich war jeden Abend bei den Sumpfwiesen bei Derryinver auf Ausguck. Aber das Einzige, was ich erwischt hab, war die Grippe.« Er grinste Daly an. »Jedenfalls hab ich ihn reingelassen und Tee gemacht. Ich hab mir nichts weiter gedacht und ihn mit ein paar Decken hier auf dem alten Sofa einquartiert. Er kam mir ein bisschen komisch vor, und ich dachte, eine Mütze Schlaf täte ihm gut.«

Daly fragte sich, wie man auf diesem Sofa ein Auge zubekam.

Mit glänzenden Augen beugte sich Gormley vor. »David war echt eine Nummer. Er war das älteste Mitglied im Club, und er genoss auch den meisten Respekt. Bevor ihn seine Schwester eingesperrt hat, ist er fast jeden Abend hier aufgekreuzt. Dann hockten wir zusammen und haben geredet – das Übliche, Religion, Politik und Enten natürlich. Wir waren zwar nicht verwandt, aber ich hab ihn immer Grandda genannt, allerdings nicht, wenn er dabei war. Weiß nicht, ob das eine gute Idee gewesen wäre. Stundenlang konnte ich seinen Geschichten zuhören, aber an dem Abend hab ich gemerkt, dass sein Kopf nicht mehr richtig mitmachte.«

»Hat er gesagt, wie es ihm ging?«

»Er wirkte beunruhigt. Ehe ich ins Bett bin, wollte er meine Lockenten sehen. Nachschauen, ob welche fehlen. Aber es waren alle sechs da. Das schien ihn aufzuregen, und er meinte, jeder wüsste doch, dass man eine ungerade Zahl braucht. Sogar dreizehn sei besser als 'ne gerade Zahl wie sechs, hat er mich angemault.«

Daly sah ihn verständnislos an.

»Ich glaub, er meinte, dass sich Enten eher von einer ungeraden Zahl Lockenten angezogen fühlen. Weil eine ja keinen Partner hat.« Er grinste wieder. »Na, das sind so die Finessen unter Entenjägern.«

»Und was ist am nächsten Tag passiert?«

»Da hat er gesagt, dass er einen Freund besuchen will. Ich hab ihm Geld fürs Taxi geliehen, weil er keins hatte. Aber er meinte, er will lieber zu Fuß gehen. Als Letztes hab ich gesehen, wie er sich mit der Hand durch seine dicken weißen Haare fuhr. Er hatte ein altes Jagdgewehr über die Schulter geschlungen und hat vor sich hin gekichert. ›Ginger, ich will mal einen alten Freund aufstöbern‹, hat er noch gesagt.«

»Welchen Freund?«

»Das hat er nicht gesagt. Gab auch keinen Grund, danach zu fragen.«

»Haben Sie eine Liste mit den Mitgliedern dieses Entenclubs? Ich bräuchte die Adressen.«

»So was hab ich nicht. Mein Dad hat früher die Jagden auf den Wiesen hinterm Haus organisiert. Da sind ungefähr vier Hektar Röhricht und Wald. Ich will's mal so sagen: Dad und Ordnung, die standen auf Kriegsfuß miteinander. Er hatte so ein Vereinsbuch, was gut klingt, aber das Einzige, was er reinschrieb, war, wie viele Männer da waren und wie viel ihm wer schuldete. Mehr hat ihn nicht interessiert.«

»Und was ist mit den Adressen?«

»War nicht nötig. Wenn jemand auf die Jagd wollte, brauchte er es ihm nur zu sagen.«

Daly zeigte ihm das Foto der Clubmitglieder.

»Kennen Sie den Mann unten links?«

»Klar, das ist Joseph Devine, der Mann, der auf Coney Island gefunden wurde. Der hat für so eine Anwaltskanzlei gearbeitet. Hughes hat sich immer über ihn lustig gemacht und gesagt, er wär ganz nützlich, wenn sie mal jemand aus Versehen erschießen.«

Gormley nannte ihm die Namen der anderen Männer auf dem Foto. Daly notierte sie.

»Ich ermittle in dem Mord an Joseph Devine. Können Sie mir irgendwas sagen, was mir weiterhilft?«

»Ich les ja auch Zeitung«, sagte Gormley und versuchte, der Frage auszuweichen. »Ich hab mir schon gedacht, dass Sie nicht nur wegen eines Vermissten hier sind.«

»Wie gut kannten Sie Mr. Devine?«

»Nicht besonders. Er war sehr zurückhaltend und hat nicht viel darüber geredet, was er so treibt.«

»Wann haben Sie ihn zuletzt gesehen?«

»Weiß nicht. Vielleicht vor ein paar Tagen. Oder vor zwei, drei Monaten.«

»Was soll das heißen?«

»Devine hat sehr zurückgezogen gelebt. Er besuchte alle Beobachtungshütten am Lough, so wie's ihm gefiel. Ich glaube, dass er vor ein paar Tagen da war. Irgendwer war jedenfalls da. Ich hab sein Boot am Anleger gesehen und gedacht, er ist's. Er konnt's nicht leiden, wenn man ihn gestört hat.«

Daly dachte einen Augenblick über das Gesagte nach. »Mit anderen Worten, Sie sind sich nicht sicher, ob er hier war oder nicht? Das ist interessant, aber zur Aufklärung des Mords trägt das nicht viel bei.«

»Stimmt. Aber so war Devine eben. Auch als Jäger hat er nie viel Trara gemacht. Er hatte weder irgendwelche Ticks noch besonderen Bedarf an Gesellschaft. Spuren hat er auch keine hinterlassen. Er war sehr umsichtig. Das ist mehr oder weniger alles, was ich über ihn weiß. Er konnte ewig in einem Jagdversteck hocken und warten, ohne einen einzigen Muckser.«

Daly dankte Gormley, dass er sich die Zeit genommen hatte, und gab ihm eine Visitenkarte. »Rufen Sie mich an, wenn Ihnen noch was einfällt«, bat er ihn.

Dann fuhr er davon. Im Rückspiegel sah er Gormley, der umringt von einem Schwarm Mücken auf einem kleinen sonnigen Fleck in seinem Garten stand, bis ihm die Bäume die Sicht verstellten.

Daly verspürte eine gewisse Zufriedenheit über den Verlauf des Gesprächs. Ihm schien, dass er für die Suche nach Hughes jetzt zumindest einen Anhaltspunkt hatte. Der alte Mann war wohl noch nicht völlig verwirrt. Vielmehr hatte er das Cottage mit Absicht verlassen, hatte nach jemandem oder etwas suchen wollen. Was auch immer das war, dachte Daly, bei Gormley im Haus hatte er es nicht gefunden.

9

Die Felder und Hecken am Ufer des Lough versanken in Nebel und Wasser. Beim Blick auf die hinter ihm liegende Straße sah der alte Mann, wie der weiße Schleier aufs Land schlich. Und wenn er genau hinhörte, hörte er sogar das Herabfallen jedes einzelnen Tropfens, den sanften Aufprall, der das Verschwinden eines weiteren Baums, eines weiteren Hauses, eines weiteren Orientierungspunkts anzeigte, während der Nebel herankroch und ihn mit seinen weißen Mauern umschloss.

Es war früher Morgen, und David Hughes ging an Bauernhäusern vorbei, in denen noch alles schlief, und an weiß umhüllten Birken- und Erlenhainen. Seine Füße waren nass, und die schlammverschmierten Hosenaufschläge seines Pyjamas lugten unter seiner wasserdichten Hose hervor. Die Kälte war unter seinen dicken Mantel gekrochen und ließ ihn zittern. Seine letzte warme Mahlzeit hatte er gestern gegessen, und jetzt fror er sogar im Bauch. Doch seine Augen blitzten aufgekratzt. Allein dass er auf der Straße unterwegs war, war ein Sieg. Weg von den Geistern und Schatten, die ihn während des langen Winters schier um den Verstand gebracht hatten.

Obwohl er es eilig hatte, tippelte er bloß mit den

winzigen Schritten eines Menschen voran, der sich bereits ein Stück von der Wirklichkeit entfernt hatte. Sein Körper fühlte sich an wie eine träge Masse, die sich nur mühselig durch die Lücken im Nebel schieben ließ. Je mehr er sich abmühte, desto langsamer wurde er. Schleichend bewegte er sich auf der Straße vorwärts.

Er befürchtete, seine Krankheit würde ihm einen Strich durch die Rechnung machen. Die Schatten mussten nur rauskriegen, wohin er wollte. Sie würden seiner Spur folgen, bis er erschöpft war. Er musste unbedingt weitergehen und weitere Entscheidungen treffen. Er war überzeugt, dass er den richtigen Weg eingeschlagen hatte. Als er erfahren hatte, dass Joseph Devine tot war, war sein erster Impuls gewesen, sich in diesem trostlosen Cottage zu verstecken und hinter einer verriegelten Tür zu verbarrikadieren. Doch dann begriff er, dass sie genau das wollten. Ihn in seiner Angst einsperren. Wenn er ins Cottage zurückkehrte, würden sie auf ihn warten, alle in der bedrohlichen Lücke in der Hecke versammelt, um ihn mit ihren schrecklichen Geschichten über die Vergangenheit einzufangen.

Seine schlurfenden Schritte hielten inne. Ungeduldig stand er da und wollte nach unten greifen, um seine widerspenstigen Gliedmaßen zu packen. Immer dichterer Nebel breitete seine weißen Flügel um ihn. Er taumelte, als stünde er schwindelnd am Rand eines gefährlichen Abgrunds.

Woher rührte dieses unerklärliche Zögern? Es war seine Krankheit. Dieses Alzheimer schien einen eigenen Willen, ein eigenes Ziel zu haben und mit einer zerstörerischen Kraft zu verfolgen, der er nichts entgegenzusetzen hatte. Er konzentrierte sich darauf, seine Füße aus dem Schlamm zu ziehen, der sie einzusaugen schien, aber sie gehorchten ihm nicht.

Einer nach dem anderen verschwanden seine Gedanken, seine Erinnerungen, als würde ein innerer Nebel sie verschlucken. In ihm war nur noch Stille, während er dastand und die feuchte Morgenluft einatmete.

Für eine Weile vergaß er seine Flucht aus dem Cottage, das Dahinstolpern in der Dunkelheit, das gelegentliche Aufblitzen von Licht, den scharfen Schmerz, wenn er stolperte und fiel, und das panische Flattern von Vögeln am Nachthimmel.

Es war früher Morgen, und er war auf einer Straße, die er schon sein Leben lang kannte. Doch jetzt war er am Ende seiner selbst angekommen. An dem Punkt, an dem der Rest der Welt kippt und ins Vergessen stürzt.

Als er lächelte, spürte er, wie sich seine Gesichtshaut spannte, dann taub wurde. Augenblicke verstrichen, ohne dass etwas geschah, nur die Feuchtigkeit drang immer tiefer in seine Kleidung.

Auf einem nahen Hof bellte ein Hund. Seine Beine fingen wieder an, sich zu bewegen, und das Gefühl einer dringenden Aufgabe kehrte zurück. Inzwischen war seine Kleidung nass und hing schwer an seinem Körper. Schlurfend schleppte er sich weiter. Tröpfchen für Tröpfchen hatte ihn der Nebel genauso durchnässt wie ein Wolkenbruch, nur dass er es nicht bemerkt hatte. Eigentlich gibt es keinen Grund, sich zu hetzen, dachte er, diese Eile ist unnötig. Genau wie die Tröpfchen summierten sich am Ende die kleinen Schritte; auch damit kam man ans Ziel.

Er sah auf und erschrak. In der Ferne bekam die wässrige Luft etwas Leuchtendes, wurde lichter und gewann in Form zweier Strahlenkränze Kontur. Ein Auto mit eingeschalteten Scheinwerfern erschien im Nebel. Endlich, dachte er, endlich kommt der Besucher, mein Schutzengel.

Im letzten Jahr hatte er sich zu sehr in die Obhut seiner Schwester zurückgezogen. Das wurde ihm jetzt klar. Seit seiner Kindheit hatte er sich nicht mehr einem anderen Menschen so ausgeliefert gefühlt. Die verbissene Tapferkeit seiner Schwester rührte ihn zwar, aber sie hatte sich schlimmer aufgeführt als eine Gefängniswärterin. Er war geschickt genug gewesen, das Cottage zu verlassen, ohne sie zu wecken. Aufgestanden war er, als jeder anständige Mensch im Bett lag und schlief, und dann hinausgeschlüpft in die Nacht wie ein Dieb. Er hatte zu tun, einen Auftrag zu erfüllen, und dabei würde ihm der Besucher helfen. Er war überzeugt, dass es keine Grenzen gab, die er nicht überwinden, keine Lasten, die er nicht schultern konnte, um herauszufinden, wer Joseph Devine umgebracht hatte.

Der Wagen erreichte ihn, und noch ehe er zum Stehen gekommen war, packte Hughes den Griff der Beifahrertür.

Aber der Fahrer war nicht der Mann, den er erwartet hatte. Sein Gesicht war schärfer geschnitten und verschlagener, wie das eines Wildtiers, das die Schwäche seiner Beute erfasste und abschätzte.

»Du!«, sagte Hughes, als er ihn erkannte.

»Steig ein, David«, befahl der Fahrer. »Ich bring dich auf den Weg zur Erlösung.«

Ohne jeden Widerstand stieg er ein. Seine Krankheit hatte einen Status erreicht, in dem selbst das Gesicht aus einem alten Albtraum eine beruhigende Wirkung ausübte.

10

Auf der Suche nach der richtigen Hausnummer fuhr Daly langsam an den heruntergekommenen kleinen Reihenhäusern einer Sozialsiedlung vorbei. Die vielen Kinder auf der Straße schenkten seinem Auto keinerlei Beachtung: Jungen rannten und sprangen hinter einem Fußball her, und von mehreren Mädchen am Rand des Bürgersteigs kamen schrille, verächtlich klingende Schreie, die durch die klare Winterluft gellten. Überall in den Vorgärten lag kaputtes Spielzeug. Das Gras wirkte wie aus Plastik.

In seinem Geiste sah Daly Häuser, in denen ein solcher Überfluss an Kindern herrschte, dass die Kindheit selbst nach draußen in die Gärten und Straßen quoll. So also sieht heute Elternsein aus, dachte er. Die Kinder werden abgeschoben, um Platz zu schaffen und Zeit zu haben für nächtelange Partys und Tage vor Flachbildfernsehern, in denen Quasselsendungen laufen. Das Einzige, was dem überall ins Auge stechenden Mangel und der Verwahrlosung widersprach, war der schnittige schwarze BMW, der am Ende der Straße parkte.

Er war auf der Suche nach dem Haus von Oliver Jordans Witwe Tessa. Das Durchforsten alter Polizeiakten hatte ihm verraten, dass Jordan ein Polizeispitzel gewesen und 1989 von den Republikanern erschossen worden war. Damals war eine ganze Reihe von IRA-Männern getötet worden, weil man befürchtete, verschiedene Zellen der Organisation könnten unterwandert sein. Sechs Monate vor seiner Verschleppung war Jordan von der Polizei festgenommen worden. Man hatte seine Fingerabdrücke auf einer nicht detonierten IRA-Bombe entdeckt.

Die Straße wies eine der höchsten Kriminalitätsraten des County Armagh auf, und zu Zeiten der Troubles hatte sie den Spitznamen Ponderosa getragen. Nach dem Waffenstillstand war der Name beibehalten worden, und noch immer kamen arglose Beamte der Stadtverwaltung mit Klemmbrettern hierher, um nach dem Weg zu einer Cowboy-Ranch im Wilden Westen zu fragen. Als er aus dem Auto stieg, flitzten die Kinder davon wie in ihren Bau flüchtende Kaninchen. Vieläugige Stille umgab ihn. Es war die angespannt wachsame Stille, die nach dem Waffenstillstand zum Kennzeichen republikanischer Wohnsiedlungen geworden war. Stille als Ersatz für Benzinbomben oder Krawalle.

Eine attraktive Frau Ende dreißig öffnete die Tür von Nummer 14. Ihr scharf geschnittenes Gesicht wirkte durch die jugendlichen Sommersprossen unverbraucht und frisch, aber aus ihren Augen sprach der düstere Schmerz eines großen Verlusts.

»Wenn Sie von der Polizei sind, waren Sie aber verdammt schnell. Mein Sohn hat erst vor fünf Minuten angerufen.«

Sie trat einen Schritt zurück ins dunkle Haus. Daly war nicht klar, ob sie wütend oder erleichtert war. In der Diele hing scharfer Rauchgeruch, und dann fiel sein Blick auf ein Kind mit dunklen leeren Augen und einem Gesicht wie eine Puppe, die zu lange im Regen gelegen hatte. Er folgte der schlanken Gestalt der Frau durch die Hintertür in einen betonierten Garten, wo eine ausgebrannte, noch rauchende, zur Seite gekippte Mülltonne lag. In der Luft hing Benzingeruch.

»Das hat mich heute Morgen geweckt«, sagte die Frau mit grimmiger Miene.

Die winterliche Blässe ihrer Haut ließ sie wie ein etwas zu lebendiges Gespenst aussehen. »Letztes Wochenende haben sie mir das Wohnzimmerfenster eingeschmissen und den Briefkasten angezündet. Ich arbeite als Tagesmutter. Wie soll man sich um die Kinder andrer Leute kümmern, wenn man andauernd so eingeschüchtert wird?«

Daly hörte sich die Einzelheiten des Angriffs an und betrachtete dabei das Funkeln ihrer grünen Augen und das Schwingen ihrer dunklen Haare im Nacken, dann stellte er sich vor. Er streckte ihr seine Hand entgegen, aber sie nahm sie nicht.

»Mrs. Jordan, der Grund meines Besuchs ist, dass ich Ihnen ein paar Fragen über Ihren Mann und sein Verschwinden stellen möchte.«

»Was hat das denn mit der angezündeten Tonne zu tun?«

Ihr Zorn loderte auf wie eine Flamme, die jeden

Moment die benzingeschwängerte Luft entzünden konnte.

»Wir haben Grund zur Annahme, dass Olivers Tod mit einem kürzlich geschehenen Mord in Zusammenhang steht. Dieser neue Fall könnte auch näheren Aufschluss darüber geben, wer Ihren Mann verschleppt hat.«

»Ich weiß bereits, wer Oliver ermordet hat. Das waren seine sogenannten Kameraden von der IRA. Aber die sind niemals zur Verantwortung gezogen worden. Jedenfalls nicht von Leuten wie Ihnen.«

Er sah, dass sich im Schatten unter der Treppe ein weiteres Kind herumdrückte. Schatten und Schweigen, dachte er, das ist das Erbe der Troubles. Er folgte ihr in ein Zimmer, in dem es noch dunkler war als in der Diele. Für einen Augenblick musste er an ein Spiel aus seiner Kindheit denken, bei dem er und seine Freunde hintereinander in einen alten Kanaltunnel gekrabbelt waren.

Mit einer verlegenen Geste zog Tessa Jordan die Vorhänge einen Spalt auf. Er sah, dass an den Wänden lauter Fotos eines Toten hingen. Oliver Jordan. Es gab Aufnahmen von ihm als Jugendlichem beim sonntagnachmittäglichen Gaelic-Football-Spiel auf einem Schulsportplatz und bei seiner Hochzeit neben der melancholisch dreinblickenden Braut. Als Zeichen dafür, dass Mrs. Jordan gläubige Katholikin war, hing auch ein Herz-Jesu-Bild an der Wand. Aus alter Kindheitsgewohnheit zuckte er angesichts des allsehenden Blicks innerlich zusammen.

»Ich weiß, dass das schwer für Sie ist, aber ich wollte, dass Sie es erfahren, ehe es in der Zeitung steht«, sagte er. »Es könnten Artikel über Olivers Verschleppung erscheinen.«

Sie zeigte kaum eine Reaktion. Daly begriff, dass sie ein Thema angeschnitten hatten, das die Medien zur Genüge breitgetreten hatten.

»Sie sind also ein Detective von unserer neuen Polizei, dieser Police Service of Northern Ireland«, sagte sie und musterte ihn kalt. »Dann zeigen Sie mir doch mal Ihren PSNI-Ausweis.«

Daly tat es und wartete, während sie die Karte besah.

»Marke und Name sind neu, aber die Polizisten sind noch genau die Gleichen.« Skeptisch verzog sie das Gesicht, als wäre die neue, sich zu gleichen Teilen aus Katholiken und Protestanten zusammensetzende nordirische Polizei nur ein Märchen.

Tessa Jordan setzte sich, schlug die Beine übereinander und schätzte Daly erneut ab. Daly war sich ihres forschenden Blicks bewusst und meinte in der Luft ein Knistern zu spüren, als würden sie beide unbewusst prüfen, ob sich zwischen ihnen vielleicht etwas anbahnen könnte.

»Nach dem Mord an Oliver war ich plötzlich alleinerziehende Mutter mit einem sehr kleinen Kind«, sagte sie mit schwacher, aber kühler Stimme. »Ich hatte kaum Zeit zu trauern. Ich wollte ihn nur wiederhaben, damit ich ihn anständig beerdigen konnte.«

Sie warf Daly einen Blick zu. »Keine Sorge, ich fang nicht an zu heulen. Habe ich nie gemacht. Ich war die heldenhafte Frau eines IRA-Manns. Aber als ich mitbekam, was man sich über Oliver erzählte, dass er ein Spitzel gewesen sei, war das, als hätte man mir ein Messer reingerammt. Ich dachte, ich halt das nicht aus, diese Anschuldigung, er sei ein Verräter.«

Während sie sprach, entspannte sich Daly ein wenig, aber ohne das Gefühl zu verlieren, er sei ein Eindringling, der kurz die Feindeslinien durchbrochen hatte.

»Aber am Ende schärft einem der Schmerz die Sinne, und man beginnt klarer zu sehen. Man hat überhaupt keine Vorstellung davon, wie langweilig das normale Leben ist, bis man so eine Wut in sich spürt. Über unseren Anwalt haben wir rausgekriegt, dass die Special-Branch-Typen bereits kurz nach Olivers Verschwinden wussten, wer ihn verschleppt hat, aber es geschah nichts. Als wir die Polizeiberichte über die Ermittlungen sehen wollten, hat man uns gesagt, sie wären verloren gegangen. Die Behörden haben uns einfach angelogen. Sie haben uns angelogen und ständig auf die falsche Spur gelockt. Was war an diesen IRA-Kidnappern denn so besonders, dass die Polizei sie schützen und ihre Identität verschleiern musste?«

»Vielleicht ist jetzt der Zeitpunkt gekommen, um die Ermittlungen wiederaufzunehmen«, sagte Daly. »Es tauchen immer mal neue Indizien auf, und Zeugen können auch nach Jahren wichtige Einzelheiten einfallen.«

»Was soll es denn bringen, nach siebzehn Jahren, wenn der Fall gelöst wird?« Jetzt lag mehr Verzweiflung als Wut in ihrer Stimme. »Seit dem Waffenstillstand fordern wir eine amtliche Untersuchung zu Olivers Verschleppung, aber die britische Regierung blockt alles ab. Ich habe mich schon dran gewöhnt, an diese Wut in mir. Sie ist auszuhalten, außerdem gibt sie mir Energie. Wir Katholiken sind wohl so gestrickt, dass wir Ungerechtigkeit einfach nicht ertragen, glauben Sie nicht, Inspector Daly?«

In Gedanken musste er ihr recht geben. Er erinnerte sich an den gefährlichen Kitzel der Wut, den er als Rekrut in Glasgow verspürt hatte, wenn er mit konfessioneller Voreingenommenheit konfrontiert wurde, insbesondere seitens Kollegen. Einmal hatte ein älterer Officer vergessen, dass er noch im Zimmer war, und gegenüber den anderen bemerkt: »Das Problem mit den republikanischen Iren ist, dass man ihnen einfach nicht trauen kann.« Daly hatte gesehen, wie das Gesicht des Kollegen vor Wut und Scham versteinerte, als ihm sein Fauxpas aufging. In ihm selbst war glühender Zorn aufgestiegen. Aber diese Herabsetzung war nichts im Vergleich zu dem Spießrutenlauf, den Tessa Jordan beschrieben hatte.

»Manchmal werden wir durch persönliche Schmähungen auch zu besseren Menschen«, meinte er vorsichtig.

Sie schnaubte geringschätzig. »Nach Olivers Verschwinden saß ich monatelang mit dem Baby im Arm da und hab dem Wind zugehört. Selbst wenn der Kleine geschrien hat wie am Spieß, hab ich nur den Wind gehört, der übers Dach pfiff. Er war so laut, dass ich dachte, er käme direkt aus meinem Kopf.«

Wieder schwieg sie. Daly empfand diese Stille als so leer, dass er sie unbedingt füllen wollte. »Angeblich ist Wut die erste Phase im Trauerprozess.«

»Was wollen Sie eigentlich hier, Inspector Daly?«, fragte sie. »Soll das eine Therapiesitzung werden? Ist das Ihre Masche, um die Leute zum Reden zu bringen?«

Daly fiel keine Antwort ein, und Tessa fuhr fort: »Wie jede normale Frau will ich nur meine Familie durchbringen. Olivers Mutter hat sich seither ohne Unterlass darum bemüht zu beweisen, dass ihr Sohn kein Spitzel war. Diese dreckige Lüge hat sie tief verletzt. Sie hatte ihn zu einem braven, frommen und anständigen Menschen erzogen. Und genau das war Oliver. Die ganzen Bemühungen, wenigstens seine Leiche wiederzubekommen, haben sie zugrunde gerichtet. Jetzt ist sie in einem Pflegeheim. Es ist nur recht und billig, dass ich ihren Kampf fortführe. Dass Oliver als Spitzel verunglimpft wurde, hat auch einen Schatten auf das Leben meines Sohns geworfen. Ich will, dass die Wahrheit ans Licht kommt und ich seine Leiche bekomme. Strafe und Gerechtigkeit sind mir egal, ich will nur die Wahrheit.«

Daly staunte über die Schlichtheit ihrer Forderung. Kurz schien er so etwas wie Resignation in ihrem Blick,

Gleichmut in ihrem Innern zu spüren. Das Wohnzimmer glich einem begehbaren Schrein für Oliver Jordan, aber wenn hier eine Verwandlung stattgefunden hatte, dann die der Witwe. Tessa Jordan war eine völlig andere Frau als die mit dem traurigen Blick auf dem Hochzeitsfoto. Sie war nicht nur älter geworden. Sie hatte erlebt, welche Macht Trauer und Wut entfalten können, und diese Erfahrung hatte sie verwandelt, hatte jede Faser ihres Körpers erfasst und ihre grünen Augen mit einem tiefen Leuchten versehen. Ihr Kampf um die Wahrheit war ein langsames Martyrium. Plötzlich fragte er sich, ob sie in den vergangenen Jahren eine neue Liebe in ihr Leben gelassen hatte. Aber vermutlich hatte die Einsamkeit sie nie in die Arme eines anderen getrieben. Er räusperte sich. Die Zeit des Schweigens war vorüber. Nach dem Zuhören war die Zeit des Nachbohrens gekommen.

»Ich würde Ihnen gern ein paar Fragen stellen.«

»Nur zu.«

»Soweit ich weiß, hat man Ihren Mann beschuldigt, eine Bombe gebaut zu haben. Er wurde dann aber auf Kaution freigelassen. Wer war sein Anwalt?«

»Die Kanzlei O'Hare.«

»Mich würde der eigentliche Anwalt interessieren.«

»Das war Malachy O'Hare höchstpersönlich. Nach Olivers Verschwinden hat er mir eine Beileidskarte geschrieben.«

»Warum dachte die IRA, Ihr Mann sei ein Informant?«

»Die Bombe war in der Thomas Street gelegt worden. Das Ziel war eine Fußpatrouille der Army, aber irgendjemand hatte die Batterie vom Zünder entfernt. Oliver war der Letzte gewesen, der die Bombe in der Hand gehabt hatte, deswegen fiel der Verdacht auf ihn. Überall waren seine Fingerabdrücke drauf. Er wurde verhaftet, aber dann ohne Anklage freigelassen. Das war sein Todesurteil. Als die IRA das rausbekam, haben sie behauptet, dass er mit der Special Branch einen Deal gemacht hat.«

»Und Sie glauben, dass das nicht stimmt?«

Sie starrte ihn an. »Weswegen sind Sie hier, Inspector?«

»Weil wir in dem Haus eines Mordopfers etwas gefunden haben, das mit dem Verschwinden Ihres Manns zu tun hat.«

»Sie reden von Joseph Devine? Dem Mann, der auf Coney Island gefunden wurde?«

»Kannten Sie ihn?«

»Er hat mich vor ein paar Wochen besucht. Dermot – das ist mein Sohn – hat ihm die Tür aufgemacht. Als ich dazukam, starrte Devine Dermot an, als würde er ein Gespenst sehen. Er brachte kaum ein Wort raus. Er tat mir leid, und ich hab ihn reingebeten und ihm eine Tasse Tee gemacht. Er wollte über die Hinweise sprechen, die wir zum Mord an Oliver gesammelt haben, und über die Suche nach dem Grab. Er selbst hat auch ein paar Nachforschungen über vermisste Personen angestellt. Er hat behauptet, er könnte die Suche nach den Leichen eingrenzen. Aber ich hab ihm nicht getraut. Er hatte was Verschlagenes. Ich fühlte mich unwohl in seiner Gegenwart, und ich hab auch nicht kapiert, was er von der Sache hat.« Ihre Augen wurden schmal. »Hat die IRA auch ihn umgebracht?«

»Das wollen wir rausfinden.«

»Wundern tät es mich nicht.«

Die Schärfe, mit der sie das sagte, überraschte ihn. »Wie kommen Sie darauf?«

»Er hätte sich nicht in fremder Leute Trauer einmischen sollen. So was fliegt einem irgendwann um die Ohren ...«

Ehe sie weitersprechen konnte, kam ein halbwüchsiger Junge ins Zimmer. Als er Daly sah, erstarrte er und tastete nach etwas in seiner Jackentasche. Er wirkte erschrocken. Daly sah, wie er an seine Mutter heranrückte, ohne die Hand aus der Tasche zu nehmen. Daly hatte sich halb erhoben, als der Junge einen Geldbeutel herauszog und ihn seiner Mutter gab.

Daly schluckte und ließ sich wieder in den Sessel sinken. Er musterte das Gesicht des Jungen und war verblüfft von der Ähnlichkeit mit seinem toten Vater. Es war, als wäre die Uhr rückwärts gelaufen und eine etwas ungepflegtere, jüngere Version von Oliver Jordan hätte sich gerade losgebunden, das Klebeband von den Augen gezogen und den schattigen Wald verlassen, in dem eben erst ein Pistolenschuss die Morgenstille erschüttert hatte.

»Das ist mein Sohn Dermot«, sagte Tessa. »Ich war

mit ihm schwanger, als sie Oliver geholt haben. Er hat seinen Vater nie kennengelernt.«

Daly stellte sich vor. Das Erschrecken verschwand aus dem Gesicht des Jungen, aber seine verkrampfte Haltung und die sichtliche Unruhe, mit der er Dalys Blick erwiderte, weckten die Neugier des Detective.

Als er den Raum verließ, machte der Junge einen Bogen um Daly. Ob dieses seltsame Verhalten etwas mit dem unsichtbaren Schatten zu tun hat, den der als Spitzel gebrandmarkte Vater auf sein Leben wirft, fragte sich Daly. Könnte die Schande, die man den Jungen seit seiner Geburt hatte spüren lassen, ein ebenso unauslöschlicher Makel sein wie die Erbsünde?

Dalys Verdacht, dass Devine ermordet worden war, weil er in der Vergangenheit herumgestochert hatte, wurde immer stärker. Sein Tod musste mit der Verschleppung von Oliver Jordan zusammenhängen, und dazu kam wohl eine Vertuschungsaktion durch die Special Branch. Daly wunderte sich, warum die Polizei die Anfangsermittlungen so vermurkst hatte, wenn das Opfer ihr Spitzel gewesen war. Falls Jordan wirklich Informant der Polizei gewesen war, hätte man doch bestimmt mit Nachdruck herausfinden wollen, auf welche Weise er enttarnt worden war und wer ihn getötet hatte. Es kam ihm immer wahrscheinlicher vor, dass Tessa Jordan recht hatte und die Schuld ihres Manns, wo auch immer sie zu suchen war, eher nicht darin lag, dass er für die Sicherheitskräfte gearbeitet hatte. Daly war misstrauisch geworden, seine Neugier geweckt. Er folgte den Spuren Joseph Devines, und sie führten auf ein Terrain, das tiefe Geheimnisse barg und so sehr im Dunkeln lag, dass sich seine Augen erst daran gewöhnen mussten.

Er hatte keine weiteren Fragen an Tessa Jordan. Als er sich verabschiedete, versprach er, sie über seine Fortschritte auf dem Laufenden zu halten.

»Was ist mit der abgefackelten Mülltonne?«, fragte sie.

»Ich schicke einen Brandermittler vorbei, der kann sich das ansehen und nach Spuren suchen. Außerdem soll sich ein Streifenwagen in der Straße postieren. Das könnte weitere derartige Vorfälle verhindern.«

Als sie wieder an der Tür standen, reichte ihm Tessa Jordan die Hand. Daly blickte kurz die Treppe hinauf, aber das Kind war nicht mehr zu sehen. Auf dem gesamten Weg zu seinem Auto blieb die Straße ruhig und leer. Beim Wegfahren blickte er in den Rückspiegel: Der halbwüchsige Junge stand gemeinsam mit seiner Mutter in der Tür. Die beiden sahen aus wie zwei Überlebende, die aus einem Bombenkrater gekrochen waren.

11

Chief Inspector Ivan Donaldson deutete auf die spezialverstärkten Sicherheitstore der Polizeistation von Derrylee und kaute energisch auf den Enden seines dichten Schnurrbarts herum. Tore und Wachturm umgab weiterhin eine düstere Aura, auch wenn ein Jahrzehnt vergangen war, seit eine Mörsergranate in der Polizeikantine die Tassen und Teller hatte klirren lassen.

»Diese Tore haben unzähligen Bombenangriffen standgehalten, aber jetzt haben die Architekten und Planer sie mit Papier sturmreif geschossen«, klagte er. »Wussten Sie, dass unser Käseblatt diese Station zum hässlichsten Gebäude Nordirlands gekürt hat?«

Daly bemerkte, dass sein Chef angeknackst wirkte und noch geräuschvoller als sonst seinen Schnurrbart bearbeitete.

»Sieht so aus, als würde uns eine Geschmacksattacke heimsuchen, Sir«, sagte Daly mit Blick auf die Beulen und Brandspuren an den Metalltoren. Jahrelang waren Granaten, Raketen und alle möglichen selbst gebastelten Brandsätze geradezu magnetisch davon angezogen worden. Im Zuge der Demilitarisierung sollten sie jetzt demontiert und auf den Schrottplatz gebracht werden.

Wenige Stunden zuvor hatte Daly seinen Chef in dessen Büro aufgesucht und ihn vertieft in die Akten zum Mord an Devine angetroffen. Unwillkürlich war er deswegen beruhigt gewesen, eine automatische Reaktion, die er genauso wenig kontrollieren konnte wie den Kniesehnenreflex.

Auf Donaldsons Vorschlag hin waren sie nach draußen und zu seinem goldfarbenen Audi auf dem Parkplatz gegangen.

Mit den Schlüsseln klappernd, warf der Chief Inspector vor dem Einsteigen einen Blick unter den Wagen. Dann stieg er ein, ließ den Motor an und drehte die Heizung hoch.

»Manchmal frage ich mich, ob wir jetzt wirklich sicherer sind als während der Troubles«, sagte er.

Daly sah geradeaus und wartete darauf, dass Donaldson weitersprach. Der Ledersitz war bequem, und er begann seine Gedanken und Gefühle nach dem Gespräch mit Tessa Jordan zu ordnen. Das Auto war ein guter Ort für ein Briefing. Hier ließ sich der Augenkontakt leicht vermeiden. Der Motor schnurrte im Leerlauf, und für einen Moment dachte Daly, die Stimme seines Chefs wäre auch eine schöne Einschlafhilfe. Doch dann änderte Donaldson abrupt den Tonfall.

»Eins will ich unmissverständlich klarstellen, Inspector«, sagte er. »Die Special Branch mischt sich nicht in die Ermittlungen im Fall Devine ein, aber sie haben mich über die Hintergründe aufgeklärt. Es ist sehr wichtig, dass Sie diskret vorgehen.«

»Diskret bei was?«

»Diskret im Umgang mit allen Informationen, die mit diesem Fall zu tun haben. Äußerst diskret.« Er klang angespannt.

Daly rutschte etwas näher zur Beifahrertür.

»Das gilt insbesondere für den Zusammenhang mit dem Verschwinden Oliver Jordans«, fuhr Donaldson fort. »Man ist der Meinung, dass Ermittlungen in diese Richtung die Angelegenheit nur unnötig verkomplizieren würde.«

Donaldson drehte sich zu Daly. Sein Blick war ausdruckslos, aber er war so konzentriert wie ein Spieler am Roulettetisch, der herbeisehnte, dass die Kugel im Kessel zum Liegen kam.

Die Stille im Wagen wurde drückend.

»Sir, ich bin der Meinung, dass die Angelegenheit vor allem durch Devines Tod unnötig kompliziert wurde«, erwiderte Daly schließlich.

Donaldson ging nicht darauf ein. Er wandte sich wieder von Daly ab und blickte durch die Windschutzscheibe hinaus. »Zu Ihrer Information: Die Special Branch hat mich informiert, dass man dort nicht davon ausgeht, dass republikanische Paramilitärs in diesen Mord verwickelt sind. Dafür sieht es zu sehr nach einer Affekthandlung aus, außerdem wurde die Leiche am Tatort zurückgelassen. Normalerweise hat die IRA drüben gemordet, und bei uns im Norden wurden die Leichen entsorgt. Damit die Spurensuche an zwei Orten stattfinden musste und die Ermittlungen erschwert wurden.«

»Das ist ja sehr fürsorglich von denen. Aber nach allem, was ich weiß, war die Special Branch bei ihren Auskünften zum Verschwinden von Jordan nicht so großzügig.« Daly hatte sich bemüht, keine Schärfe in seine Worte zu legen; die Stimmung im Wagen war ohnedies geladen. »Wie war noch mal die offizielle Verlautbarung, die Tessa, die Witwe, zu hören bekam? Dass ihr Mann eines Morgens auf dem Weg zur Arbeit einfach vom Erdboden verschluckt wurde?«

Er beobachtete Donaldsons Reaktion. Dass er den Vornamen von Mrs. Jordan verwendet hatte, sollte ein nicht zu überhörender Hinweis gewesen sein, dass er mit der Frau persönlich gesprochen hatte.

Der Chief Inspector war gut präpariert worden. »Soweit ich weiß, wurden mehrere Detectives mit der Untersuchung der Verschleppung betraut. Aber alle sind aus verschiedenen Gründen aus dem Dienst ausgeschieden. Einer trat in den Ruhestand, ein anderer wurde in eine andere Abteilung versetzt, einer ist gestorben, und der letzte wurde bei einem Bombenanschlag schwer verletzt. Daran ist an sich nichts Ungewöhnliches. Bei der Special Branch gab es immer viele Wechsel. Allerdings gingen bei diesen Wechseln auch wichtige Unterlagen verloren. Die Familie Jordan hat behauptet, da sei etwas vertuscht worden, und die Presse hat sich diese Sichtweise zu eigen gemacht. Wenn die Medien jetzt davon Wind bekommen, dass in diesem Fall neu ermittelt wird, rennen sie uns die Türen ein.«

»Ich hätte eine Frage an die Special Branch. Ob man nicht der Meinung ist, dass die Familie Jordan etwas mehr Gerechtigkeit verdient hätte, als sie bisher erfahren hat?«

Donaldson wurde von einem Hustenanfall geschüttelt, Erbe von zwei Schachteln Benson & Hedges am Tag. Als er ausgehustet hatte, legte er eine Hand auf seine Brust. In seinem Gesicht lag ein verächtlicher Ausdruck.

»Inspector Daly, Sie sind noch nicht allzu lang bei uns, aber ich hege keinerlei Zweifel daran, dass Sie ein fähiger Detective mit besten Absichten sind. Ich aber bin seit über vierzig Jahren Polizist, und mir fällt es schwer, all die Dinge, an die ich immer geglaubt habe, einfach über Bord zu werfen. Und eins dieser Dinge ist, dass wir den Krieg gewonnen haben und nicht die IRA. Es war eine bedrückende Zeit. Das will ich gar nicht leugnen. Aber Sie müssen auch begreifen, dass es ein Ring von Informanten und Spitzeln der Special Branch war, der die IRA überzeugt hat, dass der bewaffnete Kampf zwecklos ist. Oliver Jordan gehörte nicht zu den unzähligen Unschuldigen auf beiden Seiten, die ihr Leben verloren haben. Er war ein IRA-Mann. Das sollten Sie nie vergessen.«

»Soll das heißen, die Special Branch ist nicht dafür zuständig, dass seine Mörder der Gerechtigkeit zugeführt werden? Was ist, wenn Jordans Mörder auch Devine umgebracht haben, weil er sie verraten wollte? Und wenn die Mörder bei mir auf der Matte stehen, soll ich sie dann beschützen und ihnen helfen, sich der gerechten Strafe zu entziehen?«

»Sie waren es nicht«, sagte Donaldson kalt. »Alle Verdächtigen im Fall Jordan sind tot. Sollten diese Leute bei Ihnen auf der Matte stehen, würde ich mir andere Sorgen machen.«

Er legte einen Gang ein, Zeichen für Daly, dass es Zeit war auszusteigen. »Inspector, meine Loyalität gilt der friedlichen Gesellschaft, die wir geschaffen haben. Der Weg dorthin war nicht einfach. Es gab viele finstere Tage, an denen Polizisten vormittags einen Kollegen zu Grabe trugen und nachmittags zurück auf die Straße mussten. Da blieben im Eifer des Gefechts manchmal Regeln unbeachtet. Das ist ohne Zweifel bedauerlich …« Die Worte verloren sich im Ungefähren. Doch der Ton verriet, dass sich Donaldsons Bedauern in engen Grenzen hielt.

»Halten Sie mich auf dem Laufenden, Daly, und ich informiere Sie über alles, was die Special Branch liefert. Und vergessen Sie nicht, dass Sie in einer sehr bequemen Situation sind. Von Ihnen wird nur Loyalität gegenüber den Vorgesetzten verlangt.«

Mich worüber informieren, wunderte sich Daly. Er bezweifelte, dass die Special Branch diesen Fall neu beleuchten wollte. Und was meinte Donaldson mit Loyalität gegenüber den Vorgesetzten? Selbstverständlich war ein Polizist weisungsgebunden. Aber gab es denn keine höhere Autorität, keinen Moralkodex, an den man sich halten musste? Wenn es bei den Ermittlungen vor allem darum gegangen war, einen Spitzel der Special Branch zu schützen, dann würde er das herausfinden und dafür sorgen, dass die in diese Vertuschung verwickelten Mistkerle vor Gericht kämen.

Sein Meeting mit Donaldson war unangenehm, vielleicht sogar befremdlich gewesen, aber seltsamerweise freute er sich jetzt auf eine Begegnung mit der Special Branch. Er war nur etwas unsicher, ob sich da vielleicht eine Neigung zum Masochismus offenbarte, die ihm bislang nicht aufgefallen war, vielleicht sogar eine Lust, sich in einen ungleichen Kampf zu stürzen, von dem sich jeder vernünftige Mensch fernhalten würde.

Vielleicht hatte Tessa Jordan ja recht gehabt und irische Katholiken waren wirklich so gestrickt, dass sie Ungerechtigkeit nicht ertrugen, selbst wenn sie das ins Verderben führte.

12

Seit dem Mord an Joseph Devine waren fünf Tage vergangen, und die blutige Geschichte war in der Lokalpresse ebenso wie bei den landesweiten Zeitungen auf den Titelseiten gelandet. Das für neun Uhr morgens angesetzte Treffen war ihre erste Zusammenkunft als Ermittlergruppe. Daly fuhr sich mit der Zunge über die Lippen und bemerkte erstaunt, wie trocken sie waren. Er spürte, wie ihm Schweiß auf die Stirn trat, und fragte sich, ob sich eine Erkältung anbahnte. Er wollte etwas sagen in der Hoffnung, dass sich in seiner Stimme die Ruhe der Erfahrung bemerkbar machte, brachte aber kein Wort heraus. Er blickte in die Gesichter seiner Kollegen, ob sie sein nervöses Stocken bemerkt hatten. Irwin sah übermüdet aus, Harland kämpfte mit einem Gähnen. O'Neill war vollständig davon in Anspruch genommen, mit einem Stift gegen ihre Zähne zu klopfen. Daly argwöhnte, dass für manche aus seinem Team so ein Meeting ungefähr einem Fernsehschlummer entsprach. Es war ihnen völlig egal, was sie zu hören bekamen, solange vor ihnen einer brabbelte.

»Sehen wir uns doch als Erstes die Suche nach David Hughes an«, sagte er, bevor das Kratzen im Hals zum Husten werden konnte.

Dass er schon unzählige Mordermittlungen geleitet hatte, war keine Garantie dafür, erneut erfolgreich zu sein. Er wusste, dass er wieder einen Blick in sein Innerstes werfen musste, und hatte Angst, dort eine Veränderung zu entdecken. Die langen Tage, die er in Glasgow mit schwierigen Fällen verbracht hatte, hatten ihn gelehrt, sich eine harte Schale zuzulegen und seine Gefühle dahinter zu verschanzen, als säße er in einem Bunker im Niemandsland. Doch waren seine Schutzmechanismen seit der Trennung von Anna erheblich geschwächt, außerdem hatte er es in den vergangenen Monaten fast nur mit Sachbeschädigungen und Verkehrsverstößen im ländlichen County Armagh zu tun gehabt.

»Ich glaube, dass der Vermisste auch vermisst bleiben wird«, verkündete Irwin.

Er und Harland hatten die verbliebenen Mitglieder des Entenjagdclubs aufgesucht, aber keinen Hinweis entdeckt, dass einer von ihnen Hughes verstecken könnte. Sie hatten sich auch in Hotels, bei Anbietern von Bed and Breakfast und sogar in verschiedenen Pflegeheimen umgehört.

Daly schlug vor, eine weitere Pressemitteilung herauszugeben und die Öffentlichkeit um Mithilfe zu bitten.

»Ist es denn nicht wahrscheinlicher, dass der arme Alte bereits tot ist?«, fragte Harland.

»Irgendwie glaube ich das nicht«, meinte Daly. »Ich habe eher das Gefühl, dass er bei einem Freund oder Bekannten untergeschlüpft ist. Jedenfalls können wir davon ausgehen, dass er nicht gekidnappt wurde. Oder gegen seinen Willen festgehalten wird.«

»Wenn keine Straftat vorliegt und er aus freien Stücken weggelaufen ist, warum kümmern wir uns dann darum? Was geht es uns an, wenn sich einer mal eine Auszeit gönnt und sich den Wind um die Nase wehen lassen will?«

»Die Umstände seines Verschwindens sind so merkwürdig, dass wir uns die Sache genauer ansehen müssen«, erwiderte Daly. »Abgesehen davon, dass da ein verwirrter alter Mann in der Kälte rumläuft und wahrscheinlich ein Jagdgewehr hat, das auch nicht mehr ganz zuverlässig ist.«

Sie kamen zum nächsten Punkt, den Mordermittlungen.

»Wir müssen noch etwas tiefer in Devines Leben graben«, sagte Daly.

Das Team beschloss, in zwei Richtungen zu ermitteln. Daly würde sich noch einmal mit den Umständen von Oliver Jordans Entführung befassen, während Irwin und Harland sich die Fälle genauer ansehen sollten, mit denen Devine in der Kanzlei befasst gewesen war.

Ehe sie die Sitzung aufhoben, übergab Daly Irwin die Reste der Zeitungsausschnitte, die er in der Hecke in der Nähe von Hughes' Cottage gefunden hatte.

»Zeigen Sie die Devines früheren Kollegen. Ich glaube, dass sie etwas mit seiner Vergangenheit zu tun haben und vielleicht auch mit seiner Ermordung.«

Bei seiner Heimkehr wurde er vom vorwurfsvollen Gackern einer Hühnerschar begrüßt. Es waren Leghornhennen, die sein Vater zum Vergnügen und der Eier wegen gehalten hatte. Heute Morgen hatte er vergessen, sie zu füttern, und sie klangen empört. Als er zur Tür ging, flatterten sie auf, das Gefieder nass und zerrauft, nachdem sie tagsüber die Hecken durchstreift hatten. Am Himmel ballten sich schwarze Wolken zusammen, erste dicke Tropfen fielen Daly auf den Kopf. Ohne sich um die Vögel zu kümmern, trat er in das klamme, düstere Cottage.

Die Mühle der Arbeit zog immer mehr seiner Aufmerksamkeit von den Aufgaben ab, die im väterlichen Cottage zu erledigen waren, und er fragte sich, ob es nicht an der Zeit war, das Haus zu räumen und zum Verkauf anzubieten, um sich von dieser Last zu befreien. Die ungeduldigen Schreie der Hühner fanden ihr Echo in den Stimmen in seinem Innern, die ebenso klagend wie fordernd waren – Oliver Jordan und Joseph Devine, die aus ihren Gräbern heraus nach Erlösung verlangten, der verwirrte, verängstigte und in einem Netz verschütteter Erinnerungen gefangene David Hughes.

Er machte sich etwas zu essen. Danach entzündete er ein Torffeuer und setzte sich vor den Kamin, wo er ohne großes Interesse durch ein Handbuch zur Hühnerzucht blätterte. Daly hatte es in einem Stapel zwischen alten landwirtschaftlichen Zeitschriften entdeckt.

Ein paar Stunden später schreckte er auf. Er war vor dem grauen Kaminrost zusammengesackt wie ein Mann, der darauf wartete, dass seine Geliebte zum Abendessen kam. Das Feuer war ausgegangen, und er spürte, wie die Kälte in dünnen Fäden durch die Ritzen der Fensterrahmen floss. Aus Erfahrung wusste er, dass das weder ein guter Ort noch die richtige Zeit war, um sich zu betrinken. Er widerstand auch der Verlockung, das Radio anzustellen und sich die Spätnachrichten anzuhören. Die Nachrichtenmacher waren viel zu besessen von Verbrechen und präsentierten ihrem Publikum Geschichten über ziellose Gewalt, als wären es Gutenachtgeschichten. Er sehnte sich nach einer Zigarette und zweifelte daran, dass er heute noch mal Schlaf finden würde.

Auf dem Rost lag Asche. Durch den Kamin war das Krächzen von Krähen zu hören. Er vernahm ein geisterhaftes Flüstern in der Luft – die Stimme seines Vaters bei der allabendlichen Litanei seiner Gebete. Noch nach sechs Monaten rechnete er jeden Moment damit, dass sein Vater, umhüllt von Pfeifenrauch, plötzlich neben ihm am Feuer sitzen könnte. Bald würde die Asche des Torfs, den der alte Mann im vergangenen Frühjahr gestochen hatte, zusammengekehrt und auf dem Kartoffelbeet verstreut sein. Ihn fröstelte im Sessel. Es gab die Vergangenheit, und es gab den Schlaf, aber offenbar widerstrebte beides seinem Verstand.

Er zog den Mantel an und nahm die Autoschlüssel. Trotz der bleiernen Müdigkeit, die sich auf ihn gelegt hatte, wollte er zur Polizeistation zurückfahren und sich Devines Aufzeichnungen ansehen.

Draußen war der Mond aufgegangen. Der Frost hatte seine fedrige Last auf die Bäume gelegt und das dicke Gras des Vorgartens niedergedrückt. Das Knirschen des Rasens unter seinen Schritten war deutlicher als die Erinnerungen in seinem Kopf. In den Ästen über ihm war der sanfte Flügelschlag eines Vogels zu hören, vermutlich eine Eule auf der Suche nach Beute. Als er in Glasgow gelebt hatte, war die Nacht eine Zeit gewesen, in der man seine Türen verriegelte und es sich zu Hause gemütlich machte, aber hier auf dem Land, im tiefsten Armagh, war kaum vorstellbar, dass in der Dunkelheit eine Bedrohung oder Gefahr lauerte. Zumindest solange man nicht den Stimmen der Nachrichtenmacher lauschte.

Die Hühner schliefen in ihrem Stall. Ehe er ihn verschloss, warf er etwas Futter hinein. Sie gackerten und flatterten, ein müder und zerzauster Haufen, dessen Glucksen heiser und furchtsam klang. In der Gegend gab es zahlreiche Füchse, und vermutlich lag in der Nachtluft auch ein Hauch von Gefahr. Daly hoffte, dass der Stall sicher war. Er wollte auf keinen Fall eines Morgens aufwachen und schon zum Frühstück ein Blutbad sehen.

Er stieg in den Wagen und fuhr am Seeufer entlang durch die Townlands Clonmakate und Maghery. Im Dörfchen Birchee stand ein einsames Taxi mit laufendem Motor vor einer Schonung. Langsam fuhr er auf schmalen Straßen über Land. Die vor Reif schimmernden Bäume wirkten wie die Nervenbahnen eines sezierten Körpers. Aus einer Eingebung heraus schlug er am Kreisverkehr mit der Auffahrt zur Autobahn den Weg nach Süden ein, um nach Portadown und zum Haus von Tessa Jordan zu fahren.

Im Woodlawn Crescent sah er hinter den geschlossenen Vorhängen das gespenstische blaue Flimmern von Fernsehern, nur in Nummer 14 leuchtete es gelb und orange. Die Jordans müssen als Einzige eine andere Sendung sehen, dachte er. Er stieg aus und blickte die Straße auf und ab. Noch immer lag klobiges Spielzeug verlassen in den Vorgärten. Von dem Streifenwagen, den er angefordert hatte, war nichts zu sehen. Ärger durchzuckte ihn. Irgendwo wurde eine Tür geöffnet, und eine wütende Stimme kommentierte die Heimkehr eines Betrunkenen. Die Straße machte den Eindruck einer schäbigen Feriensiedlung, bewohnt von Häftlingen.

Er wollte sich auf den Weg zurück zum Auto machen, als er bemerkte, dass das gelb-orange Flackern im vorderen Zimmer der Jordans intensiver wurde. Dann hörte er einen Knall, und eine Fensterscheibe platzte. Noch ehe die Flammen aus dem Fenster schlugen, spürte er die Hitze. Das Feuer breitete sich rasend schnell über die gesamte Front aus. Er duckte sich hinter den Gartenzaun, als eine schwere Hitzewelle über ihn hinwegrollte und ihn zu Boden drückte. Aus dem Haus war das Bersten von Holz und das Klirren von

Glas zu hören. Angestrengt bemühte er sich, hinter den Brandgeräuschen menschliche Rufe oder Weinen zu hören, aber vergebens.

Hektisch zog er sein Handy heraus und rief bei der Feuerwehr an.

Es war, als würde ihm die Hitze die Stimme tief in den Hals bohren. Nur mit Mühe brachte er die Adresse heraus. Das Feuer fauchte so wütend, dass er die Antwort aus der Leitstelle fast nicht verstand.

Er fürchtete, er könnte zu viel Zeit verloren haben, und rannte zur Haustür. Mehr durch Glück als durch schiere Kraft gelang es ihm, sie aufzutreten, und er taumelte in die rauchschwarze Dunkelheit der Diele. Zuerst zögerte er, tastete sich so vorsichtig vor, als stiege er in eine heiße Wanne, und horchte auf Geräusche, die auf Tessa und ihren Sohn deuteten. Doch im Haus schien niemand zu sein. Die Flammen hatten das Wohnzimmer erfasst, Möbel und Tapeten brannten. Ein greller Blitz fuhr durch das Treppenhaus. Gegen das Dröhnen des Feuers anschreiend, rief er Tessas Namen, bekam aber keine Antwort. Es war, als träte er einer im Zimmer eingesperrten Gewalt gegenüber. Die ungestüme Hitze zwang ihn, sich wegzuducken.

Dann rannte er die Treppe hinauf. Noch hatte das Feuer den ersten Stock nicht erreicht, aber der Rauch quoll in dicken Schwaden durchs Treppenhaus. Als er den Flur des ersten Stocks erreichte, hörte er einen tiefen Seufzer.

Er stürzte in ein Zimmer und schrie: »Los, aufstehen! Raus hier!« Aber die Betten waren leer. Als sein Blick den Rauchmelder an der Flurdecke streifte, bemerkte er, dass die Batterie entfernt worden war. Mit angehaltenem Atem rannte er in das große Schlafzimmer.

In dem Doppelbett lag jemand. Daly brüllte, aber nichts rührte sich. Er hastete ans Bett. Der Körper war eine plumpe reglose Masse. Für einen Moment fürchtete er, Tessa Jordan sei im Schlaf erstickt.

Schließlich begriff er, dass es nur Kissen waren. Er bekam kaum noch Luft, sein Schädel pochte. Die Treppe hinter ihm war nicht mehr passierbar, also nahm er einen Stuhl und zerschlug die Fensterscheibe. Unten im Garten standen eine Frau und ein Junge eng aneinandergepresst und starrten überrascht zu ihm hinauf. Sie sahen, wie er aufs Fensterbrett kletterte, um sich nach unten zu hangeln, an der bröckeligen Mauer abrutschte und rückwärts zu Boden fiel.

Als er zu sich kam, schmerzte sein Arm. Tessa Jordan beugte sich über ihn.

»Können Sie mich hören?«

»Ja«, sagte er.

»Sind Sie das, Inspector Daly?«

Er versuchte, sich auf die Seite zu drehen. »Eigentlich wollte ich ja Sie retten. Was ist passiert?«

»Eine Gruppe schwarz gekleideter Männer kam mit einem Benzinkanister an die Tür. Dermot hat Alarm geschlagen. Wir sind schnell nach hinten raus und haben uns im Garten versteckt.«

Daly sah das nervöse Gesicht des Jungen, erhellt vom Feuerschein.

Er setzte sich auf. Der Schmerz in der Schulter ließ ihn aufstöhnen.

»Sie sind verletzt«, sagte Tessa. »Der Krankenwagen wird gleich da sein.«

»Mir geht's gut«, sagte er und hievte sich auf die Beine.

»Jetzt waren Sie schon zum zweiten Mal sofort da, als ich Hilfe gebraucht habe.«

»Diese verdammte Telepathie«, sagte er und verzog das Gesicht. »Da muss ich mal was dagegen unternehmen.«

Wenige Minuten später tauchten Krankenwagen und Löschfahrzeuge die Straße in ein beruhigendes blaues Licht. Das Feuer prasselte selbst dann noch mit Furcht einflößender Munterkeit, als die Feuerwehrleute es unter Kontrolle zu bringen versuchten.

Ein Sanitäter eilte zu Daly, doch der wehrte ab.

Stattdessen ging er zu einer Gruppe von Feuerwehrleuten, die ihn sofort umstellten, als gehörte er zur gegnerischen Fußballmannschaft.

»Ich hab gedacht, Sie sind Detective, kein Feuerwehrmann, verdammt noch mal«, sagte der Einsatzleiter Matt O'Hanlon. Er musterte Daly von Kopf bis Fuß. Sein Blick blieb an der versengten Kleidung hängen.

»Ich war in der Nähe bei einem Einsatz und hab gesehen, dass Feuer ausbrach«, sagte Daly ausweichend.

Irgendwas wollte er O'Hanlon fragen. Im Haus war ihm etwas Merkwürdiges aufgefallen, aber der heftige Aufprall hatte es ihn vergessen lassen.

»Der Brandherd war im Wohnzimmer«, sagte Daly. »Ich hab Benzin gerochen. Die Familie ist früher schon bedroht worden. Hier muss jede Nacht ein Streifenwagen stehen.«

»Das dürfte sich erübrigt haben. Das Haus ist ruiniert. In nächster Zeit wohnt hier keiner mehr.«

»Okay«, sagte Daly.

»Wir bräuchten Sie hier eigentlich nicht mehr. So wie Sie aussehen, wären Sie zu Hause besser aufgehoben.«

Für Leute, denen gerade das Haus abgebrannt war, wirkten die Jordans erstaunlich gefasst. Daly fand sie im Schutz eines Feuerwehrwagens. Tessa betrachtete Daly mit einer Miene, als wäre sie persönlich für sein lädiertes Äußeres verantwortlich.

»Wie kommen Sie mit den Ermittlungen voran?«

»Gar nicht.«

»Wahrscheinlich, weil Sie dauernd Leute aus Bränden retten müssen.« Ein kleines Lächeln huschte über ihr blasses Gesicht.

Sie zitterte leicht, und er legte ihr seine Jacke um die Schultern. Bei der kurzen Berührung fühlte sie sich eher an wie eine Frau, die den Fängen eines eisigen Flusses als einem Feuer entronnen war.

»Das hat noch niemand geschafft«, sagte sie. »Das ist ja das Besondere an Olivers Fall. Wer soll denn was finden, wenn die Spuren im Nirgendwo versanden.

Und genauso wenig wird je einer angeklagt, über den der Staat seine schützende Hand hält. Das weiß jeder Katholik.«

»Danke für den Tipp.«

»Es gab überhaupt keinen bewaffneten Kampf. Was wir erlebt haben, war ein barbarisches Spiel, an dem eigentlich nur Geheimdienstler und Psychopathen ihren Spaß hatten.«

Obwohl seine Schulter schmerzte und seine Kleidung nach Rauch stank, versuchte er seine Professionalität zu wahren.

»Wo wollen Sie heute Nacht bleiben? Können Sie irgendwohin?«

»Meine Schwester lebt auf dem Land. Wir können in einem Wohnwagen schlafen, der bei ihr auf dem Hof steht.«

»Wenn Sie möchten, bring ich Sie hin.«

Unter seiner Jacke trug sie einen dunkelgrünen Bademantel. Er glitt auf, als sie auf den Rücksitz seines Wagens schlüpfte. Die blasse Haut ihrer Schenkel wirkte in dem Blaulicht noch heller. Die Bewegung ihrer Beine entzündete in ihm eine andere Flamme.

Dermot setzte sich auf den Beifahrersitz. Sein Mund war verkniffen, die Hände hielt er im Schoß verknotet.

Unterwegs spürte Daly seine Lebensgeister zurückkehren. Er war nicht unbedingt gut gelaunt, aber der Brand hatte seine Entschlossenheit neu angefacht. Außerdem hatte er das Gefühl, dass er jetzt das Recht hatte, Tessa weitere Fragen zu Olivers Verschwinden zu stellen.

»Haben Sie den Eindruck, die Brandanschläge könnten was mit Ihrer Suche nach Olivers Leiche zu tun haben?«, fragte er.

»Nein«, sagte sie. »Wieso sollte ich?«

Mit offenkundiger Befangenheit erwiderte sie seinen Blick im Rückspiegel. Er fand es seltsam, dass sie eine Verbindung zwischen den Einschüchterungsversuchen und ihrem Kampf um Gerechtigkeit so rundweg leugnete. Sie musste doch davon ausgehen, dass irgendjemand etwas zu verbergen hatte und einiges auf sich nehmen würde, damit es nicht entdeckt wurde.

»Dieses Mal kümmere ich mich persönlich darum, dass bei Ihrer Schwester ein Wagen postiert wird. Hoffentlich wissen die Brandstifter nicht, wo sie wohnt.«

Er warf wieder einen Blick in den Rückspiegel. Sie war eingeschlafen. Der Junge auf dem Beifahrersitz war jedoch wach. Daly spürte seine Anspannung.

Dalys vordringliche Aufgabe war, ihre Sicherheit zu gewährleisten. Einen weiterführenden Plan hatte er nicht. Er hatte keinen Zweifel, dass das jüngste Feuer ohne die Aufmerksamkeit des Jungen tödliche Folgen gehabt hätte. Über sein Autotelefon gab er eine Meldung über die Brandstifter durch, die auf der Beschreibung durch den Jungen beruhte.

Dann stellte er die Heizung höher und ließ sich in seinen Sitz sinken. Der Junge saß neben ihm wie ein aus einem Albtraum übrig gebliebener Geist.

»Gehst du noch zur Schule, Dermot?«

»Ich mach grad meine A-levels. Unter anderem in Kriminologie.«

Daly erwiderte nichts. Er verstand, warum sich der Junge mit Kriminalität befassen wollte. Das konnte ihm helfen, innerlich Abstand zu gewinnen. Wenn man den Terror nüchtern untersuchte, konnte man verhindern, dass einen die Angst davor lähmte.

Mehrere Meilen fuhren sie dahin, ohne ein Wort zu wechseln.

»Die Kriminologie war ein Fehler«, verkündete Dermot. »Je mehr ich über Verbrechen lese, desto mehr kommt es mir wie Zeitverschwendung vor. Mein Lehrer redet immer von Armut und ungleichen Lebensverhältnissen, aber in Wahrheit sind manche Leute einfach so böse. Das kann niemand verstehen.«

Daly nickte und wollte das Thema wechseln, aber der Junge schien ihn nicht zu hören.

»Jemand wie meine Mum glaubt nicht an Recht und Gesetz. Ich seh das ja. Ihr ganzes Leben lang balanciert sie auf einem Drahtseil, das zwischen der Polizei und Leuten wie Ihnen auf der einen Seite und der IRA und den sogenannten Beschützern der Katholiken auf der anderen Seite gespannt ist. Und keiner Seite vertraut sie.«

»Das ist nicht gut.«

»Schauen Sie sich doch an, wie wir wohnen. Das Haus ist ein Drecksloch. Von mir aus kann man das komplett abfackeln. Aber trotzdem würde meine Mutter weiter dort leben wollen.«

»Vielleicht weil da ihre Wurzeln sind?«

»Nein. Sie ist einfach total eingefahren.«

»So sind Mütter manchmal.«

Der Junge erklärte ihm den Weg, bis sie eine schmale, von struppigen Fuchsienbüschen gesäumte Einfahrt erreichten.

Kurz vor dem Bauernhaus drehte er sich zu Daly. »Könnten Sie mir einen Gefallen tun?«

»Bin ganz Ohr.«

»Ich muss für meinen Kriminologiekurs ein Praktikum machen. Nur einen oder zwei Tage. Könnte ich dafür vielleicht mit Ihnen mitgehen?«

Daly überlegte kurz. Er warf einen Blick auf die schlafende Tessa auf dem Rücksitz. Ihr blasses Gesicht war hinter einem Schleier aus dunklen Haaren halb verborgen.

»Ich seh da kein Problem«, sagte er schließlich. »Wir sollen heutzutage ja bürgernah sein. Die Zentrale ermuntert uns immerzu, allen zu zeigen, wie professionell wir geworden sind.«

Das Auto blieb vor dem Hauseingang stehen. Tessas Schwester stand zur Begrüßung bereit, auf einem kleinen Treppenabsatz voll überwinternder Geranien. Sie sah älter und weicher als Tessa aus.

Daly stieg aus und wollte sich vorstellen, aber die Schwester, die neugierig zum Auto gekommen war, trat zwei, drei Schritte zurück. Er wusste, dass er nicht unbedingt frisch aussah. Nach seinem Spiegelbild im Autofenster zu schließen, wäre wohl jeder zunächst auf Abstand gegangen.

Auf dem Gesicht der Frau machte sich Erleichterung breit, sobald Tessa ausstieg. Halb schimpfte und halb tröstete sie ihre Schwester, dann umarmten sie sich.

»Bleiben Sie denn bei Ihrem Versprechen?«, fragte Dermot.

»Wenn ich was verspreche, halte ich das auch.«

Ehe Tessa ins Haus ging, kam sie noch einmal zu Daly. Sie strich sich die Haare aus dem vor Aufregung geröteten Gesicht. Ihr Blick war jedoch ruhig und klar.

»Sie sind ein guter Mensch«, sagte sie. »Vertrödeln Sie keine Zeit mit Nachforschungen über das, was heute Abend passiert ist. Das waren bestimmt irgendwelche besoffenen Vandalen. Die zünden morgen wahrscheinlich ein anderes Haus an.«

Daly nickte. Entweder begriff sie nicht, dass Olivers Mörder auch sie gerne tot sähen, oder sie wollte sie aus irgendeinem Grund schützen. Aber vielleicht war es ganz gut, dass sie keinen Verdacht hegte. Dadurch würde sie weniger unter Misstrauen und Argwohn leiden. Als er ins Auto stieg, fühlte er sich so erschöpft, dass er sich nur noch hinlegen und schlafen wollte. Mit leerem Kopf fuhr er nach Hause.

13

Bei Dalys Ankunft in der Polizeistation war Irwin bereits da und gähnte. O'Neill telefonierte mit einer aufgeschlagenen Zeitschrift auf dem Schoß. Sie verzog das Gesicht und brach das Gespräch ab. Harland, Robertson und O'Brien standen um einen Computerbildschirm herum. So wie die drei grinsten, lasen sie kaum einen Polizeibericht.

»Wie geht's?«

»Beschissen.« Irwin sprach stellvertretend für alle. »Zum Glück hab ich um eins Feierabend.«

Die bleierne Müdigkeit, die auf dem Raum lastete, war mit Händen zu greifen. In schwierigen Mordfällen waren Anfälle von Lethargie nicht selten. Daly hoffte, dass dies nur ein vorübergehender Zustand war und sein Team keinen wichtigen Hinweis oder eine vielversprechende Spur übersah.

Er für seinen Teil fühlte sich durch die Ereignisse von letzter Nacht belebt. Eine der vielen Aufgaben, vor die sie diese Ermittlungen stellten, war die Gewährleistung der Sicherheit von Tessa Jordan und ihrem Sohn. Für ihn war das nicht nur eine gefühlte, sondern auch eine moralische Notwendigkeit.

»Wer sollte eigentlich das Haus der Jordans überwachen?«, wollte er wissen.

»Harland und Robertson«, sagte Irwin. »Aber sie wurden zu einem Einbruch in eine Tankstelle gerufen. Ein Bagger ist in einen Geldautomaten gefahren. Da hat wohl ein Idiot seine PIN-Nummer vergessen.«

Daly murrte.

»Es kommen erste Meldungen rein, dass jemand Hughes gesehen hat«, sagte O'Neill. »Aber nichts Brauchbares. Eine Frau rief an und hat behauptet, sie hätte ihn vergangenen Freitag am Flughafen in Málaga gesehen. Einen Tag bevor er verschwunden ist.«

»Eliza Hughes hat auch angerufen«, sagte Irwin. »Sie will, dass Sie zu ihr rausfahren. Es klang dringend, aber sie hat nicht gesagt, worum's geht.«

Irwin und Daly beugten sich über den vorläufigen Brandbericht der Feuerwehr. Im Wohnzimmer hatte man Spuren eines Brandbeschleunigers gefunden. Der Rauchmelder hatte nicht funktioniert, was angesichts der früheren Brandanschläge ein unverzeihliches Versäumnis Tessa Jordans war.

»Nach was riecht's denn hier?«, fragte Irwin.

Daly zuckte die Achseln und erhob sich, um zu gehen.

»Das ist doch Parfüm. Ich riech's an Ihrer Jacke.« Irwin grinste. »In letzter Zeit benehmen Sie sich wirklich etwas seltsam, Celcius. So oft spätnachts unterwegs, ohne dass viel dabei rauskommt. Wieso waren Sie eigentlich nach Mitternacht am Haus der Jordans?«

Daly verließ den Raum, ehe Irwin die Frage stellte, die das Fass zum Überlaufen brachte.

Der Tag schickte sich an, schön zu werden. Er freute sich auf die neuerliche Fahrt ans Seeufer. Es wehte ein klarer Südwest, und Daly nahm ein paar tiefe Atemzüge, ehe er ins Auto stieg. Dreißig Minuten später sah er den blauen Keil des Lough Neagh, der sich zwischen das Spalier der Kiefern schob. Über dem Wasser zogen schwer beladene Wolken langsam am Himmel dahin und brachten Wintergäste mit, Gänse aus Sibirien und Singschwäne aus Kanada.

In Hughes' Cottage warteten zwei Überraschungen auf ihn. Ehe er klingeln konnte, ging die Tür auf. Eliza Hughes trug gelbe Haushaltshandschuhe und hatte die Ärmel bis zum Ellbogen hochgeschoben. Sie sah müde aus, und ihre Augen waren leer. Daly kannte den Blick von Leuten, deren nahe Angehörige seit Tagen oder noch länger verschwunden waren. Es war der Blick einer Frau, die in einem Albtraum gefangen war. In einem Albtraum, der wie eine Flut um sie herum anstieg. Das helle Tageslicht ließ sie zwinkern. Sie bat Daly, ihr in die Küche zu folgen, wo sie Geschirr gespült hatte.

»Jedes Mal wenn ich Sie sehe, erwarte ich, dass David bei Ihnen ist.«

Daly fiel keine passende Erwiderung ein. Elizas Blick sondierte misstrauisch die gesamte Küche, als könnte dort etwas sein, das nicht hingehörte.

»Möchten Sie eine Tasse Tee?«, fragte sie. Der Wasserkessel stand bereits auf der Herdplatte. Daly ließ sich eine Tasse Tee machen und begann bedächtig, ihr von seinem Besuch bei Ginger Gormley zu erzählen.

Sie unterbrach ihn, noch ehe er fertig war.

»Schauen Sie sich das an.« Sie reichte ihm eine Postkarte. »Die kam heute Vormittag. Von meinem Bruder.«

Überrascht starrte Daly auf die Karte. Das Foto zeigte einen Jäger, der in trübes Wasser hinauswatete, um einen Schwarm Lockenten auszubringen. Die Nachricht auf der Rückseite war mit zittriger Hand geschrieben.

Liebe Elira,
ich bin für immer weg. Bitte versuch nicht, mich zu finden. Mach Dir keine Sorgen, meine freundlichen Gastgeber kümmern sich um mich und alles, was ich brauche. Sie sollten nur etwas weniger von Gott und dem Seelenheil reden.

In Liebe, David
PS: Stell dir vor, was für Geschichten der alte Vogel erzählen würde, wenn er reden könnte.

Die Nachricht war eher verwirrend, als dass sie beruhigte. Daly schätzte, dass sich darin ein zunehmender geistiger Verfall offenbarte. Er warf Eliza einen Blick zu und sah, dass ein hoffnungsvolles Lächeln auf ihrem Gesicht erschienen war.

»Das ist ganz sicher von ihm. Er hat meinen Namen falsch geschrieben. ›Elira.‹ So hat er mich genannt, als wir Kinder waren.«

Daly blickte auf den Poststempel. Die Karte war in Portadown eingeworfen worden.

»Immerhin wissen wir, dass er am Leben ist«, fügte sie hinzu.

»Haben Sie eine Idee, wo er sein könnte?«

»Nein. Ich kann nur vermuten, dass er bei Freunden ist. Vielleicht wissen die gar nicht, dass er krank ist?«

»Glauben Sie, dass diese Postkarte ein versteckter Hinweis ist? Dass er Ihnen sagen will, was er vorhat oder beim wem er ist?«

»Ich glaube, dazu ist er nicht mehr in der Lage.«

»Wir müssen nach allen Seiten hin offen sein. Vielleicht ist er nach wie vor in Gefahr. Andererseits könnte er in diesem Augenblick mit Freunden bei der Entenjagd sein und Spaß haben, während wir uns Sorgen machen.«

»Kann sein«, sagte Eliza und nickte. »Er hat sich auf die Jagdsaison gefreut, aber ich hatte Angst, ihn an eine Waffe zu lassen, selbst wenn er zwischendurch bei klarem Verstand war.«

Die Postkarte lag zwischen ihnen auf dem Tisch. Eine Nachricht von einem Menschen, dessen Verstand am Verlöschen war.

»Wir brauchen Geduld«, sagte Daly schließlich. »Früher oder später finden wir raus, wo er ist.«

Er bat sie, sich im Haus umsehen zu dürfen. Er wollte ein Gefühl dafür bekommen, was für ein Mensch David Hughes war. Eliza willigte ein und machte sich wieder an den Abwasch.

Hughes' Schlafzimmer kam ihm noch karger vor als in der Nacht seines Verschwindens. Es roch nach Desinfektionsmittel. Das Bett war abgezogen, aber nicht neu gemacht worden. Ihm schien, dass die Pflege ihres Bruders für Eliza Hughes vor allem aus Putzen bestand. Alle Spuren des alten Manns waren weggeschrubbt. Trotz seiner Krankheit musste sich Hughes durch ihr eisernes Putzpensum eingeschränkt gefühlt haben. Sie hatte so viel gescheuert und geschrubbt, dass die Gefahr bestand, jede Spur von ihm würde vom Angesicht der Erde getilgt.

Erst als Daly sich umdrehen und den Raum verlassen wollte, fiel es ihm auf. In jener Nacht war etwas anders gewesen. Etwas war nicht weggeräumt gewesen. Er blieb still stehen aus Angst, jede weitere Bewegung würde diesen Erinnerungssplitter zum Verschwinden bringen.

Die Kerze, um die Papier und Asche gelegen waren. Sie hatte auf einer kleinen Kommode neben dem Bett gestanden. In der Nacht, in der Hughes verschwunden war, hatte sie ihn irritiert. Jetzt wusste er, warum. Es war das einzige Stück Unordnung im Zimmer gewesen.

Als er Eliza nach der Asche fragte, zögerte sie zunächst.

»Vielleicht hat David etwas Papier verbrannt, nachdem er ins Bett gegangen ist«, meinte sie unschlüssig.

»Haben Sie eine Ahnung, was es gewesen sein könnte?«

Sie dachte kurz nach. »Ich weiß noch, dass er die

Armagh News gelesen hat. Das war, als ich ihm seinen Abendtee gebracht habe. Er saß mit dem Rücken zu mir über eine Seite der Zeitung gebeugt, und als ich ihn antippte, sah er mich an, als wär ich ein Geist. Dann faltete er sie zusammen und steckte sie ein. Es waren die Todesanzeigen gewesen. Ich habe ihn allein gelassen, und danach haben wir nicht mehr miteinander gesprochen. Das war das letzte Mal, dass ich ihm in die Augen geblickt habe.«

»Hatten Sie die Zeitung schon gelesen?«

»Nein, aber ich hatte selbst eine Ausgabe, daher war's mir egal.«

»Wirkte er verändert?«

»Er schien in Gedanken versunken zu sein, aber ich hielt das nur für eine seiner Launen. Er ist früh ins Bett gegangen, und ich habe um zehn Uhr abends noch mal bei ihm reingeschaut. Als ich die Sensormatte ausgelegt habe, hat er tief und fest geschlafen und geschnarcht.«

Daly schwieg, während Eliza ihn besorgt ansah.

»Glauben Sie, dass etwas in den Todesanzeigen stand, das ihn hat weglaufen lassen?«

»Genau das will ich rausfinden«, erwiderte er. »David liest die Zeitung, und aus irgendeinem Grund will er sie loswerden, ehe sie ein anderer liest. Später täuscht er dann offenbar einen Einbruch vor und läuft weg. Also, es könnte schon sein, dass irgendwas in der Zeitung das ausgelöst hat. Hat er an dem Abend etwas gesagt, das Ihnen komisch vorkam?«

Eliza wurde rot. »Er hat überhaupt nichts gesagt. Aber solche Tage gab's immer wieder. Ich hab mich um ihn gekümmert, aber wir hatten ein eher distanziertes Verhältnis. Es war albern. Manchmal wollte er wochenlang nicht mit mir reden. Abgesehen von den Andeutungen in seinen Notizen hatte ich keine Ahnung, was in seinem Kopf vorging.«

»Machen Sie sich nichts draus. Mir kommt das ganz normal vor. Ich wollte mit meinem Vater nicht mehr reden, seit ich fünfzehn war.«

»Manchmal war David auch völlig klar. Und er ist immer sehr klug gewesen. Sein Selbstvertrauen schien die Krankheit jedenfalls nicht zu erschüttern. Er dachte, er käme zurecht. Nur eben etwas langsamer. Was seine Pflege aber umso schwieriger machte. Das Aufpassen, dass ihm nichts passierte.«

»Brauchte er auch im Haus Ihre Hilfe?«

Sie lachte kurz auf. »Helfen konnte man ihm eigentlich nicht. Er hat gemacht, was er wollte. Es war ihm egal, ob es richtig oder falsch war.«

Daly ließ es für den Moment dabei bewenden.

»Ich habe Sie das schon mal gefragt, aber fällt Ihnen ein Grund ein, warum David um seine Sicherheit gefürchtet haben könnte?«

»Nein, da fällt mir nichts ein.« Sie blickte zu Boden, dann vage in den Raum. Dann erst sah sie Daly an.

Da ist es wieder, dachte Daly. Das Ausweichen, ein Anflug von Unehrlichkeit. Warum glaube ich ihr nicht?

»Haben Sie Ihre Ausgabe der *Armagh News* noch?«, wollte er wissen.

»Ja.« Sie nahm die Zeitung von einem Stapel, der wohl für die Papiertonne bestimmt war.

Daly fiel die Todesanzeige sofort ins Auge. Sie war schwarz umrandet, ihr Wortlaut ungewöhnlich. Noch ungewöhnlicher war jedoch etwas anderes. Es war eine Anzeige für Joseph Devine, nur stammte die Zeitung vom 19. Februar, zwei Tage vor dem Mord an ihm. Die letzte Zeile lautete: *Im Leben konnte sich sein Geist nie wirklich aufschwingen, aber jetzt sind ihm Flügel gewachsen. Für Näheres wenden Sie sich bitte an Bill.*

14

Der Reporter der *Armagh News* war ein dünner, zappeliger junger Mann mit schwarzen Locken. Daly kannte Owen Murphy von den wöchentlichen Presseterminen. Als Murphy zum ersten Mal daran teilnahm, hatte Daly einen älteren Journalisten von einem Konkurrenzblatt gefragt, ob er für die Seriosität des jungen Reporters bürgen könne. Murphys nervöses Grinsen und die nachlässige Kleidung kamen Daly irgendwie verdächtig vor.

Die Zeitungsredaktion befand sich im selben Gebäude wie ein Chinarestaurant und ein indischer Takeaway. Murphy führte Daly und Irwin über einen schmierigen Teppich eine Hintertreppe hinauf. Ein primitiv aussehender Dunstabzug aus dem chinesischen Restaurant hatte der Wand curryfarbene Flecken beschert. Direkt darunter war der Teppich in Auflösung begriffen. In den Redaktionsräumen lag Geschäftigkeit in der Luft. Das Klappern der Tastaturen vermischte sich mit den Geräuschen emsiger Küchentätigkeit auf der anderen Seite des Gangs, wo Zutaten gehackt wurden, Töpfe blubberten und Messer und Gabeln klapperten.

Fast Food und flottes Geschreibe, dachte Daly. In beiden Branchen wurde unter Zeitdruck gearbeitet, von beiden wurde dem Publikum aufgetischt, was es liebte, und meistens blieb davon ein flaues Gefühl im Magen zurück.

»Wir möchten wissen, wer letzte Woche die Todesanzeige für Joseph Devine aufgegeben hat«, sagte Daly zu Murphy.

»Kein Problem«, antwortete der Reporter. »Ein Mann kam rein und hat mir einen Zettel mit dem Text gegeben. Er hat gesagt, er sei ein Bruder von Devine. Dann hat er die Anzeige bezahlt, und wir haben sie gedruckt.«

»Devine hatte keinen Bruder.«

»Dann war's jemand, der sich für seinen Bruder ausgegeben hat. Von einem falschen Verwandten höre ich allerdings zum ersten Mal. Falsche Anrufer haben wir oft. Aber noch nie hat sich so ein Witzbold für den Bruder eines Toten ausgegeben. Jedenfalls gab's keinen Grund, an seiner Angabe zu zweifeln.«

Der Journalist wühlte in einigen Zetteln auf seinem Schreibtisch und fuhr den Rechner hoch. »Was soll daran eigentlich so schlimm sein?«

»Lügen sind der Polizei immer verdächtig«, sagte Daly. »Vielleicht weil alles, womit wir zu tun haben, früher oder später vor einem Gericht landet und man dort Märchen partout nicht leiden kann. Wir wollen rausfinden, wer dieser Mann ist und warum er die Todesanzeige aufgeben hat, noch bevor Devine gestorben ist.«

»Bevor er gestorben ist?« Murphy zog die Augenbrauen hoch. Nach einem Probierschluck aus einer der

Kaffeetassen auf seinem Tisch machte er ein skeptisches Gesicht.

»Okay«, sagte er. »Ich schnall es. Devines Leiche wurde am Sonntag gefunden. Aber die Anzeige stand bereits in der Samstagsausgabe.« Er trank einen beherzten Schluck Kaffee. »Deshalb interessiert Sie das.«

»Wir bräuchten eine Beschreibung des Manns, der sich als Devines Bruder ausgegeben hat«, sagte Irwin.

Der Journalist blieb ausweichend. »Was für ein Verbrechen hat er denn begangen?«

»Genau das ist die Frage, die ich mir in diesem Moment stelle.«

Murphy lehnte sich zurück und überlegte, wie viel Verhandlungsmasse er gegenüber den Polizisten hatte.

»Devine wurde auf ziemlich grausame Weise ermordet. Welche Spuren verfolgen Sie? Führt das zu den Republikanern? Oder denken Sie, dass die solche Jobs heute an Subunternehmer auslagern?« Seine Augen glitzerten bei der Aussicht auf eine saftige Schlagzeile.

»Hier geht's um Mord«, sagte Daly mit warnendem Unterton, »nicht darum, dass wir Ihnen einen Zeitungsknüller liefern. Wenn Sie uns Informationen vorenthalten, behindern Sie polizeiliche Ermittlungen. Wenn's Ihnen lieber ist, kann ich Sie auch einladen, zu uns auf die Station zu kommen, damit wir uns dort weiter unterhalten.«

Murphy grinste und hob beide Hände. »Nur keine Umstände, Inspector. Ich arbeite immer gern mit den lokalen Sheriffs zusammen. Eine Hand wäscht die andere und reicht ihr das Handtuch, so in der Art. Wir kommen inzwischen doch alle gut miteinander aus.« Er überlegte kurz. »Ich hab ihn mir leider nicht so genau angesehen. Schon etwas älter. Anfang sechzig vielleicht. Graue Stoppeln im Gesicht. Ehrlich gesagt sah er fast wie ein Penner aus. Zumindest war ihm sein Äußeres mehr oder weniger egal.«

Daly zog ein Foto des Entenjagdclubs heraus.

»Erkennen Sie ihn auf diesem Foto?«

Murphy antwortete wie aus der Pistole geschossen. »Klar. Der da ist es.«

Die beiden Detectives sahen ihn überrascht an. Der Mann, auf den Murphy deutete, war der Letzte, den sie erwartet hätten.

Irwin beugte sich über Murphys Schreibtisch, die Schultern hochgezogen, sein Körper eine bedrohliche Masse. Dann schlug er mit beiden Handflächen auf die von Papier übersäte Platte. Zettel stoben auf und wirbelten wie Federn um Murphys erschrockenes Gesicht.

»Zweiter Versuch. Und diesmal geben Sie sich besser mehr Mühe. Hier geht's um Mord, schon vergessen?«

Murphy antwortete langsam und mit Bedacht.

»Der Mann, der mir die Todesanzeige gab, ist der Herr, der dort kniet. Der Zweite von links.« Er sah auf, und an seiner Miene ließ sich ablesen, dass er wünschte, Irwin würde zurücktreten, doch der schob sein rotfleckiges Gesicht noch näher an ihn heran.

»Sie lügen. Das ist das Opfer. Joseph Devine.«

»Ich sage die Wahrheit.« Murphys Blick wurde kühl und klar, und sein Mund verzog sich zu einem spöttischen Grinsen. »Denken Sie doch einfach mal nach. Sie wissen doch, dass die Todesanzeige zwei Tage vor seiner Ermordung aufgegeben wurde.«

Wie vom Blitz getroffen richtete sich Irwin auf. »Das hieße ja, das wäre alles von langer Hand geplant und« – er suchte nach Worten – »ziemlich verrückt.«

»Klingt unglaublich, ja«, sagte Murphy.

Das Klingeln des Telefons lenkte ihn ab. Er nahm den Anruf entgegen, deckte die Muschel ab und sah die beiden Detectives an.

»Also. Tut mir leid, aber mehr weiß ich nicht. Wenn mir noch was einfällt, melde ich mich bei Ihnen.«

»Sie brauchen sich nicht zu entschuldigen«, sagte Daly halb zu sich und halb zu Murphy. »Sie haben gesagt, was Sie für die Wahrheit halten. Das ist bei einem Reporter mal eine nette Abwechslung.«

Bereits auf dem Weg zurück in das düstere Treppenhaus hörten sie Murphys Tastatur klappern.

»Ich wette, der tippt schon die nächste Schlagzeile. Mordopfer sagt eigenen Tod voraus«, ätzte Irwin.

»Hoffentlich nicht.« Daly klang nachdenklich. »Aber Devine muss geahnt haben, dass er bald umgebracht wird.«

»Das klingt ziemlich plemplem. Wenn ich glaube, dass man mich umbringen will, dann schreib ich doch nicht meine Todesanzeige. Das ist verlorene Zeit und rausgeschmissenes Geld. So was macht nur ein Verrückter.«

»Oder ein Spitzel. Vielleicht war das eine Nachricht an jemand. Wenn Devine ein Spitzel war, hat er sicher befürchtet, dass er beobachtet wird. Dass seine Telefonate abgehört und seine Briefe abgefangen werden. Die Todesanzeige muss er mit reiflicher Überlegung formuliert haben.«

Irwin sah Daly an. »Allmählich entdecke ich so was wie ein Motiv«, sagte er. Ehe er weitersprach, fuhr er sich mit der Zunge über die Lippen. »Devine wollte seinen eigenen Tod vortäuschen. Er hat die Todesanzeige aufgegeben und wollte fliehen. Er wollte seine Feinde abhängen. Das Leben leben, von dem er immer geträumt hat. An einem sonnigen Ort, vielleicht mit Blick aufs Meer. Während zu Hause alle glauben sollten, dass er umgebracht oder entführt wurde.« Irwin grinste. »Das ist doch gut. Gute Zusammenarbeit. Das ist der Durchbruch, oder?«

»Nur dass er seine Verfolger nicht losgeworden ist«, sagte Daly. Schlagartig waren alle Begeisterung und Zuversicht aus Irwins Gesicht verschwunden.

15

Über Nacht hatten Arbeiter mit der Demontage des Stahlzauns um die Polizeistation von Derrylee begonnen. Diese Maßnahme war der erste Schritt zur Entfernung der militärischen Sicherheitsanlagen und sollte dazu dienen, die Polizei von ihrer neuen bürgernahen Seite zu zeigen. Als nähme man einem Soldaten Waffe, Schutzweste und Helm weg, dachte Daly, als er die Baustelle betrachtete.

Die alten Stahltore waren mit einem Berg Baumaterialien zugestellt. Als er am neuen besucherfreundlichen Eingang die Sprechanlage betätigte, erhielt er keine Antwort. Mit wachsendem Unmut machte er sich daran, die Umzäunung abzulaufen. Kurz überlegte er, sich am Gerüst und an dem Absperrgitter der Baustelle zu schaffen zu machen. Doch dann kehrte er zur Sprechanlage zurück und versuchte es erneut. Wieder keine Antwort. Er schlug gegen die Türen und rief den Namen der Officer, die Dienst haben mussten. Inzwischen war er richtig wütend. »Was zum Teufel ist hier los?«, fauchte er in die Überwachungskamera.

Endlich öffneten sich die Automatiktüren im Schneckentempo, und er wurde von dem grinsenden Harland begrüßt, der eine Zigarette mit dem Schuh austrat. Daly war drauf und dran, ihm eine Standpauke zu halten, weil er überzeugt war, dass er die Sicherheitsvorschriften nicht eingehalten hatte, aber dann hielt er sich zurück. Wohl eher übertriebene Vorsicht, musste er sich eingestehen.

»Und ich dachte, wir sollen zugänglicher werden«, grummelte er.

Kaum hatte er das Gebäude betreten, ging am Empfang ein Anruf für ihn ein. Er nahm den Hörer. Die Stimme war tief, lauernd. Im ersten Moment wusste Daly nicht, wer sprach.

»Stör ich Sie?«

»Nein, überhaupt nicht.«

»Mir ist da was eingefallen. Ich kann Ihnen was über Devine erzählen, das vielleicht weiterhilft.«

Es war Ginger Gormley. Daly wartete, aber nichts folgte.

»Erinnern Sie sich an etwas Spezielles?«

»Eigentlich nicht. Im Grunde kannte ich Devine kaum. Er war sehr zurückhaltend und blieb lieber für sich. Außerdem war er ständig auf der Hut.«

Am Empfang über das Telefon gebeugt, bemühte sich Daly, seine Ungeduld nicht durchklingen zu lassen. »Hat er jemals erwähnt, warum er sich so verhielt?«

»Nein. Aber an eine Sache erinnere ich mich. Ist allerdings nichts Großes.«

»Erzählen Sie's trotzdem.«

»Das war vor ungefähr zehn Jahren. Ein paar von uns waren in einem Unterstand in der Nähe von Oxford Island. Es wehte ein kräftiger Wind, und die Enten waren unruhig. Den ganzen Tag über haben wir nichts geschossen. Als es dunkel wurde, gingen wir zurück zu unseren Autos am Hafen. Plötzlich kam jemand zu Devine gelaufen, und kurz darauf fuhr er völlig aus der Haut. Es war Bosco Devlin gewesen, ein Junge aus dem Dorf. Der hatte nicht die hellste Birne in der Fassung. ›Mr. Devine‹, hat er gesagt, ›Mr. Devine, der Anbahner hat mich geschickt …‹ Da fuhr Joseph herum, und sein Gesicht war kalkweiß vor Wut. ›Verpiss dich‹, brüllte er den Buben an. Aber Bosco zuckte nicht mal mit der Wimper. Da kochte Devine über. ›Scheiß auf den Anbahner!‹, schrie er und spuckte aus. Im nächsten Moment wollte er den Jungen schlagen. Mehrere von uns hielten ihn zurück, und der Kleine zischte ab, so schnell er konnte. Auf der gesamten Heimfahrt hat Devine kein Wort mehr gesagt, so stinksauer war er.«

»Können Sie mir noch was über den Jungen sagen?«

»Nicht allzu viel. Ein paar Monate später ist Bosco in einer Hecke in eine Gruppe IRA-Männer gestolpert, die ein Attentat auf die RUC plante. Angeblich hat er gerufen, er würde sie verraten. Hat nicht lang gedauert, und er verschwand. Seine Leiche wurde nie gefunden.«

»Vielen Dank für Ihre Hilfe.«

»Was wollen Sie jetzt tun?«

»Kommt drauf an. Vielleicht kriegen wir ja raus, was Ihre Geschichte zu bedeuten hat.« Dann kam Daly noch eine Idee: »Sagen Sie, können Sie mir was über Devines Lockentensammlung erzählen?«

Gormley kicherte. »Diese Lockenten waren schon in Pension. Die waren viel zu wertvoll, um sie auf dem Lough schwimmen zu lassen. Aber Devine hat sie trotzdem als Lockvögel benutzt. Im Internet. Er hat Fotos davon auf so eine Website für Lockentensammler gestellt. Meistens waren es Amerikaner, die fette Beute witterten. Manche Enten waren richtige Kunstwerke. Für die guten bekommt man bis zu tausend Dollar. Devine hat immer gesagt: ›Stell dir vor, was für Geschichten der alte Vogel erzählen würde, wenn er reden könnte.‹«

Dalys Hand schloss sich fester um den Hörer. Genau das hatte Hughes auf die Postkarte geschrieben. Für einen Augenblick sah er klar vor sich, wie Devine alle austrickste und sogar als Toter seine Verfolger an der Nase herumführte. Wie Enten, die nicht fliegen können. Ein Satz aus der Todesanzeige fiel Daly ein. *Im Leben konnte sich sein Geist nie wirklich aufschwingen, aber jetzt sind ihm Flügel gewachsen.* Eine Lockente war ein Vogel, der sich nie wirklich aufschwingen konnte. Zugleich war sie ein Köder, um jemanden in eine Falle zu locken. Daly bemühte sich, diesen Moment der Klarheit festzuhalten, seinen Eindruck, er habe einen entscheidenden Hinweis im Blick, aber er verflog. Er widmete seine Gedanken wieder dem Anruf.

»Haben Sie was von David Hughes gehört?«

Gormley schnaubte vergnügt. »Hält Grandda Sie immer noch zum Narren?«

Daly seufzte. »Vielen Dank für Ihren Anruf, Mr. Gormley. Bitte melden Sie sich, wenn Ihnen noch was einfällt.«

Aber Gormley hatte schon aufgelegt.

Auf dem Weg zu den Büroräumen schwirrte Dalys Kopf vor unklaren Gedanken, und er verspürte Redebedarf. Aber seine Suche nach Irwin blieb erfolglos. Auch O'Neill war nicht da. Er blätterte durch die Notizen und sah erstaunt, dass für zehn Uhr vormittags ein Treffen mit dem Chief Inspector angesetzt war.

»Weiß wer, worum's da geht?«, fragte er den Officer, der den Anruf angenommen hatte.

»Irgendeine Umgruppierung im Ermittlerteam. Mehr weiß ich auch nicht.«

Daly kehrte an seinen Schreibtisch zurück, wo er während des Wartens darüber nachdachte, was Gormley gesagt hatte. Er hatte zwar keine handfesten Hinweise erhalten, aber allmählich verstand Daly, wie Joseph Devine getickt hatte. O'Hare hatte ihm weismachen wollen, dass an Devine nichts bemerkenswert gewesen war und er ein langweiliges Leben geführt hatte. Das schien jedoch kaum an der Oberfläche zu kratzen. Je tiefer er grub, desto deutlicher wurde, dass Devine alles andere als uninteressant gewesen war. Er hatte nur fast niemandem die Chance gegeben, ihn näher kennenzulernen.

Dazu kam die Verbindung zu Hughes. Sie kannten sich und hatten zusammen Enten gejagt. Beide lebten zurückgezogen und waren mit der Vergangenheit beschäftigt. Und bei beiden spukte die tragische Geschichte Oliver Jordans im Hintergrund durch ihr Leben. Doch was die Ermittlungen betraf, tat sich zwischen den zwei Männern ein tiefer Graben auf. Aber es musste weitere Verbindungen geben. Für Daly schälte sich langsam ein Bild heraus. Hughes' Postkarte, auf der ein alter Mann zu sehen war, der möglichst weit in trübes Wasser hinauswatete, um ein Dutzend Lockenten schwimmen zu lassen.

Er stand auf und suchte nach Irwins Bericht über die Anwaltskanzlei, ohne Erfolg. Die ganze Zeit über hörte er die Schritte seiner Kollegen im Gang. Er ärgerte sich, dass Irwin nicht da war. Der Unmut verwandelte sich in Argwohn, als er draußen Donaldsons goldfarbenen Audi kommen sah – mit Irwin auf dem Beifahrersitz. Es sah danach aus, dass er erst als Allerletzter über die anstehenden Änderungen im Ermittlerteam informiert wurde.

Seine Befürchtungen erhielten neue Nahrung, als Irwin hereinkam und ihn mit einem wissenden Lächeln bedachte. Als wäre er in eine Verschwörung eingeweiht.

Daly ging, um sich einen Toast und eine Tasse Kaffee zu machen. Gerade als er sich hingesetzt hatte, kam Donaldson in den Raum. Mit überraschter Miene bot der Chief Inspector Daly die Hand zur Begrüßung.

»Ich würde Sie gerne kurz sprechen«, sagte er. »Ich habe Detective Irwin für eine Versetzung zur Special

Branch vorgeschlagen. Dort hat sich eine Lücke aufgetan, die sofort gefüllt werden muss.«

Bei diesen Worten verging Daly der Appetit auf Toast. »Was ist mit den Mordermittlungen?«, fragte er. Er hatte den Eindruck, dass man ihm möglichst viele Steine in den Weg legen wollte. Am besten bis sein Schiff auf Grund auflief.

»Er wird sich weiter mit dem Fall befassen. Aber er berichtet von jetzt an die Special Branch. Er ist Ihnen nicht mehr unterstellt. Die Ermittlungen werden ab jetzt gemeinsam durchgeführt.«

Donaldson sah Daly an. Die Miene des Chief Inspector versteinerte, und Irwin hörte auf, seine Sachen zu packen. Er schien ebenfalls zu versteinern. So wie Menschen erstarren, wenn sie glauben, jemand könnte von einer Klippe springen.

»Selbstverständlich erwarte ich, dass Sie uneingeschränkt kooperieren«, sagte Donaldson. »Dadurch erhalten wir zusätzlich Mannstärke und das Expertenwissen der Special Branch. Schließlich hat man dort aus historischen Gründen ein Interesse an dem Fall.«

Schweigend grübelte Daly darüber nach, was die Special Branch vorhaben mochte.

»Was ist mit dem Bericht über die Kanzlei O'Hare?«

Donaldson räusperte sich. Er war ein typischer alter RUC-Kommandant geblieben, der eisern und unerschütterlich alle Faxen und faulen Tricks um sich herum ignorierte. »Soweit ich informiert bin, ist dieser Bericht jetzt Sache der Special Branch.«

Ein Schwall von Flüchen lag Daly auf der Zunge. Zum Glück rutschten sie ihm nicht heraus. Aber er lief rot an und spürte, dass er sich kaum noch zügeln konnte.

»Das Ganze ist rein operativ motiviert«, verkündete Donaldson. »Ich musste Irwin gehen lassen.«

Er tat so, als nähme er Dalys mühsam unterdrückten Wutanfall nicht wahr, und warf Irwin einen Blick zu. Danach sah er wieder Daly an. »Alle zufrieden?«, fragte er so barsch, dass es eher wie ein Befehl klang. Dann verließ er den Raum.

Daly sah Irwin weiter beim Packen zu. Donaldsons Schatten schwebte noch im Raum. Der Abgang war so abrupt gewesen, dass der Schatten nicht mitgekommen war und jetzt an der Türangel festhing.

»Jetzt geht's also zum Vertuschungskommando«, sagte Daly, ohne seine Bitterkeit verbergen zu können. Sein Toast war kalt, dennoch biss er herzhaft hinein. Er wollte unbedingt den fröhlichen Zyniker markieren.

»Ich find ja nichts schlimmer«, fuhr er kauend fort, »als einen Detective, der Kriminelle lieber bezahlt und sie als Informanten rekrutiert, statt sie dingfest zu machen.«

Irwin wandte Daly den Rücken zu und kramte in seinen Schubladen herum. Die Haut in seinem Nacken war rotfleckig wie die einer frisch gerupften Gans. Daly fragte sich, ob es ihm gelungen war, Irwin zu ärgern.

»Donaldson hat natürlich recht«, sagte Daly und wechselte die Taktik. »Der Fall ist verzwickt. Ihre Versetzung könnte uns bei den Ermittlungen weiterbringen.«

»Ach ja?« Irwin drehte sich um. Aus seinen Augen war jede Lebhaftigkeit verschwunden, sein Blick war leer. Die Special Branch hatte sich schon in ihm eingenistet.

»Nachdem Sie jetzt für die Special Branch arbeiten, können Sie mir ja den Kontakt zu den Detectives vermitteln, die für den Fall Jordan zuständig waren. Und rausfinden, warum nie jemand angeklagt wurde.«

Irwin erwiderte nichts. Dalys Forderungen prallten von seinen stahlblauen Augen ab. Die Atmosphäre im Raum wurde eisig.

»Wissen Sie eigentlich, was die Grundvoraussetzung für eine Polizeikarriere ist?«, fragte Irwin. »Loyalität. Sie scheinen nicht zu begreifen, was das bedeutet. Sie halten einen toten Informanten für wichtiger als die Zukunft unserer Arbeit in diesem Land. Leute wie Oliver Jordan waren Abschaum, die alle und jeden hintergangen und dafür den Judaslohn genommen haben. Entsprechend muss man sie auch behandeln. Nicht so, wie Sie das tun, Daly. In der Vergangenheit rumstochern, als würde man nach verschollenen Verwandte suchen.« Er schloss den Karton. »Übrigens hat mich Inspector Fealty von der Special Branch gebeten, Sie im Auge zu behalten. Ich hab ihm gesagt, dass Sie nicht vorankommen.«

Daly lehnte sich zurück, Irwin blieb stehen.

»In jeder Polizei gibt es Leute, die dem System blind

vertrauen, und andere, die etwas vorsichtiger sind«, sagte Daly. »Ich gehöre zu Letzteren. Ich glaube, hinter Jordans Verschleppung steckt mehr. Ich würde die Ermittlungen gerne noch mal durchgehen, mir die von den Detectives aufgenommenen Aussagen ansehen, genau wie die Hinweise, die sie verfolgt haben.«

»Dafür ist es zu spät. Nach allem, was ich gehört habe, ist der gesamte Fall gegessen.«

»Gegessen?«

»Genau das.« Irwins Miene war ausdruckslos. »Eines Nachts haben zwei Polizeihunde die Akten zerrissen. *Kennel News* hat darüber berichtet. Die Tiere wurden nach Kent versetzt, weil man Angst vor Racheakten hatte.«

Daly zwinkerte. »Na, dann richten Sie doch Inspector Fealty aus, dass ich gerne die Kontaktdaten der Detectives hätte, die so nachlässig mit Beweisstücken umgehen.«

»Die dürften Sie kaum finden. Übrigens, wenn Sie schon so vorsichtig sind, warum machen Sie dann am Montag für Jordans Sohn den Babysitter? Oder nehmen Sie's bei Katholiken oder den Söhnen von Informanten nicht so genau mit der Vorsicht?«

In Daly schwoll der Zorn.

»Sich mit einem Opfer emotional einlassen. Ich dachte, das dürfen Polizisten nicht?«, fuhr Irwin fort. »Ich sollte Sie warnen, dass hinter Tessa Jordan hübscher Fassade mehr steckt, als Sie meinen. Sie wird noch was anderes von Ihnen wollen als eine Schulter, um sich auszuweinen. Passen Sie nur auf.«

»Ist das ein kleiner Tipp unter Kollegen?«

Irwin grinste verächtlich. »Der einzige, den Sie von der Special Branch bekommen.«

16

Dem Mann mit der Pistole in der Jacke fiel sofort auf, wenn sich das Gefüge des Erwartbaren im Geringsten verschob. Geschult, jede Abweichung von der Normalität zu erfassen, bereiteten ihm an diesem hastig vereinbarten Treffpunkt eine ganze Reihe von Merkwürdigkeiten Sorgen. Das betraf nicht nur den dichten Nebel. Unter Sicherheitsaspekten missfiel ihm der gesamte Uferabschnitt, wo der Wald nicht einsehbar war und bis an den Lough heranreichte, sowie das Fehlen einer Straße oder anderer Anzeichen von Zivilisation. Was Touristen und Fischer an diesem Ort schätzten, machte ihn für ein Treffen mit David Hughes und seinen Kidnappern gefährlich.

Special Branch Inspector Ian Fealty hatte die Anweisungen, die auf der Postkarte gestanden hatten, fast alle befolgt. Wie verlangt war er allein auf diese abgelegene Landzunge gekommen. Nur seine Waffe hätte er nicht mitführen dürfen. Es hatte geheißen, man wolle nur reden, ihm etwas mitteilen. Man wolle die verschiedenen Handlungsoptionen durchgehen, ehe man entschied, was mit Hughes geschehen solle. Was ihn sonst noch erwartete, wusste Fealty nicht.

Wenn sie Abgeschiedenheit gesucht hatten, dann war das der ideale Ort. Es war später Nachmittag, und der Nebel fing an, vom Lough aufs Land zu drücken, über Felsen und die vom Sturm angespülten, ineinander verschlungenen Äste ans Ufer zu kriechen und alles, was er berührte, zu verwischen und zu verschleiern. Nur Gott wusste, welche einst in der Tiefe versunkenen Schrecken hier an Land gespült worden waren. Fealty erinnerte sich, dass er nach einem Spaziergänger ausschauen sollte. So leise wie möglich ging er über das Treibgut, das die Winterstürme ans Ufer geworfen hatten. Gespenstisch gedämpft klang das Schreien eines Gänseschwarms vom Wasser her. Überall sonst herrschte unheimliche Stille. Irgendwo in dieser Nebelsuppe verborgen mussten die Kidnapper lauern und ihn beobachten.

Seit Hughes' Verschwinden waren bei der Special Branch alle in heller Aufregung. Tage- und nächtelang hatten sie über die nächsten Schritte beraten, waren jedoch zu keinem Ergebnis gekommen, außer dass ein Weltuntergangsszenario drohte. Erst als wie aus dem Nichts diese seltsame Postkarte kam, gelang es, eine Art Plan zu entwickeln. Dessen Einzelheiten waren einem Sonderkomitee vorgelegt worden, das grünes Licht gegeben und Fealty seine aktuelle Aufgabe zugewiesen hatte.

Fealty versuchte, durch Atemübungen seine Anspannung abzubauen. Vergebens. Sein sechster Sinn sagte ihm, dass er umkehren und auf weitere Instruktionen der Kidnapper warten sollte. Die sollen ruhig ein bisschen ins Schwitzen kommen, dachte er. Zur Beruhigung berührte er die schwere Browning in seiner Jacke. Die Kidnapper hatten versprochen, Hughes zum Treffen mitzubringen, als Zeichen dafür, dass er noch lebte. Sie würden davon ausgehen, dass ein Special-Branch-Kollege sein Leben nicht in Gefahr bringen wollte.

Zu Hughes' Pech hatte das Sonderkomitee beschlossen, dass auch härteste Maßnahmen ergriffen werden mussten, falls der gesamte Ring an Informanten und Spitzeln aufzufliegen drohte.

Der Nebel war noch dichter und bedrückender geworden. Fealty zog die Pistole heraus und richtete sie auf die dunklen Fragmente von Steinen und Bäumen, die hier und da flüchtig im Weiß auftauchten. Die Situation behagte ihm ganz und gar nicht. Im abendlichen Zwielicht wirkte die Oberfläche des Lough unter der Nebelwand so schwarz und zäh wie Teer. Immer wieder stellte er sich vor, wie sich der Bug eines Boots aus dem Nebelvorhang schob oder nur eine Armlänge von ihm entfernt plötzlich blasse Gesichter auftauchten. Selbst bestens trainierte Einsatzkräfte machten Fehler, wenn sie nichts sahen und die Einbildung ihnen unversehens Gaukelbilder eingab. Hughes kannte er nur von Fotos, persönlich hatte er ihn nie getroffen. Das Komitee hatte ihn vorgewarnt, dass er geistig verwirrt oder seine Erinnerung lückenhaft sein könnte. Klar war jedoch, dass der Treffpunkt dem alten Mann in die Hände spielte. Er hatte sein gesamtes Leben am Lough verbracht und kannte die Gegend wie seine Westentasche.

Fealty zwang sich, seine Gedanken nicht weiter abschweifen zu lassen, und sah auf die Uhr. Wenn der Nebel noch länger so dicht bliebe, würde er das Treffen abblasen und behaupten, er habe sich verlaufen und den Treffpunkt verfehlt. Aber kaum wollte er sich umwenden und in den Wald zurückgehen, hörte er ein Boot nahe am Strand über den steinigen Grund schrappen. Er bewegte sich vorsichtig auf das Geräusch zu. Mit einem kräftigen Knirschen lief das Boot auf Land, dann tanzte ein Gekräusel kleiner Wellen über den Strand und um Fealtys Füße.

»Ist da jemand?«, rief er in die weiße Wand.

»Wer ist da?« Die Männerstimme war tief und fest.

»Die Lockente ist gekommen.« Fealty gab das verabredete Erkennungszeichen.

»Ich warte auf Sie«, erwiderte die Stimme.

»Ich muss Sie sehen. Ich wurde hergeschickt, um mit David Hughes zu sprechen.«

»Ich bin da. Los, kommen Sie her.«

Fealty trat in das Weiße. Jetzt konnte er gar nichts mehr erkennen. Dann blies ein Windstoß Lücken in den Nebel, und vor ihm erschien das Gesicht eines alten Manns mit ungepflegtem Bart. Er saß im Bug des Boots. Seine Haare und sein Bart waren feucht. Fealty war überrascht. Anscheinend war der alte Mann allein.

»Wär's nicht besser, wenn wir zusammen einen Spaziergang machen?«, schlug er vor.

»Ich will das Boot nicht allein lassen. Zum Stranden ist das nicht der richtige Ort. Viel zu kalt. Was anderes wär allerdings, wenn Sie irgendwo Whiskey auftreiben könnten.«

Für einen Augenblick war Fealty verwirrt. Nirgendwo waren irgendwelche Entführer zu sehen, und der alte Mann klang, als wäre er nicht ganz bei Trost.

»Ganz Ihrer Meinung, das ist ein scheußlicher Ort«, pflichtete er ihm bei.

Der Nebel kehrte zurück, und Fealty tappte im seichten Wasser orientierungslos auf das langsam verschwindende Boot zu. Als sich der Nebel erneut lichtete, bemerkte er, dass es nicht mehr zu sehen war und er sich weiter vom Ufer entfernt hatte, als er erwartet hatte. Er wollte Hughes in ein Gespräch verwickeln, um ihn dazu zu bringen, aus dem Nebel zu kommen.

»Bei diesem Wetter holen Sie sich noch eine Erkältung«, rief er.

»Das passiert nur Städtern wie Ihnen«, kam es zur Antwort. »Ich wasch mich nur mit kaltem Wasser, sogar im Winter.«

Das Boot war ganz nah. Er hörte den Ruderschlag im Wasser. Dann begriff er, dass jemand bei Hughes sein musste.

»Welche Informationen wollen Sie?«, rief Fealty.

Dieses Mal antwortete eine andere Stimme. Sie klang jünger, fordernder, kontrollierter. »Wir wollen die Namen derjenigen, die das Verschwinden von Oliver Jordan untersucht haben.«

Wieder starrte Fealty die weiße Nebelwand an. Das

Wetter machte sein Vorhaben unmöglich, und die Forderung verblüffte ihn.

»Was hat denn Oliver Jordan mit Ihnen zu tun?«, fragte er.

»Ich stelle hier die Fragen. Sie brauchen mich nichts fragen.« Die Stimme wurde leiser.

Fealty rief einen Namen.

»Der interessiert mich nicht. Er ist tot.«

Fealty rief noch weitere Namen, wusste aber nicht, ob er gehört worden war. Er watete weiter ins Wasser hinaus, aber auch dort blieb er von Nebel umhüllt. Es war, als wollte er einem glitschigen Monster entkommen, das sich in jede Richtung dehnte und streckte. Das Rudergeräusch kehrte zurück, jetzt näher am Ufer. Das Boot fuhr erst links, dann rechts an ihm vorbei. Es schien ihn zu umkreisen, ihm die Orientierung rauben zu wollen. Er watete zurück ans Ufer, wo er über die knorrigen Wurzeln eines umgestürzten Baums kletterte. Der Nebel lichtete sich erneut, und er wusste nicht mehr genau, wo er war.

Um sich zu orientieren, drehte er sich um und sah, dass sich der Bootsbug wie ein Speer näherte. Der alte Mann hielt auf ihn zu, den Arm wie zur Warnung erhoben. Zum ersten Mal sah Fealty die andere Person, klein zusammengekauert im Heck des Boots. Als Fealty sie anstarrte, nahm die Gestalt einen Schal vom Gesicht. Es war das Gesicht eines Manns, den Fealty nicht erwartet hätte, nicht hier mit Hughes. Der Nebel macht mich ganz wirr, dachte er. Ein unentwirrbares

Knäuel an Erinnerungen stieg in ihm auf. Der Anbahner hatte so viele mögliche Rekruten aufgetan, dass die Verantwortlichen sie gar nicht schnell genug überprüfen konnten. Sie waren sogar gezwungen gewesen, Leute abzulehnen. Aber den Mann im Boot, da war Fealty ganz sicher, hatte er schon einmal gesehen. Ihn beschlich der Verdacht, dass es überhaupt keine Entführer gab und Hughes eher eine Art Komplizen hatte.

»Da drüben«, fuhr Hughes Fealty an und deutete auf die Bäume. Der Special Branch Inspector drehte sich um. Leise Furcht beschlich ihn. Wer mochte sich zwischen den Bäumen verstecken? Ein Trupp Bewaffneter? Für einen Hinterhalt war es der ideale Ort. Dann entdeckte er durch eine Lücke zwischen den Bäumen zwei schwarzbehaubte Vögel. Er entspannte sich und wechselte die Position, erschrak aber dennoch, als sie die Flügel ausbreiteten und losfliegend die Stille zerstörten.

»Brandseeschwalben«, erläuterte Hughes. Der alte Mann war ganz nah, fast auf eine Armlänge herangekommen. Er sah Fealty durchdringend an. »Ich will Ihren Ausweis sehen.«

Fealty schob eine Hand in die Jacke und tastete danach. Dabei konnte er nicht verhindern, dass die Pistole kurz sichtbar wurde. Mit schweißnasser Hand schob er sie beiseite und zog seine Dienstmarke heraus. Als er sie Hughes reichte, schnellte ein Ruder hoch und traf Fealty. Er stürzte ins Wasser.

»Wir wollen die Namen der Detectives«, wiederholte Hughes.

»Warum?«, brachte Fealty heraus, als er sich aus dem Wasser aufrappelte.

»Die Antwort sollte für die Special Branch so leicht zu erkennen sein wie die Schärpe eines Oraniers«, sagte Hughes. »Ich will die Namen wissen, weil noch ein paar Rechnungen offen sind.« Seine Stimme wurde rau und scharf. »Sie sollten sich hüten, alt zu werden. Wenn Ihre Zeit kommt, werden Sie plötzlich dastehen und so tief in die Abgründe Ihrer Seele blicken, als wären Sie auf einem Berg. Dann sehen Sie alles, selbst die dunkelsten Geheimnisse. Ihre Fehler bleiben nicht auf ewig verborgen.«

Jetzt begriff Fealty, dass der alte Mann wirklich nicht ganz bei Trost war. Er musste Zeit gewinnen. Er nannte Hughes die Namen, die er wissen wollte, und kletterte rasch auf einen Felsen. Dabei zog er die Waffe. Am besten wäre es, den Tod von Hughes und seinem Komplizen wie einen Jagdunfall aussehen zu lassen, allerdings könnte sich das als schwierig erweisen. In jedem Fall wäre mit zwei guten Schüssen alles getan.

Wieder verdichtete sich der Nebel und verschluckte das Boot mit den beiden Männern. Fealty hörte den Ruderschlag in der Nähe, vermochte jedoch nicht zu sagen, in welche Richtung sie sich bewegten. Oder ob er tatsächlich etwas gehört hatte. Das Einzige, dessen er sich gewiss war, war das Pochen seines Herzens.

»Ich soll Ihnen noch was von der Zentrale ausrichten«, rief er. »Sie bekommen alles, was Sie wollen. Ein neues Haus. Eine neue Identität. Das Letzte, was man will, ist, dass Sie hier in diesem Niemandsland verloren gehen.«

»Ich bin okay«, kam Hughes' Stimme bereits aus einiger Entfernung über das Wasser. »Niemand weiß, wo ich bin. Ich habe das perfekte Versteck. Ich bin wie ein Regentropfen, der sich in einem Wasserfall verbirgt.«

»Für Sie gibt es kein perfektes Versteck mehr. Seit einer Woche ist Ihr Foto in allen Zeitungen.«

»Hab ich gesehen. Darauf hab sogar ich mich nicht erkannt. Das war das Foto eines x-beliebigen kranken alten Manns. Die Leute sehen nur das Alter, alles andere nehmen sie gar nicht wahr. Damit findet ihr mich nicht.«

Fealty fürchtete, sie zu verlieren. »Wir können Ihnen Sicherheit und Geld bieten, alles, was Sie wollen.«

»Was auch immer Sie für mich in der Jackentasche haben, lassen Sie's stecken. Ich bin mit euch fertig.« Hughes' Stimme war kaum noch zu hören.

»Wollen Sie nicht wissen, warum Devine getötet wurde?« Fealty watete noch einmal in den See hinaus. »In den Wochen vor seinem Tod stand er mit uns in Kontakt. Er hatte Angst, große Angst.«

Doch alles, was der Special Branch Inspector sah, war das dunkle schwere Wasser des Lough, das unter dem bleichen Nebelgesicht dahinschwappte.

17

Am Montagmorgen nahm Daly den weiten Umweg auf sich, um Dermot Jordan vom Bauernhof seiner Tante abzuholen. Als seine Mutter im letzten Moment mit einer Lunchbox für ihn aus dem Haus stürzte, erstarrte der Junge und wäre am liebsten im Erdboden versunken. Tessa Jordan umarmte ihn, und als sie spürte, dass er steif dastand und die Umarmung kaum erwiderte, verzog sie traurig das Gesicht. Sie hatte sich geschminkt und warf Daly ein klägliches Lächeln zu. Die roten Lippen unterstrichen die Blässe ihrer Haut.

Mit einem scheuen dankbaren Nicken stieg Dermot zu Daly in den Wagen. Der Detective fuhr los, und während der Wagen dahinschnurrte, schloss der Junge erleichtert die Augen und entspannte sich merklich.

»Wie kommst du mit dem Landleben klar, Dermot?«

»Abgesehen von dem ewigen Kuhgestank geht's schon.«

Nach einer Weile wandte er sich Daly zu. »Ich hab was rausgefunden. Ist vielleicht interessant, wenn Sie den Fall von Dads Verschleppung neu aufrollen möchten.« Er griff in seine Tasche und zog eine Karte heraus.

»Das schauen wir uns in Ruhe an, wenn wir in der Station sind«, sagte Daly.

Die restliche Fahrt blickte Dermot starr geradeaus. Daly warf ihm ab und zu einen Blick zu. Immer wieder drehte Dermot die Karte in seinen Händen. Daly spürte seine Nervosität. Er war neugierig auf das, was ihm der Junge zeigen wollte.

Als sie das Polizeigebäude betraten, ging es darin zu wie im Tollhaus. Zwei Uniformierte bugsierten einen fluchenden älteren Mann, der die Fäuste geballt hatte, zur Tür.

»Ich bin pensionierter Polizist und überhaupt nicht betrunken, wenn Sie das glauben. Lassen Sie mich mit jemandem reden, sonst werd ich wirklich ungemütlich.«

»Verzieh dich«, sagte der Wachhabende am Empfangstresen in Dalys Hörweite. »Sonst verhafte ich dich noch wegen Erregung öffentlichen Ärgernisses.«

Daly hielt sie auf und wartete einen Moment, bis der alte Mann die Fassung wiedergewonnen hatte. Der Alte zog einen längst ungültigen RUC-Dienstausweis heraus. Daly begutachtete ihn.

»Ich war wirklich einer von euch, und ich bin nicht betrunken«, sagte der Alte. Doch entgegen seiner Behauptung schien er sein Mundwerk nicht ganz unter Kontrolle zu haben und leicht zu lallen.

Der Dienstausweis besagte, dass er einmal Constable Noel Bingham von der Royal Ulster Constabulary gewesen war. Das Foto zeigte einen Polizisten in Uniform mit akkuratem Scheitel und selbstsicherem Blick. Doch in den Jahren seither hatte das Leben tiefe Furchen in sein Gesicht gegraben. Jetzt wucherten buschige Brauen über wässrigen Augen, die schwarzen Tümpeln glichen. Die Nase war rot geädert, die Mundwinkel waren der Last jahrelangen Kummers erlegen und in Richtung Kinn gerutscht.

»Sie wissen, dass wir vorsichtig sein müssen«, sagte Daly und schickte die beiden Uniformierten weg. Er bedeutete Dermot, er solle sich in den Wartebereich setzen, dann wandte er sich wieder Bingham zu.

Der alkoholschwangere Atem des ehemaligen Polizisten hing in der Luft.

»Also, was ist der Grund Ihres Kommens?«, erkundigte sich Daly.

Als er Bingham ansah, versuchte er ihn sich als Officer der alten RUC vorzustellen. Es gelang ihm nicht. Immer sah er nur sich selbst in einem Zerrspiegel auf dem Jahrmarkt.

»Ich hab Informationen über David Hughes«, sagte Bingham, ohne Daly anzusehen. Seine Wangenknochen zeichneten sich scharf unter unstet wandernden Augen ab. »Wo sind McKinley und der andere, der Blonde aus Ballymena? Die hatten hier früher das Sagen. Herrgott, jetzt fällt mir nicht mal der Name ein.«

»Das war vor meiner Zeit«, sagte Daly. »Sagen Sie mir einfach, was Sie über David Hughes wissen.«

Bingham richtete sich auf. »David war ein hervorragender Mann, einer der besten bei der Special Branch. Ich hab mit ihm und O'Brien zusammengearbeitet. Undercover. Das Team gibt's heut noch, und zwar hier drin.« Er deutete auf sein Herz. »Außerdem waren da Dodds und Ferguson. Sie waren okay. Wie hieß Dodds' Partner gleich noch? Der hat sich aber von zu vielen Bomben erwischen lassen. Das war sein Problem. Ein Körperteil nach dem anderen ging futsch. Adair. So hieß er. Heute verlieren Sie nicht mehr so viele Leute, oder?«

»Wollen Sie etwa sagen, dass David Hughes bei der Special Branch war?« Daly hätte den Mann am liebsten gepackt und geschüttelt, damit er zur Sache kam.

Bingham sah ihn trotzig an. »Hab ich doch grad. Wir haben uns für unbezwingbar gehalten. Haben es für Schicksal gehalten, dass wir unserem kleinen Land und der Queen dienen. Nicht im Traum hätt ich gedacht, dass mich mal einer aus dem Laden hier rausschmeißt.«

»Diese Information muss ich erst überprüfen«, sagte Daly. Die Suche nach einem Vermissten lockte immer komische Käuze mit kuriosen Ideen an. Als sich sein Blick mit dem Binghams kreuzte, zwinkerte und grinste der alte Mann. Bei Daly kamen immer mehr Zweifel an seiner Glaubwürdigkeit auf.

Verächtlich blickte Bingham zum Wachhabenden am Empfang. Seine Stimme wurde dröhnend und nahm einen patriotischen Ton an, den dröhnender Oranierreden und des Schlags der Lambeg-Trommeln. »Das ist das Problem heutzutage: zu viele Fenier bei der Polizei.« Er hielt inne, als müsste sich der nächste Gedanke erst herausbilden. »Die möcht ich sehen, wenn sie an einem Grenzposten im Graben flacken so wie in der schlechten alten Zeit. Und das für läppische fünfzig Pfund. Diesen Grünschnäbeln geht's doch viel zu gut. Schauen Sie die nur an! Haben die überhaupt eine Ahnung, dass Polizisten früher das Äußerste für ihr Land geben mussten? Verdammt noch mal, die leisten ja nicht mal mehr den Eid auf die Queen.«

Daly wappnete sich mit Geduld. Bingham war ein dickes Brett, das er bohren musste. Aber er hatte das Gefühl, dass es sich lohnen und der Alte etwas Wichtiges zu den Ermittlungen beisteuern könnte.

»Haben Sie David Hughes in letzter Zeit gesehen?«

»Am Samstagvormittag hab ich ihn auf der Derryinver Road aufgelesen.« Trotzig reckte Bingham das Kinn. »Er marschierte zur Autobahn. Kam mir vor wie einer, der aus nem Pflegeheim ausgerückt ist. Ich hab ihn nicht gefragt, wohin er wollte. Ich hab ihn nur eingeladen. Dann hab ich gesagt, dass ich ihn zu Eliza nach Hause bringe, da soll sie ihm erst mal 'ne schöne Tasse Tee machen. Er kam mir verwirrt vor. Und er hatte Angst.«

»Hat er gesagt, wohin er wollte?«

»Stimmt, das hätte ich rausfinden sollen.« Bingham klang reuevoll. »Er meinte, er will sich eine Busfahrkarte kaufen, hätte aber nicht genug Geld. Ich dachte, er würde nur nach Armagh City oder Dungannon wollen.«

»Das könnte auch stimmen«, sagte Daly.

»Vielleicht.« Misstrauisch blickte Bingham nach links und rechts, als befürchtete er Lauscher. »David hatte Angst. Hab ich schon gesagt, oder?«

»Hat er gesagt, warum?«

»Ich glaub, er war nicht ganz bei sich. Ich hab fast kein Wort aus ihm rausbekommen. Er war nicht der David, den ich kannte. Aber er hat ja auch Alzheimer, oder?«

Schweigen wäre auch mein Mittel der Wahl, dachte Daly, wenn ich mit Bingham in einem Auto wäre. Er glaubte nicht mehr, dass Hughes krank war. Nicht viele Alzheimer-Patienten könnten mehrere Tage ohne Helfer und Pfleger überleben.

»Was ist passiert, nachdem er ins Auto gestiegen ist?«

»Ich bin zu einer Tankstelle gefahren und hab gesagt, er soll warten, während ich Eliza anrufe. Dann hab ich's hundertmal klingeln lassen, aber sie ging nicht ran. Als ich wieder am Auto war, war David weg. Ich bin die Straße mehrmals auf und ab gefahren, aber er war verschwunden. Wahrscheinlich hat ihn jemand mitgenommen.«

Binghams eingesunkene schwarze Augen blieben starr auf Daly geheftet. Er wirkte schwach und gebrechlich, beinahe erschöpft vom Erzählen seiner Geschichte.

»Warum kommen Sie erst jetzt zu uns?«

Binghams Zunge fuhr langsam über seine Lippen. Er war nicht so betrunken, dass er rückhaltlos alles preisgab.

»Ich les keine Zeitung. Es war hart, David in so einem Zustand zu sehen. Ich hätte nie gedacht, dass er je so krank sein könnte. Aber am Ende wollte er nur vor der Vergangenheit fliehen, genau wie wir alle.« Er blickte kurz zu Daly, dann senkte er den Blick. »Das hab ich letzte Woche versucht. Meinen eigenen Kampf gekämpft.«

Wieder blickte er Daly in die Augen. Dann winkte er ab. »Ach, ich hab Sie lang genug aufgehalten. Viel Glück bei der Suche. Ich würd Ihnen ja gern helfen, aber ich war bei einer Polizei, die es nicht mehr gibt, die nur noch auf Friedhöfen Dienst schiebt.«

Daly wollte ihm noch mehr Fragen stellen, aber Bingham ließ sich nicht davon abbringen aufzubrechen.

Unsicher schwankend und vor sich hin redend, verließ er die Station. Er war fast nicht zu verstehen. »Das Einzige, was den alten Trottel interessiert hat, waren die blöden Lockenten.«

Daly versuchte noch immer, sich auf Bingham einen Reim zu machen, als Dermot aus dem Wartebereich zu ihm kam. Er zeigte Daly die Karte, die er die ganze Zeit in der Hand gehalten hatte.

»Als Joseph Devine bei uns im Haus war, hat er seine Jacke vergessen«, erklärte Dermot. »Meine Mutter hat sie behalten, um sie ihm zurückzugeben. Aber dann haben wir erfahren, dass er tot ist. Deswegen hat sie die Jacke der Kleidersammlung von St. Vincent de Paul gespendet. Vorher hat sie noch die Taschen durchsucht, und dabei hat sie eine Karte mit dem Namen eines Detective und einer Adresse gefunden. Kenneth

Mitchell. Sie wusste, dass er bei den Ermittlungen wegen Dads Verschwinden zuerst dabei war. Sie wollte die Karte wegwerfen, aber ich hab sie heimlich eingesteckt. Ich dachte, sie könnte vielleicht mal nützen.«

»Du hast wirklich das Zeug zu einem Detective«, sagte Daly und nahm die Karte mit einem breiten Grinsen.

»Das war doch nicht falsch von mir, oder?«

Die Karte schien aus einem altmodischen Karteikartensystem zu stammen. Darauf stand Mitchells Name, seine Adresse und sogar eine Telefonnummer. Außerdem stand darauf, der Detective sei von einer IRA-Bombe schwer verstümmelt worden. Auf die Rückseite war gekritzelt: *Leitender Ermittler, Entführungsfall Oliver Jordan.*

»Ich frag mich nur, woher Devine sie hatte«, sagte Daly. Aber auf einmal schienen die Ermittlungen Fahrt aufzunehmen und ihn einer Erklärung für Oliver Jordans Verschwinden näher zu bringen.

Er sah Dermot ins Gesicht. Zum ersten Mal sah er mehr als nur die abweisende Fassade, die langen schwarzen Haare, die wie zwei schützende Flügel über seinen Augen hingen, und den linkisch gesenkten Kopf des Teenagers mit schmalen Schultern. Halb verborgen hinter den Haaren war ein Gesicht, das so unschuldig wirkte wie das eines Chorknaben. Aber der Junge reckte sich mit einer drängenden Intensität vor, und seine Augen gleißten mit einem Feuer, als würden sie sich am liebsten an Daly festschweißen.

18

Die Tage zogen wie geplant dahin, und Stück für Stück ergab sich ein Bild. David Hughes wartete in dem Haus, unter dessen Dachtraufe unablässig der Wind klagte. Er konnte kommen und gehen, wie er wollte, aber er blieb lieber in diesem Zimmer, das so karg war wie eine Mönchszelle. Er saß auf der Bettkante und betete mit den langsamen Lippenbewegungen eines Kinds, das lesen lernt. Durch das Fenster sah er die anderen Hausbewohner, zumeist ältere Männer und Frauen, die über die weiten Rasenflächen spazierten.

Nach dem Gebet ging er zum Waschbecken und ließ sich ein Glas kaltes Wasser einlaufen. Das Bild im kleinen Spiegel überraschte ihn. Er sah Nase, Lippen und Bart eines grauen alten Manns, der älter wirkte als seine gut siebzig Jahre. Etwas Trost gab ihm, dass sein kräftiges Kinn und das falkenartige Glänzen seiner grauen Augen erhalten geblieben waren. Auch der schmale Mund und die dünnen Lippen wiesen auf Entschlossenheit hin.

Sein Anblick hatte früher bei schwächeren Männern, den Informanten, die er für den Dienst gewonnen und langsam auf Linie gebracht hatte, Furcht ausgelöst. Die eingeschüchterten, in sektiererische Intrigen verstrickten Männer wussten nicht mehr, wem sie trauen konnten. Selbst jetzt äußerte sich die Verachtung, die er für sie empfand, in geblähten Nasenflügeln und herabgezogenen Mundwinkeln.

Die Arbeit für die Special Branch hatte ihm einen Ausdruck der Geringschätzung ins Gesicht graviert. Besorgt betrachtete er seine Züge, als wäre ihm eine Maske aus Fleisch und Haut gewachsen. Würde er sie je wieder abstreifen können? Sie war schon Teil seines Charakters geworden, eine Persona, die er sich angeeignet hatte, um mit den vielen Jahren des Terrors zurechtzukommen.

Als er sich die Haare zurückstrich, zitterte seine Hand ganz leicht. In den letzten zwölf Monaten hatte ihn seine Krankheit gezähmt. Die Schwäche war aber nicht in der Form über ihn gekommen, die er erwartet hatte. Er hatte immer geglaubt, ihn würde ein Herzinfarkt oder ein ähnlicher körperlicher Zusammenbruch ereilen. Aber doch nicht Alzheimer. Kein in die Länge gezogenes Warten, bei dem schleichend das Chaos von ihm Besitz ergriff wie ein Gift. Selbst jetzt, wenn er in diesem Zimmer saß und auf den Besucher wartete, erfasste er nicht ganz, was mit ihm geschah.

Sein Verstand glich einem Haus, in das mehrmals eingebrochen und aus dem immer mehr Erinnerung gestohlen worden war. Es waren völlig unvorhersehbare brutale Übergriffe. Einige seiner wichtigsten persönlichen Besitztümer waren verschwunden, Schubladen ausgeräubert, Möbel umgekippt und zerschlagen, während andere Dinge seltsamerweise gänzlich unberührt geblieben waren.

Die karge Einrichtung der neuen Unterkunft war beruhigend. Es half ihm, nur Dinge um sich zu haben, die er erkannte und gebrauchen konnte. Das Bett, das Waschbecken, der Spiegel darüber. Das Nachttischchen mit einer zerlesenen Bibel, die braune Ledermappe, ein Radio. Der flache, runde, an der Wand hängende Gegenstand verwirrte ihn allerdings. Er wusste, dass er etwas mit der Ankunft des Besuchers zu tun hatte und man damit etwas entziffern oder berechnen konnte. In einem Kreis waren die Zahlen von eins bis zwölf angebracht, und wie gebannt starrte er dorthin. Er konnte sich keinen Reim darauf machen, warum man Zahlen in einem Kreis anordnen sollte, sodass sie sich kaum addieren oder subtrahieren ließen.

Immerhin wusste der Besucher, was er tat. Er nickte zufrieden. Er hatte den Richtigen für die Aufgabe ausgewählt. Trotz Krankheit war seine Fähigkeit, die geeigneten Bewerber zu erkennen, nicht verschwunden. Ohne den Besucher wäre er bereits ein toter Mann. Dessen war er sicher.

Ihr erstes Zusammentreffen war einem glücklichen Zufall geschuldet. Aus reiner Gewohnheit hatte der alte Mann seinen wirklichen Namen nicht verraten. Der Besucher hätte genauso gut einer der Schattenmänner aus seiner Vergangenheit sein und noch immer auf Rache sinnen können. Er hätte sogar ein Journalist sein können oder ein Rechtsvertreter, der seine Nase in Dinge steckte, die ihn nichts angingen. Aber der Besucher war nichts davon.

Er hatte Hughes von dem Unglück erzählt, das seine Familie ereilt hatte, und zu seiner eigenen Überraschung hatte ihn die Geschichte zu Tränen gerührt. Danach hatten sie nebeneinandergesessen, Tee geschlürft und den Sonnenuntergang über dem Lough Neagh betrachtet. Sie hatten ein erneutes Treffen vereinbart, und bald wurde es zur Gewohnheit, dass der Besucher bis spätabends bei ihm saß und in einem Notizbuch mitschrieb, was er erzählte. Die freundliche Frau, die ihnen Tee brachte, scherzte, er würde wohl seine Biografie schreiben. Dann sind Sie bestimmt jemand Berühmtes, fügte sie hinzu.

Er nahm die Ledermappe vom Nachttisch, öffnete sie bedächtig und blätterte durch den dicken Stapel handschriftlicher Notizen und Landkarten. Durch die Wand hörte er, wie der Nachbar zu schnarchen anfing. Er steckte die Notizen zurück in die Mappe, stellte das Radio an und legte sich ins Bett. Der Besucher ist genau wie ich, dachte er. Er mag es, wenn alles eindeutig und genau geplant ist. Wenn nur sein Verstand noch in so gutem Zustand wäre wie zu der Zeit, als er seinen Ring an Informanten geführt hatte. Diese Krankheit hat mich betrogen, dachte er mit Bitterkeit. Seine Ungeduld wuchs, erhob sich und machte sich im gesamten Zimmer breit – legte sich auf die dunklen Wände, das Waschbecken mit dem Spiegel, das seltsame Ding an der Wand und sämtliche anderen Gegenstände seiner sorgsam zusammengestellten Ausstattung.

Wie verabredet öffnete der Besucher um vier Uhr

nachmittags die Tür und kam herein. Der alte Mann hatte versucht, gegen den Schlaf anzukämpfen, weil er befürchtete, seine Träume könnten aus ihm ausbrechen und wie Nebel im Zimmer wabern. Doch am Ende war er unterlegen, und jetzt lag er, die Arme locker über dem Bauch verschränkt, auf dem Rücken, und sein Brustkorb hob und senkte sich mit jedem Atemzug.

Eine Weile stand der Besucher lauschend in der Zimmermitte. Draußen regnete es leicht, und ab und zu fiel ein Tropfen gegen die Fensterscheibe.

Schweigend wartete er, weil er das Gefühl nicht zerstören wollte, dass der alte Mann und alle Geheimnisse, die in ihm schlummerten, in seiner Gewalt lagen. Er hatte den spontanen Widerwillen gegen den alten Mann überwunden, als er zum ersten Mal von dessen Vergangenheit erfuhr, und den Schock verdaut, den er bei jeder entlockten Erinnerung verspürte.

Als der alte Mann bei ihrer ersten Begegnung loserzählt hatte, war dem Besucher aufgegangen, dass er Antworten auf all die Fragen hatte, die ihn seit Jahren quälten. Zu der Zeit wollte er fast die Hoffnung aufgeben, eine Erklärung für die Tragödie zu finden, die sein Leben verdüsterte. Die Troubles waren zu Ende, und die Wahrheit wurde von den Politikern schöngeredet. Das Entsetzliche am Waffenstillstand war, er machte die eigene Wahrnehmung so unscharf, dass man die Terroristen nicht mehr erkannte. Die Fäden der Kausalität, die die Paramilitärs an ihre Verbrechen fesselten, waren zerrissen. Drei Jahrzehnte des Bombens und Erschießens lösten sich jetzt aus den rationalen Zusammenhängen und machten die Attentate zu schrecklichen Akten eines rächenden Gotts, sodass ein Mörder nach dem anderen seiner Verbrechen entbunden wurde. Doch musste man sich nur erinnern, um beides wieder aneinanderzubinden.

Allerdings hatte Alzheimer begonnen, die Erinnerungen des alten Manns mit Nichtigkeiten und belanglosen Reminiszenzen an seine Kindheit zu überlagern. Teilweise waren die Spuren des Geschehenen von der Krankheit sogar verwischt worden. Doch der Besucher war entschlossen, sie alle wieder aufzudecken.

Der Regen schlug jetzt stärker gegen die Fensterscheibe, der Blick hinaus wurde verschwommen, die Stimmung im dunklen Zimmer gedämpfter. Es läuft alles wie geplant, machte sich der Besucher Mut. Ehe die Erinnerungen des Alten unwiederbringlich verloren gingen, würde er Rache genommen haben.

Sein Atem wurde schneller, klang hart und trocken. Hughes fuhr plötzlich im Bett auf. Seine Augen schienen vor Sorge aufzuleuchten.

»Wo bin ich?«, fragte er.

Als er den Besucher erkannte, trat ein Ausdruck von Erkennen auf Hughes' Gesicht.

»Ich hatte schon Angst.«

»Angst wovor?«

»Ich dachte, das Bett hätte sich umgestellt, während ich geschlafen habe.«

»Betten bewegen sich doch nicht.« Die Stimme des Besuchers war beruhigend. »Die bleiben fest an einem Ort. Genau wie du.«

Er half dem alten Mann auf die Beine, und beide setzten sich an den Tisch am Fenster. Hughes sah ihn an. Seine Miene wurde kritischer.

»Du riechst nach IRA.«

»Was soll das heißen?«

»Ich rieche eine Mischung aus Diesel und Schweiß. So riecht der Terror. Du bist vor jemand weggelaufen.«

Der Besucher überging die Bemerkung und zog einige Fotos und weitere Karten heraus, die er auf dem Tisch ausbreitete. Der alte Mann sah ihn besorgt an.

»Du musst es mir sagen, wenn die Betten woandershin gebracht werden. Wir überlegen uns ein Warnzeichen dafür. Versprich mir das.«

»Versprochen.«

Behutsam lenkte der Besucher die Aufmerksamkeit des alten Manns wieder auf die Landkarten.

Seufzend hob Hughes sie ins Licht. Seine Miene erstarrte, als er sein gequältes Gehirn zwang zu funktionieren. Verschwommene Bilder tauchten in ihm auf, darunter das eines Manns, der kopfüber in einem Kuhstall hing und auf dem Handrücken Brandflecken von einer Zigarette hatte. Büschelweise lagen ausgerissene Haare auf dem mit Kuhdung übersäten Boden. Folter gehörte zu Hughes' Arbeit, und er war ihr im Laufe seines Berufslebens häufig begegnet. Der Trick ist, hatte er zu seinen Männern gesagt, die Schwachstelle des Opfers zu finden.

Als er den Blick hob, waren die Augen des Besuchers hart geworden. Wie Finger bohrten sie sich in seinen Verstand.

»Wie bist du entkommen?«, fragte der alte Mann. »In jener Nacht waren doch drei IRA-Leute da, und die hatten dich gefesselt und geknebelt.«

»Woher weißt du das? Warst du auch dabei?«

»Ich war in der Nähe«, sagte der alte Mann ausweichend und rieb sich die Hände, als wollte er die Verantwortung davon abwaschen. Er sprach langsam. »Wie hast du das überlebt?«

»Ich habe überlebt, weil der Tod nicht das Ende ist.«

19

Angesichts der Schwere von Kenneth Mitchells Verletzungen hätte Daly erwartet, dass er in einer Art betreutem Wohnen leben würde, und war überrascht, dass ihn die Wegbeschreibung zu einem abgelegenen Cottage im Dorf Aughnacloy nahe der Grenze zur Republik Irland führte. Es war ein windiger Tag. Die grenznahen Straßen waren eine Qual, ein verworrenes Geflecht alter Feldwege und gewundener Landstraßen, die nach überall und nirgends führten. Ideal für den Schmuggel von Diesel oder, wie zu Vaters Zeiten, einer Rotte Mastschweine, dachte Daly.

Das Wetter schien sich nicht recht entscheiden zu können. Auf einen trübselig verhangenen Himmel folgten Ausblicke auf die tief stehende, heitere Sonne. Nach einem Regenschauer klarte es auf, zwischendurch war es völlig windstill.

Auf der Zufahrt sah Daly, wie zwischen den Bäumen ein See aufblitzte, der von schwarzen Ästen gerahmt unwirklich still dalag und wie ein Traumgesicht aus einer anderen Welt wirkte. Dann tauchte ein Cottage aus Feldstein mit Blick auf den See auf. Die im Wasser gespiegelten, teilweise sehr dichten, teilweise spindeligen Bäume vertieften die Stille der Szenerie zusätzlich.

Daly bemerkte, dass sich Unruhe auf dem Gesicht des Jungen breitmachte. Er begann zu zweifeln, ob er das Richtige tat. Was bezweckte er mit seinem Besuch hier eigentlich? An sich war es keine gute Idee, der Special Branch seine Skepsis so deutlich unter die Nase zu reiben.

»Wenn du magst, kannst du im Auto sitzen bleiben und warten«, sagte Daly zu Dermot.

»Schon okay. Ich kenn die Ermittlungen in- und auswendig. Stundenlang hab ich auf meinem Bett gehockt und bin alles hundertmal durchgegangen …« Er sah auf den See. »Ich bin nur wegen dieser komischen Stille hier so nervös. Am liebsten würd ich ja einen großen Stein ins Wasser schmeißen.«

Auch für Dalys Geschmack war alles zu ruhig. Der Wald im Hintergrund überragte das Haus und schien den See zu bewachen. Er sah auf die starren Bäume, erwartete irgendeine Bewegung, den Schatten eines Vogels oder das Zittern eines Blatts, aber nichts geschah.

»Ich möchte ihn fragen, wo die Leiche meines Dad ist«, sagte Dermot. Sein Gesicht war so reglos wie ein Foto.

»Glaubst du, er weiß das?«

»Mum meint, dass er sich an was erinnern oder uns einen Tipp geben könnte, der uns auf die richtige Fährte bringt.«

Wie kann man so was überhaupt vergessen, fragte sich Daly insgeheim. Wie lange konnte man ein solches

Wissen versteckt halten? Er sah den Jungen an. Wenn Mitchell die Hintergründe zu Oliver Jordans Verschwinden kannte, dann ging es auch um Rache, um eine Heimsuchung als Strafe.

In der kleinen Garage neben dem Haus stand ein nagelneuer Jeep. Das ganze Gelände sah aus, als würde es von einem professionellen Gärtner gepflegt. Auf den Kieswegen war kein Pflänzchen zu sehen, und neben der Haustür standen Wacholdersträucher in Pflanztrögen. Eine Rankpflanze bedeckte die gesamte Hausfront.

Wegen seiner Verstümmelung wurde auf Mitchells Pension wohl eine üppige Entschädigung draufgeschlagen, dachte Daly. Oder Tessa Jordan hatte Dermot die falsche Adresse gegeben. Vielleicht hätte er erst anrufen sollen, dann hätte sich nicht diese große Anspannung aufgebaut. Er schlug mit dem Türklopfer an die Tür.

Nach einer Weile stakte ein älterer Mann schwerfällig ums Haus.

»Die Haustür benutze ich so gut wie nie«, sagte er, als er Dalys ausgestreckte Hand ergriff. »Wie Sie sehen, tu ich mir mit Stufen etwas schwer.«

Sein Händedruck glich einer Schraubzwinge. Daly hatte den Eindruck, als würde der Mann die gesamte Kraft seines Körpers und seiner Persönlichkeit dorthinein legen.

»Detective Kenneth Mitchell?«, fragte Daly.

Besorgnis huschte über Mitchells Gesicht. Mit einer

Hand griff er nach dem Metallgeländer, das um das ganze Haus lief. Er betrachtete Daly und Dermot eingehend. Dabei verengten sich seine Augen zu schiefergrauen Schlitzen.

»So hat mich lange niemand mehr genannt.«

Daly stellte sich vor und fischte seinen Ausweis aus der Tasche, aber der alte Mann entfernte sich bereits.

»Ich will nicht gestört werden. Was vergangen ist, ist vergangen. Und das ist auch besser so.«

»Oliver Jordan. Was ist mit ihm?«

Mitchell drehte sich um. Seine unbewegte Miene verriet nichts. In seinen Augen lag ein Strahlen, aber keine Wärme. Dasselbe kalte Licht, das der See verströmte und das den Umriss der ausgreifenden Äste in den Bäumen zeichnete. Stirn und Wangen zuckten leicht.

»Was interessiert mich ein toter Spitzel?«

»Ich untersuche den Mord an Joseph Devine und das Verschwinden von David Hughes. Deswegen würde ich gerne mit Ihnen sprechen.«

Für einen Augenblick starrte Mitchell wie gebannt auf den Boden. »Na gut, reden schadet ja nichts, was?«, sagte er. »Ich war über dreißig Jahre lang Officer der RUC, und in der ganzen Zeit wurde ich von den republikanischen Terroristen verfolgt und gejagt und musste mir von ihnen meinen Körper in Stücke reißen lassen. Als ich eines Morgens zur Arbeit fuhr, ist unter meinem Wagen eine Bombe explodiert. Sie war an die Zündung gekoppelt. Ihre Wucht riss mir alle Kleider vom Leib. Als ich aufgewacht bin, war das Erste, was ich gesehen habe, das tätowierte Ulster Banner auf meinem nackten Arm. Ich hab nach unten getastet, aber mein linkes Bein war weg. Meine Stiefel wurden fünfzehn Meter weiter in einem Straßengraben gefunden. Ich hätte der IRA die Mühe ersparen und die Polizei verlassen sollen, als die Troubles anfingen.«

Mit ruhigem, eisigem Blick sah er Daly an.

»Ich möchte nur ein paar Informationen zum Hintergrund.« Daly wollte so ehrlich wie möglich sein. »Ich weiß gar nicht genau, warum ich hier bin, ich habe nur das Gefühl, dass hinter dem Verschwinden von Oliver Jordan mehr steckt. Es gibt Stimmen, die sagen, dass die Polizei seine Entführer gar nicht finden wollte. Ich weiß nicht, ob das wahr ist oder falsch. Ich hoffe, es ist nicht wahr. Der Junge hier ist sein Sohn.«

Zum ersten Mal wirkte Mitchell betroffen. Als ob er erlebte, wie sich zwei Welten aneinander rieben: die Gegenwart zweier unerwarteter Besucher an einem Wintermorgen und seine Erinnerungen an die Zeit vor siebzehn Jahren. Und beide Welten waren voller Fallstricke. Er sah Daly an und rang sich ein Lächeln ab.

»Na gut, dann kommen Sie mal rein. Und sei's nur, um mir den Spaß zu gönnen, einem Detective der PSNI zuzusehen, wie er zusammenklappt, wenn er erfährt, was früher los war.« Er warf Dermot einen neugierigen Blick zu. »Du kannst auch mitkommen. Ich hab mir schon gedacht, dass du für einen Frischling zu jung bist.«

Sie betraten das Haus über den Hintereingang. Durch die halb offene Tür zu einem leeren Zimmer sah Daly einen Haufen Beinprothesen.

»Seit zehn Jahren suche ich nach einem vernünftigen Ersatz für das, das mir die IRA weggebombt hat«, sagte Mitchell, nachdem er sich gesetzt und sein linkes Bein abgenommen hatte. »Das Problem mit den Prothesen ist das Gewicht. Bei den eigenen Beinen merkt man gar nicht, wie schwer sie sind, weil sie sich ja selbst bewegen und tragen. Eine Prothese ist zwar recht leicht, aber nach ein paar Stunden meint man, dass einen eine Kneifzange beißt. Allerdings ist zu fest immer noch besser als zu locker. Lose Prothesen scheuern und wackeln die ganze Zeit. Und erst dieser verdammte Stummel.« Er hob seinen Beinstumpf. Er war grau und von labbriger Haut verunstaltet. »Der verändert sich auch über die Jahre. Bei meiner letzten Prothese haben sie mir das Bein mit einem Laser vermessen. Mein Arzt meinte ohne den kleinsten Hauch von Ironie, dass das ein riesiger Schritt nach vorne ist.«

Er nahm seinen Gehstock und hüpfte zum Herd, als hätte er für seine Verstümmelung nur Verachtung übrig.

»Meine Mutter hat immer gesagt, neun Zehntel eines Menschen sind sein Wille. Diese neun Zehntel hat die IRA nicht wegbomben können.«

Mitchell sah seine Gäste an. »Aber gut, Sie sind ja nicht gekommen, um sich meine Beingeschichten anzuhören.« Er wackelte mit dem Stummel. »Komisch, aber ich spür immer noch, wie die Sehnen in meinem fehlenden Bein pochen. Das ist über all die Jahre geblieben.« Er blickte Dermot durchdringend an. »Genau wie eine böse Erinnerung.«

»Können wir über Oliver Jordan reden?«

»Ich hab doch gesagt, dass ich nicht gern über die Vergangenheit spreche. Ich habe unzählige Morde wie den an Oliver Jordan untersucht. Und wie oft ging's dabei um Informanten und Geheimdienste. Es war ein dreckiger Krieg, den wir geführt haben. Aber Sie können nicht erwarten, dass ich mich nach all den Jahren an jeden einzelnen Fall erinnere.«

Sein Blick verdüsterte sich.

»Es gibt einen Grund, warum Sie sich an den Fall meines Vaters besser erinnern«, sagte Dermot.

»Und der wäre?« Mitchells Antwort war scharf und kam wie aus der Pistole geschossen.

»Es war Ihr letzter. Einen Monat nachdem Sie den Fall übernommen hatten, sind Sie aus gesundheitlichen Gründen in Pension gegangen. Am 20. März 1990.«

Mitchell schwieg. Seine Miene verfinsterte sich, ohne dass sie die Anerkennung verbergen konnte.

»Also erinnern Sie sich doch daran?«

»Hör mal, Kleiner. Die Vergangenheit ist vergangen. Man muss das, was hinter einem liegt, auch hinter sich lassen. Nichts, was du tust, macht deinen Vater wieder lebendig. Du solltest studieren, feiern, Drachenfliegen lernen oder sonst was. Mit mir in diesem Zimmer zu hocken ist das Verkehrteste, was du tun kannst.«

»Ich will nur, dass dieses ewige Vertuschen aufhört. Ich will wissen, was wirklich passiert ist. Wenn man die Wahrheit kennt, braucht man sich nicht mehr anlügen und verarschen lassen.«

»Aber sie hilft einem auch nicht weiter.« Mitchell seufzte. Er schwieg, aber sein Blick wanderte unruhig durch den Raum. Er schien etwas Schnelles, Flüchtiges zu verfolgen. Bilder aus der Vergangenheit, die hier und dort aufblitzten.

»Ich kann dir nur meine Meinung dazu sagen. Dein Vater war ein bemerkenswerter Mensch.«

Ohne weitere Anstalten einer Erklärung kehrte er zu seinem Tee zurück.

»Bemerkenswert für die IRA? Oder die Special Branch?«, fragte Daly.

»Bemerkenswert für mich. Ich hab oft genug erlebt, wie Menschen während der Troubles jeden Halt verloren haben. Männer aus dem Sicherheitsapparat, Nachbarn, auf beiden Seiten. Ich hab erlebt, wie sich in ihrem Innern plötzlich ein schwarzes Loch auftat, wo eigentlich Mitleid und Ehrfurcht vor dem Leben sein sollten. Oliver Jordan war anders. Jedenfalls rede ich mir das ein.«

»Und warum?«

»Ich glaube, dass er's geschafft hat, eine eigene Meinung zu haben, einen eigenen Kopf. Er lebte in einer durch und durch republikanischen Gegend, daher wäre es für ihn das Normalste gewesen, die IRA hundert Prozent zu unterstützen. Oliver war ein echtes

Kind der Troubles. Zu Beginn der katholischen Bürgerrechtsbewegung saß er noch im Kinderwagen. Die Unruhen gingen direkt vor seiner Tür los. Oliver war nur von überzeugten Republikanern umgeben. Und die haben ihn auch umgebracht. Aber trotz des ungeheuren Drucks, der auf ihm lag, war Oliver Jordan ein mutiger Mann.«

»Wie meinen Sie das?«, fragte Dermot.

»Dein Vater hat von seinem Boss, einem IRA-Mann, den Befehl bekommen, eine Bombe zu legen. Es war damals nicht besonders ungewöhnlich, dass Chefs ihre Mitarbeiter unter Druck setzten, damit sie kleinere Aufträge für die republikanische Sache übernahmen. Er hat Jordan befohlen, den Zünder zu verkabeln. Aber Jordan hat die Batterie weggelassen, und damit hat er sein Todesurteil unterzeichnet. Die Bombe sollte während der Parade zum Remembrance Day hochgehen, aber sie hat nicht gezündet. Als die IRA herausgekriegt hat, dass Oliver den Anschlag sabotiert hatte, kam sofort der Verdacht auf, dass er ein Spitzel ist.«

»Wie hat die IRA denn erfahren, dass im Zünder keine Batterie war?«, fragte Daly.

»Angeblich eine juristische Panne. Irgendwie sind vertrauliche Informationen aus der Ermittlungsakte in die Dokumente gelangt, die von den auf Kaution freigelassenen IRA-Leuten angefordert wurden.«

»Welche Anwaltskanzlei hat diesen Antrag gestellt?«

»O'Hare.«

»Das waren auch Olivers Anwälte.«

Daly warf dem Jungen einen Blick zu. Blass und still sah Dermot aus dem Fenster auf die Äste eines winterlichen Baums, dann starrte er mit brennendem Blick in die dunklen Ecken des Zimmers. Ab und zu blickte er verstohlen zu Mitchell, während er aufmerksam seinen Worten lauschte. Die Geschichte nahm er nur in Einzelheiten wahr. Ein psychologischer Schutzmechanismus ließ ihn die Wahrheit über den Tod seines Vaters in die Einzelheiten zerlegen, die er ertragen konnte.

Dalys Magen krampfte sich zusammen. Er fühlte sich für den Jungen verantwortlich und fürchtete, dass er ihn zu abrupt mit der Vergangenheit konfrontierte. Aber Dermot hatte darauf bestanden mitzukommen, und auch die Adresse des pensionierten Polizisten hatte Daly nur durch ihn bekommen.

»Devine hat die Information über die Batterie in die Akte eingefügt, nicht wahr?«, sagte Daly.

»Das konnte ich nicht beweisen.«

»Aber alles deutet darauf hin, dass Oliver denunziert wurde.«

»Jemand vom Militärgeheimdienst hat mir gesteckt, die Special Branch hätte die IRA glauben gemacht, dass Oliver ein Spitzel ist. Auf diese Weise, meinte die Special Branch, würde kaum jemand Oliver eine Träne nachweinen. Schließlich hatte er für die IRA gearbeitet. Außerdem konnte man so den Verdacht von der Person ablenken, die wirklich doppeltes Spiel trieb. Die Information über die fehlende Batterie wurde absichtlich in die Akte eingefügt.«

»Was war Devines Rolle dabei?«

»Für mich liegt es auf der Hand, dass die Special Branch nicht nur einen Fuß in der Tür von O'Hares Kanzlei hatte, sondern auch Mittel und Möglichkeiten, in die Abläufe dort einzugreifen und so Gegner auszuschalten.«

Daly dachte an den Kanzleigehilfen Devine, der in einer trübseligen Abstellkammer bei O'Hare saß und dabei jahrelang heimlich für die Special Branch tätig war. Angesichts der vielen republikanischen Mandanten, die O'Hare vertrat, konnte Devine alle möglichen Dinge veranstaltet haben.

»Insgeheim hab ich Devine ja bewundert«, räumte Mitchell ein. »Wenn er ein Spitzel war, dann war er ungewöhnlich clever. Leute wie er waren nur ein Werkzeug in der Hand der Sicherheitsdienste. Überleben war ein einziger Drahtseilakt, ein falscher Schritt, und man stürzte brutal ab. Und je erfolgreicher ein Spitzel wurde, desto riskanter wurde es für ihn. Sobald ein Informant die ersten Informationen an die Polizei lieferte, saß er in der Falle – wollte er die Zusammenarbeit beenden, konnten ihn seine Führungsleute erpressen, und wenn die IRA auch nur einen Hauch von Verdacht schöpfte, war das ein Todesurteil. Die Republikaner kannten nur eine Strafe für Leute, die doppeltes Spiel trieben – die Kugel. Das wusste jeder.«

Mitchell sank tiefer in den Sessel und schloss die Augen.

Daly sah Dermot an. Auch Oliver Jordan hatte das gewusst. Vermutlich hatte die IRA ihm eine Art Geständnis abgepresst. Am Ende erzählten fast alle Opfer ihren Peinigern das, was sie hören wollten, und bettelten um Gnade.

»Heißt das, dass Oliver von Devine und der Special Branch geopfert wurde, um einen wichtigen Informanten innerhalb der IRA zu schützen?«

»Das heißt gar nichts, Inspector Daly. Außer dass alles möglich war.«

»Was hat die IRA mit Dads Leiche gemacht?«

Mitchell seufzte. »Eins musst du wissen. Wenn es darum geht zu erfahren, wie eine IRA-Zelle eine Leiche entsorgt hat, dann ist jeder in diesem Land plötzlich taub und blind. Die einzig halbwegs ehrliche Antwort habe ich von einem alten Bauern bekommen, der meinte, man hätte sie in ein Moor geworfen. Sonst hatte ich keinerlei Hinweise.«

»Klingt, als könnte dieser Bauer ein Zeuge sein. Wie hieß er?«, fragte Daly.

»Weiß ich nicht mehr.«

»Was heißt das, Sie wissen es nicht mehr?«

Mitchell rutschte in seinem Sessel herum, schwieg jedoch.

»Warum weichen Sie uns aus?«, fragte Dermot.

»Ich hab doch gesagt, dass ich den Namen nicht mehr weiß. Ist es denn jetzt auch ein Verbrechen, was zu vergessen?« Abwechselnd starrte er Daly und Dermot an. Seine Augen sprühten Funken. »Ich hoffe, Sie entschuldigen, wenn ich Sie nicht zur Tür begleite. Immer wenn ich mich aufrege, tut mir das Bein weh.«

Als er sich aus dem Sessel stemmte, schwankte er, und der Junge sprang auf, um ihn zu stützen.

Sein Beinstumpf zappelte in der Luft, und Mitchell taumelte rückwärts. Daly sprang dazu, um den beiden zu helfen. Er befürchtete, Mitchell könnte den Sessel verfehlen und zu Boden stürzen.

»Danke.« Mitchell verzog das Gesicht, während er sich an Dalys Arm klammerte. Am Griff spürte Daly wieder die geballte Energie des Manns.

»In meinem Zustand kann ich mir keinen Sturz erlauben. Ein kleiner Fehltritt, und ich verbringe den Rest meiner Tage sabbernd in einer dunklen Ecke in einem Pflegeheim.«

»Das kann ich mir nicht vorstellen«, sagte Daly.

Sie wuchteten Mitchell in den Sessel. Er stemmte sich in die richtige Position und schnaubte, als müsste er seinen Körper bändigen oder wie ein überschäumendes Gefühl in Zaum halten. Er drückte Dalys Arm.

»Wenn Devine umgebracht wurde, weil er Informant war, dann stehen Sie vor der kniffligen Aufgabe, alle Personen aufzulisten, die er ausgeliefert hat, und diese Liste wird lang.«

Daly blickte dem pensionierten Detective in die Augen. Jetzt flackerte darin ein neuer Schmerz auf, der nichts mit seinem körperlichen Gebrechen zu tun hatte.

»Passen Sie auf sich auf«, sagte Mitchell. »Jemand wie Devine steigt nicht ins Grab, ohne dass er's noch für ein paar andere schaufelt.« Er sank erschöpft in den Sessel. »Mehr kann ich Ihnen nicht sagen. Ich bin wirklich müde.« Er sah Dermot an. »Wenn du glaubst, Licht in jeden Schatten bringen zu müssen, wird deine Suche nach Wahrheit nie zu Ende gehen.«

Als sie draußen waren, drehte sich Dermot um und blickte auf die Cottage-Fenster.

»Die kriegen Schiss.«

»Wer?«

»Diese Special-Branch-Typen. Die IRA. Von denen war doch jeder zweite ein Informant der Briten.«

Der Rückweg führte sie wieder durch die schwarzen Bäume, die sich von der eisigen Stille des Sees zu nähren schienen.

»Warum helfen Sie uns?«, fragte Dermot.

»Weiß nicht. Weil es mein Job ist. Vielleicht erfahren wir nie, warum dein Vater entführt wurde. Aber ich bin auf dieses Rätsel gestoßen, und ich mag keine Rätsel.«

Die Stille zwischen Daly und dem Jungen wurde gleichermaßen von Feindseligkeit und Vertrauen genährt, aber das Gleichgewicht verschob sich langsam in Richtung Vertrauen. Er hoffte, dass Dermot und seine Mutter begriffen, dass es ihm als Detective um mehr ging als die Bewahrung des Status quo und den Schutz des Rufs der Polizei. Sein Denken war von einer heftigen Sehnsucht nach Gerechtigkeit getrieben.

Von Mitchell hatten sie zwar keine konkreten Hinweise erhalten, aber immerhin schälte sich nach und nach ein Muster heraus. Es war nicht vollständig und wies noch zu viele Lücken auf, aber wenigstens ahnte er jetzt, warum Olivers Verschwinden auf Devines Gewissen lastete.

Schweigend fuhren sie dahin. Allmählich verschwanden die Bäume und mit ihnen die Schatten, und dann zogen hinter den Scheiben schlammige Felder und ungetrimmte Hecken vorbei. Eins verbindet Mitchell und Devine, dachte Daly. Beide wollten der Vergangenheit entfliehen, indem sie sich aus der Gesellschaft zurückzogen. Aber auch zwischen den Bäumen drohten Gefahren. Hier plagte sie zwar nicht die Vergangenheit, aber vor Jägern und Räubern mussten sie dennoch auf der Hut sein.

Daly schaltete das Radio an und sprang durch die Sender, bis er einen Song der Smiths hörte. Er stellte lauter.

»I am the son and the heir of nothing in particular ...«, sang Morrissey.

Dazu füllte die klagende Gitarre das Auto mit jugendlichem Weltschmerz. Daly bedachte Dermot mit einem raschen Blick, aber dessen Miene blieb ruhig und gefasst.

Die Gedanken des Detective wanderten zurück zu den Qualen seiner eigenen Jugend. Vor allem ein Erlebnis fiel ihm ein, spätnachts am Ende einer Party: ein Moment unverhoffter Zweisamkeit auf einem Sofa, eine gemeinsam geleerte Flasche billigen Ciders, Lakritzkonfekt und die langen schwarzen Haare eines Mädchens, das zu küssen ihm nie gelang. Dabei war es magisch gewesen, das Ringeln ihrer Haare auf den Schultern, das geheimnisvolle, geradezu unterseeische Leuchten ihrer grünen Augen, der Mund mit den zu einem aufregenden Schweigen geschürzten Lippen. Er hatte unablässig geredet. Er erinnerte sich, wie ihr Blick aus der Tiefe aufzutauchen schien, um sich mit seinem zu treffen, während ihre Körperhaltung distanziert und unbeteiligt blieb. Er hatte gewartet und gewartet und am Ende die Gelegenheit, sie zu küssen, verpasst, weil er die eitle Lässigkeit der Jugend nicht ablegen wollte. Erschrocken stellte er fest, dass alle Frauen, die er seither geliebt hatte, sich zu einem Bild des Mädchens mit den langen schwarzen Haaren fügten.

»Das ist wie im Film«, unterbrach Dermot seine Gedanken.

Es regnete, Tropfen platschten auf den Asphalt und rannen über die Windschutzscheibe. Daly schluckte wie ein Ertrinkender, der an die Wasseroberfläche kommt. Er konnte sich nicht erinnern, die Scheibenwischer eingeschaltet zu haben, die jetzt auf höchster Stufe arbeiteten.

»Wie meinst du das?«

»Ich mein, ich hab so was noch nie erlebt, außer im Kino.«

Dermots Stimme war verändert. Anspannung lag darin – und etwas anderes: Erstaunen. Er beugte sich vor und blickte gebannt in den Außenspiegel der Beifahrerseite.

Daly warf einen Blick in den Rückspiegel. Durch den Regen sah er ein Stück hinter ihnen ein Auto.

»Der Wagen verfolgt uns«, sagte Dermot.

Daly zog es vor, nichts zu sagen, keine Reaktion zu zeigen.

Die Sicht durch die Heckscheibe wurde durch die glitzernden Regentropfen verschleiert, sodass das Nummernschild des Verfolgers nicht zu erkennen war. Daly drückte aufs Gaspedal, und das Auto schoss davon.

»Wie kommst du darauf?«

»Ist doch klar. Der ist hinter uns, seit wir von Mitchells Cottage weggefahren sind.«

Daly schaltete das Radio aus und sah den Jungen zweifelnd an. Er ging etwas vom Gas und beobachtete, wie der andere Wagen näher kam. Ein schwarzer BMW. Wo hatte er so einen schon gesehen? Ein Lastwagen donnerte mit einer spritzenden Wasserfontäne an ihnen vorbei. Der BMW kam noch näher, aber nicht so nah, dass das Nummernschild zu lesen war.

An der nächsten Kreuzung bog Daly links ab und behielt danach die leere Straße hinter ihnen im Auge. Als sie unter einer Baumreihe durchfuhren, klatschten dicke Tropfen auf ihr Dach. Dann erschien der BMW, dessen massige Form fast die ganze Breite der schmalen Straße füllte, erneut hinter ihnen.

»Was haben die vor?«, fragte Dermot.

An der nächsten Kreuzung fuhren sie rechts und

überquerten eine Brücke. Der BMW folgte in etwas Abstand und schaltete die Scheinwerfer ein, als der Regen noch dichter wurde.

Daly wünschte, er wäre allein. Dermot war Zivilist, Schüler noch dazu. Es war falsch, ihn zu Mordermittlungen mitzunehmen. Bei einem Blick zur Seite sah er, dass Dermot sich an einer Fahrzeugbeschreibung versuchte.

»Das macht dir Spaß«, entfuhr es Daly überrascht.

»Ja«, sagte Dermot nach kurzem Zögern.

»Beunruhigt es dich denn gar nicht?«

»Weiß nicht. Schwer zu sagen.«

»Ich dreh um«, sagte Daly verkniffen, doch als er in den Rückspiegel blickte, war der Wagen verschwunden. Als wären ihm plötzlich Flügel gewachsen und er wäre weggeflogen, weil er sich mit seiner Beute langweilte.

»Ich bring dich jetzt zu deiner Mutter, Dermot.«

»Ich will aber nicht. Noch nicht.«

Daly ließ sich nicht erweichen.

Als sie den Hof der Tante erreichten, war er sich seines Verdachts nicht mehr ganz gewiss. Der Junge muss sich geirrt haben, sagte er sich.

»Wer, glauben Sie, ist uns gefolgt?« Dermot wollte noch immer nicht aufgeben.

»Ich weiß es nicht. Vielleicht hatte der in dem BMW sich nur verfahren und ist uns gefolgt, weil er dachte, wir kennen den Weg.«

»Wenn der sich an Sie gehalten hätte, dann wär er im Kreis gefahren.«

Daly grinste. Vielleicht machte er ja doch Fortschritte. Gestern hatte er noch gedacht, er würde sich rückwärts bewegen und immer weniger wissen, statt neue Erkenntnisse zu gewinnen.

Als sie an das weitläufige Bauernhaus kamen, schien keiner da zu sein. Dermot ging zum Wohnwagen, während Daly einmal um die Ställe und Scheunen ging. Er wollte den Jungen nicht allein zurücklassen, obwohl er sicher war, dass der gut auf sich aufpassen konnte.

»Ist da jemand?«, rief er. Eine Ziege mit einer Glocke sah von einer Hecke herüber und machte ein laut gurgelndes Geräusch. Sie zuckte und rollte die Augen, ohne den Blick von Daly zu wenden. Ihm fiel ein Spruch seines Vaters ein: Ein Pferd denkt nur einmal im Leben daran, einen Menschen zu töten, aber eine Ziege tut das dauernd.

Er rief mehrere Male, bis ihm endlich eine heitere Stimme antwortete, gefolgt von gemächlichen Schritten. Tessa Jordan erschien in Gummistiefeln und mit Blumenrock, unter dem Arm ein großes Bündel abgestorbener Äste und Blumenstängel. Daly bildete sich ein, dass sie bei seinem Anblick ein klein wenig errötete. Aber womöglich kam die Farbe auch von der frischen Luft.

»Ich hab den Gemüsegarten aufgeräumt.«

»Sieht ja richtig nach Arbeit aus.«

»Ist schon einiges zu tun, aber nicht schlimm.« Sie blieb stehen. Die Sonne kam hinter den Wolken hervor und brachte die Spitzen ihrer schwarzen Haare zum Glänzen. »Gestern habe ich Kohl gepflanzt, aber die Ziege kam und wollte alles auffressen. Ich musste sie mit einem Stock fortjagen.«

»Offenbar fühlen Sie sich hier pudelwohl.«

»Nicht ganz.« Sie lächelte. »Aber es wird.«

Nicht zum ersten Mal wurde Daly bewusst, dass sie eine attraktive Frau war. Als sie das Pflanzenbündel gegen ihre Hüfte klemmte, fielen ihm die Rundungen ihres Körpers auf. Selbst das matte Licht der Frühjahrsonne ließ ihre Haare schimmern.

Doch trotz Sonnenschein war es kalt, in der Luft lag noch die schneidende Leere des Winters. Als Daly Tessa in die Augen sah, meinte er zu erkennen, dass sich dort ein vages Gefühl von Trauer einschlich. Sie vermutete, dass er ihr Neuigkeiten über ihren Mann brachte.

Obwohl er sich dagegen sträubte, verspürte er Begehren. Dann sah er ihren Ehering am Finger blitzen, und ihn befiel Selbstmitleid. Wie konnte er gegen die Erinnerung an einen Toten ankommen?

»Sagen Sie nichts über die Ermittlungen«, drängte sie ihn. »Ich will nichts darüber wissen. Noch nicht.«

»Worüber soll ich denn sonst reden?«

»Irgendwas.«

Trotz dieser nachdrücklichen Einladung fiel Daly nichts ein. Er bekam die Ermittlungen nicht aus dem Kopf.

»Ihre Ziege macht seltsame Geräusche.«

»Ich lausche.«

»Mir oder der Ziege?«

»Ihnen. Erzählen Sie mir was.«

Aber sein Kopf war wie leer gefegt. Ihre forschenden dunklen Augen fixierten ihn. Er meinte besorgte Zärtlichkeit darin zu sehen. Als sie sich unvermittelt mit dem Gesicht gegen sein Hemd lehnte, wehrte er sie nicht ab. Im Kopf formulierte er eine ganze Litanei tröstlicher Worte, aber sein Mund öffnete und schloss sich lautlos. Er war immer überzeugt gewesen, dass es unmöglich sei, zwei Frauen gleichzeitig zu lieben – dass man sich dabei innerlich in zu viele Widersprüche verwickelte. Sie schmiegte den Kopf fester an ihn, und er spürte, wie er innerlich aus den Fugen geriet. Doch ließ ihn das Gefühl nicht los, dass dies zur falschen Zeit geschah. Nicht so sehr weil er Polizist war und sie Witwe, sondern weil es dabei vor allem darum ging, dass sie beide einsam waren. Unter das angenehme Gefühl ihrer Wange an seiner Brust mischte sich Sorge.

Sie atmete tief ein und nahm seinen Geruch auf. Dann sah sie auf. »Sie sehen erschöpft aus.«

»Ich muss los«, sagte er sanft. »Dermot ist schon im Wohnwagen.«

»Bleiben Sie noch. Erzählen Sie mir, was Mitchell gesagt hat.«

»Dermot war auch dabei. Vielleicht ist es besser, wenn Sie's von ihm hören.«

Als er sich von ihr löste, spürte er ein Kribbeln in den Wangen, das den ganzen Weg zurück zum Auto anhielt.

Bei seiner Ankunft zu Hause war es noch hell. Die Sonne hatte sich durch die graue Wolkendecke gebohrt und ließ das Wasser des Lough glitzern. Er streckte seine müden Glieder und lief, von einem jähen Energieschub beflügelt, über den Flickenteppich der Felder ans Seeufer.

Es wehte leichter Wind, aber er fand rasch eine geschützte Stelle unter einer Eiche, um sich kurz hinzusetzen. Im Vergleich zum Purgatorium der dunklen Winternächte im Cottage war dieser Abend geradezu himmlisch. Er sah zu, wie am Westufer aus einem Kamin nach dem anderen Rauch aufstieg.

Auch wenn die Sonne noch früh unterging, wiesen Hunderte kleiner Zeichen darauf hin, dass sie den Kampf gegen das Dunkel gewann. Eine geflügelte Salve Schwalben schoss über eine Baumreihe und beschrieb über Daly eine scharfe Kurve, als hätte der Winterhimmel am Rand schon einen Knick. Er sagte sich, dass er nicht mehr an der vordersten brutalen Front der Geschichte lebte und außer Reichweite der Kugeln und Bomben war, die Leben und Karrieren von Polizisten wie Mitchell zerstört hatten. Die Abendluft war vom Versprechen des Frühlings erfüllt.

Bald würden die Narzissen hervorbrechen, die sein Vater vor die Hecken gepflanzt hatte. In diesem Jahr würde er sich über ihr Kommen freuen. Es wäre ein schlichtes, behagliches Glück, das auch viel mit dem Gefühl des Versagens zu tun hatte, das in den vergangenen sechs Monaten sein Privatleben verdunkelt hatte.

Als er ans Haus zurückkam, hing ein Briefumschlag an der Tür. Darin befand sich eine Liste mit Orten und Zeiten. Es dauerte einen Moment, bis er begriff, dass jeder seiner Wege am heutigen Tag aufgeführt war, samt der genauen Uhrzeit.

Daly öffnete die Haustür und sperrte hinter sich ab. In der Diele blieb er kurz stehen, horchte auf mögliche Einbrecher und blickte in die Zimmer. Das Krächzen der Krähen auf dem Dach war ein verstörendes Hintergrundgeräusch zur sonstigen Stille im Haus. Er ging in die Küche, wo der Wasserhahn leise tropfte. Statt etwas zu kochen, nahm er eine Flasche Whiskey aus dem Schrank und goss sich einen ordentlichen Schluck ein. Während er daran nippte, blickte er in seltsamer Erwartung auf die Tür.

Falls er einen praktischen Überlebensinstinkt hatte, so zeigte er sich an diesem Abend nicht. Als der Mond am Himmel erschien, saß er tief schlafend im Sessel, den Rücken der Tür zugewandt. Auf seinem Schoß lag eine leere Whiskeyflasche.

20

Der wolkenlose Himmel über Nacht bedeutete morgens scharfen Frost. Durch eine eisige Landschaft, die in ihrer Erstarrung so makellos war wie eine Korallenwelt unter Wasser, fuhr Daly zur Arbeit. Der gnadenlos klare Morgen bohrte sich in seinen verkaterten Schädel wie ein Schwarm Eiszapfen. Obwohl er das grelle Licht ständig wegzwinkerte, tränten seine Augen vor Anstrengung, den Blick zu fokussieren. Er war spät dran, doch der Wagen schien heute einen eigenen Willen zu haben und geriet auf den eisigen Uferstraßen immer wieder ins Rutschen. Während Daly versuchte, die Kontrolle über den Wagen zu behalten und mit dem Schaltknüppel nach den Gängen stocherte, verfluchte er sich selbst.

Es war bereits halb zehn, als er die Polizeistation von Derrylee erreichte. Beim Eintreten schienen Lichtblitze aus dem Inneren seines Kopfs gegen seine Augäpfel zu schießen. Der Wachhabende am Empfang sah ihn besorgt an, als er ihm die aktuellen Meldungen reichte.

In den frühen Morgenstunden hatte es einen tödlichen Unfall mit Fahrerflucht gegeben. Als Daly den Namen des Opfers las, stieß er vor Überraschung so laut die Luft aus, dass es wie eine kleine Explosion klang.

»Inspector Irwin meinte, er kümmert sich drum«, sagte der Wachhabende. »Offenbar war das Opfer betrunken. Ein Taxifahrer hat gesehen, wie er auf die Straße gewankt ist und den Verkehr aufhalten wollte, dann aber von einem Auto erfasst wurde.«

»Jetzt hat er nur noch ein Ziel, und zwar das, wohin ihn seine letzte Reise führt«, murmelte Daly und versuchte, sich die erst kurz zurückliegende Begegnung mit dem Opfer zu vergegenwärtigen.

»Wissen wir was über den Wagen?«

»Bisher nichts.«

Daly verzichtete auf den Kaffee, den er für den Kaltstart seines Gehirns eigentlich gebraucht hätte, und fuhr sofort zur Unfallstelle. Dort sah er Irwin neben dem Polizeifotografen stehen und lässig Kaugummi kauen. Die Szene vor seinen Augen ließ den Detective offenbar ungerührt. Auf einer nahen Wiese stolperten neugeborene Lämmer herum und blökten ihre Klage hinaus in die Welt, als hätten sie Anteil an dem Unglück am Straßenrand.

Irwin bemerkte Dalys zerrütteten Zustand. »Inspector, was für eine angenehme Überraschung.«

»Finden Sie?« Daly blinzelte.

»Aber ja doch. Normalerweise habe ich ja Ihre Befehle zu befolgen. Aber diesmal nicht. Den Fall übernimmt die Special Branch. Scheint nicht viel los zu sein in Derrylee, dass Sie sich hierher auf die Socken machen.«

»Seit wann interessiert sich die Special Branch denn für Fahrerflucht?«

Irwin richtete den Blick auf den Toten am Straßenrand.

»Weil er einer von uns ist. Ein Alkoholiker zwar und auch schon pensioniert. Die Motorhaube des Wagens muss ihn böse überrascht haben. Er hatte sogar noch eine Kippe im Mund. Klemmt immer noch zwischen den Zähnen. Ihn hat das Rauchen nicht umgebracht.«

Die Leiche des ehemaligen RUC Officer Noel Bingham lag wie ein im Lauf erlegtes Wild mit von sich gestreckten Gliedern auf dem Asphalt. Sein Kopf war auf unnatürliche Weise vom Körper weggedreht, und die Augen schienen aus den Höhlen zu quellen. Vielleicht hat er in den letzten Sekunden noch versucht, seinen Jäger in die Flucht zu starren, dachte Daly. Vom Hinterkopf führte eine Blutspur weg, dünn wie ein Rattenschwanz.

Daly trat näher und sah den Zigarettenstummel im Mund des Toten. Als wären die Zähne an dem kalten Morgen zugeschnappt wie eine Falle.

»Wenigstens ist ihm der Kater erspart geblieben«, sagte Irwin mit einem Seitenblick auf Daly. »Ein Taxifahrer, der vorbeikam, hat ihn wiedererkannt. Offenbar hat er sich den Abend über im Four in Hand abgefüllt. Scheint sein üblicher Suffschuppen gewesen zu sein. Er war auf dem Heimweg und wollte trampen, aber leider hat jemand zu bremsen vergessen. Mit ein bisschen Glück wäre er bloß in einen Graben gefallen und hätte dort seinen Rausch ausgeschlafen.«

»Dann haben Sie den Bericht ja praktischerweise schon fertig«, murmelte Daly.

Irwin nickte. »Die Leiche hat noch keiner angefasst. Die Spurensicherung nimmt alles auf und sucht nach Hinweisen, anhand derer wir das Fahrzeug ermitteln können. Wir geben auch eine Pressemitteilung raus und machen einen Zeugenaufruf. Ansonsten ist die Sache aber in trockenen Tüchern.«

Während sein Blick über den Unfallort wanderte, überlegte Daly, wie sich Irwins frühe Ankunft auf die Ermittlungen ausgewirkt haben mochte. Er selbst hätte auf alle Fälle jeden vernommen, der Bingham an der Straße gesehen hatte. Er hatte eine Reihe von Fragen parat, aneinandergereiht wie Patronen in einem Munitionsgürtel. Vielleicht hatte ein Zeuge gesehen, wie das Auto Bingham erfasst hatte. Und wenn nicht, dann würde ihm auch das etwas verraten. Leider war es dafür zu spät. Irwin hatte alle gehen lassen, ohne die Personalien aufzunehmen.

Der Rechtsmediziner traf ein. Es war ein Stellvertreter Butlers namens Carberry – ein blasser, teigiger Mann mit einem zu engen Hemdkragen und einem Gesicht, das weder Autorität noch Selbstvertrauen ausstrahlte. Er stellte sich mit einem schweißigen Handschlag vor. Im Vergleich zum nervösen Carberry fühlte sich Daly plötzlich klar im Kopf und sortiert, beinahe unbezwingbar.

»Wie lange werden Sie brauchen?«, fragte er etwas grob.

Carberry stellte seinen Koffer auf den Boden. »Das kann ich noch nicht sagen. Aber das müssten Sie eigentlich wissen.«

Irwin verzog das Gesicht. Carberry sah von ihm zu Daly und wieder zurück, als hätten sich die beiden Detectives gegen ihn verbündet. Was sie für den Moment auch getan hatten.

Die Unsicherheit des Rechtsmediziners schien von seinen Augen auf den ganzen Körper überzugehen. Er nickte kurz und wandte sich dann dem Toten auf dem Boden zu. Als er seine Instrumente aus dem Koffer nahm, zitterten seine Hände leicht. Irwin begann sich zu langweilen, steckte sich einen neuen Kaugummistreifen in den Mund und spazierte davon.

Während Daly wartete, erschien ein Bauer mit einem Ballen Heu, sah sie staunend an und lief zu den Schafen und Lämmern auf die Wiese. In seinem Bemühen, Polizisten, Absperrband und den Toten mit seiner allmorgendlichen Arbeit in Einklang zu bringen, machte er ein angestrengt ausdrucksloses Gesicht. Atemwölkchen stiegen aus seinem Mund. Dann stellte sich auf dem geröteten Gesicht langsam Verstehen ein.

Carberry zog dem Toten die Jacke aus. Dabei rutschte eine Brieftasche heraus, und ihr Inhalt fiel auf den Asphalt. Ein Gegenstand erregte Dalys Neugier. Mit einer Asservatentüte in der Hand bückte er sich, um ihn aufzunehmen.

Aus dem Augenwinkel sah Carberry zu.

»Ein alter Dienstausweis der RUC«, sagte er. »Die haben bald Sammlerwert.«

Etwas später und allein in seinem Büro, untersuchte Daly den Dienstausweis mit einer Lupe. Wie er vermutet hatte, war der verschmierte Fleck auf dem Foto ein blutiger Fingerabdruck. Leider war er glatt und ohne Merkmale, stammte also wahrscheinlich von einer behandschuhten Hand. Dennoch warf der Abdruck viele Fragen auf. Warum hatte es jemand, der einen blutigen Handschuh trug, für nötig befunden, die Identität des Toten zu überprüfen? Das sprach kaum für Unfallflucht. Da wollte sich ein Fahrer doch schnell aus dem Staub machen und nicht auch noch den Namen seines Opfers erfahren. Es fiel Daly schwer, an einen einfachen Unfalltod Binghams zu glauben.

Er nahm sich vor, Binghams letzte Tage möglichst genau zu rekonstruieren, angefangen mit dem Vormittag, an dem er David Hughes im Auto mitgenommen hatte, bis zu seinem letzten Zug an der Zigarette. Er wollte wissen, mit wem der ehemalige RUC-Mann gesprochen hatte, und zwar jeden Einzelnen. Wenn nötig, würde er mit Binghams Foto in das Four in Hand und alle anderen Pubs der Gegend gehen.

Beim Verlassen der Polizeistation lief er in Irwin hinein.

»Na, noch nicht im Hauptquartier eingewöhnt?«, fragte Daly.

»Ich wollte nur mal schauen, was die Bauarbeiten machen. Ziemlich viel Dreck und Staub hier. Erinnert irgendwie an einen Bombenanschlag.« Er grinste Daly an. »Fast wie früher, was?«

»Ich möchte den Bericht über den Unfall mit Fahrerflucht sehen, ehe er zu Donaldson geht.«

Auf Irwins Wangen trat Zornesröte. »Ach, übernehmen Sie da jetzt auch die Ermittlungen? Müssen Sie Ihre Nase eigentlich in alles reinstecken?«

»Erst vor zwei Tagen habe ich mit Noel Bingham über das Verschwinden von David Hughes gesprochen. Sagen wir, dass sein plötzlicher Tod mein Interesse geweckt hat.«

»Das ist aber sehr umsichtig von Ihnen.«

»Ich erledige nur meinen Job«, sagte Daly spitz. »Deswegen möchte ich mir ein eigenes Bild davon machen, wie er gestorben ist.«

»Ach, ist das alte Misstrauen wieder erwacht? Ich geb Ihnen mal einen kleinen Tipp, wie Sie sich schneller ein Bild von Binghams Tod machen können. Denken Sie einfach an die fatale Mischung aus zu viel Alkohol, einer dunklen Straße und einem Verbrennungsmotor.«

Nachdem Irwin gegangen war, merkte Daly, dass das Gespräch seine Stimmung gehoben hatte. Den restlichen Tag verbrachte er damit, Binghams Bewegungen in den Stunden kurz vor seinem Tod nachzuvollziehen. Es hatte jedoch den Anschein, dass Bingham von niemandem beachtet worden war, übersehen wie ein nutzloses Relikt aus der Vergangenheit, zu dem er selbst geworden war. Die Gedanken der anderen Trinker im Four in Hand waren ganz woanders gewesen, Bingham ein bereits verblassender Schatten in ihrer Mitte. Bis ihm die vordere Stoßstange eines durch die Nacht rasenden Wagens eine Gratisfahrt zu seinen toten Kameraden spendierte. Als der Abend heraufzog, war es für Daly kein bisschen klarer geworden, ob der Unfall vorsätzlich herbeigeführt worden war.

Auf dem Heimweg zum Cottage seines Vaters blockierten in Doppelreihe geparkte Autos die Straße. Daly bremste scharf. Zwei Einweiser in Warnwesten dirigierten die vielen Autos, die vom und zum Haus Brendan Sweeneys, Vater des republikanischen Politikers Owen Sweeney, fuhren. Der alte Sweeney, einst ein Freund seines Vaters, war seit mehreren Monaten schwer krank gewesen. Daly nahm an, dass er nun gestorben war und die vielen Leute zu seiner Totenwache wollten. Er drehte um und wollte den Stau am Lough umfahren. Die Dämmerung setzte ein, und er hatte Hunger. Fetzen von Regenwolken ließen den Himmel löchrig wirken. Doch in der Gegenrichtung kam er nur langsam voran und musste auf schmale Wege ausweichen, an die er sich kaum erinnerte. Immer wieder endeten Straßen im Nichts, und er musste zurücksetzen, ein umgestürzter Telefonmast kostete ihn einen Schmutzfänger. Er fuhr an verlassenen Cottages vorbei, die nicht mehr als ein zusätzlicher Steinhaufen auf steinigen Kuppen waren, sah winzige Äcker, auf denen kaum etwas anderes wuchs als Brombeeren und Brennnesseln. Das letzte Blitzen der Abendsonne brach sich in den Regenspritzern auf der Windschutzscheibe. Als die Wege endlich vertrauter wurden, landete er wieder auf der Straße bei Sweeney, erneut im Stau. Es bestand keine Aussicht, dass er in den nächsten paar Stunden nach Hause käme. Der Regen war stärker geworden, und die Einweiser auf der Straße hatten sich untergestellt.

21

In dem Zimmer mit den blassgrün tapezierten Wänden stand ein frisch bezogenes Bett. Durch das niedrige, von Spitzenvorhängen gerahmte Fenster war das Toben eines Regensturms zu sehen, der schwere Wolken über ein verschwommenes Land aus schlammiger Erde und kahlen Feldern jagte. Aus unerfindlichen Gründen gelang es der uralten Scheibe, den herandonnernden Wind und die dagegendreschenden Tropfen draußen zu halten. Das Zimmer war aufgeräumt und heimelig, und Daly hätte sich genüsslich entspannen können, hätten da nicht zwei Männer in der Uniform der Paramilitärs neben einem offenen Sarg strammgestanden.

Daly kannte die IRA-Männer nicht, deren Gesichter hinter dunklen Sonnenbrillen und tief in die Stirn gezogenen Baretten kaum zu sehen waren, aber sie salutierten vor ihm wie vor allen anderen Trauergästen, die das Zimmer betraten und dem Toten die letzte Ehre erwiesen. Die Hände in Lederhandschuhen und die umgeschnallten Pistolenholster verrieten jedoch, dass ihre Anwesenheit mehr als die übliche militaristische Inszenierung war, die Beerdigungen von republikanischen Sympathisanten begleitete.

Genauso ernst meinte es auch die Gruppe alter

Frauen, die neben dem weiß bezogenen Bett saß und den Rosenkranz betete. Auch ihre Gesichter glichen Masken – faltig, versunken und fromm. Der ganze Raum war wie unter Hochspannung.

Wie auf Absprache machten die Frauen Platz für ihn, jedoch ohne das Gebet zu unterbrechen. Ihre Finger tasteten über die klickenden schwarzen Rosenkranzperlen, während die Münder ein Ave-Marie und ein Vaterunser aneinanderflochten. Er setzte sich zwischen sie und schloss die Augen, bis die einzelnen Wörter in seinem Kopf verschmolzen, die Stimmen sich auflösten und zu einem Echo der Stimmen seiner Kindheit vereinten. Als Junge hatte ihn die Inbrunst eines gesprochenen Rosenkranzes bezaubert, und in letzter Zeit stellte er fest, dass er sich in stillen Augenblicken voller Nostalgie daran erinnerte wie jemand, der langsam aus einer Narkose erwacht.

Als das Beten aufhörte, blickte er auf. Hinter dem Fenster zwängten sich mehrere Schafe durch eine südwärts fließende Hecke aus Schlehdorn und Stechginster. Aus der Küche im Erdgeschoss schwebte das Gemurmel vertrauter Gespräche und weiterer Gebete herauf.

Die Tür ging auf, und mehrere neue Trauergäste traten mit gesenktem Kopf ein. Einige grüßten Daly verhalten und mit gedämpften Stimmen, andere übersahen ihn geflissentlich. Seltsamerweise gab es noch immer keinen merklichen Ausbruch von Trauer, wie er sich bei einer irischen Totenwache fast immer ereignete. Die Menschen auf dem Flur vor dem Zimmer gingen still aneinander vorbei, Gespräche blieben seltsam leise und verdruckst.

Wie aus einem Mund nahmen die Frauen das Gebet wieder auf, und ihre gottesfürchtigen Stimmen rannen durch eine weitere Folge klagevoller Mysterien. Daly merkte, dass einer der IRA-Männer ihn fixierte, seinen Körper straffte und ihn durch das Anspannen seiner Muskeln auf die schwere schwarze Pistole im Holster aufmerksam machte. Wären wir in einer Kirche, dachte Daly, würden jetzt alle Statuen der Jungfrau Maria ohnmächtig zu Boden sinken.

Die IRA-Männer salutierten und traten zur Seite, um der nächsten Gruppe Trauergäste einen Blick auf den Sarg zu ermöglichen. Dalys Augen wurden von dem knorrigen Gesicht des Toten angezogen, das aus einem cremeweißen Leichenhemd herausragte. Für einen Moment löste sich der Raum in eine Abfolge verschmelzender Masken auf – die anonymen Gesichter der IRA-Männer gingen in die der alten Frauen und die erstarrten Züge des Toten über. Das Klicken der Rosenkranzperlen verband sich mit dem Knallen der Absätze der Paramilitärs, als noch mehr Trauergäste in den Raum traten und sich an die Wände drückten. Religion und Gewalt vermengten sich zu einem Cocktail, dachte Daly, gefährlich und erregend.

Brendan Sweeney hatte einen Sohn hinterlassen, aber der bekannte Politiker war nirgends zu sehen. Obwohl Brendan ein Freund und Nachbar von Dalys

Vater gewesen war, hatten die beiden seit Dalys Kindheit nicht mehr miteinander gesprochen.

Der alte Sweeney wirkte kleiner, als Daly ihn in Erinnerung hatte. Wider besseres Wissen hatte er erwartet, der tote Mensch würde wie der lebende aussehen. Doch der kraftvolle kernige Bauer seiner Erinnerung war geschrumpft, und die Gesichtszüge waren zusammengeschnurrt, als wäre er zur Wachsminiatur eines Manns geworden, der sein Leben einem vereinigten Irland gewidmet hatte.

»Zeit zu gehen«, sagte einer der IRA-Männer und legte seine Hand schwer auf Dalys Schulter.

»Ich bete noch«, sagte Daly und sah überrascht nach oben.

»Heb dir deine Gebete lieber für dich selber auf.« Der IRA-Mann blieb neben Daly stehen.

Daly drückte sich an ihm vorbei und stieg die Stufen hinab ins Wohnzimmer, in dem Grüppchen plaudernder Menschen standen. Er überlegte, wie er sich durch die Menge davonstehlen konnte, aber der IRA-Mann war ihm nach unten gefolgt und blockierte jetzt den Ausgang. Also setzte er sich und starrte auf den ausgeschalteten Fernseher. Alles war besser, als die neugierigen Blicke zu erwidern, die er anzog.

Die Frau neben ihm drehte sich um und lächelte ihn mit nikotinfleckigen Zähnen an. Dalys Selbstvertrauen kehrte zurück, und das Gefühl, eine gefährliche Grenze überschritten zu haben, ließ nach.

Er hatte nur ein, zwei Augenblicke dagesessen, als

die Stimmung im Raum plötzlich kippte. Irgendwie hatte er das Wort oder den Blick verpasst, der das leise Murmeln unterbrochen und den Raum hatte verstummen lassen.

»Warum sagt denn keiner was über Brendan?«, fragte ein Trauergast, der in die Raummitte getreten war. Verlegen sahen die Leute einander an, als wären sie über ihr Versäumnis, zum Gedenken an den Verstorbenen beizutragen, schockiert.

Das Schweigen im Raum wurde drückend.

»Was macht das für einen Unterschied? Ihm ist das jetzt doch egal«, fügte der Mann hinzu.

Ein Mann auf Dalys anderer Seite erhob sich und ergriff das Wort.

»Ich bin Automechaniker. Jahrelang hab ich Mr. Sweeneys Autos repariert. Deutsche Autos mochte er besonders. Audis und BMWs.«

Dem Automechaniker fehlten mehrere Zähne, und er sprach mit einem so starken ländlichen Akzent, dass manche im Raum ihn kaum verstanden.

»Vor 'ner Weile hat einer 'nen fetten Batzen Schadenersatz von mir gefordert. Das hätte meiner Werkstatt das Genick gebrochen.«

Er zeigte ein zahnlückiges Grinsen.

»Dreißigtausend Pfund hab ich gebraucht, aber so viel Geld konnte ich nicht auftreiben. Als ich Brendan davon erzählt hab, hat er gesagt, er würde mir den Schotter leihen. Ohne mit der Wimper zu zucken, hat er mir 'nen Scheck über die ganze Summe geschrieben.«

Nach dem Automechaniker stand eine Frau auf.

»Ich bin eine Nachbarin von Brendan«, sagte sie. »Ohne ihn hätten wir nie die Baugenehmigung bekommen. Mein Mann wollte ein Haus neben dem von seiner kranken Mutter bauen. Sie hatte einen großen Hof zu bewirtschaften. Obwohl uns sogar das Land gehört hat, durften wir nicht drauf bauen.

Nachdem wir Brendan von dem Problem erzählt hatten, rief uns jemand von der Baubehörde an und sagte, wir sollten eine Eingabe für ein schönes Stück Wiese auf der Kuppe machen.«

Nachdem sie sich gesetzt hatte, wurde es wieder still. Mehrere Gäste erhoben sich und sprachen. Immer ging es um Sweeneys Freundlichkeit und Großzügigkeit. Es war, als hätte der Mann einundsiebzig Jahre lang nichts anderes getan, als Darlehen und Gefälligkeiten zu verteilen, als wäre er ein Ein-Mann-Wohltätigkeitsverein gewesen, der bürokratische Knäuel entwirrt und das Überleben nahezu aller katholischen Unternehmen in der Gegend gesichert hatte.

Daly nutzte eine Pause, um hinauszuschlüpfen und nach oben zur Toilette zu gehen. Der IRA-Mann blockierte noch immer den Flur zur Eingangstür und zwang die Leute, um ihn herumzuschleichen. Daly hörte, wie unten eine Tür zuschlug, dann unterdrücktes Lachen. Er war überrascht, dass vor der Toilette keine Schlange war. Vielleicht befürchteten die Trauernden, etwas zu verpassen. Aber was?

Bei seiner Rückkehr sah er, dass mehrere Leute ihre

Stühle weggerückt hatten, sodass er nun allein neben der Frau mit den Nikotinzähnen saß. Als er sich setzte, sah sie ihn an, jedoch ohne zu lächeln.

Sie beugte sich zu ihm und stupste ihn mit dem Ellbogen. »Sie sind doch der Sohn von Frank Daly. Erzählen Sie uns mal, an was Sie sich bei Brendan Sweeney erinnern.«

»Ich?«, sagte Daly. »Ich weiß nicht, was ich da sagen soll.«

»Lassen Sie sich von uns nicht hindern«, sagte der Mann gegenüber. »Wir alle hier sind in Trauer versammelt. Jeder darf offen sagen, was er oder sie denkt.«

Er sprach aufmunternd und mit sanfter Stimme, aber in den Worten lag ein warnender, befehlender Unterton.

Seine ernste Miene verriet Daly, dass jetzt kein guter Zeitpunkt war, den Fremden zu spielen. Nicht zum ersten Mal an diesem Abend fragte er sich, wie viele Trauergäste wussten, dass er Polizist war. Langsam erhob er sich.

»Da ist ein Erlebnis, das ich beim Gedanken an Brendan Sweeney nicht vergessen kann«, begann er. »Es geschah, als ich ein kleiner Junge war. Eines Abends kam er zu uns, als ich draußen auf der Straße spielte. Er hatte einen alten Mantel an und grüne Gummistiefel. Obwohl Sweeney der reichste Bauer der Gemeinde war, lief er am liebsten in alten Stiefeln rum und sprach vom Viehpreis.

Er sagte, er müsste mal was klären und mit meinem

Vater reden. Dann gab er mir ein Pfund und ging ins Haus. Dad rasierte sich gerade, weil er in die Messe wollte. Ich glaube, es war das Ende der Fastenzeit. Das Badfenster stand offen, und so bekam ich ein paar Gesprächsfetzen mit. Die ganze Zeit rasierte sich Dad weiter. Er sagte zu Sweeney, dass er es eilig habe, weil er zum Gottesdienst wolle. Darüber muss sich Sweeney geärgert haben.

Er hat Dad irgendwelche Vorwürfe gemacht. Ich hab nicht verstanden, worum es ging, aber es muss was Schwerwiegendes gewesen sein. Die ganze Zeit plätscherte das Wasser aus dem Hahn ins Becken.

›Keinen Penny geb ich Mördern, die von sich behaupten, echte Iren zu sein‹ war das Einzige, was ich von meinem Dad verstand.

Sobald Sweeney gegangen war, ging ich ins Haus und hab mitbekommen, wie Dad seinen Anwalt anrief. Er drückte sich ein Taschentuch auf die Stelle am Hals, wo er sich geschnitten hatte. Nach diesem Tag haben die beiden kein Wort mehr miteinander gewechselt. Ein paar Wochen später klaute ein IRA-Trupp das Auto meines Vaters. Sie trugen Sturmhauben und sagten zu ihm, Sweeney habe sie geschickt, um Schulden einzutreiben.

Das ist alles, woran ich mich erinnere.«

Nachdem sich Daly gesetzt hatte, blieb es still im Raum. Die Frau neben ihm knabberte an einem Sandwichrest herum, und der Mann gegenüber erwiderte Dalys Blick mit einem kalten Starren.

Daly spürte, dass er vom willkommenen Überraschungsgast bei der Totenwache zu einem Ärgernis geworden war. Der Mann ihm gegenüber starrte ihn weiter an, die Wangen stark gerötet. Es war, als könnte niemand es ertragen, dass Sweeneys guter Ruf in irgendeiner Weise in Zweifel gezogen wurde. In ihren Augen konnte er nichts Schlechtes tun. Innerlich stöhnte Daly auf.

Hinter ihm erhob sich eine Stimme.

»Sweeney war ein Erpresser und Halsabschneider durch und durch. Und er hat jeden ruiniert, der den Mut hatte, sich ihm in den Weg zu stellen. Er mag ja ein Musterkatholik gewesen sein, aber genauso hätte er einen auch erschossen, ohne mit der Wimper zu zucken.«

Als Antwort darauf schob ein alter Mann seinen Stuhl vor. Butter tropfte ihm vom Kinn, aber er schien es nicht zu merken. Seine zittrige Stimme raspelte in seinem Hals.

»Was Brendan Sweeney meiner Familie angetan hat, war ein Verbrechen«, verkündete er.

»Tommy war unser einziger Sohn, und er war erst neunzehn. Er hat nie Ärger gemacht. Auf ihn konnte man sich verlassen und ihm vertrauen. Was er geliebt hat, waren Autos. Die waren sein Ein und Alles. Ich hätte nie gedacht, dass er um Gnade bettelnd sterben muss. Sweeney hat seine Hinrichtung befohlen. Man hat Tommy die Schuld an einem Autounfall in die Schuhe geschoben, bei dem die Tochter eines IRA-Manns schwer verletzt wurde.

Die Männer, die ihn umgebracht haben, hatten Overalls und Gummihandschuhe an. Es war alles im Voraus geplant, und man hat ihm jeden Knochen im Leib gebrochen. Danach hat Sweeney gesagt, niemand darf darüber mit der Polizei reden. Er hat gesagt, er übernimmt die volle Verantwortung für den Mord.

Der Mann war nichts als ein kaltherziger Schlächter. Die meisten Menschen würden ein Fünkchen Mitleid verspüren, wenn sie einen Hund oder eine Katze töten müssten. Ich hätte gerne gewusst, ob er so was wie Reue gespürt hat. Jetzt bin ich bei seiner Totenwache. Ich habe von diesem Tag geträumt, aber jetzt empfinde ich nichts als Traurigkeit.«

Die Stimme des alten Manns brach, Tränen liefen ihm übers Gesicht.

»In diesem Teil der Welt ist ein Leben nichts wert. Nirgendwo ist es weniger wert als hier. Sweeney war ein Monster. Man bräuchte Jahre, um die Schrecken, die dieser Mistkerl verbreitet hat, aufzuzählen.«

In der gespannten Stille, die auf seine Worte folgte, stand eine junge Frau auf, legte dem alten Mann einen Mantel um die Schultern und wischte ihm das Kinn sauber. »Gehen wir heim, Granddad«, flüsterte sie. »Wegen dem brauchst du nicht weinen. Dazu ist es zu spät.«

Ausgelöst von der Rede des Alten, brach unter den Trauernden etwas hervor, ein Gefühl schien von einem auf den anderen überzuspringen, und schließlich erhob sich eine Frau und reckte herausfordernd das Kinn.

»Meinem Neffen hat Sweeneys Bande die Kniescheiben zerschossen, weil er sich mit ein paar IRA-Kerlen in einem Pub geprügelt hat. Diese Kleinigkeit hat sein Leben zerstört. Seine Mutter hatte ihm gerade ein Paar neue Fußballschuhe gekauft. Sie haben ihn vom Fußballplatz weg entführt und ihn mit seinen eigenen Schnürsenkeln gefesselt. Er hat nie wieder Fußball gespielt.«

Sobald sie sich gesetzt hatte, erhob sich ein Mann mit einer weiteren Geschichte. Es zeigte sich, dass Sweeney zwei Gesichter gehabt hatte und ebenso vielen Menschen Schaden zugefügt hatte wie anderen geholfen.

Unter den Gästen flammte Streit auf. Die einen beharrten darauf, dass Sweeney ein großzügiger Gönner der Gemeinde und aufrechter Republikaner gewesen sei, die anderen hielten dagegen, er habe seine Nachbarn terrorisiert und sich der Gemeinde gegenüber wie ein Despot gebärdet. Daly stand auf, schlüpfte leise aus dem Zimmer in die Küche und ging durch die Hintertür aus dem Haus.

Der Regen, der den ganzen Tag gefallen war, hatte nachgelassen, aber noch nieselte es, und die Sicht von der Hintertür blieb verschwommen. Der Hügel hinter Sweeneys Haus war nicht zu erkennen, aber ein naher Kanal rauschte laut. Der alte Sweeney musste sein Leben lang beim Aufwachen dieses Geräusch gehört haben. Vielleicht war das der Grund, warum er immer so aufbrausend gewesen war, dachte Daly, und stets eine diffuse Gewalttätigkeit von ihm ausging, wenn er an den sanften Hängen des Tals unter ihm von Haus zu Haus zog.

Das Schloss der Hintertür klickte erneut. Jemand anderes hatte das Haus verlassen. Langsam kam der IRA-Mann in den Blick. Er sah sich um, unauffällig, aber ohne besonders leise zu sein. Im Hof klapperten seine Stahlkappenstiefel auf dem Pflaster. Zu spät begriff Daly, dass er in eine Falle gelaufen war.

»Warum bist du hier?«, fragte er und baute sich vor Daly auf.

»Brendan war ein Nachbar meines Vaters.«

»Nein, ich will wissen, was du hier willst?«

Er stach Daly mit dem Zeigefinger gegen die Schulter.

»Ich bin Police Officer. Lassen Sie das bleiben«, sagte Daly.

»Hier bist du kein Officer. Du kannst als Trauergast hier sein und dem Toten die letzte Ehre erweisen, aber nicht als Polizist. Du kannst nicht einfach hierherkommen und deine Nase in die Angelegenheiten eines Toten stecken.«

»Gut«, sagte Daly, um Entspannung bemüht. Er wollte nicht klein beigeben, nur andeuten, dass er die Komplexität der Lage verstand. Sein Blick streifte die Hintertür, aber sie war geschlossen. Im Zwielicht war das Gesicht des IRA-Manns kaum zu erkennen, obwohl er Sonnenbrille und Barett abgenommen hatte. Wieder stach er den Zeigefinger in Dalys Schulter, dann umkreiste er ihn und stieß ihn immer wieder an, als prüfte er, aus welchem Material er bestand.

Ehe der Detective sich gegen einen Angriff wappnen konnte, glomm in der Dunkelheit eine Zigarette auf. Dann trat ein Mann aus dem Schatten und befahl dem Paramilitär, ins Haus zu gehen. Der Neuankömmling trug eine Schirmmütze und hatte den Mantelkragen hochgeschlagen. Seine ganze Erscheinung zielte darauf ab, möglichst wenig Aufmerksamkeit zu erregen. Er schob sein Gesicht vor, und Daly erkannte den buschigen Bart und die glänzenden Augen von Owen Sweeney.

»Entschuldige das eben«, sagte der Politiker mit Blick auf den Rücken des verschwindenden Paramilitärs. »Die sind wie Jagdhunde, die bei jeder Blutspur vor Aufregung zu zittern anfangen. Aber du hast ja noch mal Glück gehabt. Es hätte auch so ausgehen können, dass du in einem Krankenhausbett aufwachst.«

Dann verzog Sweeney das Gesicht zu einer Grimasse und deutete auf das Haus. »Typisch irische Totenwache, oder? Mein Vater ist noch nicht mal unter der Erde, und schon zerreißen sie sich das Maul über ihn. Widerlich.«

Er wippte auf den Fersen, zog gierig an seiner Zigarette und gestattete sich ein reuiges Lächeln. »Wobei, wenn er wollte, konnte Dad echt ein verdammter Mistkerl sein.«

Auch in im Zwielicht war das gewaltige Selbstbewusstsein zu spüren, das Sweeney ausstrahlte. Daly kannte das auch von anderen alten Republikanern, früheren Paramilitärs, die eine Zeit im Gefängnis gesessen hatten und jetzt bekannte Politiker in der Northern Ireland Assembly waren. Männer, die glaubten, sie hätten die Macht in der Hand, und die überzeugt waren, alle Trümpfe zu besitzen.

Beide Männer sahen auf, als die Positionslichter eines Hubschraubers am Himmel erschienen.

»Wie haben es die Briten nur geschafft, uns zu besiegen?«, sagte Sweeney leise, beinahe wehmütig. »Wir haben uns nicht unterkriegen lassen und ihnen klargemacht, dass es uns ernst ist.«

Er drehte sich um und sah Daly an.

»Freut mich übrigens, dass du gekommen bist. Dad hätte es gefallen, dass ein echter Inspector bei seiner Leiche betet.«

Er warf die Zigarette weg. »Außerdem möchte ich dir was zeigen.«

Sweeneys Selbstzufriedenheit verlangsamte seine Rede zu einem trunkenen Lallen.

»Aber das kann warten. Weißt du, als die Verhandlungen über den Waffenstillstand losgingen, waren wir eigentlich nicht am Verlieren. In keiner Stadt der Countys Armagh und Tyrone durfte uns ein britischer Soldat den Rücken zudrehen. Einen Krieg gewinnen sieht für mich anders aus.«

Er leckte sich die Lippen, als wollte er die Süße, die diese Worte hinterlassen hatten, bis zum Letzten auskosten. Er zog eine neue Zigarette aus der Tasche und zündete sie an.

Rauchen und Schweigen.

Als Sweeney erneut etwas sagte, war seine Stimme immer noch leise, aber weniger vertraulich.

»Also, zum Geschäftlichen. Sag mir, was du vom Mord an Devine hältst. Was man so hört, war es ein ordentliches Gemetzel.«

»Offiziell ist es zu früh für eine Verlautbarung. Inoffiziell gehe ich stark davon aus, dass Republikaner darin verwickelt sind.«

»Ich würde mich nicht zu sehr auf diese Ermittlungsrichtung konzentrieren.«

»Warum nicht? Devines Vergangenheit bietet dafür reichlich Anlass, und die Art seiner Ermordung spricht auch dafür.«

»Mit seinem Tod hatten die Republikaner nichts zu tun. So ein Vorfall hätte weitreichende politische Konsequenzen. Das könnte den gesamten Friedensprozess in Gefahr bringen. Außerdem hatten wir keinerlei Hinweise, dass Devine Informant war. Den hatten wir überhaupt nicht auf dem Schirm. Wenn du seine Mörder fangen willst, musst du dein Netz schon etwas weiter auswerfen. Devine verfügte über vertrauliche Informationen, die für einige Leute ziemlich gefährlich sind.«

»Klingt, als wärst du bestens informiert, besser als die Special Branch.«

»Wer? Donaldson und Konsorten?«, sagte Sweeney verächtlich. »Die kriegen nicht mal raus, wo ihre Schuhe sind, wenn sie sie nicht grad anhaben.«

Erregt zertrat er die Zigarette.

»Seit dem Waffenstillstand arbeiten wir Republikaner und die Sicherheitsdienste nach ungeschriebenen Regeln. Eine ist, dass wir uns gegenseitig im Auge behalten. Vertrauen ist Mangelware. Wir halten das Gleichgewicht, indem jeder sich um die eigene Sicherheit kümmert. So kommen alle mit dem Frieden voran.«

Sweeney wandte Daly sein grobknochiges Gesicht zu. Nicht das geringste Anzeichen von Belustigung war darin verblieben.

»Unglücklicherweise leitest ausgerechnet du die Untersuchung zum Mord an Devine, und du bist von Anfang an beiden Seiten auf die Zehen getreten. Höchste Zeit, dass du dir die Republikaner aus dem Kopf schlägst, Daly. In unseren Reihen gibt's eine Menge Unruhe, und deine Ermittlungen lassen Verschwörungstheorien aller Art aufkommen.«

»Ich lass mir bestimmt nicht sagen, wen ich zu verdächtigen habe«, erwiderte Daly.

Sweeney funkelte ihn wütend an. Dann trat erneut ein belustigtes Flackern in seine Augen. Aus der Innentasche seiner Jacke zog er ein Bündel Papier.

»Du weißt ja bestimmt, dass Devine als Jugendlichem die Kniescheibe zerschossen wurde. Er hatte ein Mädchen belästigt, deswegen kam der Befehl, ihm einen Warnschuss zu verpassen. Ich hab damals abgedrückt. So wie's aussieht, hätte ich höher zielen sollen.«

Er rollte die Blätter zusammen und klatschte die Rolle wie einen Schlagstock in seine offene Hand.

»Das sind die Akten, die du aus Devines Haus mitgenommen hast. Stehen viele interessante Hintergrundinformationen drin. Keiner legt Wert auf ein Blutvergießen, solange es nicht unbedingt nötig ist. Devine wurde nicht aus Rache oder in blinder Wut umgebracht. Er starb, weil er sterben musste. Und der Befehl dazu muss von ganz weit oben gekommen sein.«

»Wovon redest du? Geheimdienst?«

»Wer weiß? Aber erwarte bloß keine Hilfe von denen. Die haben den Auftrag, sicherzustellen, dass sich die Ermittlungen so lange im Kreis drehen, bis sogar einer wie du aufgibt. Devine hat keine Familie, daher geht man davon aus, dass niemand laut trommelt, um die Ermittlungen am Laufen zu halten.«

Er reichte Daly die Papiere.

»Willst du was wissen, das nie in einem Bericht oder einer Akte stehen wird? Einer von euch hat mal versucht, mich zu rekrutieren. Ein Kerl von der Special Branch, den alle nur den Anbahner nannten.«

»Was hat der damit zu tun?«

»Sein richtiger Name ist David Hughes, genau der Mann, der dich im Moment lustig an der Nase rumführt. An dieses selbstgerechte Arschloch erinnere ich mich sehr gut. Hundert Prozent Pflichterfüllung und null Gnade. Aber ich höre, dass er viel umgänglicher geworden ist, seit er dement wird.«

Der Abend wird immer wunderlicher, dachte Daly.

Er warf einen Blick auf die Papiere. »Und was ist mit dem Pager?«

»Der Pager?«, sagte Sweeney. »Na, den musste ich doch seinen rechtmäßigen Besitzern zurückgeben.«

»Und die wären?«

»Deine Special-Branch-Freunde«, gab Sweeney mit einem Lachen zur Antwort. »Der Pager ist Eigentum der britischen Geheimdienste. Und die sind ziemlich zickig, was solche Dinge betrifft. Von denen will ich lieber keinen wütenden Brief mit einer Rechnung kriegen.«

22

Die Bruchstücke der Vergangenheit zu einem erkennbaren Bild zusammenzusetzen erwies sich als schwieriger, als der Besucher gedacht hatte. Bisweilen konnte sich David Hughes nicht einmal daran erinnern, wie der Besucher hieß, vom Grund ihres Zusammenseins ganz zu schweigen. Außerdem schien sich der Bereich ihrer Untersuchungen mit jedem Tag auszudehnen, der Kreis an Informanten zu wachsen. Und jetzt sprach er wieder über nichts anderes als Enten. Wegen der Krankheit des alten Manns kam es ihm vor, als probierten sie, über tiefes schwarzes Wasser zu laufen. Und die Zeit wurde auch knapp.

»Bitte! Hör endlich mit diesen blöden Lockenten auf.« Der Besucher verlor die Geduld.

Hughes sah ihn aus dem Augenwinkel an. Ihm schien etwas auf der Zunge zu liegen, doch er hielt sich zurück.

»Was ist denn?«

Hughes seufzte. »Wenn ich nur irgendwie loskäme.«

»Von hier?«

»Nein. Von meinem Gewissen. Jetzt, wo die Wahrheit so nah ist, würde ich am liebsten weglaufen.«

»Glaubst du, dass es dir besser geht, wenn du dich vor der Wahrheit versteckst?«

»Das verstehst du nicht. Mein Gewissen ist immer mehr gewachsen, und jetzt ist es zu groß für meinen löchrigen Verstand. Immerzu fordert es mich heraus.« Er schüttelte den Kopf, als wäre da eine lästige Fliege.

»Glaubst du an Gott?«, fragte der Besucher.

Hughes schwieg. Er kratzte sich energisch am Kopf.

»Würde ich an Gott glauben, müsste ich auch an den Teufel und die Hölle glauben, und damit hätte ich einen solchen Haufen Probleme, dass mein ohnehin wirres Hirn komplett überfordert wäre.« Hughes sah den Besucher an. »Wie alt bist du eigentlich?«

Als der Besucher es ihm sagte, lachte der alte Mann.

»Und du glaubst immer noch an Gott und Engel, und dass wir alle Seelen haben und gut sind?«

Der Besucher fühlte sich veräppelt.

»Du bist viel zu behütet aufgewachsen, um zu merken, was für ein Tier der Mensch ist«, sagte Hughes. »Gib ihm eine Waffe und eine Uniform, egal welche, und er trampelt alles nieder.«

»Wenn du nicht an Gott glaubst, was schert dich dann dein Gewissen?«

»Mein Gewissen ist mein größter Fehler. Das bringt mich schneller um als jede Krankheit.«

Der Besucher stand auf und sah aus dem Fenster. Draußen lauerte eine schwere, drückende Düsternis. Beim Gedanken an Hughes' Worte befiel ihn tief im Inneren Panik. Wir sind zwei blinde Mäuse, die an den Katzen vorbei durch die Vorratskammer laufen wollen, dachte er im Stillen.

Weil er keine Ruhe fand, zog er Hughes' alten Mantel an und setzte sich ans Fenster, um auf den Mondaufgang zu warten. Die Taschen waren voller Entenfedern. Plötzlich erfasste er in aller Schärfe einen Gedanken, der bislang nur am Rande seines Bewusstseins getrieben war. Devines letzte Botschaft hatte einen merkwürdigen Verweis auf das Fliegen enthalten. Er wusste nicht, warum sich die Formulierung in seinem Gedächtnis festgesetzt hatte, aber jetzt sah er einen Zusammenhang.

Er ging zum Bett und rüttelte den alten Mann wach. Sie mussten einen Ausflug in die Nacht unternehmen, und dabei würden sie zum ersten Mal gemeinsam ein Verbrechen begehen.

23

Nach der Entschlüsselung von Devines letzter Botschaft empfand der Besucher eine Klarheit und Ruhe wie ein Pokerspieler mit einem unschlagbaren Blatt. Welch ein Glücksfall, der noch dazu völlig überraschend gekommen war. Bisher war seine Suche nach Wahrheit stets von Dunkelheit und Schwierigkeiten überschattet gewesen. Doch als er jetzt am Steuer des geborgten Jeeps über einen halb überwucherten Feldweg ratterte, fühlte er sich von aller Last und Furcht befreit.

Hughes saß neben ihm, das Gesicht eine undurchdringliche Maske, unempfindlich gegenüber dem Wetter, unerreichbar für Worte. Er blickte stur geradeaus, als suchte er nach einem Anzeichen von Regen oder widriger Witterung. Bei ihrem ersten Treffen, in jenem Zimmer gemütlich in Sesseln sitzend, hatte ihm der alte Mann aus Versehen seinen Spitznamen verraten: Anbahner. Er traf. Obwohl die Krankheit seiner Persönlichkeit bereits viel Glanz geraubt hatte, war sein Blick immer noch stechend und von strahlender Intensität, die einen in Bann schlug.

Der Besucher sagte nichts. Er folgte lediglich Hughes' Wegbeschreibung. Man musste wissen, wann man zu schweigen hatte. Ein zusammenhängendes Gespräch ließ sich mit dem alten Mann ohnedies kaum führen. Seine Krankheit beeinträchtigte das Funktionieren seines Verstands zu stark. Er musste geduldig sein und sicherstellen, dass sie die neue Spur möglichst weit verfolgen konnten.

Während sie dahinfuhren, wusch der kalte Regen den letzten Rest Tageslicht fort. Sie wollten die Polizeistreifen vermeiden, die womöglich ihr Ziel observierten, deswegen nahmen sie die vergessenen Wege und Routen, die auf keiner Karte mehr verzeichnet waren. Der Jeep spritzte durch tiefe Pfützen. Unbemerkt durchquerten sie ein Wäldchen. Dann tauchte hinter einer Wand aus Dornsträuchern das Cottage auf. Eine Terrassenleuchte warf einen kreisrunden Lichtkegel in den verwilderten Garten.

»Wo sind wir?«, fragte Hughes. Sie hatten so lange geschwiegen, dass der alte Mann ihren Plan vergessen hatte. Er blickte um sich, als unternähme er einen Ausflug, der nichts anderes bezweckte, als die Langeweile des trüben Winterabends zu unterbrechen.

Der Fahrer seufzte. »Die Wahrheit ist immer um einen herum, ganz in der Nähe.«

Nach einer langen Minute ohne Antwort probierte er eine andere Phrase.

»Zwei Fliegen mit einer Klappe schlagen – was soll das bedeuten?«

»Das weiß ich. Das ist ganz einfach. Die Leute versuchen das oft. Aber weil sie zu viel auf einmal wollen, können sie sich nicht auf eine Sache konzentrieren.

Und am Ende kriegen sie gar nichts und stehen mit leeren Händen da.«

Der Fahrer wartete, zählte seine Atemzüge, hielt seine Ungeduld im Zaum. In den Phasen der Verwirrung hielten sie sich an die Schnipsel früherer Unterhaltungen. Gespräche über Redewendungen und Wortspiele waren zum Kitt ihrer Freundschaft geworden.

»Der eine Mann, der auch zu viel wollte«, sagte der Fahrer. »Das ist sein Haus.«

»Natürlich, jetzt fällt es mir wieder ein.« Hughes sah sich um, als wäre er gerade aus tiefem Schlaf erwacht. »Schalt die Scheinwerfer aus, aber lass den Motor laufen. Das haben wir im Handumdrehen erledigt.«

Der alte Mann schlich geduckt zur Hintertür. Der Besucher blieb sitzen, lehnte sich zurück und dachte an Joseph Devine. Er hatte ihn zwar nicht näher gekannt, dennoch hatte der Mann sein Leben entscheidend verändert. Devine hatte viele Fäden in der Hand gehalten. Er hatte im Zentrum eines größeren Kreises aus Spitzeln und Informanten gestanden. Aber am Ende hatte er einen Fehler gemacht. Und der hatte ihn das Leben gekostet. Er wusste, dass auch er und Hughes auf ähnliche Weise bestraft würden, wenn sie einen Fehler machten. Was sie vorhatten, war lebensgefährlich.

Schließlich schlich der alte Mann wieder aus dem Haus. Der Fahrer ließ die Scheinwerfer kurz aufblitzen. Hughes stand im Schein der Terrassenleuchte und versuchte sich zu orientieren. Verwirrung machte sich auf seinem Gesicht breit. Er hatte sich eine ausgebeulte Tasche über die Schulter geworfen. Der Fahrer hielt den Atem an. Der alte Mann stellte die Tasche ab und ging zur Vorderseite des Hauses. Dabei wechselte sein Gang plötzlich von einem verstohlenen Schleichen zu entspanntem Schlendern. Dem Fahrer rutschte das Herz in die Hose. Jetzt ließ er die Scheinwerfer zweimal aufblitzen. Dann noch zweimal. Er war überzeugt, dass der Detective, der die Ermittlungen leitete, einen Wagen zur Überwachung des Hauses abgestellt hatte.

Regen prasselte gegen die Windschutzscheibe und behinderte die Sicht. Er kurbelte das Fenster ein Stück herunter, doch selbst bei angestrengtem Horchen hörte er nur das Rauschen des Lough. Für einen Moment überkam ihn das ganze Grauen der Dunkelheit. Es legte sich so lähmend auf seinen Verstand wie die überfallartigen Verwirrtheitszustände auf den von Hughes. Die dunklen Bäume und das lauernde Cottage schienen sich auf ihn zuzubewegen, ihm jeden Fluchtweg abzuschneiden.

Da regte sich etwas auf der anderen Seite des Hauses, geduckt schlich eine Silhouette dahin. Hughes war zurück. Er streckte die Hand aus, als würde er gerade erst bemerken, dass es regnete. Die Scheinwerfer erfassten sein angegrautes Gesicht. Er war tropfnass. Wieder auf der Terrasse, bückte er sich und schulterte die Tasche, dann eilte er zurück zum Jeep. Mit einem Schwung öffnete er die Hintertür und warf die Tasche hinein.

Klatschend fiel sie auf den Boden.

Während der Jeep langsam zurücksetzte, sah er den Fahrer mit schelmisch blitzenden Augen an.

»Ich wette, du hast noch nie erlebt, wie ein alter Trottel in ein Haus eingebrochen ist.«

»Jedenfalls nicht so.«

»Jetzt bist du Komplize eines Diebstahls.«

»Wenn mich die Polizei anhält, sag ich einfach, ich hätte dich am Straßenrand aufgelesen.«

»Richtig. In der Tasche könnte ich alles Mögliche haben. Einen Stapel Brennholz oder einen Heuballen. Irgendwas.«

Der Fahrer warf einen Blick in die Tasche. Joseph Devines Sammlung von Lockenten lugte daraus hervor. Er grinste Hughes an.

24

Als Daly nach Hause kam, wartete eine Nachricht auf dem Anrufbeantworter auf ihn. Constable O'Neill bat um einen Rückruf in der Station.

»Was ist passiert?«, fragte Daly in Erwartung unguter Neuigkeiten.

»Nichts Schlimmes«, erwiderte sie. »Aber ich dachte, es würde Sie interessieren. Eliza Hughes hat vorhin angerufen und wollte mit Inspector Irwin sprechen. Sie wollte niemand anderen. Nachdem Irwin mit ihr geredet hatte, ist er sofort aufgebrochen. Mehr ist es nicht.«

»Hat sie gesagt, von wo sie anruft?«

»Nein.«

»Danke. Sagen Sie bitte Bescheid, wenn Sie noch was hören.«

Elizas geheimnisvolle Verabredung mit Irwin warf genug Fragen auf, um der Sache nachzugehen. Als er sich wieder in sein Auto setzte, wünschte er, dass er auf der Totenwache etwas gegessen hätte. Dennoch fuhr er ohne Umweg nach Washing Bay. Er begegnete Eliza Hughes auf dem Weg dorthin, als sie ihm mit hoher Geschwindigkeit entgegenkam. Selbst im Vorbeifahren meinte er die Besorgnis auf ihrem Gesicht zu sehen, aber sie schien sein Auto nicht zu erkennen. Am nächsten Feldweg drehte er um und nahm mit schlammspritzenden Reifen die Verfolgung auf. Daly merkte rasch, dass sie nur die kleinen Straßen am Seeufer nahm und sich von den Hauptstraßen fernhielt.

Der Gedanke, dass sie etwas zu verbergen hatte, gefiel ihm nicht. Die ältere Frau pflegte Hughes seit längerer Zeit und hatte dafür auf ihr eigenes Leben verzichtet. Warum sollte sie da noch zusätzlich Geheimtreffen mit der Special Branch verabreden?

Als ihre Bremslichter aufleuchteten, verspürte Daly ein diffuses Unbehagen. In der Nacht von Hughes' Verschwinden war ihm ihre Reaktion eigenartig vorgekommen. Ihr Schweigen und die Verschlossenheit, als er sich nach möglichen Feinden ihres Bruders erkundigt hatte. Dalys Hunger wich einem flauen Gefühl in der Magengrube.

Sie bog links ab, und nach weiteren zehn Minuten Fahrt fuhr sie erneut nach links in einen Wald. Jetzt gab es nur noch ein denkbares Ziel, und das war das heruntergekommene Cottage von Joseph Devine. Daly hielt in einer Ausweichbucht und wartete, bis ihre Scheinwerfer zwischen den Bäumen verschwunden waren. Nach ein paar Minuten fuhr er wieder los und nahm ebenfalls die Straße durch den Wald.

Er parkte im Schatten einer Fichtenschonung unweit von Devines Cottage. Das Erste, was ihm merkwürdig vorkam, war das Fehlen des Streifenwagens, der das Haus überwachte. Als er mit dem Handy die Station in Derrylee anrief, erfuhr er, dass Irwin ihn zu einem Einbruch nach Portadown beordert hatte.

In Devines Cottage brannte Licht, und die Haustür stand einen Spaltbreit offen. Die Nacht war dunkel und kalt, und das Haus versprach immer noch eine rudimentäre Heimeligkeit, die ihm auch der grausame Mord an seinem Besitzer nicht ganz hatte austreiben können.

Die Schlehdornsträucher tropften vom letzten Regenguss, als Daly an ihnen vorbeistrich. Eine mehrstündige Observation, zusammengekauert in der Kälte und Nässe, war das Letzte, was er sich für heute Nacht wünschte.

Der Umriss von Eliza Hughes, das Haar zu einem Knoten geschlungen, war kurz in der Tür zu sehen, dann verschwand sie im Haus. Als Nächstes sah er ihre Silhouette im Fenster, offenbar mit jemandem sprechend. Vor ein paar Tagen war sie für Daly die gramgebeugte Schwester von David Hughes gewesen, abweisend zwar, aber durchschaubar. Jetzt war sie eine Ränkeschmiedin mit Doppelleben. Der hochgeschlagene Mantelkragen und die strenge Frisur ließen sie geschäftsmäßig aussehen, wie eine Frau, die eine schwierige Aufgabe zu erledigen hat.

Daly sah, wie sie den Kopf hin und her drehte, als würde sie den Raum inspizieren, dann war ihr Blick wieder auf den Gesprächspartner gerichtet. Er staunte, dass er diesen Zug ihrer Persönlichkeit vorher nicht bemerkt hatte. Er wurde von einer schwer zu bändigenden Neugier gepackt und war drauf und dran, zum Cottage zu gehen, als Irwins Silhouette im Fenster erschien. Plötzlich hörte Daly den Detective etwas rufen. Eliza duckte sich und riss die Arme schützend über den Kopf, während es im Haus laut schepperte. Irwin stand hinter ihr, wild mit den Armen fuchtelnd.

Zwar war es nicht der Moment, den Kavalier zu spielen, aber Daly wollte nicht, dass die Frau zu Schaden kam. Er erhob sich, um zum Haus zu sprinten, als der Grund für die wilde Szene offenbar wurde. Im Zimmer war ein Vogel eingesperrt, dessen dunkler Schatten zwischen den Wänden hin und her zuckte wie von einer flackernden Kerzenflamme geworfen. Seine Flügel schlugen knallend gegen die Fensterscheiben, während Irwin sich bemühte, ihn nach draußen zu scheuchen. Aber der Vogel war viel zu verschreckt. Er schlug mit den Flügeln gegen Irwins Kopf und hackte mit dem Schnabel nach ihm. Im Hintergrund tauchte Eliza mit einem Besen auf, und schließlich gelang es ihr, das panische Tier zum offenen Fenster hinauszubugsieren. Grinsend kroch Daly in die Hecke zurück.

Während der nächsten zwanzig Minuten unterzogen Eliza und Irwin das Haus offenbar einer gründlichen Suche. Hier und da rissen sie sogar die scheußliche Tapete ab. Daly beobachtete sie und rechnete jeden Moment mit dem Erscheinen weiterer Personen. Das alles ergab keinen Sinn. Er konnte sich einfach nicht vorstellen, dass Irwin Kopf einer Verschwörung war und Eliza seine Komplizin.

Schließlich erschien tatsächlich ein weiterer Mann. Er war groß und schlank, sein schmallippiges Lächeln wirkte wie mit der Rasierklinge gezogen. Durch sein Eintreten hatte sich das Kräfteverhältnis schlagartig verändert. Es war, als kreisten Irwin und Eliza Hughes nun nur noch um ihn. Noch hektischer hasteten sie durchs Haus, räumten Regale leer, zogen Kisten hervor, warfen Möbel um.

Angesichts der zunehmend verzweifelten Bemühungen vermutete Daly, dass das, was sie suchten, bereits verschwunden war. Immer mehr Leute schienen in das geheime zweite Leben von Joseph Devine verstrickt. Plötzlich fiel ihm der schwarze BMW ein, der ihm auf dem Rückweg von Mitchell gefolgt war, die Nachricht an seiner Haustür. Das war mehr als ein Einschüchterungsversuch gewesen. Die Botschaft schien zu lauten: Wir können Ihnen überallhin folgen, und es spielt für uns auch keine Rolle, wenn Sie das wissen. Allerdings war dahinter auch eine wachsende Unruhe zu erkennen, und die musste damit zu tun haben, dass er mit den Ermittlungen immer tiefer in Devines Vergangenheit eindrang und die Verbindung zu David Hughes unübersehbar wurde. Es war kaum noch von der Hand zu weisen, dass man ihn von etwas ablenken wollte.

Er kehrte zu seinem Auto zurück. Immerhin war er jetzt Irwin gegenüber im Vorteil, und den wollte er weidlich ausnutzen.

Die ganze Nacht durch regnete es heftig. Am nächsten Morgen preschte Daly auf einer weißen Gischtwolke über die Straßen am Seeufer. Vor seinen Augen lag die überschwemmte Landschaft mit den vor Nässe glänzenden Scheunendächern und den Gräben, die sich als feuchte Bänder um die Felder und Weiden mit tief eingesunkenen Kühen wanden, aber er war mit dem Kopf woanders.

Die Strecke zu Hughes' Cottage war ihm mittlerweile so vertraut, dass er sie im Halbschlaf finden würde. Die kleine Zufahrtsstraße wurde von einem Umzugswagen blockiert. Zwei Männer warteten in der Kabine und beobachteten, wie Daly parkte und ausstieg. Er hatte das Gefühl, als würde er eine unbekannte, eigentlich dem Lough zugehörige Landschaft betreten. In der Luft lag der Klang unsichtbaren Wassers, überall in den Bächen und Gräben neben der Straße und hinter den Hecken gluckerte und platschte es. Auf dem schmalen Pfad zwischen trockenem Land und der steigenden Flut erreichte er das Haus.

Als sie die Tür öffnete und Daly erblickte, trat kalte Ablehnung auf Eliza Hughes' Gesicht. Im Vormittagslicht sah sie deutlich gealtert aus. Ihre Züge wirkten ausgezehrt, die Ringe unter ihren Augen waren beinahe schwarz, und ihre Stirn war stark gefurcht. Sie schien sogar abgenommen zu haben. Ihr Hals kam Daly zu mager für den Polokragen ihrer Bluse vor.

Sie schenkte Daly ein knappes Nicken und machte ihm Platz, als hätte sie ihn längst erwartet. Auf dem Küchentisch standen halb gepackte Kartons, Schränke und Schubladen waren offen, ihr Inhalt verschwunden.

»Ich hab nicht viel Zeit zum Plaudern«, sagte sie. »Ich muss packen.«

Daly betrachtete die gefledderte Küche. »Mit jedem Schritt, den diese Ermittlungen gehen, werfen sie anscheinend neue Probleme auf«, bemerkte er.

Das Cottage war still und voller Schatten. Daly kam es vor, als würde jemand im Nebenzimmer lauern. Er begriff, dass das Leben dieser Menschen von der Allgegenwart von Gefahr geprägt war. Er sah Eliza an, und sie rang sich ein dürres Lächeln ab.

»Ich darf doch?«, sagte er und schloss die Küchentür.

Ohne ein Wort sah sie ihn an, die Augen geweitet.

»Stimmt was nicht, Miss Hughes?«

»Es ist nichts«, sagte sie und wandte sich ab. »Ich habe nur heute Nacht nicht geschlafen. Die ewige Einsamkeit wird mir zu viel. Ich ziehe zurück nach Belfast, bis die David finden.«

»Wer sind ›die‹?«

»Ich meine die Polizei. Sie.« Ihr Blick schweifte durch den Raum, als wollte sie sich davon verabschieden.

»Ich war gestern Abend bei Ihnen zu Hause, aber Sie waren nicht da. Was haben Sie denn in Devines Cottage gesucht?«

Mit einem Mal war sie nicht mehr geistesabwesend, sondern hörte Daly aufmerksam zu.

»Von Anfang an, seit Sie uns in der Nacht gerufen haben, habe ich das Gefühl, dass Sie nicht mit offenen

Karten spielen. Ich glaube sogar, dass Sie die Ermittlungen behindert und verschleppt haben.« Er ließ den Worten Zeit zu wirken. »Allerdings glaube ich auch, dass man Sie in eine sehr schwierige Lage gebracht hat.«

Eliza schaltete das Radio an und drehte es lauter. Auf dem Weg zurück schwankte sie leicht. Daly fragte sich, ob sie ein Beruhigungsmittel genommen hatte. Ihr Gesicht war vor Erschöpfung aschfahl, und als sie sprach, klang sie müde. Die durchweichten Felder draußen wirkten wie graue Eisschollen in einer gefrorenen Landschaft.

»Ich hätte Ihnen schon in der ersten Nacht die Wahrheit sagen sollen. David war mehr als ein einfacher Bauer. Er arbeitete auch undercover für die Special Branch. Er hat sich die East Tyrone Support Unit ausgedacht und sie zusammen mit acht weiteren Männern gegründet. Sie operierten in Zivil, mit Zivilfahrzeugen, und lebten auch sonst nach außen hin ein völlig normales Leben. Er hat die Informanten rekrutiert, darin war er ausgezeichnet. Devine war einer von denen, die er angeworben hat.« Anfangs klang ihre Stimme brüchig, doch allmählich gewann ein sachlicher Ton die Oberhand. Sie glich einer Person, die einen furchtbaren Unfall überlebt hatte und jetzt das Geschehen rekonstruieren sollte.

»Ich selbst hab für die Sicherheitskräfte in der Verwaltung gearbeitet und hatte Zugang zu Verschlusssachen. Als David krank wurde, wurde ich beauftragt, ihn zu pflegen. Ich war ja seine Schwester, und ich wusste, wie gern er hier am Lough lebte. Mit der Zentrale stand ich immer in Verbindung, und er wurde regelmäßig untersucht. Obwohl er manchmal verwirrt war, sah man in ihm kein Sicherheitsrisiko. Ich dachte, ich könnte ihn und seine Demenz im Griff haben, aber David hatte eigene Vorstellungen.

Mein Bruder war der Meinung, dass Devine sich zu allen Operationen, in die er involviert gewesen war, Notizen gemacht hatte. Das kannte er so von der Arbeit in der Kanzlei. Lieber alles aufzeichnen, bis ins kleinste Detail. Um diese Notizen ging es letzte Nacht im Cottage, wir haben nach versteckten Aufzeichnungen gesucht.«

Während sie sprach, beobachtete Daly, wie ihre verhärmten Züge weicher wurden. Daraus schloss er, dass sie die Wahrheit sagte, jedenfalls den Teil der Wahrheit, der ihr bekannt war.

»Ich muss wissen, ob in den Wochen vor Davids Verschwinden etwas Ungewöhnliches passiert ist«, sagte Daly. »Bekam er überraschenden Besuch? Hat er mit jemandem gesprochen, mit dem er nicht sprechen durfte? Das Haus war ja kein Gefängnis. Sie konnten ihn nicht ständig von der Außenwelt abschirmen.«

Sie wandte den Blick ab und wollte nach einer Sprühflasche mit Glasreiniger greifen, die auf dem Tisch stand. Daly war schneller. Er schnappte sie sich und stellte sie außerhalb ihrer Reichweite. Verblüfft sah sie ihn an.

Es war nur ein kleiner, aber wichtiger Sieg über ihren Putzzwang. Ihre Methode, unkontrollierbare Gefühle und unwillkommene Gedanken aufzuräumen.

»Denken Sie dran, es ist Davids letzte Chance«, sagte Daly. »Für die Leute, die Devine umgebracht haben, bedeutet ein Menschenleben wenig. Erst recht das eines alten Manns.«

Unbewegt sah sie ihn an. Sie schien zu erwarten, dass er weitersprach. Er versuchte es mit einem anderen Hebel.

»Auch das Leben von Noel Bingham bedeutete ihnen nichts. Ich vermute, dass sein Tod kein Unfall war. Er hat damit zu tun, dass er David am Tag nach seinem Verschwinden getroffen hat.«

Eliza schüttelte den Kopf. »Sie haben es noch nicht richtig begriffen. Bingham wusste alles. Er war Davids Fahrer bei der Undercoverarbeit. Bingham stand mit der Special Branch in Verbindung und sollte ihn zu ihnen bringen. Irgendwie muss David das geahnt haben und ist entwischt, während Bingham nach Unterstützung telefonierte.«

Sie griff in die Tasche ihrer Strickjacke und kramte eine Zigarette heraus.

»Die letzten Monate waren die Hölle. Ich konnte das alles nicht mehr ertragen. David beschäftigte sich mit nichts anderem mehr als mit der Vergangenheit und den von ihm rekrutierten Informanten. Mich hat er überhaupt nicht mehr wahrgenommen. Es war, als wäre ich hier im Cottage zu einem Geist geworden, zu einer Spukgestalt aus seinen schlimmsten Erinnerungen.

Das ging wochenlang so, monatelang. Davids Krankheit wurde nicht besser, aber auch nicht schlimmer. Nur kam's mir immer mehr so vor, als wäre ich diejenige, die überwacht wird. Diejenige, die in einem Gefängnis lebt. David schrieb alles Mögliche auf, auf Zetteln, die er in der Hecke verteilte. Ich konnte nachts vor Sorge nicht mehr schlafen.

Vergangenen November bin ich dann zu meinem Hausarzt und wollte mir Schlaftabletten verschreiben lassen. Aber ich bin in der Praxis zusammengebrochen. Das war das einzige Mal in den letzten sechs Monaten, dass ich die Kontrolle verloren habe. Und ehe ich kapiert habe, was passiert, hatte der Arzt eine vierzehntägige Kurzzeitpflege für David in einem nahe gelegenen Heim organisiert. Als ich zu Hause ankam, stand bereits ein Krankenwagen parat, der David mitnahm. Danach hatte ich zwei Wochen mit wunderbaren durchgeschlafenen Nächten und verzweifelter Freude tagsüber. Denn schon da hatte ich Angst, dass meine Ruhepause am Ende teuer erkauft sein würde. Der Special Branch hab ich natürlich nichts davon erzählt.

Als David zurückkam, wirkte er nicht mehr so verwirrt. Die ganze Zeit hat er darüber gewitzelt, wie schnell ich ihn abgegeben hatte. Ich war erleichtert und froh, dass ich mich wieder um ihn kümmern konnte. Ich hab mir eingeredet, dass ich nichts falsch gemacht hatte. Die Special Branch blieb im Glauben, dass ihre Sicherheitsvorkehrungen lückenlos waren, jedenfalls bis zu der Nacht, in der er verschwand. Da habe ich meinen zweiten Fehler gemacht, weil ich in meiner Panik die Polizei angerufen und David als vermisst gemeldet habe. Aber es war mitten in der Nacht, und ich war total durch den Wind.«

Tränen traten in ihre Augen. »Sie haben sich so viel Mühe gegeben, und ich hab Ihnen nur Steine in den Weg gelegt.«

Daly schüttelte den Kopf. Er sah eine schuldgeplagte Frau vor sich, die in die Verzweiflung getrieben wurde.

Sie sah Daly eindringlich an. »Ich mach mir solche Sorgen um David. Aber Sie werden ihn finden, nicht wahr?«

»Es war richtig von Ihnen, in jener Nacht die Polizei zu rufen«, sagte Daly. »Und ich bin froh, dass ich damals zu Ihnen kam. Aber ich muss vorsichtig sein. Die Special-Branch-Leute überwachen auch mich. Ich bitte Sie um vierundzwanzig Stunden Zeit, ehe sie der Special Branch erzählen, dass David in Kurzzeitpflege war. Und ich bräuchte den Namen des Heims.«

25

Die Ruhe unter den Pflegeheimbewohnern glich dem Schweigen der Gegner in einem unendlichen Schachspiel. Als Daly auf dem Weg zum Büro der Heimleiterin den Aufenthaltsraum durchquerte, empfand er die Stille darin wie eine unüberwindbare Barriere, die alle voneinander trennte. In einigen Gesichtern meinte er Verärgerung zu lesen, andere Bewohner zeigten das entspannte Halblächeln der Senilität. Auch die Pflegerinnen kamen ihren Aufgaben in durchchoreografiertem Schweigen nach. Der weiche Teppich mit Blumenmuster schien bei jedem Schritt künstlichen Rosenduft zu verströmen.

Die Heimleiterin erwartete ihn bereits, er hatte bei seinem Anruf auf die Dringlichkeit seines Besuchs hingewiesen. Mit freundlich-mütterlichem Blick und amüsiertem Erstaunen musterte sie ihn beim Eintreten.

»Was ist denn das für eine dringende Angelegenheit, wenn nur ein einzelner Polizist in einem Zivilfahrzeug kommt?«, erkundigte sie sich.

»Verzeihen Sie, dass ich Sie von der Arbeit abhalte«, sagte Daly. »Es dauert auch nicht lange. Soweit ich weiß, war David Hughes letzten November für vierzehn Tage bei Ihnen in Kurzzeitpflege. Ich will nur allen Spuren nachgehen, die uns bei der Suche nach ihm weiterbringen könnten.«

»David Hughes«, sagte sie mit einem wissenden Nicken. »Als wir sein Bild in der Zeitung gesehen haben, waren wir alle besorgt. Bei seinem Aufenthalt hier hat ihn das Personal ins Herz geschlossen.«

»Ich bräuchte bitte Angaben zu allen, die hier mit ihm in Kontakt waren. Personal, Besucher, Verwandte der anderen Bewohner …«

Sie ging zu einem Aktenschrank und zog mehrere Mappen heraus. »Heutzutage werden alle unsere Mitarbeiter polizeilich überprüft. Die Informationen dazu finden Sie in diesen Akten. Wenn Sie möchten, können Sie sie lesen.«

Daly bemerkte einen alten Mann, der im Aufenthaltsraum zu einem Fenster ging. Draußen dämmerte es, und der Mann war offenbar kurzsichtig. Statt auf die in Dunkelheit versinkende Landschaft zu blicken, schien er sein Spiegelbild anzustarren. Ein Speichelfaden hing aus seinem Mund.

»Mr. Hughes hat sich bei uns wohlgefühlt«, sagte die Leiterin. »Wir waren überrascht, dass er nicht wiedergekommen ist. Ich glaube, er brauchte noch mehr Zeit, um sich die Sache zu überlegen.«

»Welche Sache überlegen?«

»Er hatte sich noch nicht mit seiner Krankheit abgefunden. Manchmal gewinnen Patienten einen anderen Blick, eine neue Perspektive darauf, wenn sie hierherkommen. Manchmal werden sie dadurch gezwungen zu akzeptieren, was sie bislang nicht wahrhaben wollten.«

»Was sollte das sein?«

Sie zuckte die Achseln. »Wir alle haben ungelöste Fragen und unerledigte Dinge in unserem Leben«, sagte sie. »Etwas, das wir verdrängen und vergessen wollen.«

Daly fühlte sich ertappt. Er blickte zu Boden.

»Nehmen wir den Herrn da drüben«, sagte sie und deutete auf den Mann am Fenster. »Er hat Alzheimer im Anfangsstadium. Genau wie Mr. Hughes. Er erzählt jedem eine furchtbare Geschichte über seinen Schwager, nämlich dass eines Morgens seine verstümmelte Leiche gefunden wurde, als sie in einen Teppich gerollt den River Bann hinuntertrieb. Ich weiß nicht, ob das wahr ist, aber er erzählt die Geschichte immer wieder, in genau denselben Einzelheiten.«

»Hat David je über seine Vergangenheit gesprochen?«

»Nein. Er war in diesem Punkt sehr verschlossen«, sagte sie. »Er war einer von denen, die viel herumlaufen und wenig reden.«

Mit diesen Worten überließ sie ihn den Akten. Er notierte sich Namen, Adressen, Telefonnummern. Es war die Suche nach einer Nadel im Heuhaufen. Er würde mit allen sprechen müssen, die hier arbeiteten, und herausfinden, was sie über Hughes wussten. Danach musste er mit den Bewohnern und ihren Verwandten weitermachen. Und selbst dann konnte er nicht sicher sein, mit allen gesprochen zu haben, die Hughes in jenen zwei Wochen begegnet waren. Wie auch? Vielleicht machte er sich etwas vor. Im ersten Moment war ihm Elizas Geständnis, Hughes sei in Kurzzeitpflege gewesen, als vielversprechende Spur erschienen. Aber genauso gut konnte sie ihn in eine Sackgasse führen.

Als er aufstand, um das Büro zu verlassen, stand der alte Mann noch immer am Fenster und starrte in die unergründlichen Tiefen seines Spiegelbilds. Plötzlich drehte er sich um und sah Daly an. Seine Mundwinkel hingen herab, vielleicht aus Traurigkeit.

»Rasieren Sie sich nass?«, fragte er.

»Nein. Sollte ich?« Daly rieb sich das Kinn.

»Ich bräuchte eine Rasierklinge. Ich habe mich seit Wochen nicht mehr anständig rasiert.«

Daly bemerkte sofort, dass das Kinn des Manns glatt war. An einem Nasenloch haftete etwas, das wie getrocknete Rasiercreme aussah.

Der alte Mann hob eine Hand. Darin war ein verknittertes Stück Papier.

»Wissen Sie, was das ist?«

»Nein.«

»Es ist mein Geheimnis. Das hätten Sie nicht gedacht, dass ich Geheimnisse habe, oder?«

»Jeder hat doch Geheimnisse.«

»Aber meine sind was Besonderes.«

»Was ist denn das Besondere daran?«

»Das darf ich nicht verraten. Nur der Besucher darf das erfahren.«

»Der Besucher?« Daly merkte auf.

»Ja. Der junge Mann, der immer kommt und unsere Geheimnisse aufschreibt. Warten Sie auch auf ihn?«, fragte er und musterte Daly skeptisch.

»Nein, tu ich nicht.«

»Haben Sie Angst vor ihm?«

»Nein.« Daly gab sich Mühe, entspannt zu wirken.

»Gut. Ich hab auch keine Angst vor ihm.«

»Wie heißt er denn?«

»Wer?«

»Der Besucher.«

»Das ist doch sein Name. Der Besucher.«

»Werden Sie ihm Ihr Geheimnis zeigen?«

»Vielleicht nicht. Es könnte zu schlimm für ihn sein.«

»Könnte er sich davor fürchten?«

»Das werden wir sehen.«

Daly wandte sich ab.

»Schauen Sie doch mal, ob Sie ihn finden«, sagte der Mann. »Ich warte schon so lange auf ihn.«

Daly versicherte ihm, dass er das tun werde.

In einem kleineren Raum unterschrieb die Heimleiterin neben einem Arzneiwagen Papiere. In der Luft lag eine Art Surren. Zuerst dachte Daly an ein gefangenes Insekt, aber dafür war es zu laut. Er verspürte einen Stich, als er merkte, dass es von einer alten Frau stammte, die mit geschlossenen Augen ein hohes Heulen ausstieß. Eine andere Frau sah ihn an, bekreuzigte sich und begann einen Rosenkranz zu beten. Der Patient neben ihr beugte sich vor und fing an zu skandieren: »*Fuck the pope and the IRA.*«

»Oje«, seufzte die Heimleiterin. »Das ist der einzige Satz, an den er sich erinnert.«

Eine Pflegerin half ihr, den verwirrten Mann aus dem Raum zu führen. Mit besorgter Miene kehrte sie zurück.

»Sie haben mir nichts von dem Besucher erzählt«, sagte Daly.

»Welcher Besucher?«

»Der junge Mann, der wohl öfter kommt und die Geheimnisse aufschreibt. Der Patient am Fenster im Aufenthaltsraum wartet mit einem Stück Papier auf ihn.«

»Ach, er meint wohl einen der Schüler, die bei uns Freiwilligendienst leisten. Manchmal schreiben sie die Lebensgeschichten der Leute auf. Oder spielen Spiele mit ihnen. Hinterher haben die Bewohner gleich viel bessere Laune.«

Ungeduldig sah sie auf ihre Uhr. Daly stellte ihr die entscheidende Frage.

»Was können Sie mir über den Jungen sagen, der die Geheimnisse aufschreibt? War er auch bei David Hughes?«

»Ja, da war ein Junge, der Erinnerungen aufgeschrieben hat. Seine Gesellschaft hat Mr. Hughes sehr gutgetan. Hinterher war er immer viel ruhiger.«

»Wie heißt er?«

»Seine Großmutter lebt hier: Rita Jordan. Er ist ein ruhiger Junge. Dermot ist sein Name. Dermot Jordan.«

Kopfschüttelnd verließ Daly das Pflegeheim. Ausgerechnet Dermot Jordan, dachte er. Konnte er hinter Hughes' Verschwinden stecken? Die Frage trieb ihm tiefe Sorgenfalten auf die Stirn. Ihr musste er sofort nachgehen.

Trotz seines Verdachts regte sich sein Beschützerinstinkt gegenüber dem Jungen. Denn wenn der Verdacht zutraf, hatte sich der Junge auf gefährliches Terrain begeben. Er lieferte sich ein Versteckspiel mit den Sicherheitsdiensten und einer Reihe Gruppen, mit denen nicht zu spaßen war. Sie mochten nicht mehr so mächtig und gewaltbereit sein wie auf dem Höhepunkt der Troubles, aber sie kannten auch heute kein Erbarmen, wenn es darum ging, ihre Interessen zu schützen. Er konnte sich nicht vorstellen, dass Dermot eine Befragung durch sie überstehen würde. Fast noch größer als die Sorge um den Geisteszustand des Jungen aber war seine Angst, dass Tessa Jordan ebenfalls in dieses gefährliche Spiel verwickelt war.

26

Minnie und Bill waren ein Lockentenpaar, etwas größer als echte Enten und die ältesten Exemplare in Joseph Devines Sammlung. Auf Minnie waren mindestens zwölf Schichten Lack aufgetragen, und Bill hatte einen Riss längs über den Rücken, aber trotz dieser äußerlichen Mängel ging David Hughes sorgsam und mit offenkundigem Vergnügen mit ihnen um.

»Das ist ein seltsames Paar, jede mindestens fünfzig Jahre alt, aber in den beiden steckt noch eine Menge Leben«, erklärte er. »Es geht einfach nichts über die Alten.«

Dermot beugte sich vor. »*Für Näheres wenden Sie sich bitte an Bill.* Das stand doch in Devines Todesanzeige?«

Hughes hörte nicht zu. Er hatte die Karte schon gefunden. Sie steckte in dem Schlitz in Bills Rücken wie ein halb eingeworfener Brief.

Der alte Mann grinste. »*Stell dir vor, was für Geschichten der alte Vogel erzählen würde, wenn er reden könnte.* Wie recht Devine hatte.«

Er und Dermot beugten sich über die Karte. Der Junge fühlte, dass sich in seinem Leben etwas Entscheidendes ereignete.

»Devine muss viele Fragen gestellt haben, wenn er auf so was gekommen ist«, bemerkte der alte Mann.

Die Karte zeigte eine Quadratmeile Moorland oberhalb des Dorfs Cappagh an den Ausläufern der Sperrin Mountains. Damit hatte der tote Informant das Gebiet der Suche nach der letzten Ruhestätte von Oliver Jordan eingegrenzt.

Dermot spürte, dass er der Wahrheit sehr nahe war. Jetzt musste er Hughes nur noch in dieses Moorland bringen und hoffen, dass die Umgebung seinem Gedächtnis auf die Sprünge half. Er atmete tief ein und aus. Es gab keinen Grund, jetzt in Aufregung zu verfallen. In den vergangenen Monaten hatte es so viele falsche Fährten gegeben, so viele Spuren ins Nichts.

»Du musst dich doch an irgendeine Landmarke erinnern. Einen Baum, einen Fels, einen Bach, irgendwas?«, sagte Dermot.

Hughes gab keine Antwort.

»Erinnerst du dich denn an gar nichts?«, rief der Junge verzweifelt.

Sie waren so nah und doch so fern.

Als sich Hughes zum Schlafen hinlegte, wandte er Dermot den Rücken zu. Er zermarterte sich das Hirn darüber, welche Einzelheiten der Junge erfahren wollte, und seine letzten Gedanken führten ihn tief in den Nebel seiner Erinnerungen.

In einem Traum sah er sich durch die Hintertür seines Cottage in eine undurchdringliche Dunkelheit treten. Sofort schlug der finstere Wind die Tür hinter ihm zu. Stimmen und ihre Echos wirbelten durch die heulende Luft. Er begriff, dass er die Augen vor der Nacht verschlossen hielt. Als er sie öffnete, erkannte er nach und nach die Sterne. Aber das Hellste war ein baumhoher blühender Weißdorn in einer dunklen Hecke. Seine Äste waren voller weißer Blüten, die wie Sternbilder strahlten. An der Hecke entlang schlurften eine Reihe Gespenster auf den Weißdorn zu, als verspräche er ihnen Schutz. Er sah, wie Oliver Jordan in das Dickicht stieg. Die anderen folgten ihm, schlichen sich wie blinde Passagiere auf Zehenspitzen hinein und klammerten sich an die krummen, sparrigen Äste, während die Blüten wie unzählige kleine Segel im dunklen Wind flatterten.

Ein Gefühl der Erleichterung und des Glücks überkam ihn. Nichts war verloren. Niemand war gestorben. Vierzig Jahre war er Polizist gewesen; viele seiner Kollegen waren umgebracht worden, genau wie Informanten, von den unzähligen zivilen Opfern ganz zu schweigen. Er sah, wie der Weißdorn sie alle in die Sicherheit seiner Äste schloss, als wollte er sie in einen geschützten Hafen bringen. Aber etwas hielt den großen Weißdorn zurück, eine Art Anker, der unter den Wurzeln steckte und ihn hinderte, seine Fracht an verlorenen Seelen himmelwärts zu tragen. Er ergriff den knorrigen Stamm und wollte ihn freischütteln, er flehte ihn an, sich selbst zu entwurzeln, aber nichts tat sich. Die Äste knirschten und schabten aneinander, als würden sie Schmerz empfinden. Hughes begann mit einer silbernen Kelle zu graben und den steinigen Boden wegzukratzen.

Als er erwachte, grub er im Kopf immer noch. Nur wühlte er sich nicht durch den Boden, sondern durch seine Erinnerungen. Er buddelte tief, bis er das fand, was er gesucht hatte, das Grab von Oliver Jordan. Jetzt sah er es klar vor sich, ein Moor in den Bergen, und ein Weißdorn markierte die Stelle. Seine spärlichen Blüten wiegten sich im Wind. Es war Frühling gewesen, als die IRA-Männer die Leiche begruben, und die weißen Blüten waren die einzigen Farbtupfer gewesen, die sich den Augen geboten hatten. Nichts anderes in dem weiten toten Moor zeugte von Leben. Die Belagerung seines Gedächtnisses näherte sich ihrem Ende.

27

Es bildete sich schon Reif, als Daly das Bauernhaus erreichte. In der Ferne sah er, wie zwei Rücklichter mit dem letzten Rot des Abendhimmels verschmolzen. Während er über den Feldweg schlitterte, wünschte er, er hätte eine dickere Jacke angezogen. Vielleicht sollte er generell mehr Wert auf seine Garderobe legen? In den letzten Tagen hatte er immer dasselbe Hemd, dieselbe Krawatte und dieselbe Hose getragen, und mittlerweile war das nicht mehr zu übersehen.

Trotz der Kälte stand eine feine Schweißschicht auf seiner Stirn. Er rieb seine feuchten Hände und blieb kurz stehen, um Atem zu schöpfen. Was in Gottes Namen war mit ihm los? Er hatte einen wichtigen Durchbruch erzielt, trotzdem lungerte er nervös im Zwielicht herum wie ein liebestoller Jugendlicher. Dabei war er der leitende Ermittler in einem Mordfall, Inspector Celcius Daly. Warum nur blickte er so verstohlen zu dem Wohnwagen? Gut, dass die Dämmerung bereits fortgeschritten war und den roten Schimmer auf seinen Wangen verbarg.

Kurz bevor er an die Wohnwagentür klopfte, hielt er erneut inne. Ein Gedanke schoss ihm durch den Kopf. Übertrieb er die Bedeutung von Dermots Bekanntschaft mit David Hughes? Kurz argwöhnte er, dass diese neue Entwicklung nur ein Trick seines Herzens war, um ihm einen weiteren Besuch bei Tessa Jordan zu gestatten. Dessen ungeduldiges Pochen fand er bei einem Mann, der sich den vierzig näherte, unerhört. Seine Nervosität war ein weiterer Beleg dafür, dass seine Gefühle zunehmend in diese Ermittlungen hineinfunkten.

In hilfloser Unentschlossenheit stand er im Dunkeln. Und dann ging die Wohnwagentür auf, und Tessa Jordan streckte den Kopf heraus.

»Hau ab! Hau sofort ab von hier!«, schrie sie in seine Richtung.

Daly blieb wie erstarrt stehen.

»Verschwinde, hab ich gesagt!«

»Nicht bevor ich mit Ihrem Sohn gesprochen habe, Mrs. Jordan.«

Sie stieß einen überraschten Schrei aus, der in Kichern überging, und schlug sich die Hand vor den Mund.

»Sie sind das!«, rief sie.

»Danke für die freundliche Begrüßung.« Leichte Enttäuschung lag in Dalys Stimme.

»Ich hab doch nicht Sie angeschrien«, sagte sie. »Ich hab die blöde Ziege gemeint. Dauernd büxt sie aus und rupft mir die jungen Pflanzen aus.«

Daly fühlte sich besser, als er sah, dass sich die Ziege tatsächlich mit ihm in der Dunkelheit herumtrieb. Unheilvoll schimmerten ihre Augen im Zwielicht, als sich ihrer beider Blicke trafen.

Der Wohnwagen war vollgestopft und unordentlich. Von Dermot und den Dingen, die einen Siebzehnjährigen interessieren mochten, war nichts zu entdecken. Sie lud ihn ein, sich auf den einzigen Platz zu setzen, der nicht mit Kleidung bedeckt war.

»Wird's in dem Wohnwagen nachts eigentlich sehr kalt?«, fragte er, um das Schweigen zu brechen.

»Nein. Hier drin ist es sehr gemütlich. Erinnert mich an die Ferien in Donegal. Vor allem, wenn es regnet und stürmt.« Ihr Blick wurde träumerisch.

Eine Böe rüttelte am Wohnwagen. Das Wackeln ließ Daly ihre körperliche Nähe wahrnehmen. Es war wirklich gemütlich. In dem abgeschlossenen Raum fühlte er sich von ihrem Geruch umfangen, dem Geräusch ihres Atems, dem Duft ihrer Haare. Diese Umgebung kam ihm viel persönlicher vor als ihr Wohnzimmer im Woodlawn Crescent. Einzig das Foto von Oliver Jordan, das gegen ein Fenster lehnte, verhinderte, dass er sich allzu wilden Träumen hingab. Seine verliebten Gedanken zogen sich tiefer in sein Inneres zurück.

»Ist Dermot nicht da?«, fragte er.

Die Frage schien den Abstand zwischen ihnen zu vergrößern.

»Sie haben ihn gerade verpasst.«

»Ich muss etwas sehr Wichtiges mit ihm bereden.« Er merkte, wie wieder Schweiß auf seine Stirn trat. »Es könnte sich sogar um etwas strafrechtlich Relevantes handeln.«

Schlagartig erlosch das Strahlen in Tessa Jordans Gesicht. In den Sekunden, bis sie ihre Fassung wiedergewann, sah Daly, wie darin Furcht, Verlustangst und ein entsetztes Verstehen Gestalt annahmen, als müsste sie sich gegen eine Enthüllung wappnen.

»Geht es um die Brandanschläge?«

»Möglich«, antwortete er ausweichend. Gespannt überlegte er, wie sie gerade darauf kam.

Dann platzte es aus ihr heraus, als hätten sich die Worte unter Druck in ihr aufgestaut.

»Dermot hat immer gern gezündelt«, erklärte sie. »Schon als Kind hat er dauernd mit Zündhölzern und Feuerzeugen gespielt. Er hat Zündhölzer angezündet und so lange gehalten, bis die Flamme fast an seinen Fingern war. Ich dachte, alle Jungs machen so was, eine Art Mutprobe oder um zu sehen, was sie aushalten.«

Daly nickte. Als Jugendlicher hatte er auch gern mit Feuer gespielt. Bis er für Mädchen entflammte.

»Dann hat er angefangen, im Haus und im Garten Feuer zu machen. Er hat alles angezündet, was er in die Finger bekam. Zeitungen, Kleidung, sogar Möbel hat er angekokelt. Da bin ich mit ihm zu einem Psychologen. Der hielt es für übersteigertes Aufmerksamkeitsbedürfnis.«

Sie unterbrach sich, und Daly hatte Zeit zu überlegen, worauf sie hinauswollte. Diese Enthüllung erreichte ihn wie immer näher rückende Einschläge: Anfangs kam es ihm nicht so wichtig vor, aber allmählich begriff er die Bedeutung ihrer Offenbarung.

»Er war ein Junge ohne Vater«, fuhr Tessa fort. »Was sollte ich denn machen? Ihm Kräutertee geben gegen seine Wut? Letztes Jahr wurde das Gezündel wirklich schlimm. Ich wollte ihn nur beschützen. Er war ja inzwischen strafmündig geworden. Und wenn er ins Gefängnis müsste, wär das für ihn das Ende. Deswegen musste ich es vertuschen. Was soll man sonst tun, wenn man einen Brandstifter in der Familie hat?«

Das Wort »Brandstifter« ging ihm nicht mehr aus dem Kopf, als er an die Vorkommnisse der vergangenen Wochen dachte. Das Feuer im Woodlawn Crescent, die schwarz gekleideten Männer, der deaktivierte Rauchmelder. Jede Erinnerung traf ihn wie ein Blitzschlag. Am liebsten wäre er für ein paar Minuten allein gewesen, um über diese unerwartete Wendung nachzudenken.

»Also gab's diese schwarz gekleideten Männer gar nicht? Beziehungsweise nur in Dermots Fantasie?«

Sie biss sich auf die Unterlippe.

»Hat Dermot verraten, was er in letzter Zeit so getrieben hat?«

»Ich bin die Letzte, der er das erzählen würde. Aber Sie findet er gut. Ich dachte, Sie könnten vielleicht …« Mitten im Satz brach sie ab.

Daly seufzte. »Sie hätten mir das mit den Bränden sagen sollen. Vielleicht hätte ein Richter entschieden, dass eine Haftstrafe für Dermot nicht das Richtige wäre. Ich hätte auch versuchen können, professionelle

Hilfe zu organisieren. Stattdessen haben Sie die Polizei in die Irre geführt. Ich habe auch so genug zu tun, ohne mich um Familienprobleme zu kümmern.«

»Na, dann hören Sie besser auf, Ihre Zeit zu verplempern, und gehen«, sagte sie brüsk.

Daly wünschte, er könnte das Gespräch zurückspulen und von vorne anfangen. Tessas Geständnis hatte ihn auf dem falschen Fuß erwischt. Er fragte sich, was Dermot noch alles verheimlichte.

»Ehe ich gehe, würde ich gerne wissen, ob Dermot irgendwas mit dem Verschwinden von David Hughes zu tun hat. Dermot hat ihn kennengelernt, als Hughes vergangenen November in einem Pflegeheim war. Sie haben sich angefreundet.«

»Damit hat Dermot nichts zu tun. Und mit Ihnen hat er auch nichts mehr zu schaffen. Was er macht, geht Sie nichts an.«

Enttäuscht schüttelte er den Kopf.

»Wenn das so ist, kann ich wohl nichts mehr für ihn tun. Aber wenn er wirklich weiß, wo Hughes ist, sind die beiden womöglich in großer Gefahr. Hughes war bei der Special Branch. Die vertraulichen Informationen, die er kennt, reichen für sein Todesurteil.«

Ohne sich zu bewegen, blieb er ihr gegenüber sitzen. In ihren grünen Augen flackerte kurz ein Fünkchen Zweifel auf, aber es verschwand so schnell, wie es gekommen war.

Dann funkelte sie Daly böse an. »Ich brauch wegen Dermot keine Hilfe von Ihnen. Heben Sie sich das für die Informanten und Ihre Kollegen auf, die diese Leute in alles reingezogen haben. Das sind diejenigen, um die Sie sich kümmern sollten.«

Fassungslos erhob er sich. »Warum, glauben Sie, bin ich überhaupt gekommen? Ist Ihnen nicht klar, dass ich auf Ihrer Seite stehe? Auch ich will, dass die Wahrheit ans Licht kommt, und nicht, dass wieder was vertuscht wird.«

»Was meinen Sie mit ›wieder was vertuscht‹?«, erwiderte sie. Sie stand direkt vor ihm, aufrecht, die Schultern gestrafft. Zornesröte auf dem Gesicht mit der blassen Haut und den wilden Sommersprossen, ihre grünen Augen ein tosendes Meer. Auf ihrer Oberlippe standen winzige Schweißperlen.

Daly schwieg. Seine Zunge fühlte sich schwer an, sein Hals trocken. »Wieder was vertuscht« war die falsche Formulierung. Sie nahm an, er habe darauf angespielt, dass sie Dermots Brandstiftung verschwiegen hatte. Die Implikation, dass Mutterliebe mit einem schmutzigen Krieg gegen Terroristen zu vergleichen war, hatte sie erzürnt.

Als er wieder das Wort ergriff, sprach er mit ruhiger, besänftigender Stimme.

»Ich bin hier, weil ich mir um Dermot Sorgen mache. Ob Sie mir helfen wollen, liegt bei Ihnen. Alles, was Sie mir über Dermots Tun und Lassen während der letzten Wochen sagen, kann mir weiterhelfen. Hier ist meine Privatnummer. Sie können mich jederzeit anrufen. Wenn Sie ihn das nächste Mal sehen, reden Sie mit ihm und versuchen Sie herauszufinden, was in ihm vorgeht.«

»Wenn das, was Sie sagen, wahr ist, werden Sie Dermot nicht helfen können.«

»Warum nicht?«

»Weil das eine Angelegenheit der Special Branch ist. Einer ihrer Leute ist verschwunden, und einer ihrer Informanten wurde umgebracht. Dafür sind also die zuständig, das ist deren Kompetenzbereich. Die werden Sie da nicht miteinbeziehen.«

Daly fiel Irwin ein. Eher deren Inkompetenzbereich, wollte er sagen.

Vor dem Abschied versuchte er es noch einmal. »Ich bin als Ihr Freund gekommen, Tessa. Als Freund Ihres Sohns. Die Brandstiftung interessiert mich nicht. Ich will sichergehen, dass er nicht in Gefahr ist. Die Special-Branch-Leute haben auch mich im Auge, und Gott weiß wer noch alles. Und die sind alle nicht zimperlich.«

»Wenn Sie die Brände nicht interessieren, dann gibt's für Sie hier nichts mehr zu tun.« Ihr Blick war kalt und abweisend. Sie würde nichts mehr sagen, und er konnte nichts dagegen tun.

Hinterher saß er in seinem Auto und fuhr sich mit den Händen über sein stoppeliges Kinn. Kurz spielte er mit dem Gedanken, zum Wohnwagen zurückzugehen und Tessa anzuflehen, ihm bei der Suche nach Dermot zu helfen und sofort einen Suchtrupp zusammenzustellen. Dann besann er sich eines Besseren.

Nach Hause, beschloss er. So schnell und unauffällig wie möglich.

Als er später im Bett lag und den nächtlichen Geräuschen der Krähen lauschte, Hunderten Krähen, die sich die Bäume um das Cottage seines Vaters als Schlafplatz ausgesucht hatten, bis sie im Frühling wohin auch immer aufbrachen. Er war kurz vorm Einschlafen, als ihn etwas aufschrecken ließ. Die Krähen waren verschwunden, und das Haus war still. Er lauschte auf das beunruhigende Geräusch, das ihn geweckt hatte. Schließlich begriff er, dass er es selbst verursacht hatte.

28

Als Daly zur Mittagszeit aus der Polizeistation kam, sah er die beiden Männer neben seinem Auto sofort. An der Fahrertür lehnte Irwin und plauderte mit einem Mann im dunklen Anzug, als wären sie die ältesten Freunde. Weil sie sich so entspannt benahmen, dachte sich Daly nichts weiter und ging direkt zu ihnen.

»Wollen Sie vielleicht einsteigen, damit ich Sie irgendwohin mitnehme?«, scherzte er.

»Nein«, sagte Irwin mit einem sardonischen Lächeln. »Wir möchten höchstens in Ihren Kopf einsteigen und die lockere Schraube darin festziehen.«

Während sein Blick zwischen den beiden hin und her wanderte, bemühte Daly sich um einen gelassenen Ausdruck. Auf Irwins länglichem Gesicht war das lässige Lächeln festgetackert, der andere, ein Mann mit blonden Haaren und schmalem, ausdruckslosem Gesicht, gab sich unbeteiligt. Daly erkannte ihn als den Mann mit dem mit der Rasierklinge gezogenen Lächeln, der bei der Durchsuchung von Devines Cottage das Sagen gehabt hatte.

Mit einer mechanischen Bewegung beugte er sich vor und streckte Daly die Hand entgegen.

»Inspector Daly. Inspector Fealty, Special Branch.«

Fealty war ein anderes Kaliber als Irwin. Er sah aus wie jemand, der darauf achtete, dass jedes Härchen auf seinem Kopf exakt an der richtigen Stelle war. Seine blauen Augen schienen sich in Daly zu bohren.

»Was können Sie uns über Dermot Jordan sagen?«, fragte er.

»Nichts«, antwortete Daly. »Solange Sie mir nicht sagen, was Sie wissen möchten.«

»Wir würden nur gern wissen, wo er sich aufhält«, sagte Fealty beiläufig. »Wir zählen ihn zum Kreis der Verdächtigen. Sollten Sie vielleicht auch tun.«

»Danke für den Tipp. Sonst noch was?«

»Wir wollen nur helfen, nicht mehr.« Schweigend studierte Fealty Dalys Miene. »Immerhin ist Devine schon vierzehn Tage tot, und Sie haben keinen Verdächtigen, keine Zeugen und kein Motiv. Damit machen Sie der Polizei nicht gerade Ehre.«

Voller Abscheu sah Irwin ihn an. »Angeblich schieben Sie eine flotte Nummer mit Tessa Jordan.«

Daly ging nicht darauf ein. Fealty ließ ihn keine Sekunde aus den Augen. Er war zu schmallippig, um sich auf Irwins Art von Gesprächsführung einzulassen.

»Was haben Sie gestern Abend bei Tessa Jordan gemacht?«, fragte Irwin.

Daly zögerte. Er hatte keine Privatsphäre mehr.

»Seit wann hält es die Special Branch für angebracht, mich zu beschatten?«

Irwin grinste schief. »Ist doch immer schön zu sehen, dass ein Kollege Spaß bei der Arbeit hat.«

»Ist das Ihre Anweisung? Mich von der Arbeit abzulenken und dazu zu bringen, dass ich den Mord an Oliver Jordan aus meinen Ermittlungen ausklammere?«

Fealty verlegte sich auf eine andere Taktik. »Warum haben Sie Dermot Jordan zu Mitchells Haus mitgenommen?«

»Er hat ein Schulpraktikum gemacht. Seine Mutter hat mich gebeten, ihm zu helfen.« Diese Erklärung klang so schwach, dass Daly rot wurde.

»Wir sind uns darüber im Klaren, welchen Einfluss Tessa Jordan auf Sie und die Ermittlungen hat«, sagte Irwin.

Fealty ging dazwischen. »Die Sache ist folgende, Daly. Dermot Jordans Fingerabdrücke waren auf der Postkarte von David Hughes. Die Fingerabdrücke hatten wir im System. So wie es aussieht, hat der Junge nicht nur ein Problem. Um genau zu sein, ist er Brandstifter. Mit dreizehn hat er erst die Scheune des Nachbarn angezündet, dann dessen Auto. Unter der Auflage, dass er sich in psychotherapeutische Behandlung begibt, wurde keine Anklage erhoben.«

Der Junge hat wirklich Probleme, dachte Daly.

»Sie wirken nicht überrascht.«

»Doch, bin ich.«

Daly konnte nicht leugnen, dass sich seine Chancen, die Ermittlungen erfolgreich zu Ende zu führen, drastisch verschlechtert hatten. Sie waren ihm gegenüber eindeutig im Vorteil. Das sah er an Irwins breitem Grinsen.

»Wie's scheint, hat Sie Tessa Jordan hübsch in die Scheiße geritten«, sagte Irwin.

»Die Sache ist die, Daly«, sagte Fealty. »Mir wäre es wesentlich lieber, wenn der Junge weiter nur ein bisschen gezündelt hätte, statt sich mit David Hughes einzulassen. Das ist nämlich viel gefährlicher. Laut dem psychologischen Gutachten kann Dermot außerdem nicht gut mit Stress umgehen.«

Fealty beobachtete Dalys Reaktion. Dann seufzte er. »Hören Sie. Wir müssen Hughes so schnell wie möglich finden. Andernfalls könnte es wirklich sehr unangenehm werden. Fällt Ihnen noch jemand ein, der Hughes kennt und eine Idee haben könnte, wo er sich versteckt?«

»Ja«, erwiderte Daly. »Aber leider ist er tot.«

»Schade. Jemand, den wir kennen?«

»Sollten Sie«, sagte Daly bissig. »Noel Bingham. Er hat für euch gearbeitet.«

Die Falten um Fealtys Augen wurden tiefer. »Natürlich«, sagte er knapp.

»Sehen Sie's doch mal aus der Special-Branch-Perspektive«, warf Irwin ein. »Wenn das, was Hughes weiß, an die falschen Leute gerät, haben wir möglicherweise bald einen Stapel Leichen.«

»Wen meinen Sie damit genau?«

»Spielen Sie nicht den naiven Dorfpolizisten, Daly. Und stellen Sie nicht so viele Fragen.«

»Tja, wenn Sie Antworten gesucht haben, dann sind Sie bei mir an der falschen Adresse. Meine Spezialität sind Fragen.«

»Machen Sie einfach Ihre Arbeit und hören Sie auf, Dermot Jordans Sozialarbeiter zu mimen«, sagte Fealty. »Sie arbeiten für die Sicherheit dieses Landes, genau wie wir. Vergessen Sie das nicht.«

29

Den ganzen Vormittag waren sie gewandert, ohne einen besonderen Baum oder Strauch oder eine andere erkennbare Landmarke zu sehen. Auf einmal ließ sie das Geräusch eines Autos aufschrecken. Seit sie in dem in den Bergen gelegenen Moor unterwegs waren, war außer ihrem schweren Atem kein menschengemachtes Geräusch zu hören gewesen.

David Hughes war der Langsamere der beiden, und er ging mit gesenktem Kopf und schweren Schritten, als zöge er die Ketten und Seile eines unsichtbaren Zuggeschirrs.

Bisweilen fand sein Gefährte, dass sie zwei Schlafwandlern glichen, die am Rand der Welt unterwegs waren. Dann wieder kam ihm die Stille um sie herum wie die Ruhe weit draußen auf dem Meer vor. Es wehte ein leichter Wind und ließ das Wollgras unter dem niedrigen Himmel fröhlich schaukeln. Sonst jedoch war an ihrer Suche im Moorland nichts fröhlich. Dafür hatte das Chaos der menschlichen Welt gesorgt.

Besorgt blickte Dermot auf die Straße, die durch das Moorland führte. Das Auto war noch weit weg. Der Wind ließ es nur näher erscheinen. Er entspannte sich etwas und sah zu, wie der alte Mann zu Atem kam. Ihr langsames Vorwärtskommen hatte ihm geholfen, klarer zu denken und sich nicht mehr von seinem Wunsch nach Rache beherrschen zu lassen. Er hatte sich an den langsameren Takt des Alten gewöhnt und war zufrieden, neben ihm zu gehen und sich dem Tempo von dessen erdschwerem Trott anzupassen. Seltsamerweise empfand er den Schmerz, den er jahrelang in sich verspürt hatte, in Gegenwart des alten Manns weniger stark.

»Gehen wir zur Straße zurück und dann auf die andere Seite des Bergs«, schlug Hughes vor. »Dort könnte es wirklich sein.«

»Das ist ziemlich weit«, sagte Dermot. »Ganz bis rauf und dann wieder runter.«

»Na ja, es ist auch eine lange Geschichte.«

»Das ist egal. Du musst mir noch genauer erzählen, was an dem Tag passiert ist. Gibt's irgendwas Besonderes, an das du dich erinnerst?«

»Ich weiß, dass ich ihnen stundenlang nachgeschlichen bin, während sie die Leiche geschleppt haben. Selbst damals fand ich diesen Marsch anstrengend. Sie haben ihn in der Nähe eines großen Schlehdorns oder Weißdorns begraben. Es war Frühlingsanfang, und die Äste waren voller weißer Blüten. Wie Sterne in der Nacht. An mehr erinnere ich mich nicht.«

Im Moor vor ihnen tat sich ein Spalt auf, an dessen Grund schwarzes Wasser zu sehen war. Sie marschierten in Richtung Westen, und der Spalt wurde zu einem breiten Graben, in dem Torfmoos und Gräser wuchsen. Leichter Nieselregen fiel auf Dermots Kopf und Schultern. Unter den Torfsoden hörte er es gluckern.

Die unzähligen Tröpfchen sickerten durch die Ritzen in die Tiefe, und er stellte sich vor, wie sie in unterirdischen schwarzen Gräben zusammenflossen, die sich vor ihm auftun und ihn verschlingen konnten. So wie sie die Leichen der verschwundenen und ermordeten Männer und Frauen verschluckt hatten, die die IRA vom Angesicht der Erde getilgt haben wollte.

»Jetzt bin nur noch ich übrig«, sagte Hughes. »Als ich das letzte Mal gezählt hab, waren wir noch sechs, aber nach und nach sind alle anderen weggestorben.«

Dermot stöhnte innerlich auf. Der alte Mann verfiel schneller, als er befürchtet hatte. Bald würde er sich gar nicht mehr orientieren können. Dermot wünschte, er könnte ihn dazu zwingen, sich zu erinnern. Aber genauso gut konnte er hoffen, eine unrettbar kaputte Maschine zum Laufen zu bringen.

Hughes drehte sich in alle Himmelsrichtungen und suchte die vom Wind gestaltete Heidelandschaft ab.

»Vielleicht will Gott nicht, dass wir dieses Dickicht finden«, sagte er. »Vielleicht hat er deswegen das verdammte Moor so groß und weit gemacht.«

Wieder zog das Motorgeräusch des Autos ihre Aufmerksamkeit auf sich. Dort, wo sich die Straße zwischen zwei Böschungen gabelte, war es aus ihrem Sichtfeld verschwunden. Jetzt kam es kiesspritzend auf sie zu.

Der ist viel zu schnell, dachte Dermot. Vielleicht war der Fahrer sich auf einer so verlassenen Bergstraße mit weitem Horizont der Geschwindigkeit nicht bewusst und achtete nicht auf sein Tempo. Instinktiv duckte er sich in eine Senke neben der Straße.

Als der Wagen ungefähr auf der Höhe von Hughes war, bremste er abrupt ab, als hätte der Fahrer den alten Mann jetzt erst bemerkt.

Er ließ das Fenster runter und rief: »Kann ich Sie irgendwohin mitnehmen?«

Unbemerkt lief Dermot in der Senke in die Nähe des Autos. Dann rutschte er nach oben und blieb unter das Fahrerfenster gekauert, gerade so, dass er im Seitenspiegel nicht zu sehen war, und wartete. Seine Nerven waren zum Zerreißen gespannt.

»Ich fahr aber nur bis nach Cappagh«, rief der Fahrer.

Der Alte ging so schnell, wie er konnte, auf den Wagen zu. Die nassen Hosenaufschläge klatschten gegen seine Fesseln. Verwirrt blinzelnd beugte er sich zum Beifahrerfenster.

»Ich fahr nur bis nach Cappagh«, wiederholte der Fahrer. Ungeduld schlich sich in seine Stimme. »Tut mir leid.«

»Wie weit ist das?«

»Ungefähr drei Meilen.«

»Es ist alles okay. Ich bleib gern noch ein bisschen hier.«

Noch immer hielten Hughes' Finger die Kante der heruntergelassenen Scheibe umklammert.

»Sieht aus, als würd's bald richtig regnen«, sagte der Fahrer. »Sie dürften nass werden.«

Hughes beugte sich vor und schob den Kopf weiter in das Auto hinein.

Inzwischen war sich Dermot ziemlich sicher, dass das Auto kein Trick war und sie nicht in eine Falle locken sollte. Dennoch hörte er voller Unruhe zu, wie die beiden Männer weiter Small Talk machten und Höflichkeiten austauschten. Er sah an Hughes' Gesicht, dass es ihm schwerfiel zu begreifen, was der Fahrer sagte.

»Regen stört mich nicht. Solang's nur nicht schneit.«

Hughes hielt wieder inne und starrte den Fahrer an. Die Falten in seinem Gesicht wurden tiefer, während er in seinem Gedächtnis kramte.

»Ich weiß noch, wie der Schnee mal so hoch war wie die Hecken in Tyrone.«

Angesichts des verzerrten Gesichts des Alten, der sich in sein Auto beugte, wurde es dem Fahrer zunehmend unbehaglich. Aus Neugier stellte er jedoch weiter Fragen.

»Was machen Sie denn hier draußen?«

»Ich glaube, man könnte sagen, ich versteck mich.«

Dermot erstarrte. Am meisten fürchtete er, dass der alte Mann ihre Geheimnisse ausplauderte.

»Gibt's Probleme?«, fragte der Fahrer mit einem erstaunten Lächeln.

»Könnte man so sagen. Ich musste mitten in der Nacht mein Haus verlassen. Seither war ich nirgends mehr lang. Aber das war mein ganzes Leben lang so. Nicht nur manchmal, sondern mein gesamtes Leben.«

»Aber im Alter sollte doch jeder ein ruhiges Plätzchen für seinen Lebensabend haben.«

»Hab ich auch immer gedacht.« Hughes schien das Mitgefühl des Fahrers zu genießen. »Aber ich werd einfach nicht in Ruhe gelassen.« Er grinste. »Wohin fahren Sie noch mal?«

»Nur noch ein Stück weiter.«

»Nach Cappagh, oder?«

»Genau.«

»Kennen Sie sich hier im Moor aus?«

»Ich fahr jeden Tag durch.«

»Nicht besonders viel zu sehen, was?«

»Jedenfalls nicht, wenn man die Gegend in- und auswendig kennt. Aber ich hab immer ein Auge auf Fremde. Es kommen nämlich haufenweise Leute hierher, um ihren Müll abzuladen. Mehr wollen die hier nicht. Die sehen die Gegend nur als Müllhalde, wo sie das abladen, was sie loswerden möchten. Ich dachte, Sie wären auch so einer.«

»Im Gegenteil, ich versuch was zu finden, das ich verloren hab. Ich war hier mal bei einem wunderbaren großen Schlehdorn oder Weißdorn. Ich glaub, das war ein Feenbaum. Seine Äste waren alle ganz kurz und zeigten nur in eine Richtung. Wie aus dem Nichts kam ein Hund auf mich zugerannt und wollte nach mir schnappen. Mein Gott, den musste ich richtig wegprügeln, vorher gab er keine Ruhe.«

»Es gibt so einen Feenbaum oben im Moor von O'Neill. Und der Hund klingt nach einem, den er mal hatte. Wenn man auch nur in die Nähe von O'Neills Torfstich kam, brauchte man einen ordentlichen Knüppel, damit das Vieh einen nicht anging.«

Hughes war drauf und dran, vor Begeisterung auf den Beifahrersitz zu springen. Der Fahrer war ziemlich verstört von seiner Reaktion.

»Können Sie mir sagen, wie ich dorthin komme? Zu diesem Moor von O'Neill?«

Er erklärte ihm den Weg. Hughes dankte ihm noch, als der Fahrer bereits die Kupplung kommen ließ und losfuhr.

Nachdem das Auto verschwunden war, kam Dermot mit ernster Miene zu Hughes.

»Du hättest nicht mit dem Fahrer sprechen sollen. Der ist jetzt bestimmt misstrauisch.«

»Unsinn«, sagte Hughes und winkte ab. »Ich erkenn doch, ob jemand vertrauenswürdig ist. Das konnte ich immer. Außerdem rede ich gern mit Fremden. Vor allem, wenn ich mir Sorgen mache. Genau so haben ja auch wir uns kennengelernt, weißt du das nicht mehr?«

Der alte Mann war wütend und machte ein finsteres Gesicht.

»O'Neills Hund hab ich an dem Abend damals übrigens erschossen. Ein Schuss, direkt zwischen die Augen. Grad noch rechtzeitig, ich hab schon die gefletschten Zähne gesehen. Kein Mensch und kein Tier hat mich je übertölpelt.«

Im Profil sah Hughes' Kopf aus wie verwitterter Granit. Er marschierte in der beschriebenen Richtung los.

Die Sonne verschwand hinter Wolken. Nach kurzer Zeit kamen sie zu einer Fläche blühenden Wollgrases, dessen pluderige Blütenbüschel frisches Weiß auf den dunkler werdenden Torfboden tupften. Der alte Mann ging zielstrebig dahin, während Dermot ein wenig zurückblieb und vorsichtig über die im Gras verborgenen alten Torfstücke stieg. Ab und zu hielten sie an, um zu verschnaufen. Dann sah sich Hughes um, und wenn er weiterging, schlug er auf seinem Zickzackkurs so viele Haken, dass Dermot glaubte, er wolle seine Fährte verwischen und andere davon abbringen, ihnen zu folgen.

Das Moorland auf der anderen Hügelseite wirkte unberührt. Sie hörten die unermüdlichen Bäche durch die felsigen Spalten rauschen. Nach einer weiteren halben Stunde Wanderns blieb der alte Mann plötzlich stehen und hob einen Arm, um auch Dermot zum Stehenbleiben zu bewegen.

»Wir sind fast da.« Er atmete schwer.

Sie hatten das winderzauste, knorrige Dickicht gefunden. Die sparrigen Äste boten wilde Sträuße weißer Blüten dar, die von niemandem entgegengenommen wurden. Weiter unten in einem düsteren Tal, in das kaum je Sonnenlicht fiel, entdeckten sie die Leichengrube. Es war, als hätte der Hügel dem Grauen darin den Rücken zugewandt. Der Gestank nach Tod und Benzin ließ Dermot beinahe ohnmächtig werden.

30

Mit zusammengekniffenen Augen versuchte der Priester in seinem Gebetbuch zu lesen, als es an der Tür klopfte. Dann trat der Abt des Klosters in den Türrahmen. Er wirkte müde und besorgt.

»Father Fee, unten an der Pforte wartet ein Mann, der Sie in einer dringenden Angelegenheit sprechen möchte.«

Überrascht sah Fee auf. »An der Pforte?«

»Ja. Es wäre gut, wenn Sie ihn in Ihre Kammer mitnähmen und hier mit ihm sprächen.« Seine sonst so salbungsvolle Redeweise hatte der Abt abgelegt. »Wir wollen die anderen Gäste nicht unnötig beunruhigen.«

Der Priester folgte dem Abt durch einen Gang zu der Treppe, die zur Pforte führte. Stellenweise löste sich die Farbe von den Wänden und hing in großen Placken herab. Aus einem großen Gebetsraum zur Rechten wehte der vertraute Geruch von Bienenwachspolitur und Weihrauch.

Das Erste, was Inspector Daly in Father Fee sah, war ein älterer Mann mit fahlem Gesicht und einem vom vielen Tragen speckigen Talar.

»Father, ich freue mich, dass ich Sie endlich treffe«, sagte Daly und streckte ihm die Hand entgegen. »Ich würde gerne mit Ihnen über Joseph Devine reden.«

Die Gesichtszüge des Priesters schienen vor Überraschung hervorzuquellen. Er klammerte sich an das Treppengeländer.

»Da kommen Sie zu spät. Er ist tot.«

»Das weiß ich. Ich bin Inspector Celcius Daly und ermittle in dem Mord.«

Wieder schien sich das aschfahle Priestergesicht zu dehnen und zusammenzuziehen. »Dann kommen Sie mal mit«, sagte er.

Daly folgte ihm in eine kleine, karg möblierte Kammer. In der Luft lag ein aus Weihrauch, Wein, Seife und alten Büchern amalgamierter Geruch von Frömmigkeit, der ihn augenblicklich in seine Schulzeit zurückversetzte. Der Tisch war von Papieren übersät, ein aufgeschlagenes Skizzenbuch zeigte eine noch unfertige Zeichnung der hübsch angelegten Klostergärten. In einer Ecke stand eine zusammengeklappte Staffelei mit einem Aquarellkasten. Das Herz-Jesu-Bild an der Wand umschwebte eine Aura von Schmerz.

»Ich wollte immer mit dem Malen anfangen, wenn ich die Zeit dazu habe«, sagte der Priester, als er Dalys Blick bemerkte.

»Ich sah darin eine gute Ausrede, um stundenlang einfach dazusitzen und wenig anderes zu tun, als die Natur zu betrachten. Leider musste ich feststellen, dass es den Geist eher in Unruhe versetzt.«

Inzwischen schien Father Fee die Fassung wiedergewonnen zu haben. In seine Wangen war die Farbe zurückgekehrt.

Daly platzte gleich mit dem Zweck seines Besuchs heraus. »Sie wurden an den Ort gerufen, an dem Devine getötet wurde, um ihn mit den Sterbesakramenten zu versehen. Ich würde gerne möglichst alles erfahren, was Sie über den Anrufer wissen.«

Der Priester faltete die dicklichen weißen Hände vor der Wölbung seines Bauchs. »Der Anrufer hat nicht viel gesagt. Kaum mehr als eine Ortsangabe.« Er runzelte die Stirn. »Soweit ich mich erinnere, sprach er sehr monoton, als würde er ein Gebet aufsagen. Einen Akzent habe ich nicht erkannt.«

»Wir versuchen seit vierzehn Tagen, Sie zu erreichen«, sagte Daly. »Warum sind Sie nach der Entdeckung der Leiche so schnell hierhergekommen?«

»Ich musste einfach meine Akkus wieder aufladen. Man könnte es auch Kur nennen. Ich hatte mich Wochen vorher dafür eingetragen.«

Für ein paar Sekunden schien der Priester den Atem anzuhalten. Als ob er sich für eine schockierende Offenbarung wappnete.

»Mr. Devine war Mitglied Ihrer Gemeinde. Kannten Sie ihn gut?«

»Schon recht gut.« Father Fee wandte den Blick ab. »Jedenfalls dachte ich das.«

»Hat er je mit Ihnen über seine Vergangenheit gesprochen?« Daly sah den Priester unverwandt an. Der hatte den Kopf vom Fenster weggedreht. Mit dem schwarzen Talar und dem im Schatten liegenden Gesicht wirkte es, als habe er die Grenze zwischen Tag und Nacht überschritten.

»Sie sollten wissen, dass ein Priester die ihm anvertrauten Geheimnisse für immer in seinem Herzen bewahrt.« Father Fees Stimme klang dünn. »Der Beichtstuhl gewährt Einblicke in die tiefsten Geheimnisse einer Seele, die unter keinen Umständen enthüllt werden dürfen.«

Daly blickte auf seinen Notizblock.

»Die Einzelheiten will ich gar nicht wissen, Father. Ich möchte mir nur ein allgemeines Bild machen. Schien er sich vor irgendwas zu fürchten oder Angst um seine Sicherheit zu haben?«

Der Priester schaltete das Licht an.

»Joseph war ein schwieriger, verschlossener Charakter, aber in letzter Zeit schien ihm sein Gewissen zu schaffen zu machen. In unserer Gesellschaft ist ein Informant, ein Verräter gleich welcher Art, der schlechteste Mensch, den man sich vorstellen kann. Egal, ob es um Schmuggel geht oder ob jemand doppeltes Spiel treibt. Aber was Joseph getan hat, ging sogar darüber hinaus. Er wusste, dass ihn alles eines Tages einholen konnte.«

»Hat Sie sein Tod schockiert?«

Der Priester sank auf einen Stuhl. »Es gibt nichts Absoluteres und Ungeheureres als den Tod.«

»Aber wie haben Sie reagiert, als Sie erkannten, dass der Tote Mr. Devine ist? Waren Sie überrascht? Wütend?«

»Überrascht nicht. Ich empfand eher so etwas wie Reue.«

Daly stutzte. »Warum Reue?«

»Ich wusste nicht genau, in was Joseph verwickelt war oder wer die Opfer waren, aber ich fürchte, ich bin an seinem Tod nicht ganz unschuldig.«

»Wie das?«

»Schwer zu sagen. Das letzte Mal habe ich bei der Beichte mit ihm gesprochen. Daher darf ich Ihnen nicht sagen, was wir gesprochen haben.« Er machte ein grimmiges Gesicht. »Aber ich bin überzeugt, dass ich ihn in den Tod geschickt habe.«

»Darüber würde ich gern Genaueres wissen. Sie können bei einer Mordermittlung dem Detective gegenüber nicht eine solche Aussage machen und erwarten, dass er nicht nachfragt.«

»Ich wünschte, ich dürfte mehr sagen.«

»Ich werde dieser Sache auf den Grund gehen, und früher oder später komme ich dahinter, selbst wenn ich dazu ein Gericht bemühen muss.«

Der Priester erhob sich.

»Seit zwei Wochen versuche ich, Josephs Tod zu verstehen. Herauszufinden, wie ich ihn als Akt göttlicher Gerechtigkeit begreifen könnte.«

Daly schwieg, damit die Stille sich ausbreiten und ihre Wucht entfalten konnte.

Jetzt stand Father Fee am Fenster. »Jeden Morgen kommen die Mönche, um die Kammern zu reinigen. Sie putzen die Toilette, schütteln das Bett auf und bringen frische Handtücher. Sie ziehen ihre Befriedigung daraus, sich um die Seelen in Not zu kümmern, die hier Zuflucht suchen. Das erinnert mich an die Freude, mit der ich früher die Beichte abgenommen habe. Mir die Geschichten von Leid und Verrat angehört habe, mit denen die Gemeindemitglieder zu mir kamen. Um ihnen mit einem Wort Trost zu spenden oder eine kleine Buße aufzuerlegen. Aus ihren Geschichten konnte ich mir von der Welt draußen ein Bild zusammensetzen, wie ein Puzzle. Es ist besser, dieser Welt in Worten zu begegnen, statt ihr tatsächlich gegenüberzutreten, hab ich mir gesagt.« Er seufzte. »Aber nach dem Ende der Troubles kam plötzlich eine neue Art Sünder zur Beichte. Meistens ehemalige Paramilitärs. Männer und Frauen, die jetzt in ein normales Leben zurückwollten.«

Daly nickte. Es gab einen Grund, warum die Gottesdienste in Nordirland zu den bestbesuchten in Europa gehörten.

»Stunde um Stunde habe ich dagesessen und den Männern und Frauen zugehört, die hinter dem Metallgitter verborgen ihre schrecklichen Verbrechen gebeichtet haben. Scharenweise sind sie gekommen und wollten Vergebung. Als ob sich eine Seele so einfach retten ließe. Für mich war das eine entsetzliche Last, oft habe ich innerlich geschaudert und geweint. Ich wusste nicht, was ich tun sollte, und vermutlich hat das der menschlichen Schwäche bei mir die Tür geöffnet.

Joseph Devines Beichte war die erste, nach der ich nicht sofort die Absolution erteilt habe. Sechs Monate früher hätte ich sein Bekenntnis vielleicht anders aufgenommen. Seine Geschichte war nicht so besonders seltsam oder übel, und seine Seele hatte sich bereits aufgemacht auf den schmerzhaften Pfad zur Erlösung. Aber es war tiefster Winter, und ich war erschöpft und fühlte mich alt. Der Beichtstuhl roch nach seinem Schweiß und Alkohol. Statt der üblichen Buße hab ich ihm auferlegt, die Familie eines der Männer aufzusuchen, die er in den Tod geschickt hat. Als eine Art Wiedergutmachung und Bitte um Vergebung. Wenn das getan war, sollte er noch mal zum Beichten kommen, dann würde ich das Sakrament vollziehen.«

»Es wäre wichtig zu wissen, mit wem er in Kontakt getreten ist.«

»Das habe ich ihm überlassen. Wir haben nur allgemein über seine Verbrechen gesprochen. Ich wusste, dass jemand auf Rache aus war und es auf ihn abgesehen hatte. Aber deswegen fühle ich mich nicht weniger schuldig oder ruhiger. Der Gedanke, dass er ohnedies gestorben wäre oder man ihn vielleicht ein, zwei Monate oder Jahre später umgebracht hätte, ist mir kein Trost. Ich habe dem Abt meine Sünde gebeichtet, und ich habe mehr gebetet als je zuvor in meinem Leben. Aber Vergebung erlangt man nicht so leicht. Das ist meine Buße: zu denken, dass er leiden musste, weil ich ihm die Absolution verwehrt habe.«

Daly nickte.

»Ich würde gerne wissen, wo das hinführt.« Die Stimme des Priesters hallte in dem kargen Raum.

»Was?«

»Ihre Ermittlungen.«

»Manchmal enden solche Fälle nie.«

Der Priester schluckte.

»Glauben Sie an göttliche Intervention?«, fragte er schließlich.

»Ich versuche nur herauszufinden, was geschehen ist«, erwiderte Daly. »Was das betrifft, so glaube ich nicht an ein höheres Walten oder eine Erklärung jenseits des kriminellen Motivs.«

»An was glauben Sie überhaupt?«, fragte der Priester mit forschendem Blick.

Daly fühlte sich auf dem falschen Fuß erwischt. Er sah aus dem Fenster. »Ich glaube an den Tod. Und ans Leben natürlich.«

Der Priester hustete. »Als Geistlicher muss ich an einen größeren Zusammenhang glauben, die Möglichkeit einer Erklärung jenseits menschlicher Motive. An dem Morgen, an dem ich Joseph mit den Sterbesakramenten versehen habe, habe ich genau so etwas gesehen. Leider ist die Vision, dass Gott seinen Tod geplant hatte und ich nur sein Werkzeug gewesen bin, bald darauf wieder verschwunden.«

Im nächsten Moment schienen dem Priester seine offenen Worte peinlich zu sein, und er sah wie Daly aus dem Fenster. Die beiden Männer blickten auf die große, von Lorbeerhecken umgrenzte Rasenfläche mit vereinzelten Eiben. Kleine Gruppen von Frauen und Männern spazierten, scheinbar tief in Gedanken versunken, auf den Wegen dahin.

Wie gefallene Engel, die sich plötzlich in Menschengestalt wiederfinden, dachte Daly. Er hatte viel Verständnis für das quälende Gefühl des Priesters, ins Bodenlose zu fallen, aus dem Stand der Gnade in Selbstzweifel und Verwirrtheit zu stürzen.

»Sind die Leute da alle von geistlichem Stand?«, fragte Daly.

»Nein, die kommen aus allen möglichen Lebensbereichen. Aber die meisten von ihnen haben einen Verlust erlebt, gescheiterte Beziehungen oder einen Bruch in ihrer Lebensbahn. Jetzt suchen sie Trost im mönchischen Alltag mit regelmäßigen Gebeten und Meditation.«

Father Fee drehte sich wieder zu Daly. »Sollten Sie auch mal versuchen.«

Irgendwo erklang eine Glocke. Eine Tür ging auf und schlug wieder zu. Die Spaziergänger im Garten kehrten langsam ins Haus zurück. Die Luft im Zimmer wurde plötzlich drückend. Sie roch nach Staub und dem Muff des Winters.

Die Antwort auf die Frage, warum Devine getötet worden war, schien einfach zu sein. Von seinem nagenden Gewissen und einem irregeleiteten Priester getrieben, hatte er irgendwem von seiner Vergangenheit erzählt, und der Betreffende hatte Rache genommen oder einen anderen dafür engagiert. Die Ironie der Angelegenheit rang Daly ein bitteres Lächeln ab, das, wie er hoffte, der Priester nicht bemerkte. Der Verräter hatte sich am Ende selbst verraten.

Daly sah wieder aus dem Fenster auf die Szenerie. Sie glich einem Bild mit einer Nachricht für ihn, die in sich ein Geheimnis trug, genau wie die Postkarte von David Hughes. Eine Zeile daraus fiel ihm ein. *Meine freundlichen Gastgeber kümmern sich um mich und alles, was ich brauche. Sie sollten nur etwas weniger von Gott und dem Seelenheil reden.* Daly suchte den Rasen ab, aber jetzt war kein Mensch mehr zu sehen.

»Ich würde gern noch mit dem Abt sprechen«, sagte Daly. Er hoffte, dass er nicht zu ungeduldig wirkte.

31

Dermot Jordan und David Hughes stapften den mit Schlehdorn und Weißdorn bewachsenen Grat entlang, als aus dem Nebel eine Halde des Todes vor ihnen auftauchte. Der durchdringende Gestank von verfaulendem Fleisch schlug ihnen entgegen, als sie den Rand des aufgegebenen Steinbruchs erreichten. Einen albtraumhaften Moment lang fragte sich Dermot, ob der Fäulnisgeruch von der Leiche seines Vaters stammte. Dann sah er die klaffenden Gerippe von Hühnern und die aufgedunsenen Leiber von Schafen, die sich zwischen aufgerissenen schwarzen Müllsäcken und Schutthaufen in Erde zurückverwandelten.

Hughes erklärte Dermot, wie die IRA-Männer die Leiche seines Vaters zu diesem gottverlassenen Ort gebracht und in der Grube vergraben hatten.

Dermot schüttelte den Kopf. Er wünschte, er hätte diesen Ort nie entdeckt. Noch nie hatte eine Landschaft bei ihm einen solchen Stimmungsumschwung herbeigeführt. Die Vorfreude auf ein spannendes Abenteuer, die er den ganzen Vormittag verspürt hatte, war in einem einzigen Augenblick in die schwärzeste halsabschnürende Depression verwandelt worden.

Über die Jahre war der aufgelassene Steinbruch zu einer gruseligen Sammelstelle von unrechtmäßig entsorgtem Müll und, nach dem Geruch zu schließen, für die Abfallprodukte aus der illegalen Entfärbung von Agrardiesel geworden. Es war eine Müllkippe und ein Ort, an dem Kriminelle das verschwinden ließen, was sie loswerden wollten. Wie gespenstische Girlanden des Todes hingen Hühnerkarkassen an den schwarzen Ästen der Sträucher am Grubenrand.

Vor ihnen lag ein Meer aus schwarzen Müllsäcken und Tierkadavern, dazu seltsamerweise mehrere Prothesen wie jene in Mitchells Vorratskammer, die in absurden Stellungen aus dem Abfall ragten. Es würde Monate dauern, den alten Steinbruch von diesem Müll zu befreien und die Leiche seines Vaters zu finden, wenn man seine Gebeine überhaupt von den Knochen des verendeten Viehs unterscheiden konnte. Für diese Suche nach der Wahrheit bedurfte es mehr als eines starken Magens.

Ein trockener Würgereiz schüttelte Dermot, aber er blieb, wo er war, gefesselt von Neugier und dem Wunsch, die Grabstätte seines Vaters in allen Einzelheiten im Gedächtnis zu speichern.

Hughes trat als Erster vom Grubenrand zurück und suchte – halblaut vor sich hin zählend – im umliegenden Gelände nach einer Besonderheit wie einem bekannten Fels, Strauch oder etwas anderem, woran sich sein Verstand klammern und was Erinnerungen wecken konnte. Er lief um die Grube herum und verschwand aus Dermots Sichtfeld.

Dermots Kleidung fühlte sich kalt und klamm an.

Auf einmal begriff er, dass er in all den Jahren vor allem nach einer Art Fenster gesucht hatte – einem Fenster, das Licht und Wärme versprach und ihm einen Blick auf seinen Vater schenkte, den Menschen, den er so gerne von ganzem Herzen geliebt hätte und der ihm genommen worden war. Nie hatte er ihn persönlich kennengelernt, dennoch hatte er einen gewissen Eindruck, eine Art Nachbild von ihm, basierend auf den Geschichten über ihn und auf den Fotos, die er lange betrachtet hatte. Doch was er in der Grube sah, war nichts als die Schatten mörderischer Männer. Wie leicht wäre es jetzt, dem alten Mann einen Stoß zu versetzen und ihn zusammen mit den übrigen schrecklichen Geheimnissen der Vergangenheit in dieses Loch zu stürzen. Eine unheilvolle Ahnung befiel ihn. Hatte er den weiten Marsch auf diesen Hügel nur unternommen, um in die Fußstapfen der Mörder seines Vaters zu treten?

»Kehren wir um.« Hughes war zurückgekommen. Er stand dicht bei ihm, zwischen ihnen nur ein dünner Vorhang aus feinem Nieselregen.

»Wir hätten schon vor langer Zeit umkehren sollen«, murmelte Dermot.

32

Daly war in Begleitung von Inspector Irwin, als er das Büro des Abts betrat. Zwei Streifenwagen standen draußen vor den Klostertoren.

Der Abt reagierte mit einem freundlichen Nicken auf ihre Frage und begann zu erläutern, wie das Kloster die Besinnungstage für Gäste handhabte.

»Bis vor Kurzem fanden die meisten Leute katholische Klöster ein bisschen merkwürdig, im besten Fall waren sie Märchenorte aus dem Mittelalter«, sagte er. »Aber jetzt, wo sich überall auf der Welt Kongregationen auflösen, strömen ironischerweise immer mehr Menschen in die Klöster, um Ruhe und Besinnung zu finden. Wir zum Beispiel sind für den kommenden Sommer bereits überbucht. Unsere Gäste wohnen in ehemaligen Mönchszellen, die Bezahlung ist freiwillig.« Er lächelte die Detectives an und legte die Fingerspitzen zu einem kleinen Dach aneinander. »Nirgendwo sonst findet man mehr Ruhe und Gelassenheit als in einem Kloster. Unser einziges Problem ist, den wachsenden Andrang auf die wirklich geistig Suchenden zu beschränken und diejenigen draußen zu lassen, die nur ein bisschen Urlaub im ›Club Gott‹ machen wollen.«

»Wir wollen hier eigentlich keine Klosterführung machen«, unterbrach ihn Irwin.

Die Miene des Abts wurde eisig. Nach einem Blinzeln sprach er mit unterkühlter Stimme weiter. »Ich bin erfreut zu hören, Inspector, dass Sie nicht länger bleiben wollen als nötig. Ein Grundsatz der Benediktiner ist, dass wir alle unsere Gäste aufnehmen wie Jesus Christus.«

Daly ergriff das Wort. »Wir suchen nach einem Mann namens David Hughes. Es gibt Grund zur Annahme, dass er bei Ihnen zu Gast sein könnte.«

Er reichte dem Abt ein Foto von Hughes.

»Er ist möglicherweise in Lebensgefahr. Genau wie diejenigen, denen er vertraut.«

Der Abt betrachtete das Foto.

»Das Bild ist schon älter«, fügte Daly hinzu. »Mr. Hughes könnte in der Zwischenzeit anders aussehen, sich den Bart gestutzt oder abgenommen haben.«

»Oh nein, er hat sich kein bisschen verändert«, sagte der Abt. Überrascht hob er die Hände. »Wie kann ein so harmloser alter Mann einen solchen Aufruhr verursachen?«

»Vor vierzehn Tagen wurde ein Informant der Polizei namens Joseph Devine ermordet. Mr. Hughes war sein Führungsoffizier, der Kontaktmann zu den Sicherheitsdiensten.«

Der Abt stand auf, um in einem großen Ordner zu blättern.

»Ich glaube, Sie werden«, sagte er an Daly gewandt, »den Gentleman, den Sie suchen, in Zimmer 204 finden.«

Als sich der Abt müde auf einen Stuhl sinken ließ, knarrte das dicke Leder.

»Hier ist er noch als Gast registriert, aber ich habe ihn seit ein paar Tagen nicht mehr gesehen. Sein Enkel kam immer wieder mal, um mit ihm Ausflüge zu unternehmen.«

Dermot, dachte Daly. Das musste Dermot sein.

Während er mit Irwin an vor Hitze brummenden gusseisernen Heizkörpern vorbei durch die langen Gänge eilte, trat Daly der Schweiß auf die Stirn.

Ein alter Mönch, der sein gesamtes Gewicht auf zwei Stöcke zu stützen schien, hinkte ihnen entgegen. Obwohl er erkennbar Schmerzen hatte, bedachte er sie im Vorbeigehen mit einem ungekünstelten warmherzigen Lächeln.

Der Abt hatte ihnen einen Schlüssel gegeben, aber die Tür stand offen. Vorsichtig schob sie Irwin mit dem Fuß ganz auf. Dann trat er ins Zimmer, so forsch und selbstbewusst, als wollte er sein Revier markieren.

Das Bett war gemacht, der Stuhl war unter den aufgeräumten Schreibtisch geschoben. Auf dem Teppich nicht ein Brösel. In einem offenen Koffer lag ein säuberlich gefalteter Stapel Kleidung. Eine Fliege surrte gegen die Fensterscheibe. Sie war ein wütender schwarzer Fleck in einem ansonsten stillen und leeren Zimmer.

»Für jemand mit Alzheimer ist Hughes bemerkenswert ordentlich.«

»Ich tippe eher auf die Person, die ihm hilft«, murmelte Daly.

Er ging zum Nachttisch und nahm das ledergebundene Notizbuch. Es schien Hughes' Tagebuch der letzten sechs Monate zu sein.

Einer von Dalys unverrückbaren Grundsätzen bei der Arbeit war, dass so gut wie nie unerklärliche Dinge geschahen. Selbst für das spurlose Verschwinden eines kranken alten Manns gab es am Ende eine logische Erklärung. Das fand Daly auch jetzt bestätigt. Mit seinen festen Abläufen und dem ungeschriebenen Gesetz der Verschwiegenheit war das Kloster ein perfektes Versteck gewesen. Hier kümmerte man sich um Gäste, ohne allzu viele Fragen zu stellen. Das Benehmen eines verwirrten alten Manns fiel hier womöglich gar nicht auf. Die meisten Gäste flohen vor einem Leid oder innerer Unruhe, und erratisches Verhalten mochte auch daran liegen, dass jemand von einer Last oder Schuld bedrückt wurde. Und war an so einem Rückzugsort von der Welt nicht jeder auf die eine oder andere Weise von Zweifel befallen und über sich selbst verunsichert? Außerdem war da Dermot, der sich als Hughes' Enkel ausgab und beinahe unbemerkt ein und aus gehen konnte, wenn die Gäste aßen, beteten oder sangen.

Der Junge war schlau, das musste Daly ihm lassen. Er hatte für den alten Mann einen Platz gefunden, zu dem er gut Zugang hatte und wo er Hughes im Auge behalten konnte, ohne dass es jemandem auffiel.

»Wenn der Junge erfährt, dass wir ihm so dicht auf der Pelle sind, wird er sich bestimmt stellen«, bemerkte Irwin.

»Ich glaube nicht, dass unser Besuch hier die beiden von ihrer Mission abbringt.«

»Die sind doch auf keiner Mission«, schnaubte Irwin. »Die ganze Sache ist nichts als das Hirngespinst eines unreifen Jungen. Er benutzt den alten Mann nur, um Aufmerksamkeit zu bekommen. Genau wie die Brandstifterei.«

»Das klingt nicht nach dem Dermot, den ich kenne. Für mich will er aus Hughes Informationen rauskitzeln. Gefährliche Informationen.«

»Da denken Sie zu vernünftig.«

»Ich denke, nichts sonst. Dafür werden wir schließlich bezahlt.«

»Ein verwirrter Jugendlicher und ein seniler Alter können nicht vernünftig denken. Das dürfen Sie mir ruhig glauben.«

33

Daly beschloss, die Überwachung des Klosters Irwin und der Special Branch zu überlassen. Allerdings meinte er nicht, dass sie die Aufgabe besser erledigen würden als er. Der Grund war persönlicher Art – es war die Befürchtung, dass sich seine Nähe zu den Jordans negativ auf seine Arbeit als Detective auswirkte. Er war besorgt, dass er nicht mehr mit der nötigen Sorgfalt und Konzentration ermittelte, sonst hätte er das Doppelleben des Jungen früher bemerken müssen. Wie konnte er Licht in das Dunkel bringen, in dem sich ein Verdächtiger bewegte, wenn er selbst darin blind herumtappte?

Er kehrte zur Polizeistation zurück, wo er die bisherigen Ermittlungsergebnisse durchgehen und nach weiteren Fehlern oder von ihm übersehenen Spuren suchen wollte. Und das Tagebuch lesen, das er in Hughes' Zimmer gefunden hatte.

Der Tag hatte viele Überraschungen bereitgehalten, dabei war es gerade früher Nachmittag. Nach kurzem Überlegen verzichtete er auf die Mittagspause, setzte sich in sein Büro und nahm das Tagebuch zur Hand. Bald war er von den Aufzeichnungen des alten Manns gebannt. Kaum etwas fesselte mehr als die Albträume anderer.

22. Oktober
Jetzt ist es eine Woche her, seit ich zum letzten Mal meine Gedanken festhalten konnte. Ich hatte mein Tagebuch verlegt und fürchterliche Angst, dass Eliza es gefunden hat. Zum Glück habe ich es dann auf dem Boden meines Koffers entdeckt. Seit dem letzten Eintrag ist bei mir nichts besser geworden. Die Geister erscheinen nach wie vor in bestimmten Nächten. Sie befragen mich zu alten Fällen, aber oft kann ich mich nicht erinnern. Manchmal sind sie verschwunden, bis ich rauskomme. Dann lassen sie Zeitungsausschnitte an den Dornen hängen, um mich zu quälen. Gestern Nacht habe ich mich aus dem Haus ausgesperrt, und als Eliza mich reinließ, war sie wütend. Sie schimpfte, dass ich nicht nachts im Dunkeln draußen rumlaufen soll, und nahm mir den Hausschlüssel ab.

2. November
Gestern Nacht wurde ich vom Regen wach, der gegen das Fenster getrommelt hat. Laut meinem Kalender erscheinen die Geister heute Nacht, aber Eliza hat mich in meinem eigenen Haus zum Gefangenen gemacht. Vor Kurzem hat sie die Schlafzimmertür abgesperrt und mir gedroht.

»Ich muss schlafen, David«, hat sie gesagt. Ihre Hände zitterten, als sie das Gitter an meinem Bett befestigt hat. »Ich schau ab und zu rein, und wenn ich sehe, dass du versucht hast wegzulaufen, muss ich die Polizei holen. Das verstehst du doch, oder?«

Als ich später aufwachte, habe ich eine geschlagene Stunde nur gelauscht, um sicherzugehen, dass sie in ihrem

Zimmer war. Ich habe gehört, wie sie ins Bett ging, und wartete dann auf weiteres Knarren. Anschließend bin ich ans Fußende des Betts gerutscht und habe mich durch die Lücke rausgequetscht. Dann habe ich noch mal an der Tür gelauscht. Nichts. Ich nahm den Schlüssel, den ich versteckt habe, und habe die Tür aufgesperrt. Das Einzige, was ich gehört habe, war mein eigener Herzschlag.

Wieder wehte der düstere Wind vom Lough her, und er brachte die Stimmen der Geister mit. Durch die Hecke sah ich einen Mann in einer alten RUC-Uniform. Er hatte ein Seil dabei. Nachdem er sich einen Ast ausgesucht hatte, warf er das Seil darüber. Ehe er den Kopf in die Schlinge steckte, wandte er sich zu mir, aber unter dem Schirm seiner Kappe blieb sein Gesicht im Schatten. Als ich von der Hecke zurückkam, waren meine Klamotten so nass, dass ich sie auswringen musste.

Daly las weiter. In mehreren weit abschweifenden Einträgen beschrieb Hughes seine Gespräche mit dem Geist von Oliver Jordan. Er hatte Jordan an seinem blauen Elektrikeroverall und an den Details erkannt, die er über die Bombe erzählte, die zwar nicht zündete, dann aber ihm den Tod brachte. Am 5. November notierte Hughes in Großbuchstaben, er sei *EINGEWIESEN* worden. Daly vermutete, dass sich das auf seine Ankunft im Pflegeheim bezog. In der folgenden Woche gab es keinen Eintrag außer der Bemerkung, dass die anderen »Insassen« anscheinend unter Drogen standen oder immer schliefen.

Ab dem 12. November schrieb er wieder ausführlicher.

Heute haben sie im Aufenthaltsraum eine alte Frau im Rollstuhl neben mich geschoben. Sie sah an mir vorbei zum Fenster hinaus, sie wirkte fast blind. Ihre Haare waren ein hellgraues Knäuel, und ihr Gesicht war ganz runzelig. Dann kam ein netter junger Bursche rein und fragte, ob sie ihn versteht. Er gab nicht auf, obwohl die alte Frau offenbar schlief.

Schließlich sagte die alte Frau doch etwas, mit ganz schwacher Stimme.

»Ich weiß schon, warum du gekommen bist«, flüsterte sie. »Du willst die Geister der Vergangenheit ausgraben. Am besten gehst du heim und vergisst die Suche nach der Stelle, wo sie ihn begraben haben.«

Kurz dachte ich, die Frau ist senil, aber dann ließ mich der Gesichtsausdruck des Jungen stutzen. »Wer wurde begraben?«

Als ich ihn genauer ansah, trat mir der Schweiß auf die Stirn, und mein Nacken fing an zu jucken. Sein Gesicht kam mir merkwürdig bekannt vor. Ich bekam einen Hustenanfall, und als ich wieder klar sehen konnte, war der Junge verschwunden und die alte Frau wieder eingeschlafen.

13. November
Am Nachmittag bin ich im Aufenthaltsraum aufgewacht. Die Sonne war den ganzen Tag nicht zu sehen gewesen.

Ich hatte meine Uhr verlegt und fühlte mich verloren. Diese Krankheit ist ein echter Fluch. Anhand der Schatten, die das Licht warf, das durch die großen Fenster in den Raum fiel, versuchte ich die Uhrzeit zu bestimmen. Die alte Frau saß neben mir in dem Rollstuhl mit verdreckten Reifen. Ich hatte gehört, dass die Pflegerinnen sie Mrs. Jordan nannten. Inzwischen tippte ich darauf, dass sie Oliver Jordans Mutter war. Das ist ein so schrecklicher Zufall, dass es nicht auszuhalten ist.

»Sie sitzen in der Falle«, sagte sie plötzlich und drehte den Kopf ein Stück zu mir. »Sie sind in einer Sackgasse gelandet. Erst haben Sie den Fehler gemacht, krank zu werden, und dann den hierherzukommen, wo die anderen, die zum Sterben hier sind, Spalier stehen auf Ihrem Weg zum Sarg. Machen Sie, dass Sie wegkommen, solang Sie's noch können.«

Die letzten Worte klangen wie ein Befehl, auch wenn sie keuchend aus ihrem Mund kamen. Sie atmete schwer. Ihre Augen waren halb geschlossen, und ich wusste nicht genau, ob sie überhaupt mich gemeint hatte.

Dann muss ich eingeschlafen sein, weil das Nächste, an das ich mich erinnere, eine Tasse kalter Tee und ein Scone mit Butter sind, die auf der Armlehne meines Sessels standen. Die alte Frau hatte Krümel auf der Brust, ihre Augen waren offen und starrten auf die Wand gegenüber. Die Wand war kahl und leer, und an den langen Nachmittagen war sie wie eine blanke Leinwand, auf der Bilder aus der Vergangenheit aufschienen. Plötzlich tanzten vor mir lauter Erinnerungen herum. Ich sah Autoschein-

werfer durch eine neblige Nacht schwimmen, einen Körper, der aus einem Kofferraum gezerrt wurde, ein paar Taschenlampen, die über wildes Moorland schwenkten, und die nackten Füße eines Manns, die über den schlammigen Boden schleiften.

Die alte Frau änderte ihre Sitzposition.

»Ich konnte mich nicht einmal von Oliver verabschieden«, sagte sie. »Als ich ihn das letzte Mal gesehen hab, hat er geschlafen.« Sie deutete auf die Wand gegenüber. »In dem Bett da hat er geschlafen. Schon als Junge hat er darin geschlafen.«

Ich wollte gerade mein Mitgefühl ausdrücken, aber dann dachte ich, dass das bestimmt kein Trost war, nicht nach so vielen Jahren.

»Ich hab tagelang nicht geschlafen«, fügte sie hinzu. Dann verfinsterte sich ihre Miene, als schottete sie sich gegen die Vergangenheit ab.

Mir fielen immer mehr Einzelheiten aus jener schrecklichen Nacht ein. Ich konnte kaum noch sprechen. Ich wusste nicht, wie ich das, was ich sagen wollte, in Worte fassen sollte.

Doch schließlich gelang es mir. »Vielleicht bin ich als Einziger übrig von denen, die gesehen haben, wie Ihr Sohn in jener Nacht begraben wurde.«

An der Tür schob eine Pflegerin einen Arzneiwagen vorbei, weiter unten im Gang ertönte ein Zimmeralarm.

»Ich bin als Einziger übrig«, wiederholte ich.

Die alte Frau hielt die Augen geschlossen. Ihr Mund war eingefallen, als hätten die Worte ihn von innen auf-

gefressen. Wenn sie noch atmete, war davon nichts zu sehen. Sie sammelte ihre Kräfte, um für das, was als Nächstes kam, gewappnet zu sein. Dann beugte sie sich vor. Dabei hielt sie die Armlehnen so fest umklammert, als könnte sie aus dem Rollstuhl stürzen und zu Boden fallen. Eine Tasse mit kaltem Tee kippte auf den Teppichboden. Sie stieß hörbar die Luft aus, ehe sie ihre trüben Augen auf mich richtete.

»Wer sind Sie?«, fragte sie. »Warum sind Sie hergekommen?«

Sie streckte den Arm so plötzlich in meine Richtung aus, als hätte sie einen Stromschlag bekommen. Ich zuckte zurück. Als ob ich Angst hätte, ein jäher Schock oder Schmerz könnte von ihrer runzligen Haut auf mich überspringen.

»Ich war bei der Special Branch«, begann ich meine Erklärung. »Wir haben die Bewegungen der Republikaner überwacht. Ich hab ihnen in jener Nacht zugesehen, wie sie eine Grube aushoben und Ihren Sohn darin begruben. Ich konnte nicht eingreifen, weil das die ganze Operation gefährdet hätte. Außerdem wär es für Ihren Sohn sowieso zu spät gewesen. Er war ja schon tot.«

Die alte Frau sank zurück in ihren Stuhl und schloss die Augen. Lange Zeit herrschte völlige Stille. Als wären wir beide allein, die zwei einzigen Menschen auf einer Insel der Trauer. Ich sah zu, wie die Dämmerung vom Himmel herabstieg. Die Nacht mitbrachte. In diesem Zwielicht würde ihr Enkel unterwegs sein, auf dem Weg ins Pflegeheim, und nach Antworten suchen.

»Ich hab immer geglaubt, dass ich eines Tages etwas darüber erfahre«, sagte die alte Frau. »Dass ich erfahren würde, wo Oliver begraben liegt.« Sie hielt inne, schöpfte Atem und drehte sich von mir weg.

Ich sagte, dass ich allmählich mein Gedächtnis verlor und mich nicht mehr an die genaue Stelle erinnern konnte.

»Aber das müssen Sie«, sagte sie. »Sie müssen sich erinnern. Machen Sie, dass er ein christliches Begräbnis bekommt. Damit ich endlich Frieden finde.« Sie war ganz verzweifelt.

»Ich will mein Bestes versuchen«, antwortete ich. Es gab sonst keinen mehr, der ihr helfen konnte. Ich sank tiefer in meinen Sessel und akzeptierte meine Aufgabe. Ich würde in das Dickicht der Dornsträucher zurückkehren müssen und mich dem schwarzen Wind stellen, in dem nur die Geister dahinzogen.

»Lassen Sie mich mit Ihrem Enkel reden«, sagte ich. »Dann sehen wir, was ich tun kann.«

Der nächste Eintrag war ein paar Tage später datiert. In der Zwischenzeit, so vermutete Daly, hatte Hughes sich mit Dermot Jordan bekannt gemacht und ihm diejenigen Einzelheiten, die ihm noch im Gedächtnis geblieben waren, verraten. Die folgenden Einträge handelten von Hughes' regelmäßigen Gesprächen mit dem Jungen. Für den 19. November war festgehalten:

Mein letzter Tag im Pflegeheim. Ich saß da und wartete auf den Krankentransport, als Dermot kam. Es war unser letztes Treffen.

»Sie gehen schon weg?«, fragte er. Er klang enttäuscht.

Ich war es auch. Unsere Freundschaft ging schon wieder zu Ende. Oder besser die Zeit, in der wir einander nützlich waren, ging zu Ende. Es war albern zu glauben, dass wir die Gespräche, die wir während meiner kurzen Zeit in diesem Heim geführt hatten, fortsetzen konnten. Offenbar hatte der Junge denselben Schluss gezogen. Ich war ein alter Mann, dessen Gedächtnis sich immer schneller verabschiedete und der seine dringendsten Fragen bis jetzt nicht hatte beantworten können.

Wir machten noch einen kleinen Spaziergang über das Gelände des Heims. Es war ein kalter Winterabend. In der Luft nicht die geringste Bewegung. Bald würden der sorgfältig getrimmte Rasen und die Nadelbäume von Reif überzogen sein.

»Ich muss die Stelle finden, wo Dad begraben wurde«, sagte er.

»Ich hab's vergessen. Das ist ganz einfach die Wahrheit. Ich verliere mein Gedächtnis. Außerdem war ich nie der Typ, der zurückblickt und die Orte der Vergangenheit noch einmal besucht. Ich muss die Einzelheiten des Vorfalls verdrängt haben.«

Der Krankenwagen kam.

»Sie müssen's mir sagen, wenn Ihnen noch was einfällt«, drängte er.

»Aber klar. Du hast ja meine Adresse.«

Ich stieg hinten in den Krankenwagen ein, der mich langsam durch die Dunkelheit am Seeufer fuhr, ohne Blaulicht oder Sirene. Für einen Moment wirbelten draußen

Schneeflocken, die aber sofort in der Schwärze verschwanden wie die Gesichter von verlöschenden Geistern.

Die Notizen, die Hughes nach Verlassen des Pflegeheims gemacht hatte, wurden immer zusammenhangloser und wirrer. Sein Zustand schien sich deutlich zu verschlechtern. Die Handschrift wurde unleserlich, und er begann mit Bleistift zu schreiben. In einem Eintrag erklärte er, dass ihn die Geister beängstigten, aber entschlossen gemacht hatten. Die nächsten Seiten waren grob herausgerissen worden. Danach bestand jeder Eintrag nur aus einem oder zwei Sätzen. Die kaum zu entziffernden Wörter ließen Daly schaudern. An einer Stelle schrieb Hughes, dass er Angst hatte zu sterben und das Einzige, was ihn am Leben hielt, die Vorstellung war, im Frühling die Entenschwärme fliegen zu sehen. Kaum ein Wort mehr über seine Ermittlungen oder die Stelle, wo Oliver Jordan begraben war. Jeder Tag schien nichts anderes zu sein als ein grimmiger Überlebenskampf gegen eine sich nie zu erkennen gebende Furcht.

34

Rauchend stand Irwin neben einem Zivilfahrzeug auf einem Feldweg gegenüber der Klostereinfahrt. Von hier aus hatte er beide Zufahrtsstraßen im Blick, wurde von ankommenden Fahrzeugen aber erst im letzten Moment gesehen. Auf dem Klostergelände und in den an Zimmer 204 grenzenden Räumen waren weitere Polizisten postiert.

Irwin hätte auch an den Straßen in der Umgebung Checkpoints errichten lassen können, aber er wollte den Jungen unbedingt selbst schnappen. Besonders freute er sich darauf, ihn über sein Verhältnis zu Daly zu befragen. Was Hughes betraf – was ging ihn ein seniler Alter an? Alzheimer war sowieso ein Todesurteil.

Der Feldweg führte zu einigen windschiefen Schuppen mit rostigen Blechdächern und Mauern, aus deren Fugen der Mörtel rausgewaschen war. Ein schwarzer Hund sprang heran und schnüffelte an seinen Beinen.

»Verzieh dich!«, herrschte Irwin ihn an und trat nach dem Tier.

»Der tut nichts.« Aus einem der Schuppen kam ein junger Bursche mit einem Futtereimer in der Hand. »Der will nur spielen.«

Dann rief der Junge in Richtung der Kuhherde auf der angrenzenden Weide. Irwin rührte sich nicht und überlegte, wie er seine Anwesenheit erklären sollte. Lügen bringt nichts, entschied er. Der Junge konnte sogar etwas Nützliches gesehen haben. Also sollte er ihm die Wahrheit sagen und sich seiner Mithilfe versichern.

»Ist das Ihr Auto?«, fragte der Junge mit einem einfältigen Grinsen. »Sieht schnell aus.« Auch die schiefe Haltung seines Kopfs ließ ihn minderbemittelt wirken.

Offenbar das Ergebnis von Inzucht unter Landeiern, dachte Irwin.

»Ja«, sagte er mit einem Lächeln. »Du solltest mal sehen, wie der auf der Autobahn abgeht.«

Der Junge glotzte ihn mit so großen Augen an, dass Irwin sich fragte, wie stark zurückgeblieben er war.

»Ich hab Sie hier noch nie gesehen«, sagte der Junge. Er runzelte die Stirn, als müsste er ein schwieriges Problem bedenken. »Sie sind aber nicht von der Schule, oder? Weil wenn, da geh ich nämlich nie mehr hin.« Jetzt stand ihm die Aufgeregtheit ins Gesicht geschrieben, und er wich einen Schritt zurück.

»Nein, nein, ich bin nicht von der Schule«, versicherte Irwin. »Ich bin hier, um jemanden zu fangen.«

Erkenntnis blitzte im Gesicht des Jungen auf. »Ach, dann haben Sie deswegen so ein schnelles Auto?«

»Ja«, sagte Irwin. »Du bist wirklich ein helles Köpfchen.«

Wieder erschien der glücklich-einfältige Ausdruck auf dem Jungengesicht, der schiefe Kopf wirkte wie falsch aufgesetzt.

»Ich suche nach einem Jungen in deinem Alter und einem alten Mann. Sie waren in den letzten ein, zwei Wochen im Kloster.« Irwin zeigte ihm ein Foto von Hughes.

Aus dem Jungen schoss eine entzückte Lachsalve. »Die hab ich, glaub ich, gesehen. Ich wohn mit meinem Dad in einem Haus hinter den Schuppen. Ich darf jeden Abend die Kühe füttern. Ich hab gesehen, wie sie mit einem Jeep vom Kloster weggefahren sind.«

»Wenn du mir noch mehr erzählst, nehm ich dich auch mal in meinem Auto mit«, lockte Irwin.

»Dad und der alte Mann haben ein paarmal miteinander geredet«, sagte der Junge und runzelte nachdenklich die Stirn.

Weiter unten auf dem Feldweg rief jemand. Die Stimme klang schrill und fordernd, von Alter oder Krankheit verzerrt.

»Ich muss jetzt die Kühe füttern«, sagte der Junge mit leicht besorgter Miene. »Dann gehen wir und reden mit Dad.«

Irwin nickte.

Der Junge schwang mit der Leichtigkeit langer Übung die Beine über das Gatter und marschierte über die Weide, wobei er die ganze Zeit nach den Kühen rief. Bald darauf war er, vom hinterdreintrottenden Vieh verfolgt, hinter der Hügelkuppe verschwunden.

Irwin wartete. Er rauchte eine Zigarette. Zündete sich eine neue an. Dann ging er zurück zum Wagen und setzte sich hinein.

Eine nach der anderen trotteten die Kühe über die Kuppe zurück und drängten sich ans Gatter, als wären sie noch immer hungrig. Mit sturem Blick sahen sie Irwin an. Von dem Jungen war nichts zu sehen. Mit stampfenden Klauen und rollenden Augen drückten die Kühe immer energischer gegen das Gatter. Hungrige Tiere, die immer hungriger wurden. Irwin dachte über den Jungen nach. Ihm ging auf, dass der Kübel leer gewesen sein könnte. Dass der Junge die Tiere dazu verleitet haben könnte, ihm über die Kuppe zu folgen. Da beschlich ihn der Verdacht, dass nicht nur die Kühe ausgetrickst worden waren.

Er stieg aus dem Auto und ging zu den Schuppen. Dahinter war kein Haus zu entdecken. Von einem Vater des Jungen war nichts zu sehen, nur frische Reifenspuren im Schlamm. Mit wachsender Unruhe im grummelnden Magen folgte Irwin den Spuren. Sie führten zurück zur Landstraße. Dort blieb er stehen und starrte über die Felder in der Hoffnung, der Junge würde wiederkommen. Nach ein paar Minuten machte er sich auf den Rückweg zu seinem Wagen und rief in der Polizeistation an. Von dort erhielt er ein Foto von Dermot Jordan aufs Handy geschickt. Als es da war, wandte sich Irwin den verdutzten Kühen zu und führte ihnen sehr realistisch vor Augen, wie sich ein Mensch in den Kopf schoss. Eine Kuh antwortete mit einem verzweifelten »Muh«.

Bei Dalys Ankunft war Irwin immer noch bedröppelt, dass ihm Dermot Jordan durch die Finger geschlüpft war. Dalys präzise Nachfragen zu den Details ihres Gesprächs streuten dem jüngeren Detective weiteres Salz in die Wunden. Amüsiert beobachtete Daly, wie mit jeder Frage die bisherige Feindseligkeit aus Irwins Miene schwand und schließlich von einem kläglichen Ausdruck des Versagens ersetzt wurde.

»Wie konnte denn so was passieren?«, fragte Daly.

Irwin berichtete den Vorfall so pedantisch wie ein junger Rekrut, der eine auswendig gelernte Aufgabe erledigte. »Ich schwöre, dass er wie ein Einfaltspinsel wirkte. Ich hielt ihn wirklich für einen Bauernjungen, der zum Viehfüttern auf die Weide kam.«

»Ein Einfaltspinsel? Auf Dermot Jordan trifft nichts weniger zu. In was für einem Auto sind sie denn weggefahren?«

»Ich hab kein Auto gesehen. Hab ich doch gesagt.«

Daly schüttelte den Kopf. »Vorschnelle Schlüsse zu ziehen ist bei einem Polizisten eine extrem schlechte Eigenschaft. Nur weil der Junge einen Kübel in der Hand hatte, ist er nicht automatisch der Sohn eines Bauern. Deswegen hört man doch nicht gleich auf zu denken.« Er bemerkte, dass er laut geworden war. Mit einem Schnauben wandte er sich von Irwin ab.

Eine Polizistin stand bei den Scheunen Wache. Sie sah Daly so mitleidig an, als hätte er Schmerzen.

Daly gab sich Mühe, seine Ungehaltenheit nicht weiter zu zeigen.

»Ich glaube, ich hab da drin Augen gesehen«, sagte sie und deutete in das Schuppenduster.

»Das war vielleicht ein Tier«, meinte er.

»Was, wenn es eine Ratte ist?«

Daly knipste seine Taschenlampe an und leuchtete hinein.

In einer Ecke lag ein halb geöffneter Sack. Im Strahl der Lampe blitzten reglose Augen. Er ging hin und fand einen Haufen Lockenten. Einige davon waren beschädigt und aufgebrochen. Er rief nach Irwin.

»Hier laufen die Fäden zusammen«, sagte Daly. »Diese Lockenten sind das Verbindungsglied zwischen Hughes, Devine und Dermot Jordan. Wir wissen noch nicht, was genau das zu bedeuten hat, aber ich vermute, Hughes und Jordan haben sie aus Devines Cottage gestohlen.«

Irwin raufte sich die Haare.

»Ich will, dass Sie rausfinden, warum sie gestohlen wurden«, fügte Daly hinzu.

35

Bei der Ankunft an der Polizeistation sah Daly, wie Fealty aus dem Auto stieg und in das Gebäude eilte. Er ahnte, dass ihm eine neue Konfrontation mit dem Special Branch Inspector bevorstand. Seit ihrem Gespräch über Dermots Geschichte hatten sie keinen Kontakt mehr gehabt, aber gefühlt war Daly in eine andauernde Fehde mit Fealty verstrickt.

Daher war er überrascht, als er Fealty im Gang traf und dieser ihn auf einen Kaffee einlud. Dankend lehnte Daly ab. Beim Blick auf Fealtys verkniffenes und verlebtes Gesicht fragte er sich, ob es richtig gewesen war, ihm zu danken. Das brachte ihn in eine unterlegene Position.

Fealty schien Dalys Ablehnung nicht gehört zu haben. Seine leeren Augen starrten durch Daly durch, als läge hinter ihm ein schicksalhafter Punkt. Dann beugte er sich näher zu Daly und begann davon, wie dringend Hughes und Dermot Jordan gefunden werden mussten. Er stellte einige Routinefragen zur Fahndung, aber Daly hatte den Eindruck, dass er alle Antworten bereits kannte. Fealtys frühere Arroganz war wie weggewischt. Er schien leer, ideenlos, unschlüssig über seine nächsten Schritte. Sogar sein Haarschnitt wirkte unpassend für sein schmales Gesicht.

Nachdem Daly seinen Bericht beendet hatte, sah ihn Fealty so hoffnungsvoll an, als erwartete er mehr. Seine Augen waren zwei gierige schwarze Punkte.

»Welche neuen Spuren haben Sie?«, fragte er.

»Wenn ich welche hätte, würden Sie sie längst kennen.«

Fealty wirkte brüskiert, als hätte er von Daly ein gewisses Verständnis und Kooperationsbereitschaft erwartet.

»Wissen Sie, Inspector, in den letzten Jahren hat sich unser Land fundamental verändert«, sagte er. »Es gibt die alte Generation von Leuten wie David Hughes, die die Orientierung verloren haben. Man muss nicht dement sein, um nicht mehr zu verstehen, was in diesem Land vor sich geht. Oder sich die Frage zu stellen, welchen Sinn es gehabt hat, als Polizist sein Leben dafür zu riskieren. Die Troubles haben zu lange gedauert, aber viele glauben, dass sie zu leicht beendet wurden. Sie hatten Glück, dass Sie nach Schottland gekommen sind. Ihr Blick ist durch die Geschichte nicht so verstellt. Deswegen bin ich überzeugt, dass Sie Entscheidendes zu diesen Ermittlungen beitragen können.«

Daly zog die Brauen nach oben. »Mein Vater hat mich zu einer Tante in Glasgow geschickt, nachdem meine Mutter getötet worden war. Sie starb bei einem Schusswechsel, als die Polizei aus dem Hinterhalt einen IRA-Trupp angegriffen hat. Ich war am Boden zerstört. Und so wütend, wie ein Sohn nur sein kann. Mein Vater fürchtete, dass ich durch den Vorfall politisiert würde und mich auf die republikanische Seite schlagen könnte. Ich bin nie davon losgekommen. Auch in Schottland nicht. Es war eher so, als würde mir meine Geschichte weggenommen.«

Fealty nickte steif. »Mit so etwas wird man kaum fertig. Eine solche Tragödie kann der Verstand nur schwer verarbeiten.«

»Was ist denn mit dem Verstand von David Hughes? Oder dem von Joseph Devine? Mit was müssen die denn fertig werden?«

»Das ist Sache der Special Branch. Wie Sie wissen, war David Führungsoffizier und Kontaktperson für Informanten wie Devine. Nach dem Waffenstillstand ging er in Pension. Wie viele andere hat er geglaubt, dass es das war. Dass der Krieg zu Ende ist. Dass er bis ans Ende seiner Tage friedlich Enten jagen und sich um seinen Hof kümmern könnte.«

»Lassen Sie mich raten: Die Special Branch war da anderer Meinung?«

»Wir mussten Vorsichtsmaßnahmen treffen. Es gab zu viele lose Enden, offene Rechnungen. Wir haben seine Schwester rekrutiert, damit sie ein Auge auf ihn hat und uns über seinen Gemütszustand informiert, solche Dinge. Das war für uns eine Rückversicherung. Wir glaubten, dass wir uns keine Sorgen machen müssen, jedenfalls bis vor ungefähr sechs Monaten, als die Alzheimer-Diagnose gestellt wurde.«

»Sie hatten Angst, dass er unliebsame Geheimnisse verrät.«

»Ich will Sie nicht anlügen. Er besaß streng vertrauliche Informationen über die Arbeit der Special Branch. Wir haben seine Schwester gebeten, darauf zu achten, was er mit wem sprach und wohin er ging, ihn insgesamt ein bisschen im Zaum zu halten.«

Wenn mir jemand sagt, er will mich nicht anlügen, dachte Daly, dann folgt selten etwas, das ich ganz glauben kann.

»Wie wäre es mit folgender Theorie? Die Special Branch befürchtete, dass er einen höherrangigen Informanten innerhalb der IRA exponieren könnte. Zum Beispiel einen arrivierten Politiker. Wen haben Sie noch abgestellt, um ihn zu überwachen? Sie haben doch sicher weitere Vorsichtsmaßnahmen ergriffen, als nur die Schwester auf ihn anzusetzen?«

»Wir hatten auch mit anderen Ehemaligen Absprachen getroffen. Ein paar von denen wollten selbst für die Überwachung sorgen. Es war ihr schlimmster Albtraum, dass Hughes undicht würde.«

»Ich gehe davon aus, dass Joseph Devine zu diesen Leuten gehörte?«

Fealty nickte. »Die Ironie, dass damit das frühere Verhältnis umgekehrt würde, ist uns nicht verborgen geblieben. Aber Devine war der ideale Mann für so eine Überwachung. Er hatte ähnliche Interessen wie Hughes. In den vergangenen sechs Monaten hat er den Mann observiert, der ihn vor vielen Jahren angeworben hat.«

»Aber es gab noch andere. Andere als nur Devine.

Ich habe den Eindruck, dass Sie mich immer nur mit dem Allernötigsten abspeisen.«

»Selbst wenn es noch andere Leute gäbe, dann wären sie für Ihre Ermittlungen nicht relevant.«

»Das wären sie durchaus, wenn sie Zeugen eines Verbrechens waren oder wissen, wo Hughes sich aufhält.«

»Sie versuchen ständig, den Mord an Devine mit Hughes' Verschwinden zusammenzubringen. Als ob das zwei Teile desselben Puzzles wären. Aber da täuschen Sie sich. Sie werden es nicht schaffen, die beiden in einem Fall unterzubringen. Das sind zwei verschiedene Puzzles.«

»Laut dem Priester begann Devines Gewissen ihn zu plagen, er bekam Schuldgefühle. Er glaubt, dass Devine seine Taten gegenüber der Familie eines seiner Opfer gestand und das zu seinem Tod geführt hat.« Daly behielt Fealty scharf im Auge, um das kleinste Aufflammen von Interesse bei ihm zu bemerken, aber der blieb unbeeindruckt.

»Das hat Sie nicht so überrascht, wie ich gedacht hätte.«

»Unsere Hauptsorge ist, David Hughes zu finden. Devine ist tot. Und Tote reden nicht. Solange wir Hughes nicht haben, interessiert uns nicht, wer Devine umgebracht hat.«

»Und was ist mit der Wahrheit? Interessiert Sie die auch nicht?«

Fealty hatte seine frühere Energie wiedergewonnen

und erwiderte Dalys Blick unverwandt. Nur die leicht gerunzelte Stirn erinnerte an seine vorherige Unsicherheit.

»Unsere Gesellschaft ist noch nicht bereit für die volle Wahrheit. Die Leute müssen sich erst an die hehren Grundsätze von Recht und Gesetz gewöhnen.«

»Verabreicht sie die Special Branch deswegen nur in so kümmerlichen Dosen?«

»Wir alle arbeiten für einen gerechteren Staat.«

»Aber was machen wir bis dahin, wenn etwas ungerecht und ungesetzlich ist? Entweder halten wir uns strikt an Recht und Gesetz, oder wir sind auch nicht besser als die Kriminellen und Terroristen, die wir als Polizei bekämpfen sollen.«

Eine Tür ging auf, und aus einem Zimmer kam eine Gruppe von Polizeianwärtern. Ihre Schritte und Gespräche erfüllten den Gang. Daly wartete auf eine Antwort von Fealty, aber der schwieg.

»Das wär's fürs Erste«, sagte er, als die Polizeianwärter vorbeigegangen waren.

»Und ich dachte schon, wir machen Fortschritte«, versetzte Daly.

Im Weggehen drehte sich Fealty noch einmal um. »Das stimmt auch, wir machen Fortschritte. Aber Sie haben sich völlig in Hughes' Vergangenheit festgebissen, Sie wollen nicht mal in die andere Richtung denken. Und genauso bei Devine. Die Suche nach der Wahrheit ist ein langer und mühsamer Prozess. Den kann heute auch die Polizei nicht mehr abkürzen.«

»Was ist mit Noel Bingham? War er auch ein loses Ende?«

»Was soll mit ihm sein? Er war ein Säufer. Und kam bei einem Unfall mit Fahrerflucht ums Leben.«

»Nur hat der Fahrer sich versichert, dass er den richtigen Mann erwischt hat.«

»Inspector, auch Ihnen dürfte bekannt sein, dass ständig Menschen bei Verkehrsunfällen sterben. Ich glaube, Sie verwenden zu viel Zeit darauf, in der Welt von Informanten und Spitzeln herumzustochern. Sie fangen ja schon an, wie einer zu denken. Vergessen Sie Ihre Verschwörungstheorien. Dieser Unfall war nur das letzte Unglück in einem unglücklichen Leben. Er war das unvermeidliche Ende.«

36

Als sich Daly Joseph Devines Cottage näherte, sprang ein schwarzer Hund auf ihn zu, als hätte er ihm ein bedeutendes Geheimnis zu verraten. Es begann zu dämmern, und in der Luft hing ein tanzender Schleier aus Mücken. Daly kraulte dem Hund den zottigen Nacken. Dann öffnete er die Haustür und blickte kurz in das Halbdunkel. Wenn seit seinem letzten Besuch jemand da gewesen war, dann hatte derjenige keine Spuren hinterlassen. Er trat ein. Mit ihm fuhr ein Windstoß ins Haus, der ein paar trockene Blätter mitbrachte und Papierfetzen über den schmutzigen Boden fegte. Sofort fiel ihm die Kälte im Haus auf, dazu der Geruch von Staub und etwas anderem, Prägnanterem. Alte Asche, alter Schweiß, Altmännergeruch und die unvermeidliche Feuchte, die im Winter in jedes Haus am Ufer des Lough kroch.

Er hob einen der Papierfetzen auf. Es war ein zerrissenes Stück alte Zeitung. Nichts Wichtiges. Er durchsuchte die Küchenschränke und den Kleiderschrank im Schlafzimmer. Devine hatte keinen besonderen Wert auf Gemütlichkeit gelegt. In Schubladen fand er einen Stapel gefalteter Bettwäsche, die schon fadenscheinig gewaschen war.

Während der Hund draußen weiter um das Cottage

flitzte, setzte sich Daly auf einen schmutzigen Ledersessel. Er tastete in die Ritzen zwischen den Polstern, ohne zu wissen, was er zu finden hoffte. Er fand gar nichts. Nachdenklich ließ er sich tiefer sinken. In den Tagen vor seinem Tod musste Devine mit jemandem Kontakt gehabt haben, mit einem alten Feind, einem noch immer trauernden Angehörigen, einem früheren Kollegen …

Der Hund winselte und kratzte an der Tür. Das Haus war bereits mehrmals durchsucht worden, aber es war kein Safe oder Sicherheitsschrank gefunden worden. Daly fand das immer noch verwunderlich. Bei einem so argwöhnischen Menschen wie Devine hätte er angenommen, dass er für seinen wichtigsten Besitz ein sicheres Versteck hatte.

In einem Karton entdeckte er mehrere theologische Werke. Hatte Devine etwa eine religiöse Ader gehabt, die Daly bisher nicht aufgefallen war? Er blätterte durch die Bücher und stieß auf eine unterstrichene Passage. Der tote Informant schien stets nur die ersten Kapitel eines Buchs gelesen zu haben. Es gab allerlei Anzeichen dafür, dass er eine spirituelle Krise durchlebt und fieberhaft nach Antworten gesucht hatte, aber die Suche war kopflos und planlos gewesen und hatte ihm nur den Schwung für die ersten zwanzig oder dreißig Seiten eines jeden Buchs verliehen. Daly wog die Bücher in den Händen. Sie standen für die Schwere eines sehr persönlichen Schreckens. Der Gedanke, dass Devine eine spirituelle Krise durchlitten hatte, war für

Daly ein neuer Anhaltspunkt. Er notierte sich ein paar der von Devine unterstrichenen Stellen. Sollte er Father Fee aufsuchen und ihn bitten, sie ihm zu erläutern? Oder sollte er diese Idee lieber vergessen? Gut möglich, dass die Stellen mehr mit seiner eigenen Neugier zu tun hatten als mit den Ermittlungen.

Dalys Denken kreiste immer noch um Devines Religiosität, als er das Haus verließ und zu dem streunenden Hund ging. Der Wind hatte aufgefrischt und brachte das Geräusch der Wellen mit, die gegen den maroden Steg plätscherten, an dem Devine sein Boot festgemacht hatte. Der Hund trottete zum Lough, und Daly folgte ihm.

Nichts ist schlimmer, als lange darauf zu warten, dass etwas passiert, dachte Daly, egal, ob es ärztliche Testergebnisse sind oder das Fallen des Henkersbeils. Er vermutete, dass die Pensionierung für Devine zum Albtraum wurde, zur andauernden Belastung, die letztlich dazu geführt hatte, dass er sich selbst verriet. Es war ein kluger Schachzug der Special Branch, ausgerechnet Devine die Aufgabe zu übertragen, auf Hughes aufzupassen. Das war, als würde ein Gefängnisinsasse beauftragt, die Agonie eines gefolterten Zellennachbarn zu belauschen. Zu beobachten, wie Hughes mit seinem Gewissen und seinen Schuldgefühlen rang, während seine Persönlichkeit nach und nach von Alzheimer zerstört wurde, musste sich auch auf Devines Geisteszustand verheerend ausgewirkt haben.

Das gegen den Steg klatschende Wasser verursachte

eine Strömung, die das vertäute Boot hin und her schießen ließ wie ein verängstigtes Tier. Hinter der Slip stand halb versteckt zwischen Erlen und Weiden ein kleiner Bootsschuppen. Ihm fiel das Foto des Entenjagdclubs ein, und dann ging ihm auf, dass er ungefähr an der Stelle stehen musste, von der das Foto aufgenommen worden war.

Die Bootshaustür klemmte. Erst als Daly kräftig mit dem Fuß dagegentrat, flog sie auf. Im nahen Gebüsch schlug ein Vogel laut mit den Flügeln. Mit eingezogenem Kopf trat Daly ein und sah sich ausführlich um. Von innen war der Schuppen kleiner, als er gedacht hatte. Und zu seiner Enttäuschung war er leer. Er wollte ihn schon verlassen, als ihm auffiel, dass an der hinteren Schuppenwand Schraubmuttern angebracht waren. Er ging hinaus und umrundete den Schuppen, um grob seine Abmessungen zu ermitteln. Nachdem er das Ergebnis zweimal überprüft hatte, schätzte er, dass der Schuppen außen einen Schritt größer war als innen.

Er holte einen Satz Schraubenschlüssel aus dem Kofferraum seines Autos und löste die Schraubmuttern. Dadurch ließ sich eine Sperrholzklappe öffnen, und ein verborgener Verschlag kam zum Vorschein. In einem Koffer fand Daly einige säuberlich gefaltete Kleidungsstücke, darunter eine alte RUC-Uniform und blaue Overalls, eine Batterie, einen Wecker und einen Packen alter Zeitungsausschnitte wie jene, die er in der Hecke bei Hughes' Cottage gefunden hatte. Der

Fund versetzte Daly in große Unruhe. Offenbar hatte er es bei den gesamten Ermittlungen mit einem ausgefeilten Täuschungsmanöver zu tun.

Er zog einen Stift aus der Tasche und stocherte durch die einzelnen Fundstücke, um aus ihnen eine schlüssige Ordnung abzuleiten, die alle Gegenstände sinnvoll miteinander verband. Dabei fragte er sich, ob diese Gegenstände Beweisstücke waren, die zu den Verbrechen aus den Zeitungsausschnitten gehörten.

Nach dem Kleiderstapel zu schließen, hatte Devine sich in genau diejenigen Geister verwandelt, die Hughes vor seinem Cottage heimsuchten. Hatte der Spitzel seine letzten Wochen damit zugebracht, einen verwirrten alten Mann zu quälen? Daly glaubte das nicht. Das war zu grausam, selbst für einen sehr schlechten Scherz. Außerdem schien Devine nicht der Typ gewesen zu sein, der anderen üble Streiche spielte. Als er später noch einmal Hughes' Tagebucheinträge las, kam Daly zu dem Schluss, dass Devine sich nur aus einem Grund verkleidet hatte – um Informationen aus Hughes herauszulocken.

Hätte sich Devine persönlich dem alten Mann genähert, wäre die Special Branch sofort alarmiert gewesen. Aber dadurch, dass er als Geist aufgetreten war, konnte er davon ausgehen, dass niemand davon alarmiert war. Die Special Branch hatte Hughes' Berichte, dass ihn Geister besuchten, als Beleg für seine zunehmende Demenz genommen. Für Devine war es die perfekte Tarnung, um dem alten Mann seine Geheimnisse zu entlocken, ohne befürchten zu müssen, dass er erwischt wurde.

37

In den Hecken rund um das väterliche Cottage bogen sich die vor Blüten überquellenden Äste der Sträucher. Daly sah darin mit tiefem Unbehagen eine Mahnung der dahinfliegenden Zeit. Schon war es März geworden. Die in der Morgensonne aufblitzenden strahlend weißen Blüten lenkten seinen Blick permanent ab. Die kleinen Äcker rings um das Cottage schienen zu pulsieren und zu leuchten, als stünde ihnen eine mystische Transformation bevor.

Geduld, sagte er sich. Der Winter war lang. Er holte tief Luft und sah ins Waschbecken. Seine Gedanken kreisten ständig um Dermot und Devines List. Als er wieder zu den von Hecken gesäumten Feldern blickte, fiel ihm eine Gedichtzeile von Patrick Kavanagh ein. Sinngemäß lautete sie, dass man nicht älter wurde, solange man die eigene Weißdornhecke nicht verließ. Er hoffte, dass zwischen den kraftvoll blühenden Hecken auch Platz für einen müden Verstand war, der wieder zu Kräften kommen musste.

Auf der Fahrt zu Tessa Jordans Wohnwagen bemerkte er, dass seine Schultern verkrampften. Beim Aussteigen begrüßte ihn mild beunruhigtes Hühnergackern. Die Luft war erfüllt vom süßlichen Gestank verrottenden Dungs.

Neben der Wohnwagentür stand eine Batterie an Blumen- und Kräutertöpfen, Anzeichen dafür, dass die Behelfsunterkunft sich zu etwas Dauerhaftem entwickelte. Der Hof wirkte verlassen. Er blieb so lange stehen, bis er sicher war, dass auch im Wohnwagen niemand war.

Ein Auto kam angefahren und hielt neben ihm. Tessa Jordan stieg aus.

»Ich weiß nicht, mit welchem Recht Sie auf dem Grundstück meiner Schwester rumspazieren, wenn keiner da ist!«, rief sie empört. »Braucht man dafür keinen Durchsuchungsbeschluss?«

»Ich wollte gerade gehen«, erklärte Daly. Wut flammte in ihm auf.

»Das ist keine Antwort auf meine Frage. Was machen Sie hier, wenn Sie keinen Durchsuchungsbeschluss haben?«

»Ich will nur wissen, wo Dermot ist.«

Tessa Jordan schien ihn nicht zu verstehen.

»Wie lang sind Sie schon hier? Schnüffeln Sie mir nach?«

»Ich schnüffle Ihnen überhaupt nicht nach. Ich habe nur ein paar Fragen, und wenn die beantwortet sind, bin ich weg.«

»Dann kommen Sie in Gottes Namen kurz rein«, sagte sie gereizt.

Daly ging mit ihr in den engen Wohnwagen. »Dermot war bei mir, als wir herausgefunden haben, warum Ihr Mann getötet wurde. Ich habe ihn mit zu Mitchell genommen. Jetzt fühle ich mich für den Jungen verantwortlich, und ich brauche Ihre Hilfe. Die Sache ist wirklich ernst.«

Sie setzte sich. Ihr Widerstand schien sich verflüchtigt zu haben.

»Er wirkte in letzter Zeit eigentlich ganz zufrieden«, sagte sie. »Ich hab beinahe aufgehört, mir um ihn Sorgen zu machen. Nie hätte ich gedacht, dass er einfach so wegläuft. Es ist fast wie bei seinem Vater, als der verschwunden ist. Heute früh stand ich am Spülbecken und hab immer wieder den Rosenkranz gebetet. Ich konnte nicht anders, sonst wär ich verrückt geworden.«

Weil er nicht ausprobieren wollte, ob er dem Blick ihrer Augen standhielt, sah er auf ihren Mund. Die nur ein wenig, für ihn aber beunruhigend zitternde Unterlippe stand leicht vor. Er spürte, wie er schwach wurde.

»Niemand hat Dermot entführt. Noch können wir ihn in Sicherheit bringen.«

»Ich hab bereits einmal erlebt, dass die Polizei solche Versprechungen macht. Darauf geb ich nichts mehr. Ich weiß nicht, was passiert, wenn ich auch Dermot verliere.«

Daly seufzte. Als Familientherapeut fühlte er sich überfordert. In der Ausbildung war nie davon die Rede gewesen, dass er so oft in verheerende innerfamiliäre Konflikte hineingezogen würde. Er sehnte sich nach dem einfachen Leben, in dem er nur böse Buben schnappen und gute Menschen retten musste. Aber manchmal fühlten sich schon die Fragen, die er Angehörigen stellen musste, an wie Kriegserklärungen.

»Möchte sich Dermot eventuell rächen?«

Ihre Augen sprühten Funken. »Für das, was Sicherheitskräfte und Republikaner seinem Vater angetan haben? Wenn er das wollte, wären Sie doch der Erste, der's rausgefunden hätte!«

»Ich muss wissen, ob er gewalttätig werden könnte.«

»Gewalt steckt in jedem von uns.«

»Lassen Sie's mich anders sagen. Würde er gegen das Gesetz verstoßen und einem anderen Menschen Schaden zufügen?«

»Ich glaub nicht, dass er sich besonders für die Gesetze in diesem Land interessiert. Ich übrigens auch nicht.«

»Aber die Gesetzeshüter in diesem Land interessieren sich für Ihren Sohn.«

»Warum denn? Dermot hat nichts verbrochen. Das einzige Verbrechen, von dem ich weiß, ist das, das Leute wie Sie seinem Vater angetan haben.«

Wieder lief ihm das Gespräch aus dem Ruder. Sie zog sich auf ihre Sicht der Vergangenheit zurück und zeichnete ein Schwarz-Weiß-Bild der Troubles, in dem die Opfer den Tätern und Sicherheitskräften gegenüberstanden und die trauernden Witwen ganz auf sich gestellt waren.

Daly bemühte sich, ruhig zu sprechen. »Wir müssen Dermot finden, weil er Einfluss auf David Hughes hat. Wir vermuten, dass Hughes der Führungsoffizier eines

Informanten war, der mit dem Tod Ihres Manns zu tun hatte.« Er machte eine kurze Pause. »Außerdem möchten wir uns versichern, dass Dermot nichts zugestoßen ist.«

Tessa schwieg. Ihr erster Ärger war verflogen. Ratlosigkeit zeigte sich auf ihrem Gesicht. Doch aus den Augen blitzte weiter der unbedingte Wille, ihren Sohn auf keinen Fall im Stich zu lassen. Daly wartete, bis sie ihn ansah.

»Was wollen Sie wissen?« Ihre Bereitschaft zur Mithilfe kam überraschend.

»Was für ein Auto fährt Dermot?«

»Den Jeep seines Onkels. Das Kennzeichen ist KBZ 1648.«

»Hat er irgendwelche Verwandte, an die er sich wenden könnte?«

»Nein.«

Daly sah sie eindringlich an. Er hatte das Gefühl, in einen Spiegel zu blicken, wo kurz zuvor noch Fensterglas gewesen war. Keine Spur von der Tessa Jordan, die er kennengelernt hatte. Er erkannte darin nur die eigene mühselige Suche nach Wahrheit.

»Wann haben Sie Dermot zum letzten Mal gesehen?«

»Vor zwei Tagen. Er ist frühmorgens aus dem Haus. Es war noch dunkel.«

»Hat er gesagt, wohin er wollte?«

»Nein. Ich hab gar nicht mitbekommen, wie er gegangen ist.« Sie klang ausweichend. »Meine Schwester hat gehört, wie er weggefahren ist.«

»Er muss das sehr sorgfältig geplant haben. Denken wir es doch mal durch. Was will er eigentlich erreichen?«

»Vielleicht hat er Angst und versteckt sich.«

»Möglich. Wie haben Sie reagiert, als er nicht zurückkam?«

»Bei Dermot sind keine Nachrichten eher was Gutes.«

Jetzt sprach sie ruhig und sachlich, was Daly aber wenig beruhigend fand. Die fehlende Sorge in der Stimme, die Kühle nach der bisherigen Erregung waren für ihn ein so abrupter Umschwung, dass er ihn nicht einfach abtun konnte. Er blickte sich im Wohnwagen um. Nichts lag herum, die Regale und Schränke waren ordentlich eingeräumt. Hier hatte jemand mit klarem Kopf ganze Arbeit geleistet.

»Es würde Monate dauern, wenn ich Ihnen alle Eskapaden von Dermot aus den letzten Jahren erzähle«, sagte Tessa. »Und diese Monate kämen mir ehrlich gesagt vergeudet vor, auch in Ihrer Gesellschaft.«

Er nickte, während sie weitersprach, blieb aber über ihr Verhalten unschlüssig. Irgendwie schien sie zu wissen, dass ihr Sohn in Sicherheit war. Ihre Gefasstheit ließ ihn vermuten, dass sie mit sich im Reinen war.

»Was ich vor allem wissen will, ist, ob er jemandem schaden könnte oder nicht«, sagte er abrupt.

Sie schwieg. Ihre Augen blieben stumm. Ihre Miene verriet nichts.

»Als Kind hat er oft Insekten verbrannt«, begann sie schließlich. »Dann ging er dazu über, Katzen die Schwänze anzuzünden. Immerzu roch er nach Rauch. Der Psychologe meinte, es sei eine Art Abwehrmechanismus. Eigentlich wollte er denjenigen wehtun, die für das Verschwinden seines Vaters verantwortlich sind.«

Wieder ging Dalys Blick durch den Wohnwagen. »Das alles hier würde brennen wie Zunder.« In seinen Worten lag eine unangenehme Schärfe. »Haben Sie keine Angst, er könnte Sie hier in Brand stecken, wegen diesem ›Abwehrmechanismus‹?«

Sie reagierte auf den impliziten Vorwurf und begann ihr Kind zu verteidigen.

»Das ist lächerlich und gemein von Ihnen. Ich kann Sie jederzeit bitten zu gehen. Sie haben keinen Durchsuchungsbeschluss, und ich bin auch nicht verhaftet.«

»Wenn Sie sich wirklich Sorgen um Ihren Sohn machen, würden Sie nicht mal im Traum dran denken, mich rauszuwerfen.«

»Was wollen Sie damit sagen?«

»Dass Sie wissen, wo sich Dermot aufhält, oder wenigstens vor nicht allzu langer Zeit mit ihm Kontakt hatten.«

»Ich hab Ihnen alles gesagt, was ich weiß«, sagte sie schneidend. »Sind Sie jetzt fertig?«

»Nein«, sagte er. »Eines müssen Sie noch für mich tun.«

Sie überlegte kurz. »Was denn?«

»Dermot wird Sie anrufen und fragen, ob ich hier war.«

»Das wird er nicht.«

»Ich glaube schon.«

»Na, von mir aus. Aber keine Sorge, ich sag ihm nichts.«

»Im Gegenteil. Ich will, dass Sie ihm sagen, dass ich hier war.«

Sie sah ihn überrascht an.

»Und sagen Sie ihm, dass ich weiß, was Devine in den letzten Wochen vor seinem Tod getan hat. Ich bin das Wochenende über zu Hause.«

38

Dermot fuhr an überfluteten Feldern vorbei, die zwischen den kleinen Höfen und verschwindenden Straßen verstreut lagen wie auf die Erde gestürzte Stücke des Himmels. In den weiten Wasserflächen sammelte sich die Trübnis der immer dunkler werdenden Wolken, die sich zusammenballten und mit baldigem Regen drohten. Sein Gefährte auf dem Beifahrersitz war gewissermaßen ein Experte für Überschwemmungen in dieser Gegend. Wie kaum ein anderer kannte er die über die Ufer getretenen Flüsse, das finstere Schimmern des Lough nach einem Unwetter und die immer neuen Landschaften aus Hochwasserseen, an denen Entenjäger in der Dämmerung lauerten.

Allerdings konnten sich weder Dermot noch David Hughes an ein Hochwasser erinnern, bei dem so viele Strecken am Ufer in den strömenden Massen versunken waren. Nur die obersten Äste der Hecken, deren verschlungene Kronen aus dem Wasser ragten wie Hirschgeweihe, ließen den Verlauf der untergegangenen Straßen erkennen. Es war ihnen unmöglich, ihren gewohnten Weg zu nehmen. Stattdessen mussten sie den Lough Neagh in großem Abstand umfahren, dessen weit ausgreifende Einsamkeit ihnen das Gefühl vermittelte, als trieben sie auf überflutetem Land ohne Brücken und ohne Trittsteine dahin.

In der Düsternis des heraufziehenden Sturms wären sie fast an ihrem Ziel vorbeigefahren. Ein Schwall schlammigen Wassers wälzte sich am Straßengraben entlang und zwang sie, den Wagen auf einer Anhöhe vor dem Haus stehen zu lassen.

»Ich glaube nicht, dass ich jemals eine so schlimme Überschwemmung gesehen habe«, sagte Hughes.

Die Kälte hatte ihm Tränen in die Augen getrieben, aber seine Stimme war klar.

»Mein Gedächtnis kann hier nirgends andocken. Ich brauche irgendwelche Landmarken und feste Punkte am Horizont, um mich zu erinnern, aber die sind alle weg. Ich fühle mich fast wie ein Schiffbrüchiger auf dem Meer.« Er schloss die Augen.

In der Ferne trieben entwurzelte Sträucher und junge Bäume im entfesselten Wasser.

»Dann bin ich wohl auch schiffbrüchig«, erwiderte Dermot.

Allerdings gleichen wir eher zwei Matrosen, die in einem Whirlpool treiben, dachte er.

Das Tosen wurde lauter und stürmischer, als der Blackwater River in großen gurgelnden Wellen über die Ufer trat. Der alte Mann starrte mit einer Ruhe auf die reißende, rauschende Flut, die vermuten ließ, er könnte hier stundenlang stehen, ohne sich zu langweilen.

Dermot fand, dass der alte Mann in den vergangenen Wochen schmaler geworden und in sich zusammengesunken war. Er glich einem fragilen Floß in starker Strömung, das sich langsam auflöste. Sie hatten fast keine Medikamente mehr und würden bald zu einem Arzt müssen. Aber vorher wollte Dermot Antworten auf die Fragen, die Hughes ihm nicht hatte beantworten können. Er wollte die Lösung des grausamen Geheimnisses erfahren, das seine Kindheit überschattet hatte.

Über das Wasserrauschen hinweg waren Autos zu hören, die zum Haus fuhren oder davon weg. Neugierig verfolgte er, wie die Leute das Haus gemessenen Schritts betraten, es aber eilig verließen, als wäre eine Last von ihren Schultern genommen. Das Haus selbst lag im Dunkeln, in keinem Fenster brannte Licht.

»Komm«, sagte Hughes und riss ihn aus der Grübelei. »Gehen wir und hören uns an, was der Mann zu sagen hat. Schau nur, wie alles um ihn herum im Lough verschwunden ist, fast so, als würde das Land nichts mehr mit ihm zu tun haben wollen. Das Grab deines Vaters geheim zu halten, war wohl zu viel für ihn. Jetzt ist Unglück über ihn gekommen.«

Keiner kümmerte sich um sie, als sie sich in der Schlange einreihten, die von der Eingangstür in eine von Kerzen erleuchtete Diele führte. Drinnen schüttelte ein Mann im schwarzen Anzug dem jeweils Ersten in der Schlange kräftig die Hand. Obwohl sehr viele Menschen zum Kondolieren anstanden, begrüßte er alle mit derselben Ernsthaftigkeit und dankte ihnen für die Beileidsbekundung.

Dermot stand hinter Hughes, und sobald er begriffen hatte, dass sie in eine Trauerfeier geraten waren, wurde er nervös. Als sie an der Reihe waren, konnte er nicht feststellen, ob der Mann Hughes erkannte; seine getragene Stimme behielt dieselbe einstudierte Betroffenheit bei wie bei allen vorhergehenden Gästen.

Hughes reichte dem Mann die Hand. »Kein schönes Wetter für eine Beerdigung«, meinte er.

Als Antwort schenkte ihm Owen Sweeney ein kursorisches Lächeln, das zum Repertoire von Politikern gehört, wenn sie anderen zeigen möchten, dass sie immer noch Menschen sind.

»Für die Toten spielt das Wetter ja keine Rolle mehr«, sagte er, ohne Hughes' Hand loszulassen.

»Mr. Sweeney, ich möchte Ihnen einen jungen Mann vorstellen, der Sie sehr gerne sprechen würde. Sie kannten seinen Vater.«

Sweeney strich sich über den Bart und lächelte überheblich und onkelhaft. Ein Anflug von Neugier machte sein Gesicht lebendiger. Dermot reagierte mit einem nervösen Grinsen. Im selben Moment verfiel eine Gruppe Frauen in einen gesungenen Rosenkranz. Sweeney murmelte die Worte mit und gab Dermot die Hand. Zugleich blickte er auf die übrigen Wartenden.

»Ein Unglück kommt selten allein«, sagte er entschuldigend. »Wir hatten gerade angefangen, mit Dads Tod klarzukommen, als die Wassermassen kamen. Und dann hat der Sturm heute Vormittag auch noch für einen Stromausfall gesorgt. Deswegen die vielen Kerzen«, sagte er und machte eine Handbewegung in Richtung des düsteren Hausinneren.

»Ich heiße Dermot Jordan, und mein Vater hieß Oliver«, sagte Dermot.

Sweeney schien ihn nicht verstanden zu haben. Er beugte sich zu dem Jungen.

»Weißt du, heute Nacht hat mich das Getöse geweckt, mit dem der Fluss über die Ufer getreten ist. Erst dachte ich, das Haus stürzt ein.«

»Wir haben die Stelle entdeckt, wo die IRA Oliver Jordan begraben hat, und jetzt suchen wir die Mörder.«

Bei der erneuten Nennung von Jordans Namen richtete sich Sweeney auf und schwankte wie eine Marionette auf wackeligen Beinen. Seine Augen rollten wild, als sie von dem Jungen zu dem alten Mann sprangen.

»Sie haben wenigstens den Trost, dass Sie das Grab Ihres Vaters besuchen können. Und den Ort kennen, um für ihn Blumen niederzulegen«, sagte Dermot.

Sweeney wandte sich Hughes zu. Dann erkannte er ihn. Er verzog verächtlich den Mund, Feindseligkeit in den Augen.

»Überrascht?«, fragte Hughes.

»Dass die Beerdigung meines Vaters von einem Feind der IRA gestört wird? Nein, da sind Sie nicht der Erste.«

»Hätten Sie denn mit uns geredet, wenn wir um einen Termin gebeten hätten?«

»Eher nicht.«

Selbst unter dem dichten Bart war zu erkennen, dass sich Sweeneys Oberlippe zu einem verächtlichen Grinsen verzog.

»Sie gehören in ein Pflegeheim oder besser noch in militärischen Arrest, statt in meinem Haus rumzusabbern wie ein alter Bluthund«, sagte er.

»Machen Sie sich um mich keine Sorgen. Ich kann mich um mich selbst kümmern«, antwortete Hughes.

»Und worum kümmern Sie sich noch?« Sweeney sprach mit einem rauen Flüstern. »Ein Mann mit Ihren Geheimnissen sollte lieber still seinem Tod entgegengehen, statt möglichst viele mit sich ins Verderben zu reißen.«

»Meine Geheimnisse? Davon gibt's viele.« Hughes legte sich einen Zeigefinger auf die Stirn. »Aber keine Angst, mein Gedächtnis lässt nach, und viele Einzelheiten habe ich nicht mehr so parat, wie ich's gerne hätte. Das ist auch der Grund, warum wir zu Ihnen gekommen sind.«

Als sich Hughes mit dem schmutzigen Finger über die faltige Stirn fuhr, bemerkte Sweeney ein schlafwandlerisches Zittern seiner Augenlider. In seinem grauen Bart hingen Essensreste. Sweeney war inzwischen klar geworden, dass der alte Mann und der Junge keine unmittelbare körperliche Bedrohung für ihn darstellten und ohne Begleitung gekommen waren. Dennoch waren die beiden ein Ärgernis, ein Quell der Unruhe, und sie störten seinen Auftritt vor den Trauergästen. Er musste sie so schnell und geräuschlos wie möglich loswerden. Sweeney nahm Hughes am Arm. Er war mager, kaum mehr als Haut und Knochen, und Sweeneys Zuversicht, dass er mit den beiden überraschenden Besuchern schnell fertigwürde, stieg. Der alte Mann versuchte gar nicht, sich loszumachen, als Sweeney sie in ein Nebenzimmer führte.

»Jetzt ist nicht der Zeitpunkt, über diese Dinge zu sprechen«, schimpfte er.

»Meine Fragen können aber nicht länger warten«, sagte Dermot.

Sweeney schien kurz nachzudenken, dann lächelte er.

»Jetzt verstehe ich«, sagte er.

»Was verstehen Sie jetzt?«, fragte Hughes.

»Warum vergangene Woche ein paarmal der Jeep vor meinem Haus stand.«

Dermot nickte. »Wir haben versucht, Sie zu treffen. Wie gesagt, meine Fragen sind dringend.«

Sweeney setzte sich und zündete sich mit sorgfältigen, gut einstudierten Bewegungen eine Zigarette an. Nach ein paar Zügen richtete er den Blick auf Dermot.

»Also ehrlich, ihr hättet schon so lange warten können, bis ich etwas Zeit zum Trauern hatte.«

Er beobachtete die Wirkung seiner Worte auf den Jungen.

»Aber gut, ich bin ein nachsichtiger Mensch. Und euch beiden scheint die Zeit auszugehen. Ich sag euch, was ich weiß, ohne etwas hinzuzufügen oder wegzulassen.«

Während er sprach, war Sweeneys Blick auf Dermot geheftet, um seine Reaktionen zu lesen, seine Gedanken zu verstehen.

»Erstens habe ich keine Ahnung, wo die Leiche deines Vaters begraben wurde. Die IRA hat kein Archiv, aus dem man sich zu jeder einzelnen Operation eine Dokumentation besorgen könnte.«

Er zeigte ihnen seine leeren Hände und kicherte leise.

»Das Einzige, worauf man sich stützen kann, sind die Erinnerungen von mir und anderen Aktiven. Außerdem ist das alles natürlich vertraulich, okay?«

»Das würde ich Sie gern in einem Verhörzimmer sagen hören«, unterbrach Hughes mit plötzlicher Schärfe.

»Ich hab schon seit Jahren keine Einladung dorthin mehr bekommen«, erwiderte Sweeney kühl. Er stand auf, nahm eine Flasche aus einer Schublade und goss sich ein Glas Whiskey ein.

»Wie gesagt, nichts davon ist in Stein gemeißelt. Es ist wirklich komisch mit dem Gedächtnis. An manchen Tagen ist es einfach nicht so zuverlässig wie an anderen. Aber das ist bei älteren Männern nichts Ungewöhnliches, was, David?«, sagte er mit breiter werdendem Grinsen. Er trank einen Schluck des bernsteinfarbenen Getränks.

»Ich kenne meinen Verstand«, sagte Hughes. »Nur manchmal kenne ich den Menschen nicht mehr, der ihn gebraucht.«

»Jetzt tun Sie mir aber leid«, sagte Sweeney mit einem Kopfschütteln. Dann kamen seine silbernen Locken wieder auf dem steifen Kragen zu liegen. »Aber das war bestimmt Absicht. Um mich ein bisschen weichzuklopfen. Sie waren immer ein durchtriebener Hund.«

Er richtete den Blick wieder auf Dermot. Der Junge wirkte traurig, beinahe deprimiert. Aber das war bei Teenagern nichts Ungewöhnliches. Schlechte Laune und Schwermut waren oft auch ein Schutzschild, wirksam wie eine Maske.

»Zu deinem Vater, Dermot. Ich habe nur zufällig ein paar Dinge über ihn mitgekriegt, die andere um Einzelheiten ergänzt haben. Damals war mir nicht klar, wie viel ich wusste, aber im Laufe der Jahre konnte ich mir ein Bild von seinen letzten Tagen machen.«

»Die Fakten bitte, kein Gequatsche«, warnte Hughes.

»Obwohl sie es kaum öffentlich zugeben würde, tut es der IRA ehrlich leid, was mit Männern wie deinem Vater passiert ist«, fuhr Sweeney ungerührt fort. Er sprach jetzt klar und gefasst, wie auswendig gelernt. »Mir tut es ebenfalls leid, aber das ändert nichts an deiner Wut und Trauer, und auch kein Republikaner fühlt sich deswegen weniger schuldig oder ist plötzlich versöhnt. Aber für deinen Vater ist das alles vorbei, möge er in Frieden ruhen.

Glaub mir, Dermot, hätte ich gewusst, dass er unschuldig ist, ich hätte ihn freigelassen. Aber was wusste ich denn? Ich kann ja keine Gedanken lesen. Und damals hatte ich nicht so viel Einfluss wie heute. Ich war nur ein Fußsoldat, ahnungslos und voller Idealismus.

Die IRA wollte den Mord an deinem Vater nie zugeben, weil die Kerle, die ihn gekidnappt hatten, ihn nicht ordentlich behandelt haben. Aidan Corr war der Hauptverantwortliche. Er war besoffen und hat nur ein paar dämliche Fragen gestellt, und dann musste sich sein Kumpan Danny O'Shea als Priester verkleiden, um deinem Vater die Beichte abzunehmen. Danach hat Corr ihn erschossen. Wenn sie wirklich geglaubt hätten, dass dein Vater Informant war, dann hätten sie ihn festhalten, bewachen und höheren Kadern übergeben müssen. Für die IRA wäre es ein großer Erfolg gewesen, wenn sich ihr Verdacht bestätigt hätte.

Corr hat behauptet, dass er deinen Vater dazu gebracht hätte zu gestehen und sie ihn deswegen erschossen hätten. Der Mord hat die republikanischen Nerven beruhigt, weil man dachte, das Leck wäre abgedichtet.

Corr wurde später von uns verhaftet, weil er Informationen zurückgehalten hat. Kurz nach seiner Freilassung stieß er bei einer Autofahrt mit einem Betonmischer zusammen, zufällig auf der gleichen Straße, auf der er deinen Vater entführt hatte. Sein Komplize O'Shea wurde Mitte der Neunziger hingerichtet, weil er Waffen für unerlaubte kriminelle Aktivitäten benutzt hat. Seine madenzerfressene Leiche tauchte in South Armagh in einem Straßengraben auf, mit einem Düngersack über dem Kopf. Das Wissen, was mit der Leiche deines Vaters passiert ist, ist mit den beiden gestorben. Die IRA hat die Mörder gerichtet, und man darf sagen, sie hat sie der endgültigen Gerechtigkeit zugeführt.

Hilft dir das jetzt, Dermot? Zu wissen, dass die Männer, die deinen Vater auf dem Gewissen haben, Gewalttäter waren und ein elendes Leben geführt haben? Dass niemand über ihren Tod auch nur eine Träne vergossen hat? Bringt es dir etwas, das erfahren zu haben?«

»Vielen Dank für Ihre Offenheit«, sagte Dermot mit einem trotzigen Ton, der verriet, dass er alles andere als dankbar war. »Aber die Rechnung ist noch nicht beglichen.«

»Ich habe das starke Gefühl, dass Sie mehr über Oliver Jordans Tod wissen, als Sie uns weismachen wollen«, sagte Hughes. »Sie waren der dritte Mann der IRA-Zelle, zu der auch Corr und O'Shea gehörten. Wo waren Sie denn, als Jordan entführt wurde?«

»Das ist das Problem mit Ihnen, Hughes«, sagte Sweeney und verzog erneut die Lippen zu einem hämischen Grinsen. »Weil Ihre Karriere nur aus Lug, Trug und Täuschung bestand, gehen Sie auch bei anderen immer vom Schlimmsten aus.«

»Wahrscheinlich bewundere ich deswegen insgeheim Leute wie Sie, die mit ihrem Gespinst aus Lügen solchen Erfolg haben«, knurrte Hughes. »Ich hab Ihre Laufbahn über die Jahre genau verfolgt. Ihr Fortkommen als Politiker beobachtet. Gesehen, wie Ihnen die Medien aus der Hand gefressen und sie sogar noch abgeschleckt haben. Sie kommen gut rüber im Fernsehen, wie jeder Schauspieler. Aber jetzt werden Sie sich nicht rauswinden und mit weniger davonkommen als der Wahrheit.«

Sweeney fuhr sich durch die Haare und seufzte theatralisch.

»Das klingt genau nach dem David Hughes, den ich von früher kenne. Aber gut, dann will ich mal die Karten auf den Tisch legen.«

»Wollten Sie das nicht längst getan haben?«

Für einen Moment schwieg Sweeney und blickte zu Boden. Ein Schatten strich über sein Gesicht. Dann hob er das Whiskeyglas in die Höhe. Seine Gedanken waren nur kurz, aber erkennbar ins Stocken gekommen, und die Geste mit dem Glas half ihm, sie wieder in Bewegung zu bringen.

»Natürlich war ich nicht dabei, als sie sich Oliver Jordan geschnappt haben«, fuhr er fort. »Mehr gibt's dazu nicht zu sagen. Der einzige Beleg, den ich anführen kann, wäre die Aussage meiner geschiedenen Frau. Sie können sie fragen. Sie hatte gerade unseren ersten Sohn auf die Welt gebracht. Ich hatte nichts anderes im Kopf als das Kind, der Rest der Welt war mir völlig egal. Das ist die Wahrheit.«

»Ich glaube, dass da noch mehr dahintersteckt«, sagte Dermot und beugte sich vor, als wollte er das Whiskeyglas aus Sweeneys Hand schlagen.

»Nein«, sagte Sweeney knapp. »Das ist alles. Wir sind fertig. Wie sagt noch mal der Politiker zum Journalisten: ›Im Moment habe ich dem nichts mehr hinzuzufügen.‹«

»Was ist mit den Akten, die draußen im Schuppen liegen? Vertrauliche Unterlagen über die Ermittlungen zum Mord an meinem Vater.«

»Offizielle Akten in meinem Schuppen?«

»Ja.«

Er trat einen Schritt zurück. »Wer hat denn da drin rumgeschnüffelt?«

»Ich hab doch gesagt, dass wir Sie schon vergangene Woche aufsuchen wollten. Die Tür zum Schuppen war nicht abgesperrt, und ich bin reingegangen. Da habe ich die Akten gefunden und gelesen.«

»Ich habe die Akten vor ein paar Tagen an Inspector Celcius Daly zurückgegeben. Er hat auch hier rumgeschnüffelt«, sagte Sweeney noch immer leicht außer Fassung.

»Daly hat die Ermittlungen zu Dads Tod wiederaufgenommen. Ich verstehe, warum er die Akte wollte. Aber warum hatten Sie die denn?«

»Nicht nur die Polizei will diesen Fall wiederaufnehmen«, sagte Sweeney. Jetzt hatte er sich von dem Schock über Dermots Entdeckung erholt. Er war wie ein Schwimmer, der mit kräftigen Zügen auf Land zuhielt. »Auch wir Republikaner haben unsere Nachforschungen zum Tod deines Vaters angestellt und wollen wissen, warum die Ermittlungen ins Leere liefen. In mancher Hinsicht ist das für uns einer der wichtigsten Fälle in der Geschichte der East-Tyrone-Brigade.«

»Sagen Sie bloß, Sie haben Ihre eigene Wahrheitskommission«, unterbrach Hughes.

Sweeney lachte. Es klang wie eine Mischung aus Rülpsen und Raucherhusten.

»Wenn Sie's interessiert – wir haben uns genauso in

diesem Labyrinth verlaufen wie die andere Seite auch. Jahrelang haben wir versucht, den hochrangigen Informanten zu ermitteln, zu dessen Schutz Jordan getötet wurde. Wir glauben, dass der Mord an Devine in irgendeiner Weise damit zusammenhängt. Devine hatte eine spezielle Verbindung zu dem Fall. Vielleicht hatte das auch sein Killer.«

»Und was haben Sie rausgefunden?«

»Ich habe die Akten eine Zeit lang behalten, bis ich sie der Polizei wiedergegeben habe. Aber ich kann Sie mit jemandem bekannt machen, der den Fall noch genauer kennt.«

»Wer denn?«

»Ein sehr geschickter Mann. Ein Fachmann mit ungeheurer Geduld und enormem Erkenntnisvermögen. Ich glaube, er könnte Ihnen weiterhelfen.«

»Das muss ja ein verdammter Hellseher sein«, sagte Hughes.

»Ich kann für Sie ein Treffen arrangieren«, sagte Sweeney, ohne auf den Sarkasmus zu achten. »Ich weiß zufällig, dass er heute Abend Zeit hat. Wenn Sie mögen, können Sie ihn sogar hier treffen.«

»Wir gehen erst, wenn wir die Antworten kennen«, sagte Dermot.

39

Als Daly aus dem Haus ging, um die Hühner zu füttern, fiel ihm die orange Lichtkuppel am Horizont sofort auf. Ohne Umstände ließen sich die Hühner von ihm in den Stall treiben, nur ihre Köpfe legten sie auf die Seite. Es war, als spürten sie die Gefahr in der Nachtluft. Ohne Gackern oder Flügelschlagen huschten sie über den halb gefrorenen Boden.

Das Handy klingelte.

»Daly?« Der Anrufer klang panisch.

»Ja.«

»Ich bin nicht weit von Ihnen.« Es war Irwin. »Im Haus von Owen Sweeney. Sie sollten so schnell wie möglich kommen. Es gibt Ärger.« Dann legte er auf.

Als Daly auf Sweeneys Haus zufuhr, sah er nichts als ein grelles Flammeninferno zwischen zwei pechschwarzen Seen, dem Lough auf der einen Seite und dem Marschland hinter Maghery auf der anderen. Ein Feuer fraß sich durch das zweistöckige Haus. Als er aus dem Auto stieg, stürzte ein Stück Dach ein. Eine Stichflamme schoss in den Himmel, und der Funkenregen überstrahlte die Sterne. Daly duckte sich instinktiv.

Er hörte Schritte, und als er aufblickte, sah er im Flammenschein Irwins hochgewachsene Gestalt gebeugt dahinhasten. Eine weitere Explosion schlug

Daly Hitze ins Gesicht, und er wich zurück. Neben sich hörte er Irwin keuchen. Daly sah ihn an. Sein Gesicht war leichenblass.

»Wir kommen nicht rein. Das Feuer ist überall. Ich glaube, Sweeney ist noch drin. Und weiß Gott wer sonst noch.«

»Wer hat den Brand gemeldet?«

»Wir haben einen Anruf von Sweeney bekommen«, keuchte Irwin. »Er meinte, Hughes und der Junge wären bei ihm. Bei ihm im Haus. Als wir ankamen, sahen wir das Inferno. Es roch nach Benzin. Die Hintertür steht offen, aber ob jemand entkommen ist, lässt sich nicht sagen.«

»Hat Sweeney gesagt, dass er in Gefahr ist?«

Irwin starrte den Flammen nach, die in den Nachthimmel züngelten. »Nein. Er hat nur gesagt, wir sollen uns beeilen. Er wusste nicht, wie lange er seine Besucher hinhalten konnte. Sie hatten es eilig wegzukommen.«

»Sie hatten es eilig wegzukommen«, wiederholte Daly. Die Worte hallten lange nach.

Die beiden Männer standen einfach da, betäubt und machtlos, während das Feuer immer weiter um sich griff.

»Wahrscheinlich war der Rauch schneller«, bemerkte Daly.

Zwei Löschfahrzeuge trafen ein. Die Dunkelheit füllte sich mit hin und her laufenden Männern und Rufen. Das, was vom Haus übrig war, verschwand hinter einem Schleier aus Löschwasser und dichten, von

Scheinwerfern grell erleuchteten Rauchwolken. Bald zischte das Wasser lauter, als das Feuer brüllte und prasselte.

Nach einer guten Stunde hatten die Feuerwehrleute den Brand unter Kontrolle. Daly besah sich das verheerte Haus, dessen triefende Ruine im Scheinwerferlicht dampfte.

Bis die Feuerwehrleute zwischen den eingestürzten Mauern eine Leiche fanden, dämmerte es bereits. Obwohl die Morgensonne die Dunkelheit verjagte, blieb der verkohlte Körper pechschwarz. Es war die Leiche eines Manns mittleren Alters. Er hatte eine normale Größe und wies keine erkennbaren Verstümmelungen auf, aber das Feuer hatte aus ihm ein Monster gemacht. Zusammengekrümmt lag er unter den verkohlten Resten eines Stuhls, sein Mund stand offen wie der eines staunenden Betrachters eines Feuerwerks. Es hatte immer geheißen, dass der Politiker Owen Sweeney unangreifbar war, weil er mehr tote als lebende Kollegen kannte. Nur hatte er jetzt selbst die Grenze überschritten und sich auf die andere Seite begeben.

40

Zu den Merkmalen der Arbeit von Terence Grimes gehörte es, dass er dabei im Verborgenen blieb. Unbemerkt ließ sie sich am besten erledigen. Es regnete leicht, als er den Zaun abschritt und das Gebäude in Augenschein nahm. In den letzten paar Tagen war er mehrmals um das Grundstück herumgelaufen und hatte in Erfahrung gebracht, was er über die Abläufe in dem Pflegeheim wissen musste – wann das Pflegepersonal Schichtwechsel hatte, wann Übergabe war, wie lange die Besuchszeiten dauerten. Jetzt hatte er einen Obstkorb und eine Schachtel Pralinen dabei, die ihm die Ausführung seiner Aufgabe erleichtern sollten. Die Pistole im Schulterholster war Plan B.

Neben der Eingangstür gab es einen Wintergarten, in dem drei Menschen in Rollstühle geschnallt saßen – drei alte Männer in Schlafanzügen. Er hob die Hand zum Gruß und erntete leere Blicke. Am Eingang hielt ihn niemand auf. Das ist das Besondere an Pflegeheimen, dachte er. Sie dienen eher dazu, die dort Lebenden drinnen zu halten als Leute draußen.

Er lächelte. Die Idee von Pflegeheimen war praktisch. Ein Geschäftsmodell, das den Zweck hatte, alte Leute einzusperren. Das war auch sehr nötig. Entgegen dem ersten Eindruck waren alte Menschen gefährlich und machten ständig Scherereien. David Hughes zum Beispiel. So viel freie Zeit, die er sich nur mit seinen Gedanken und Erinnerungen vertreiben konnte. Sie hätten den alten Mistkerl auch in einen Rollstuhl schnallen und in eine Ecke schieben sollen, dachte Grimes, statt ihn durch die Gegend laufen und überall Unruhe stiften zu lassen. Wenn er doch bloß einen Schlaganfall erlitten hätte und nicht mehr sprechen könnte.

Am Ende des Gangs saß eine indische Pflegerin am Tisch, den Kopf zum Lesen gesenkt. Grimes reichte ihr den Korb und die Pralinen. »Ich würde gerne Mrs. Jordan besuchen. Das hier ist von der Familie. Wir möchten Ihnen für Ihre Mühe danken.«

Lächelnd nahm die Pflegerin die Geschenke in Empfang. Auf Grimes achtete sie kaum.

Er blieb kurz stehen. Im Spiegel hinter der Pflegerin sah er seine kalten Gesichtszüge, den Mund, die Augen, die straff zurückgekämmten festen blonden Haare. Es war ein Gesicht wie aus den Albträumen zahlloser Paramilitärs, die etwas zu verbergen hatten.

»Ist sie im Aufenthaltsraum?«, fragte er lächelnd.

»Nein. Sie ist in ihrem Zimmer. Nummer 6«, sagte die Pflegerin in weichem Englisch.

Rita Jordan saß in einem Sessel, als erwartete sie Besuch.

Sie wirkte ruhig und heiter. Ob der Junge erst vor Kurzem mit ihr gesprochen hatte, fragte er sich.

»Schwester?«, sagte sie und blinzelte in seine Richtung.

»Ich musste sie leider wegschicken«, sagte er leise. Jemand vom Personal ging an der Tür vorbei, und er drückte der alten Frau kurz die Hand.

»Rita Jordan«, sagte er, und ohne sich die spöttische Förmlichkeit verkneifen zu können, fügte er hinzu: »Den ganzen Weg von Ihrer Majestät der Queen bin ich gekommen, nur um Sie zu besuchen.«

»Wer sind Sie?«

Er überging ihre Frage.

»Ich bin auch gekommen, um Ihren Enkel zu treffen. Ich habe ihn schon zu Hause gesucht. Ich habe ihn in der Schule gesucht. Ich war an all seinen Lieblingsorten und hab mit seinen Freunden gesprochen. Viele sind's ja nicht. Sie haben mir gesagt, dass er weggelaufen ist. Deswegen wende ich mich jetzt an Sie um Hilfe.«

»Was wollen Sie?«

»Ich bin von weit her gekommen, um Sie zu besuchen.« Mit einem müden Seufzen ließ er sich auf einen Stuhl sinken.

»Na, dann haben Sie mich jetzt ja besucht. Ich hab schon bessere Tage gesehen, aber mir geht's gut. Um mich brauchen Sie sich keine Sorgen zu machen.« Sie sprach, als hätte sie es mit einem verlogenen Verwandten zu tun.

Grimes sah sich im Zimmer um. Ein Lächeln glitt auf seine Lippen.

»Sie verstecken ihn nicht etwa unterm Bett, oder?«

»Ich verstecke niemanden. Was wollen Sie denn von Dermot? Er hat doch nichts angestellt, oder?«

Grimes ließ die Frage eine Weile im Raum stehen. Er wollte, dass sie möglichst lange über die Situation im Ungewissen blieb. Damit ihre Fantasie Zeit hatte, selbst für die Beunruhigung zu sorgen.

»Er ist doch in Sicherheit, oder? Bestimmt ist nichts passiert. Oder doch?« Ihre brüchige Stimme war zittrig.

»Nach allem, was ich gehört habe, hat er sich in schlechte Gesellschaft begeben. Er hält die örtliche Polizei ziemlich auf Trab, von der Special Branch ganz zu schweigen.«

»Dann ist er wirklich in Schwierigkeiten.«

»Was ist mit Hughes, dem alten Mann? Haben Sie ihn gesehen?«

»Nein«, log sie.

»Hat er Ihnen was vorgesungen? Angeblich hat er eine schöne Singstimme. Er singt vor allem für Leute, die ihn nicht kennen.«

Die alte Frau gab keine Antwort. Stattdessen schloss sie die Augen und stellte sich schlafend. Grimes seufzte. Sie war über achtzig. Fast zehn Jahre älter als Hughes. In dem Alter wurden die Leute starrsinnig und stur, obwohl sie bald vor den höchsten Richter traten. Er stand auf. Das Gespräch würde zu nichts führen. Er sah auf seine Uhr. Die Besuchszeit ging zu Ende.

Die alte Frau schlug die Augen auf und sah, dass Grimes zu ihr trat. Ihre Stimme zitterte. Sie klang schrill, aber trotzig.

»Dermot wird nicht aufhören zu suchen, bis er die Wahrheit rausgefunden hat. Für ihn ist das Grab seines

Vaters wichtig, und für mich ist es das auch. Für uns ist es wichtig, weil wir von einem Fleisch und Blut sind. Wir werden nie aufhören, nach ihm zu suchen, solange wir leben.«

»Ich bin den ganzen Weg gekommen, um Dermot eine Nachricht zu überbringen«, sagte Grimes. Er nahm ein Kissen in die Hand.

»Was für eine Nachricht?«

Grimes drückte ihr das Kissen aufs Gesicht.

»Die Nachricht lautet: Sehr bald wird es dunkel sein.«

In der folgenden Stille spürte er ein Pochen unter dem Kissen, ihre erstickten Schreie und das gedämpfte Ringen um Atem, das immer schwächer wurde und verebbte. Nach einiger Zeit nahm er das Kissen von ihrem Gesicht und blickte in ihre Augen. Sie wurden dunkel. Das letzte Licht darin erlosch und versank in der Schwärze des Todes.

Ein Detail stach ihm ins Auge. Er entfernte eine lose Haarsträhne von dem Kissenbezug. Dann strich er ihn glatt. Es waren genau diese Nebensächlichkeiten, die ihm zuwider waren, die Unordentlichkeit und die Vernachlässigung von Details, die ihn zu oft von der Aufgabe ablenkten, die er zu erledigen hatte. Eine Pflegerin warf im Vorbeigehen einen Blick ins Zimmer.

»Die Gute ist wieder eingeschlafen«, sagte er und lächelte. Eilig schob er der alten Frau das Kissen unter den schlaffen Kopf und verließ das Zimmer.

41

Sobald Dermot von seiner Mutter die Nachricht erhalten hatte, dass seine Großmutter im Pflegeheim überraschend ins Koma gefallen war, sprang er mit Hughes in den Jeep und fuhr los. In der scharfen Kurve kurz vor Maghery dachte er für eine Sekunde, er sei in eine Sackgasse gefahren. Dann ging alles ganz schnell. Er verlor die Kontrolle über den Wagen, und die Hecke raste in einem solchen Tempo auf ihn zu, dass er keine Zeit hatte, sich gegen den Aufprall zu wappnen. Er riss noch das Lenkrad herum, aber der Jeep reagierte nicht, sondern brach aus und rutschte quer ins Gebüsch. Im nächsten Moment fegte ein Schwall aus geknickten Ästen, zerfetzten Zweigen und Glasscherben durch das Wageninnere und prasselte auf Dermot ein. Alles wirkte so grell und gleißend, dass er es genauso wenig ansehen konnte wie direkt in die Sonne blicken. Zugleich strich verblüffend frische und klare Luft an seinem Gesicht vorbei, und er hörte ein ohrenbetäubendes Krachen. Danach musste er das Bewusstsein verloren haben, denn seine nächste Wahrnehmung war, dass er in einem nassen Graben auf der Seite lag. Daran, dass er durch die Windschutzscheibe gesegelt war, konnte er sich nicht mehr erinnern, genauso wenig wie an einen Aufprall.

Über seinem Kopf dröhnte etwas, laut wie eine Riesenbiene. Er brauchte einen Moment, um zu begreifen, dass es die Räder des Jeeps waren, die sich noch drehten. Auch andere Geräusche nahm er wahr – das Klirren von Glas, tröpfelndes Wasser, das Knarren und Quietschen von Plastik. Das Radio schmetterte Bob Dylans schnarrenden Gesang durch die zertrümmerte Scheibe hinaus in die Nacht. Die Stimme hatte etwas Beruhigendes und gab Dermot das Gefühl, alles sei in Ordnung und sie seien bald in Sicherheit. Kurz bevor er wieder im Dunkel versank, hörte er jemanden seufzen. Als er noch einmal die Augen aufzwang, sah er das hagere Gesicht von Hughes über sich, ihn hartnäckig anstarrend mit riesigen Augen, die sein Restbewusstsein wie zwei Tiefseewesen in den Abgrund zogen. Dermots letzte Erinnerung war das schauerliche Grinsen des alten Manns.

Als er das nächste Mal erwachte, brauchte er eine Weile, um sich das Geschehene zu vergegenwärtigen. Er versuchte, sich auf das Ereignis zu konzentrieren, bei dem er Hauptakteur gewesen war. Eine chaotische Szene spielte sich vor ihm ab – entwurzelte Sträucher, verbeultes Blech, ein sich rasend schnell über die Glasscheibe legendes Spinnennetz. So mochte eine Prügelei ablaufen, bei der ein schwerfälliges Metalltier der kratzbürstigen Wildheit eines Gestrüpps aus Weißdorn und Schlehdorn unterlag. Sein Mund war trocken, und als er ihn abtastete, spürte er Speichel in seinen Mundwinkeln. Er kämpft sich auf die Beine. Die Benommenheit ließ ihn wanken.

Das Vorbeizischen unsichtbarer Autos auf der Straße rief ihm in Erinnerung, wo sie sich befanden. Der Jeep lag auf der anderen Seite der Hecke ein Stück unter Fahrbahnhöhe. Er taumelte zu dem auf der Fahrerseite eingedrückten Wagen und zog den Zündschlüssel ab. Von der Ledermappe mit der Karte des Moorlands wischte er die Scherben.

Und noch etwas sollte hier sein. Ein wichtiges Beweisstück. Er tastete nach seinem Handy und fand es in der Tasche. Kurz glotzte er darauf, als könnte es ihm helfen, seine Gedanken zu ordnen. Aber etwas Entscheidendes hatte den Unfallort verlassen und schwamm jetzt irgendwo zwischen den Sträuchern und dem geborstenen Glas davon.

Er bemühte sich, seine Erinnerungen zu sortieren und die einzelnen Ereignisse abzurufen – das Wegrutschen des Jeeps, das Durchbrechen der Hecke –, dann fiel es ihm wieder ein. Der alte Mann. Er erinnerte sich an Hughes' Gesicht, das über ihm geschwebt war, und fragte sich, ob es eine Vision gewesen war. Hatte Hughes den Unfall überlebt und war weggelaufen? Jetzt betrachtete er die Unfallstelle genauer, bemerkte die Furchen im Boden, wo die Reifen ihn umgepflügt hatten, sah die gebrochenen Äste, die abgerissene Rinde, den Jeep, der nur noch Schrott war. Er konnte von Glück reden, dass er den Crash überlebt hatte, aber was war mit Hughes?

Als er sich in der Umgebung des demolierten Jeeps nach dem alten Mann umsah, vom Graben zum Straßenrand und über das Feld blickte, breitete sich seine Panik in immer weiteren Kreisen aus, bis er schließlich den Horizont in alle Richtungen absuchte.

42

Als das Handy klingelte, war Daly mitten in seinem Versuch, durch Umgraben des väterlichen Kartoffelbeets im Vorgarten Entspannung und Ruhe zu finden. Bislang hatte er allerdings wenig erreicht, außer mit dem Spaten vor allem Steine und die verrotteten Knollen des Vorjahrs zutage zu fördern. Nachdem er eine gute Stunde gebuckelt hatte, streckte und dehnte er sich gerade und überlegte, ob er sich ein Weilchen hinlegen sollte. Die ganztägigen Spatenschlachten seines Vaters waren nichts für ihn. Er blickte auf das Display, aber es war dreckverschmiert.

»Hallo?«

»Sie haben gesagt, Sie würden mir helfen«, sagte eine Stimme. »Gilt das Angebot noch?«

»Was ich verspreche, halte ich auch«, sagte Daly. Er hatte Dermot sofort erkannt.

»Ich kann nicht lang reden. Mein Akku ist gleich leer. Haben Sie was zum Schreiben?«

Daly eilte ins Haus. »Ich bin bereit.«

»Ich hatte einen Unfall. Ich bin mit dem Jeep vor Maghery aus der Kurve geflogen. Ich weiß nicht mehr, wie das passiert ist, aber als ich zu mir kam, war David weg. Er muss weggelaufen sein.«

»Was soll ich tun?«, fragte Daly, um Zeit zum Nachdenken zu gewinnen.

»Einen Suchtrupp oder so was zusammenstellen. Er kann nicht weit sein. Da ist ein Mann namens Grimes. Er hat schon einmal versucht, uns zu töten. Ich musste David aus Sweeneys Haus retten. Bevor alles in Flammen aufging.«

»Moment mal.« Daly bemühte sich, seine Beunruhigung nicht durchklingen zu lassen. »Vorher sind noch ein paar Sachen zu klären. Erstens könntest du dich beim Unfall verletzt haben. Es ist meine Pflicht, dich in ein Krankenhaus zu bringen und deine Mutter zu benachrichtigen.«

»Erst muss ich Grimes finden.«

»Der Mann klingt gefährlich. Du brauchst Hilfe.«

»Und von wem? Der Special Branch vielleicht? Oder der Polizei?«

»Du darfst das nicht auf eigene Faust machen.«

»Ich hab doch bereits rausgefunden, wo mein Vater begraben wurde. Euer Verein hat das in fünfzehn Jahren nicht geschafft. Da dürfte Grimes wesentlich leichter zu finden sein. Ich muss Schluss machen.«

»Warte«, sagte Daly. »Du hast mir noch keine Beschreibung von Grimes gegeben. Ich will ihn zur Fahndung ausschreiben. Außerdem wird es schon dunkel. Wo willst du heute Nacht schlafen?«

Schweigen am anderen Ende. Daly nutzte die Gelegenheit. »Ich brauch nicht lang, bis ich in Maghery bin. Höchstens zwanzig Minuten.«

»Okay. Danke.«

»Du brauchst mir nicht zu danken. Ich mach einfach meine Arbeit. Aber egal, wir beide müssen uns unbedingt unterhalten.«

Als Dermot in Dalys Auto einstieg, huschte ein flüchtiges Lächeln über sein Gesicht. Sobald er es zur Windschutzscheibe drehte, sah Daly über seinem Ohr einen Schnitt, und in den Haaren klebten Glassplitter und geronnenes Blut. Auch am Ohr rann Blut herab und tröpfelte in sein T-Shirt.

»Das sollte sich ein Arzt ansehen«, sagte Daly. »Und deine Mutter wird dir auch Fragen stellen, wenn du das T-Shirt in die Wäsche steckst. Aber im Moment sind das eher kleinere Sorgen.«

Dermot tastete vorsichtig nach der Wunde. »Wir könnten's als Sweeneys Rache ansehen.«

»Sweeney ist tot.«

»Ich weiß. Er war schon tot, als wir aus dem brennenden Haus raus sind.«

Dermot sah zur Seite aus dem Fenster. Schatten glitten über sein Gesicht, dessen Züge für einen Siebzehnjährigen zu hart wirkten. Daly verspürte ein ungutes Grummeln im Bauch. Er fragte sich, ob sein Beifahrer mehr Aufregungen mit sich brachte, als er an einem Samstagabend verdauen konnte.

»Was zum Teufel war da eigentlich los? Ich hätte es nie für möglich gehalten, dass ein Schuljunge so viel Ärger machen kann. Die Special Branch will dich für den Mord an Sweeney drankriegen.«

»Ist das ein Verhör?«

Daly zügelte sich. »Ich will dir nichts anhängen. Aber es ist klar, dass sehr viel gelaufen ist, von dem ich keine Ahnung hatte.«

Im Gesicht des Jungen zuckte es. »Warum sollte ich Ihnen vertrauen?«

Daly sah ihn finster an und stieß einen Seufzer aus. »Kapierst du's nicht? Wir beide stecken viel zu tief in der Sache drin, als dass wir noch Geheimnisse voreinander haben dürfen. Verdammt noch mal, ich breche doch schon das Gesetz, nur weil ich dir helfe. Der Jeep ist gestohlen gemeldet. Und in diesem Augenblick begünstige ich das unerlaubte Entfernen von einem Tatort beziehungsweise einem nicht gemeldeten Unfall. Und nicht nur das: Man sucht dich außerdem wegen Brandstiftung und einer möglichen Entführung. Damit sollte eigentlich klar sein, dass ich momentan der einzige Freund bin, den du hast, abgesehen von einem sechsundsiebzigjährigen Mann mit Alzheimer, der dir allerdings ausgebüxt ist.«

Dermot warf ihm einen beleidigten Blick zu. »Ich hab nichts Böses getan.«

»Das glaub ich dir ja. Aber du musst endlich meine Fragen ehrlich beantworten.«

»Was wollen Sie denn wissen?«

»Du könntest damit anfangen, mir zu sagen, was in Sweeneys Haus passiert ist.«

Dermot warf ein Feuerzeug auf das Armaturenbrett. »Ich hab's angezündet. Da ist Ihr Beweis. Jetzt können Sie mich verhaften.«

Verärgert schüttelte Daly den Kopf. Den Verdächtigen bei einer Brandstiftung an einen sicheren Ort zu bringen ließ sich kaum unter Routinetätigkeiten eines Detective verbuchen.

»Nur damit das klar ist: Wenn das alles vorschriftsmäßig ablaufen würde, wärst du jetzt in Handschellen und würdest von mir auf direktem Weg in eine Zelle gebracht«, sagte er.

Dermots Mund verzog sich zu einem dünnen Lächeln. Er nahm das Feuerzeug und steckte es wieder in die Tasche.

»Ich hab mein Leben riskiert, als ich zurück bin, um Hughes zu retten«, sagte er. »Wir waren bei Sweeney, um was rauszufinden. Sweeney sagte, er will uns jemand vorstellen, der uns helfen könnte. Dann kam dieser Grimes. Er hatte einen englischen Akzent, und er war wütend. Er warf Sweeney vor, sich nicht an die Befehle zu halten. Ich wusste sofort, dass man dem nicht trauen kann.«

»Ein englischer Akzent?«, bemerkte Daly. »Dann kann man ihm definitiv nicht trauen.«

Schweigend überlegte Dermot, ob aus dieser Bemerkung Vorurteile sprachen oder ob Daly es ironisch gemeint hatte.

»Ich konnte abhauen, aber dann fiel mir ein, dass ich David retten musste. Sie hielten ihn dort fest. Das Einzige, was ich gut kann, ist Feuer machen. Ich musste sie ablenken, und in Sweeneys Garage war Kraftstoff. Was hätte ich denn sonst tun sollen? Ich bin ja kein Spezialkommando.«

»Also hast du das Haus angezündet und Hughes rausgeschafft?«

»Ja. Als ich zurück ins Haus bin, brannte es schon richtig. David war an eine Gasflasche gefesselt. Sweeney saß auf einem Stuhl, mit einer Kugel im Kopf. David sagte, dass Grimes nicht wollte, dass sie verbrennen. Er wollte, dass sie in die Luft fliegen.«

Dermot hielt inne. »Zum Glück war ich schneller mit meiner Zündelei. Die Hütte brannte schon, bevor er sie in die Luft jagen konnte.«

»Warum wurde Sweeney erschossen?«

»Grimes will alle losen Enden abschneiden, die mit dem Mord an meinem Dad zu tun haben. Deswegen ist David noch immer in Gefahr.«

Sie fuhren eine Weile schweigend dahin.

Dann sagte Dermot: »Grimes ist einer von euch, oder? Von der Special Branch?«

»Wir sollten keine vorschnellen Schlüsse ziehen«, erwiderte Daly.

»Das ist doch die einzige Erklärung.«

»Irgendwie kann ich mir das nicht vorstellen. Ich bräuchte mehr Hinweise, dass die Special-Branch-Leute Hughes umbringen wollen. Oder Sweeney tot sehen wollten.«

»Klingt, als hätten Sie nicht viel Ahnung von der Special Branch.«

»Ich glaub einfach nicht, dass die Special Branch ihre eigenen Leute ermorden würde.« Für Daly blieb diese Theorie unglaubwürdig.

»Der Einzige, den ich kenne, der ein Motiv hat, Sweeney zu töten, bist du, Dermot.« Daly sah ihn an.

Der Junge blieb stumm.

»Hier ist meine Theorie«, fuhr Daly fort. »Diesen Engländer namens Grimes gibt's gar nicht. Genau wie die Männer, die euer Haus im Woodlawn Crescent abgefackelt haben. Weder dein Leben noch das von Hughes war in Gefahr. Du hast Sweeneys Haus angezündet, um die beiden letzten Überlebenden zu töten, die etwas mit dem Mord an deinem Vater zu tun hatten.«

»Genau«, sagte Dermot, »genau das wollen die, dass Sie denken.«

»Was für einen Beweis dafür, dass du die Wahrheit sagst, könntest du denn einem Gericht vorlegen?«

»Hughes wird mein Zeuge sein. Und deswegen müssen wir ihn finden. Warum sonst hätte ich Sie anrufen sollen?«

Im Cottage seines Vaters angekommen, bat Daly Dermot um das Feuerzeug.

»Nicht dass du ein wichtiges Beweisstück verlierst«, scherzte er und steckte das Feuerzeug in die Tasche. In Wahrheit fürchtete er jedoch, was passieren könnte, wenn er mit Dermot im Haus einschlief. Das Haus war zwar gegen Feuer versichert, aber der Versicherungsschutz galt sicher nicht für einen notorischen Brandstifter. Von der Diele aus rief er in der Polizeistation an, um eine Suche nach Hughes in die Wege zu leiten. Ein Hubschrauber sollte kommen, um die Felder und Straßen rings um den Unfallort abzusuchen, und es sollten Polizisten zu den Anwohnern geschickt werden, um sie zu befragen. Weil der Mond noch nicht aufgegangen war, würde die Suche schwierig werden. Um seine Besorgnis zu überspielen, bat Daly den Jungen ins Wohnzimmer und kochte Kaffee.

Als im Kamin ein Torffeuer brannte, taute Dermot auf.

»Ich wollte eigentlich nur wissen, wo mein Vater begraben ist«, erzählte er Daly. »Die Mörder und ihr sonstiges Leben haben mich doch überhaupt nicht interessiert. Ich wollte gar nicht wissen, wer die waren. Aber dann habe ich von Hughes erfahren, dass Sweeney was mit Dads Entführung zu tun hatte. Der großartige Politiker und Friedensheld. Ich fand's beschissen, dass der widerliche Typ noch lebte und sich als Friedensstifter hinstellte. Das konnte ich nicht verzeihen. Weil ich jetzt wusste, wer er in Wirklichkeit war und wo er wohnte, wollte ich ihn fertigmachen. Ich war wahnsinnig wütend, dass er von den Troubles so profitiert hat. Der hätte sich in den letzten Jahre doch aus Scham in irgendeinem Loch verkriechen müssen.«

Der Torf brannte schnell runter, der süßliche Rauch stach ihnen beiden in die Augen. Draußen knackte ein Ast, in der Finsternis rief eine Eule. Dermot machte sich vor dem Feuer klein, als wollte er sich vollständig der wohligen Wärme überlassen.

»Aber jetzt ist er tot«, fuhr er fort. »Gott sei Dank,

dass ich es nicht war. Das war er nicht wert. Das hätte mich auf sein Niveau runtergezogen. Aus dem Loch wär ich nie mehr rausgekommen.«

Funken sprühend entzündete sich ein Stück Moorwurzel. Daly fühlte sich leicht und schwindlig. Der blaue Rauch brachte so viele Erinnerungen hervor.

»Meine Mutter wurde bei einem Schusswechsel zwischen einer zivilen Polizeieinheit und der IRA getötet«, sagte er. »Laut Polizei war sie zur falschen Zeit am falschen Ort. Aber das war sie nicht. Ich war damals erst zehn, und sogar mir war das klar. Sie war genau zur richtigen Zeit am richtigen Ort. Sie kam von der Arbeit nach Hause.« Plötzlich hielt er inne. Er bedauerte, dass ihm das herausgerutscht war. Es kam ihm vor, als hätte er ein Geheimnis verraten, und er hätte die Worte am liebsten zurückgenommen. Dermots Wut hatte die Wut seiner Kindheit neu entfacht.

Diese Wut hatte er später ziehen lassen, genauso wie er vieles andere hatte ziehen lassen. Nie hatte er um etwas gekämpft. Er wollte sich immer nur um sich selbst kümmern, nie um jemand anderen. Auch seine Frau hatte er so ziehen lassen. Die Arbeit war nur eine Ausrede gewesen, ein Vorwand, um eine zu große Nähe zu anderen zu vermeiden. Sein ganzes Leben hatte er allein gelebt, wie ein geflohener Sträfling nur an seine Ängste gekettet. In sich gefangen vor Furcht, einen weiteren geliebten Menschen zu verlieren.

Das Feuer war zur letzten Glut herabgebrannt. Daly ging hinaus, um neuen Torf zu holen. Die Dunkelheit war erfüllt von den Geräuschen des Winds, der durch die Hecken pfiff. Selbst durch ihn schien die wilde Luft vom Lough zu wehen. Er war von Erinnerungen umgeben, und der Wind bohrte Löcher in die Dunkelheit, durch die Geister strömen konnten.

Bei seiner Rückkehr ins Haus sagte er: »Erzähl mir von David Hughes.«

Dermot machte ein empörtes Gesicht. »Von dem wissen Sie doch alles! Er ist ein verwirrter alter Mann mit massenhaft schrecklichen Erinnerungen. Wie ein Boot, das keinen sicheren Hafen findet. Ihn plagen irgendwelche Geister und Visionen aus der Vergangenheit.«

»Manche dieser Geister sind allerdings ziemlich real, das kann man nicht bestreiten. Ein paar von denen bin ich sogar selbst begegnet.«

Daly erläuterte seinen Verdacht, dass Devine verkleidet in Gestalt verschiedener Geister vor Hughes' Cottage erschienen war.

»Warum macht er denn so was? Das ist doch krank!«

»Er wollte Hughes dazu bringen, von der Vergangenheit zu sprechen. Gar nicht so anders als das, was du im Pflegeheim versucht hast. Sagen wir, angewandte Erinnerungstherapie mit übernatürlichen Elementen.«

»Und warum hat er ihn nicht einfach gefragt?«

»Damit bei die Special Branch gleich die Alarmglocken läuten? Devine wusste, dass es egal war, wie Hughes ihre geheimen Treffen an der Hecke erklären würde. Die Sache würde immer völlig unglaubwürdig klingen, irrwitzig sogar für Hughes. Vergiss nicht, er hatte gerade erst die Alzheimer-Diagnose bekommen. Wenn er schon seinem eigenen Verstand nicht mehr traute, wie sollte er dann jemand anderen überzeugen?« Daly legte ein weiteres Stück Torf ins Feuer. »Hughes ist früher der große Strippenzieher gewesen, aber jetzt hatte Devine alle Fäden in der Hand. Jetzt wollte der Informant Informationen von seinem Führungsoffizier.«

»Hatten die Besuche denn irgendein System?«

»Wie meinst du das?«

»Fanden sie immer um eine bestimmte Uhrzeit oder am selben Tag statt?«

»Ich glaube nicht. Laut Hughes' Tagebuch kamen die Geister nach Lust und Laune.«

»Mir hat er gesagt, er konnte immer spüren, wenn es wieder so weit war.«

Daly holte das Tagebuch, und zusammen sahen sie sich die Einträge an. Es gab keine offensichtlichen Hinweise darauf, dass sich die Geister an einen Zeitplan oder andere Regeln hielten. Dermot nahm das Buch und blätterte es durch. Dabei achtete er nur auf die Datumsangaben und notierte sie.

»Haben Sie einen Kalender?«, fragte er schließlich.

Daly holte den Wandkalender aus der Küche. Als Dermot die Tage markierte, stieß Daly überrascht einen leisen Pfiff aus. Es waren jeweils Vollmondnächte. Für einen Augenblick dachten sie schweigend nach.

»Der letzte Vollmond war am 4. Februar«, sagte Daly.

Sein Finger fuhr über die folgenden Tage bis Anfang März.

»Wir müssen los. Heute ist wieder Vollmond. Hughes könnte in diesem Moment auf ein Treffen mit seinen Geisterfreunden warten.«

Vom Lough wehte ein kalter Wind, der Himmel war mondhell und wolkenlos, das Wasser in der Ferne schimmerte silbern. Das Cottage wirkte verlassen, auf den Äckern war kein Mensch zu sehen. An den Feldrainen duckten sich Dornsträucher, ihre Blüten leuchteten im blassen Mondlicht.

Als Daly mit dem Jungen die Hecken um Hughes' Cottage abschritt, meinte er sich den Vorposten eines versteckten Feindes zu nähern. Er hoffte, den alten Mann rasch zu finden, damit sie alle zurück in sein Haus fahren, etwas essen und schlafen konnten, um für den nächsten Tag gewappnet zu sein. Ein neuer Morgen würde ihm die Möglichkeit geben, mit klarem Kopf zu handeln und alles in Ordnung zu bringen. Vielleicht würde er die Methode Feigling wählen und den Fall in die Hände von Inspector Fealty legen. Sich freisprechen von aller Verantwortung für das, was geschehen war, nachdem Dermot und der alte Mann aufgetaucht waren.

Im Mondlicht sah er einen Mann auf einem Stein sitzen. Er hatte das Kinn auf einen Stock gestützt und blickte hinaus auf den Lough. Daly rief ihm etwas zu, aber der Mann schien ihn nicht gehört zu haben. Er ging zu ihm und sah, dass es Hughes war. Der blickte zu Daly hoch und schüttelte den Kopf.

»Joseph Devine und dann Owen Sweeney. Jetzt sind beide tot. Schlimm ist, dass ich Devine gezwungen hab weiterzumachen, als er aussteigen wollte. Er hat mich angefleht, ihn gehen zu lassen. Er wollte nur eine Greencard, um in den USA neu anzufangen. Aber ich hab ihn zappeln lassen. Er hing in der Luft wie eine Marionette, die ich immer weiter habe laufen und sagen lassen, was ich wollte. Ich hab ihm gesagt, dass er nie wegkommen würde. Dass sein einziger Ausweg ist, mit einem Stein um den Hals in den See zu springen.«

»Sag so was nicht«, sagte Dermot, der neben Daly getreten war.

»Ich kann das, was mir auf dem Herzen liegt, nicht einfach wegschieben. Dein Freund hier und die Geister sollen das alles wissen. Ich war damals bei dem Gedenkgottesdienst für deinen Vater und habe gesehen, wie deine Mutter geweint hat. Jetzt spüre ich ihre Trauer in mir. Es ist, als würde sie mir die Seele auswringen.«

Er ergriff Dermots Arm. »Sag dem Geist, dass ich das alles nicht gewollt habe. Es waren Befehle. Ich hab nur Befehle befolgt.«

»Wem soll ich das sagen?«

»Dem Geist, der gekommen ist, um seine Mörder aufzuspüren.«

»Es gibt keine Geister«, warf Daly ein. »Das war Devine, der in die Rolle aller Toten geschlüpft ist.«

Hughes' Augen weiteten sich vor Schrecken. »Devine? Ist er jetzt auch zurückgekommen?«

Der alte Mann sah Daly an. »Wissen Sie, was da vor sich geht? Welche Geheimnisse verbergen Sie eigentlich?«

In der Dunkelheit hinter ihnen erklang ein leises Husten, ein Geräusch wie ein Korken, der aus einer Flasche gezogen wird.

Dann flammte ein Streichholz auf. Jemand zündete sich eine Zigarette an.

»Entschuldigung, aber ich konnte einfach nicht länger still sein«, sagte Grimes und kam mit brennender Zigarette im Mund zu ihnen. In seiner ausgestreckten Hand schimmerte der matte Lauf einer Pistole. »Obwohl ich bis jetzt sehr zurückhaltend war.«

Er blickte in Dermots erschrockenes Gesicht. »Ich habe Respekt vor deiner Cleverness, mein Junge, aber jetzt bist du am Ende der Fahnenstange angekommen. Hier gibt's keine Hintertür mehr.«

Daly versuchte, die Situation schnell abzuschätzen.

»Wen auch immer Sie schützen wollen, ihnen droht keine Gefahr mehr«, sagte er. »Kein Mensch will Hughes' Ring an Informanten auffliegen lassen. Der Junge wollte nur rausfinden, wo die Leiche seines Vaters begraben ist. Es gibt keinen Grund, uns etwas anzutun. Damit gewinnt niemand was, aber viele können etwas verlieren.«

Grimes schien aufmerksam zuzuhören. Er blinzelte. Dann warf er einen Blick auf den alten Mann, registrierte sein Schweigen, seine Verwirrung und die in seine hageren Züge eingegrabene Einsamkeit.

»Ich versteh genau, was Sie meinen«, antwortete er. »Aber Sie müssen wissen, dass ich ein gutes Angebot bekommen habe. Die Gelegenheit, sehr, sehr viel Geld zu verdienen. Außerdem habe ich einen makellosen Ruf als zuverlässiger Auftragnehmer. Wenn ich Sie laufen lasse, wäre der erheblich beschädigt. Warum sollte ich dieses Risiko eingehen? Sagen Sie mir das.«

Die Antwort fand Daly schnell. Sie lautete, dass es keinen Grund gab. Sie waren alle drei entbehrlich. Alle drei waren sie auf die eine oder andere Art gezeichnet und in Ungnade gefallen. Der jugendliche Brandstifter, der senile Spitzelführer, der mit Geistern redete, und der unzuverlässige Detective mit zweifelhaftem Urteilsvermögen und fraglicher Loyalität. Ohne es zu wissen, hatte Dermot Grimes und seinen Hintermännern einen Gefallen getan, als er Daly mit in die Falle gezogen hatte. Jetzt würde es keinen mehr geben, der die Umstände ihres Todes hinterfragen würde. Kein Officer aus dem gesamten Polizeiapparat würde die Ermittlungen in die richtige Richtung lenken. Alle Argumente sprachen für Grimes' Sichtweise.

»Wie gut kennen Sie die Leute, für die Sie arbeiten?«, fragte Daly. »Können Sie ihnen vertrauen?«

»Wie meinen Sie das?«

»Glauben Sie wirklich, Sie können einfach das Geld

nehmen und verschwinden? Haben Sie sich keine Gedanken über die Pläne gemacht, die diese Leute hinter Ihrem Rücken verfolgen?«

»Sie wollen mich von meiner Aufgabe ablenken. Etwas Zeit gewinnen. Das überrascht mich nicht. Ich an Ihrer Stelle würde dasselbe tun.«

Daly blieb beharrlich, weil er hoffte, diese Chance nutzen zu können. »Sie erledigen für die nur die Drecksarbeit. Aber was hindert die daran, Sie auch auszuschalten? Betrachten Sie es doch aus deren Sicht. Nur so können sie sicherstellen, dass die Wahrheit nie rauskommt.«

»Ich kriege allmählich genug von diesem sinnlosen Gerede«, sagte Grimes mit einem falschen Lächeln. »Machen Sie sich um mich keine Sorgen. Ich habe meine Notfallpläne. Ich begegne allen meinen Auftraggebern mit dem allergrößten Misstrauen.«

»Ich hoffe nur, dass Sie sich nicht allein auf deren guten Willen verlassen. Denken Sie doch mal nach. Drei grundlose Morde werden eine Menge Fragen aufwerfen. Man wird nach einem Sündenbock suchen, nach jemandem, dem man sie anhängen kann.«

»Ich darf Ihnen versichern, dass das nicht geschehen wird. Auch wenn Ihnen das nicht gefallen dürfte.« Er hielt inne und zog genussvoll an der Zigarette, um seine Lunge zu füllen. »Die Waffe, die ich in der Hand halte, ist eine Glock 19. Sie ist nichts Besonderes. Sie tötet genauso gut wie jede andere Pistole. Nur dass sie auf David Hughes registriert ist. Für seinen persönlichen Schutz.«

Daly fröstelte.

»Ich halte mich an meine Abmachung. Aber das habe ich ja schon gesagt. Zweifeln Sie noch immer daran?« Er lächelte Daly zu, als forderte er ihn auf, einzustimmen. Es sah nach Schachmatt aus.

Daly begriff, dass er nur noch eine Chance hatte. Und er musste sie nutzen, solange er noch die Kraft dazu hatte.

Grimes befahl den dreien, sich hintereinander aufzustellen und zum See zu gehen. Als er begann, sie zu fesseln, erst Hughes, dann Dermot, leisteten sie kaum Widerstand. Grimes hatte keinen Grund, ungeduldig zu sein. Er ließ sich Zeit und prüfte, ob die Knoten wirklich fest waren. Wie falsch es ist zu glauben, dachte er, dass die Angst Menschen unberechenbar macht. Im Gegenteil ist Angst ein Betäubungsmittel. Sie macht die Opfer sogar ziemlich langweilig.

Schließlich war Daly an der Reihe. Grimes drückte ihn auf die Knie und beugte sich mit dem Seil in der Hand vor. Daly steckte die Hände in die Höhe, ließ sie aber im letzten Moment wieder fallen.

»Hoch damit!«, bellte Grimes.

Daly lehnte sich zurück und hob die Hände ein wenig, um Grimes näher zu locken.

»Höher!«

Grimes wartete, aber Daly bewegte sich nicht. Fluchend setzte er dazu an, Daly in den Bauch zu treten. Der Detective wich dem Tritt aus, und im nächsten Moment rammte er dem Mann die Schulter in das

Knie des Standbeins. Grimes ahnte, was er vorhatte, und wollte sich an Dalys vorschnellendem Körper festhalten, aber bevor er ihn zu fassen bekam, knickte sein Bein weg. Halt suchend ruderte die Hand mit dem Seil in der Luft, dann fiel Grimes zu Boden.

Daly überlegte kurz, ob er sich auf ihn stürzen und ihm zur Sicherheit einen weiteren Schlag verpassen sollte, aber er hatte Angst, dass er diesem Gegner nicht ebenbürtig war. Also entschied er sich für Flucht und rannte mit gesenktem Kopf in Deckung. Im nächsten Moment stürzte er sich in das schützende Dunkel einer Hecke. Ein Dornenschauer zerkratzte ihm Gesicht und Hände.

Am Boden weiterkriechend schien es ihm, als habe er den gesamten Monat im Schatten von Schlehdorn und Weißdorn verbracht. Er war immer nur hin und her gerannt, ohne viel zu bewirken, außer vielleicht den harten Winterboden noch härter zu stampfen. Hinter ihm schwang der Strahl von Grimes' Taschenlampe von links nach rechts.

»Wenn Sie nicht zurückkommen, erschieße ich den Jungen«, drohte Grimes.

Daly verlor etwas Zeit, als er sich orientierte und nach der Lücke suchte, die vor Monaten in die Hecke geschnitten worden war. Das Loch, durch das den ganzen Winter über Geister und Hughes' dunkler Wind geweht waren. Ein Krachen erinnerte ihn an Grimes' Anwesenheit. Er robbte tiefer in die Hecke, voller Furcht, dass jeder Augenblick sein letzter sein könnte.

Er krabbelte durch einen schlammigen Graben. Selbst wenn er entkam, würde Grimes sehr wahrscheinlich zu dem alten Mann und dem Jungen zurückkehren und beide erschießen. Wegzulaufen war keine Lösung. Er musste einen anderen Ausweg finden, mit dem er auch seine Begleiter retten konnte. Als der Mond hinter den Wolken hervortrat, war der Ruf einer Eule zu hören. Jetzt hatte er die Lücke fast erreicht, durch die er einen freien Blick auf die Hintertür des Cottage hatte. Irgendwo in den runzligen Ästen über ihm musste das versteckte Auge lauern, das Hughes' Bewegungen ständig verfolgt hatte.

Er tastete durch Erde und nasses Laub, bis er es fand – einen schweren Metallkasten, wie ein Stück Holz im Wall der Hecke steckend. Er zog daran, und ein Kabel kam aus der Erde. Er hatte den Container für die Akkus und das Verbindungskabel zu der Überwachungskamera gefunden, von der er vermutet hatte, dass sie in den höheren Ästen versteckt war. Wahrscheinlich war die Anlage schon seit Monaten im Einsatz. Die Überwachung wurde von der Special Branch geleistet, die Devine mittels des Pagers benachrichtigt hatte, wenn Hughes sich von seinem Haus entfernte.

Das Kabel ließ sich problemlos vom Akkucontainer trennen. Sofort begann eine Warnlampe auf dem Container zu blinken. Kein Sichtkontakt mehr für die Fernspäher.

Der Wind frischte auf und drückte die Äste zur Seite. Vom schlammigen Boden stieg der Geruch verrottenden Laubs in Dalys Nase. Sorge und Zweifel überkamen ihn. Womöglich hatte er mit dieser Aktion nur erreicht, dass seine letzten Augenblicke mit dem Mörder nicht aufgezeichnet wurden. Er drehte sich um und ging mit erhobenen Händen auf den Strahl der Taschenlampe zu.

Nachdem Grimes Daly gefesselt hatte, zerrte er ihn an die Stelle zurück, wo der alte Mann und der Junge knieten. Jetzt wehrte sich Hughes, der sich wand und zappelte und versuchte, die Fesseln abzustreifen. Mit verzweifeltem Stöhnen stieß er immer wieder mit der Schulter gegen Dermot. Sein Aufbegehren schien nicht das eines Verwirrten oder Berserkers zu sein, sondern unbedingter und hartnäckiger, wenngleich blinder Widerstand. Vielleicht hatte ihn diese Weigerung aufzugeben auch durch die turbulenten Ereignisse der letzten Wochen getragen. Neben Hughes kniete der Junge mit gesenktem Kopf, als wäre er der Bug eines Schiffs, das sich durch das Heckwasser des von dem alten Mann entfachten Wahnsinns kämpfte. Es schien all seine Kraft zu erfordern, nicht umzukippen.

Daly schien nicht recht in diese Schlussszene zu gehören. Der alte Mann und der Junge konnten gut Vater und Sohn sein, so wie ihre kauernden Silhouetten im Mondlicht verschmolzen. Daly kniete etwas entfernt von ihnen und wartete, dass die Stille der Welt um sie herum von einem Schuss zerrissen wurde.

»Dann haben Sie also Devine ermordet«, sagte Daly, um noch einmal auf Zeit zu spielen.

»Bitte«, sagte Grimes. »Mord ist ein zu hartes Wort. Ich habe einen Mann eliminiert, der unzählige Opfer auf dem Gewissen hatte und dachte, er wäre all seinen Feinden entwischt.«

»Aber er hat eine Botschaft hinterlassen. In einer Todesanzeige.«

Die Geduld, mit der Grimes wartete, die Bedachtsamkeit seiner Bewegungen, während er die letzten Züge seiner Zigarette genoss, waren für Daly kaum zu ertragen. Die Art, wie Grimes ihre Hinrichtung in die Länge zog, verriet, dass er Befriedigung daraus zog, nie übereilt zu handeln.

Hughes' Atem rasselte wie der eines Stiers kurz vor dem Tod: ein scharfes, raues Brüllen beim Einatmen, beim Ausatmen. Der alte Mann hatte den Widerstand aufgegeben. Er war erschöpft.

Als Schüsse erklangen, kamen sie allerdings aus größerer Entfernung, als Daly erwartet hatte. Dann knackte hinter ihnen ein trockener Ast. Daly drehte sich um und sah, wie Grimes zu Boden stürzte, im Rücken die Eintrittslöcher von mehreren großkalibrigen Kugeln. Daly sackte zu Boden und schloss die Augen.

Als er sie wieder öffnete, sah er zwei schwer atmende Soldaten mit Nachtsichtgeräten, die Gewehre in den Armen hielten und auf ihn herabblickten. Zwei weitere Soldaten halfen Hughes und Dermot auf die Beine.

Einer von ihnen stellte sich Daly als Captain Shane Kerr vor, Kommandeur einer Einheit des Special Air

Service, die in einem unbewohnten Cottage in der Nähe stationiert gewesen war. Ihr Auftrag lautete, Hughes aufzugreifen, falls er sich noch einmal dem Haus näherte. Sie hatten die auf das Cottage gerichtete Kamera überwacht, als der Alarm auslöste und sie informierte, dass sich jemand an dem Gerät zu schaffen machte.

»Warum hat das so lang gedauert?«, fragte Daly verärgert. Obwohl ihn fror, war seine dreckverschmierte, mit Blättern übersäte Kleidung schweißnass.

»Wir wollten kein Gemetzel veranstalten. Sie sollten lieber froh sein, dass wir nah genug rankamen und unser Ziel ausschalten konnten, ehe er das mit seinen gemacht hat.«

Zwanzig Minuten später kam Inspector Fealty, begleitet von einem Krankenwagen.

»Ich habe schon befürchtet, wir würden den Mörder niemals kriegen«, sagte er mit Blick auf Grimes' Leiche.

Fealtys Gesicht war aschfahl und abgespannt. Sein Blick wanderte zu der Hecke aus Schlehdorn und Weißdorn, in der die Kamera versteckt war.

»Daly, wenn Sie die Kamera beschädigt haben, dann schicken wir Ihnen eine gesalzene Rechnung.«

»Keine Sorge, ich hab sie nur vom Strom genommen. Ich nehme an, sie lief die ganze Zeit, auch in der Nacht, in der Hughes verschwunden ist.«

Fealty nickte feierlich. »Sehr richtig. Betrachten Sie's als unser Babyfon. Die Special Branch weiß immer gerne genau, was los ist.«

»Also wussten Sie noch vor Ankunft der Polizei, dass Hughes entwischt war?«

»Mehr noch. Wir haben sogar nachgeholfen. Ihm seine Hintertür aufgebrochen und einen Heidenschreck eingejagt.«

Daly sah ihn überrascht an.

»Damit haben wir ein vorhandenes Risiko kalkulierbarer gemacht. Hughes konnte jederzeit verschwinden, und wir von der Special Branch mögen es nicht, wenn wir die Lage nicht unter Kontrolle haben. Wir waren zu der Ansicht gekommen, dass Hughes stationär versorgt werden muss. Im Cottage war er zum Problem geworden. Also haben wir die Flucht geplant. Nur so konnten wir Eliza überzeugen, dass ihr Bruder in ihrer Obhut nicht mehr sicher war. Wir meinten, ein oder zwei Nächte ohne ihn wären für sie ein heilsamer Schock, auf den hin sie unserem Vorschlag zustimmen würde.«

»Aber Hughes hat es geschafft, Sie abzuschütteln. Noel Bingham war allerdings kaum der richtige Mann, um Hughes auf den Fersen zu bleiben.«

Gequält verzog Fealty das Gesicht. »Bingham hatte ein Alkoholproblem, aber er war loyal. Man konnte ihm vertrauen. Aber er hat Hughes entwischen lassen. Außerdem hatten wir nicht damit gerechnet, dass sich Dermot Jordan und Hughes anfreunden würden.«

»Sie haben mein Ermittlungsteam ziemlich blöd ausschauen lassen«, sagte Daly bitter. »Sie hätten uns von Anfang an reinen Wein einschenken müssen.«

»Ist doch gut ausgegangen für Sie. Hughes ist wieder da, und Devines Mörder ist gefasst. Damit ist der Fall erfolgreich abgeschlossen.«

»Aber der Mord an Noel Bingham ist nicht aufgeklärt.«

»Wie ich schon mal gesagt habe, war Binghams Tod ein scheußlicher Unfall. Nicht mehr und nicht weniger. Genau das ist Ihr Problem, Daly: Sie denken zu viel.«

»Anders als die Schreibtischhengste von der Special Branch.«

»Da haben Sie recht«, sagte Fealty mit einem überraschenden Grinsen. Euphorisiert von dem Erfolg, verlor er die Scheu. »Zu viel denken kann verdammt gefährlich sein.«

»Also, wer hat Grimes angeheuert, um Devine zu töten?«

Fealty zuckte mit den Achseln. »Eine republikanische Splittergruppe? Wer weiß. Wir haben die Operation erfolgreich abgeschlossen, weil wir den Mann gefunden haben, der Devine umgebracht hat. Die Medien wollen den Namen eines Killers, genau wie die Öffentlichkeit. Alles andere ist Spekulation. Das jedenfalls ist die offizielle Linie.«

»Wovor haben Sie Angst? Diejenigen zu beunruhigen, die Devines Tod gewollt haben?« Daly vermutete, dass jemand in einer sehr hohen Position geschützt werden sollte.

»Machen Sie die Angelegenheit nicht unnötig kompliziert, Inspector«, warnte Fealty.

»Es sind aber noch etliche Punkte zu klären. Zum Beispiel, ob Oliver Jordan ermordet wurde, um einen hochrangigen Maulwurf innerhalb der IRA zu schützen.«

»Für alle weiteren Fragen müssen Sie Sweeney im Leichenhaus besuchen und mit ihm reden«, sagte Fealty. Er tat so, als wäre Dalys beharrliche Suche nach der Wahrheit ein Störfaktor, der irgendwann auf natürliche Weise ausgeschaltet wäre.

»Kapieren Sie's denn nicht, Daly? Das ist immer das Problem bei Ermittlungen, die in die Vergangenheit führen. Hinter jeder schockierenden Enthüllung versteckt sich eine neue Verschwörungstheorie. Wenn wir so weitermachen, jagen wir am Ende einen unendlich geheimen und allmächtigen Schurken, den wir nie erwischen können, weil er in uns selbst steckt. Vielleicht wär's Zeit, dass Sie sich mit einem gewissen Maß an Ungewissheiten im Leben abfinden.«

Damit drehte sich der Special Branch Inspector um und ging. Vorher hatte er noch ein schiefes Gesicht gemacht, das ein Zeichen neuerlicher Anspannung oder auch ein Grinsen gewesen sein konnte.

Sanitäter bemühten sich um Dermot Jordan und David Hughes. Doch der alte Mann wehrte sich gegen die Hilfe und wollte nicht in den Krankenwagen gehoben werden. Noch immer rang er um seine Unabhängigkeit.

»Ich will nirgendwohin«, sagte er. »Ich muss nachdenken.«

Für Daly waren sie alle noch immer in einem Netz aus Dunkelheit gefangen, in dem es zu wenig Platz zum Nachdenken gab. Jeder in diesem Land war in gewisser Weise in dieses Netz verstrickt, jeder, der auf die Demokratie baute und auf Frieden hoffte. Er versuchte sich vorzustellen, wie es enden würde. Ging es zurück zu den Bomben und Schießereien, den konfessionellen Morden und Racheakten, oder waren sie unterwegs in eine strahlende Zukunft mit Wohlstand und Versöhnung? Er wusste es nicht. Ihm blieb nur eine vage Hoffnung, als er sah, wie Dermot und Hughes sich gegenseitig stützten, während sie in den Krankenwagen stiegen und das Blaulicht über ihre müden Gesichter strich.

Daly stand auf. Die Kraft dafür, sich zu erheben, schien er daraus zu ziehen, dass er zwischen Gut und Böse unterschieden hatte, obwohl das bedeuten konnte, dass sein Verstand nie wirklich Ruhe fand.

Danksagung

Ich danke meinem Agenten Paul Feldstein für die freundliche Unterstützung und die Umsicht, mit der er mich vor den physischen und psychischen Folgen der Veröffentlichung eines Buchs beschützt; Eileen und Kevin dafür, dass sie ihren eigenen Kompass einrichten und mir dann die richtige Richtung weisen; meinem alten Freund Phelim Cavlan für den unerschütterlichen Zuspruch und die vielen Zusatzschichten, die er bei diversen Pints Guinness für mich eingelegt hat; Paul und Kerri, Rhoda und Garry, Nuala und Gerald, Jim und Rosemary sowie Charlotte und Martin für ihre nicht mit Geld aufzuwiegende Unterstützung; meinen Kindern Lucy, Aine, Olivia und Brendan dafür, dass sie immer einen Grund zum Lachen finden und mir beweisen, dass Schlafmangel auch Vorteile haben kann (die langen Nachtstunden mit euch haben dem Buch geholfen, gedanklich Gestalt zu gewinnen); und Frank O'Connor, der sich meine Geschichten angehört hat und mir genauso viele zurückgegeben hat. Schließlich danke ich Clare – das geheime Herz des Buchs gehört dir.

»Nature Writing – mit Leichen«

Ein Nachwort von Ulrich Noller

Wie wird man eigentlich zum Kriminalschriftsteller? Interesse am Zusammenhang von Gesellschaft und Verbrechen, Spannung und Unterhaltung, Lust am Rätsel und an Geheimnissen – vielfältige Antworten auf diese Frage sind denkbar und die meisten davon in Variationen auch oft gesagt. Anthony J. Quinn hat eine etwas ungewöhnlichere Geschichte zu bieten: Er kam über die Natur zum Krimi. Landschaft ist alles für ihn, sagt er. 40.000 Worte über den Lough Neagh brauchte Quinn, bis er realisierte, dass kein Verlag einen Landschaftsroman über das Gewässer um die Ecke publizieren würde. Mag sein Anblick auch noch so beeindruckend sein. Also habe er seinen ersten Protagonisten in Kapitel Eins ums Leben gebracht und den zweiten zu einem Ermittler gemacht. Der Krimiautor war am Start: Nature Writing mit Leichen.

Egal, ob das nun die tatsächliche Geschichte ist oder einfach nur eine gut erfundene, wahr ist sie auf jeden Fall: Selten hat man Genreliteratur gelesen, in der die Landschaften, die Flora und Fauna, das Wetter, die Erde, das Wasser, die Natur also, eine so zentrale und bedeutende Rolle gespielt hätte wie in »Auslöschung«, dem ersten Celsius Daly-Band. Und die Natur ist hier nicht bloß Ausstattung und Staffage, ein Mittel, um Stimmungen und Atmosphäre zu transportieren. Sie ist ein alles entscheidender Faktor: von der Jagd-Situation des ersten Mordes über viele (mehr oder minder neblige) Stationen der Ermittlung bis hin zu den Verschwundenen, die am Ende möglicherweise aus dem Morast gegraben werden, der sie jahrelang barg. Extrem beeindruckend, auch in der Übersetzung übrigens, wie opulent, vielfältig und lebendig Anthony J. Quinn das blubbernd, zischend, prasselnd, fauchend, dräuend in Szene zu setzen weiß: Nature Writing vom Feinsten, mit oder ohne Leichen.

An dieser Stelle eine Einladung zu einer kleinen Zeitreise: »Disappeared« ist im Original im Jahr 2012 erschienen, man darf annehmen, dass der Text 2010/2011 entstand. Also gut zehn Jahre nach dem Karfreitagsabkommen, das den Nordirlandkonflikt mehr oder minder befriedete – und gleichzeitig gut zehn Jahre vor dem Brexit, der insbesondere auch die Frage aufwirft, welche Wirkung dieser Austritt Großbritanniens aus der EU an dieser fragilen, lang umkämpften Grenze haben wird: Wird das Abkommen halten, mehr oder minder? Oder wird der Konflikt wieder aufbrechen? »Auslöschung« ist ein Roman zur Stunde in dieser Frage, denn seine Geschichte macht deutlich, dass es keine zeitliche Grenze gibt, die einen solchen Konflikt mit einem Abkommen ganz und gar enden ließe, die Prägungen und Wirkungen und die Traumatisierungen wirken und schwelen weiter, Dynamiken wie ein Blubbern im Moor, was mag da nach oben drängen, die Zeit heilt keine Wunden. Dann zumindest nicht, wenn nicht jemand wie Celsius Daly für Aufklärung sorgt. Aber was heißt das schon? Und wer weiß, welche Kräfte jenseits dieses einen Falls von Klärung unbemerkt noch weiterwirken? Das Licht ist trügerisch, der Nebel kann jederzeit wieder aufziehen.

2012 bis 2021: Was alles passiert ist in diesen Jahren! Eine Seuche, die die Welt lahmlegt. Trump – und der neue Nationalismus auch in Europa. Eben, der Brexit. Die Klimakrise und mit ihr, ja, die große Renaissance des Nature Writing. Manchmal dauert es, bis Romane übersetzt werden, manchmal sind sie trotzdem topaktuell. Beziehungsweise: gerade deswegen. Anthony J. Quinn ist mitten in der Zeit und seiner Zeit voraus. Er scheint einen Riecher für Kommendes zu haben. Und jetzt die Lottozahlen!, würde man ihm gern zurufen, wüsste man nicht, mit Celsius Daly, dass es zwar für einen romantischen Moment, nicht aber für den Hauptgewinn reicht, wenn jemand bedauerlicherweise bloß die ersten vier dieser Zahlen träumt. Interessant übrigens auch, bei der Gelegenheit, dass einer der zentralen Charaktere unter einer fortschreitenden Alzheimer-Erkrankung leidet, was für den Plot nicht ganz unerheblich ist – ein dicker Trend im Krimi der letzten

Zeit, 2012 war das sicher nicht zu erahnen, Chapeau Mr. Quinn.

»Einer nach dem anderen verschwanden seine Gedanken, seine Erinnerungen, als würde ein innerer Nebel sie verschlucken. In ihm war nur noch Stille, während er dastand und die feuchte Morgenluft einatmete.« David Hughes irrt durch die Gegend, und er irrt durch sein Bewusstsein. »Es war früher Morgen, und er war auf einer Straße, die er schon sein Leben lang kannte. Doch jetzt war er am Ende seiner selbst angekommen. An dem Punkt, an dem der Rest der Welt kippt und ins Vergessen gerät.« Die Krankheit hat sich längst in sein Wesen geschlichen, hat sein Hirn vernebelt, wie die Landschaft, in der er mit diesen Symptomen gegen Ende seines Lebens nicht mehr zu Hause sein kann. »Sein Verstand glich einem Haus, in das mehrmals eingebrochen und aus dem immer mehr Erinnerung gestohlen worden war. Es waren völlig unvorhersehbare, brutale Übergriffe. Einige seiner wichtigsten persönlichen Besitztümer waren verschwunden, Schubladen ausgeräubert, Möbel umgekippt und zerschlagen, während andere Dinge seltsamerweise gänzlich unberührt geblieben waren.« Was für starke Bilder! Und zugleich dann Szenen wie die am See, in der Hughes und sein »Besucher« auf Fealty treffen, der sie töten will, aber im wabernden Weiß kein Ziel ausmachen kann, eine der einprägsamsten Sequenzen des Buches – auch, weil es seine Essenz enthält: Die Unklarheit, das Fragwürdige, das Vielschichtige, das Unbewusste als Gegenpart zur Vereindeutigung, die immer willkürlich ist. Grenzen? Ein Konstrukt, gibt es nicht. Nicht in der Natur, die natürlich auch den Menschen ausmacht. Nur eine Vereindeutigung ist legitim: Die der Klärung, die der Ermittlung also. Und selbst sie lässt am Schluss, wenn der Vorhang schließt, allzu viele Fragen offen.

»Auslöschung« ist ein Roman über den Konflikt der irisch-irischen Grenze, mit Blick auf die Spuren in den Leben der Menschen in der Gegend, so viel ist immerhin klar. Oder doch nicht? Anthony J. Quinn vollbringt das Kunststück, den Begriff »Grenze« in seinem Roman über diese Grenze im Prinzip nicht zu verwenden: Nur ein gutes Dutzendmal nutzt er Worte, die »Grenze« enthalten, meist im Sinne von »eingrenzen« oder »Grenze zwischen Tag und Nacht« – »die Grenze«, um die es letztlich bei allem geht, spielt nur sehr beiläufig eine Rolle, die Geschichte fokussiert sich ausschließlich auf die Wirkungen ihrer Grenzziehung. Das ist natürlich ein Statement und steht für sich. Es weist in seinen Assoziationsspielräumen aber auch über das Kernthema des Nordirlandkonflikts hinaus. Denn auch das ist uns in den letzten Jahren ja allzu deutlich vor Augen geführt worden, im Grunde genommen weltweit: Welche Bedeutung solche Grenzen und Grenzziehungen haben und welche Willkür für Menschen diesseits oder jenseits dieser Grenzen einher geht; das reicht von den Folgen der Grenzsetzungen am Ende der

Kolonialzeit, die bis heute allerorten Politik bestimmen, bis hin zu Migranten, die auf der Suche nach einem besseren Leben in den Weltmeeren ertrinken. Grenze – das ist eine Frage von Leben und Tod, häufig in großartigen Landschaften übrigens, Anthony J. Quinn erzählt eine Geschichte auch dazu.

Eine fantastische Landschaft, darin eine Grenze. Menschen, die meisten unauffällig und älter, sie tragen den Grenzkonflikt in sich, Schuld und Verantwortung. Die Literatur erzählt ihre Geschichten, sie erledigt das, woran der Journalismus scheitert, jenseits der Stereotypen also. Die Zeit heilt keine Wunden, der Konflikt schwelt weiter, auch in der Hinsicht sind Grenzen eine Illusion. Im Zentrum ein Junge, für ihn wenigstens gibt es ein wenig Hoffnung; dann zumindest, wenn er Antworten bekommt. Sofern er überlebt. Der Junge will nur wissen, wo sein Vater begraben ist, mehr nicht. Der Vater, der nie da war, den die Grenzlandschaft schluckte. Der Junge wühlt alles wieder auf. Schuld und Verantwortung – und Verbrechen. Wie ließe sich davon erzählen, wenn nicht mit den Mitteln der Kriminalliteratur? Noir Nature Writing also – mit Toten und mit Überlebenden.

Neue Bücher

und

Gesamtverzeichnis

Coverfoto © MaciejBledowski/Adobe Stock

Pascal Dessaint

Verlorener Horizont

Zwischen Gravelines und Calais stranden drei Menschen am Rand der Gesellschaft. Lucille, eine junge Lehrerin, die aus dem französischen Bildungssystem ausgeschieden ist, um sich den Migranten im Dschungel von Calais zu widmen, ist seit dessen Demontage desillusioniert. Auf der Suche nach einer „Bleibe“ gelangt sie auf das Land eines einsamen Wolfs namens Anatole, der von einer mythischen Jagd träumt und Wohnwagen vermietet. Er sieht Filme von Jean Gabin und sammelt Rabattcoupons. Seine Stunden verbringt er damit, hölzerne Vögel zu basteln, die er als Lockvögel verwendet. Er fängt aber nie viel, das Träumen reicht ihm. Zwischen der jungen Frau und dem alten Mann entwickelt sich eine seltsame Beziehung, die durch Loïk gestört wird. Einem unberechenbaren, zu allem entschlossenen Mann, der nicht immer auf der richtigen Seite des Gesetzes gestanden hat. Er quartiert sich in der ehemaligen Pommesbude von Anatole ein. Impulsiv. Nur sich selbst verpflichtet. Alle drei verweigern sich den Konventionen. Sie verabscheuen die strengen Regeln einer auf Normen geschraubten Gesellschaft. Ein Dreiecksverhältnis entspinnt sich, das bald schon ein Drama heraufbeschwört.

Aus dem Französischen von Ronald Voullié / Beate Braumann
Mit einem Nachwort von Ute Cohen
ca. 220 Seiten, Gebunden mit Schutzumschlag
ISBN 978-3-948392-32-1 | EUR (D) 22,00 / EUR (A) 22,70
Erscheinungstermin: Juli 2021

Ken Bruen

Saubermann

Coverfoto © alexkoral / Adobe Stock

In Ken Bruens beinharter Reihe um den Inspector Brant treten zwei zähe, alternde Polizisten gegen Londons Schläger, Mörder und Gangster an.

Mit zweiundsechzig Jahren ist Chief Inspector Roberts fast zu alt, um Polizist zu sein, aber er gleicht sein Alter mit einer Wildheit aus, mit der die jüngeren Detectives nicht mithalten können. Nach vier Jahrzehnten im Einsatz hat er eine Tochter, die ihn hasst, eine Frau, die ihn betrügt, und ein Bankkonto, das jedes Jahr leerer wird. Aber in Londons dunklen Straßen ist Roberts eine Kraft, mit der man rechnen muss. Mit seinem Partner, dem fröhlich brutalen Detective Sergeant Brant, sucht Roberts nach dem Traum eines jeden Polizisten: dem „White Arrest" – der sauberen Verhaftung – einem hochkarätigen Erfolg, der all ihre vergangenen Misserfolge wettmacht.

In „A White Arrest" ist ihr Zielobjekt ein Schlagholz schwingender Wahnsinniger, der Drogendealer umbringt. Und ein weiterer Mörder irrt durch London. Jemand hat es auf Englands Cricket-Team abgesehen. Ken Bruens Reihe um Brant ist ein unvergessliches Noir-Porträt von Londons schäbiger Unterwelt.

Aus dem Englischen von Karen Witthuhn
Mit einem Nachwort von Alf Mayer
224 Seiten, Klappenbroschur
ISBN 978-3-948392-28-4 | EUR (D) 14,00 / EUR (A) 14,50
Erscheinungstermin: August 2021

Franck Bouysse
Rauer Himmel

Coverfoto © Matthias/Adobe Stock

Les Doges, ein Ort in den Cévennen. Hier lebt Gus auf dem von seiner Familie geerbten Bauernhof. Seine Tage bestehen aus den Feldern, den Kühen, dem Holz, den Reparaturen. Harte Arbeit, die sich je nach Wetterbedingung ändert. Sein einziger Trost ist sein Hund Mars. Nach und nach tauchen wir in die Stille ein, den Wind, die große Kälte und die verschneite Weite. Von Zeit zu Zeit helfen sich Gus und sein Nachbar Abel beim Ernten, Kalben, leihen sich gegenseitig die fehlende Ausrüstung und beenden den Tag mit ein paar Gläsern Rotwein aus dem Fass. Sie sind wortkarg, keine Freunde.
An einem schneereichen Tag im Januar 2006 hört Gus Schüsse und Schreie von Abels Seite. Er findet Spuren von Blut im Schnee. Auch die Ankündigung von Abbé Pierres Tod ruft in dem streng protestantischen Leben Verunsicherung hervor. Plötzlich tauchen alte familiäre Spannungen zwischen den beiden Nachbarn auf. In einer Landschaft völliger Abgeschiedenheit, die ihre Geheimnisse lieber in Schweigen hüllt.

Sélection du Prix Polar SNCF

„Zwei bäuerliche Einsamkeiten. Familiengeheimnisse wie eine Zeitbombe. Die Cevennen, üppig und streng. Er schafft eine Welt aus dem Nichts.“

Alain Léauthier, Marianne

Aus dem Französischen von Christiane Kayser
Mit einem Nachwort von Alf Mayer
ca. 220 Seiten, Gebunden mit Schutzumschlag
ISBN 978-3-948392-38-3 | EUR (D) 22,00 / EUR (A) 22,70
Erscheinungstermin: September 2021

Felicity MacLean
Cordie

Coverfoto © Eawpixel.com / Adobe Stock

Tikka Molloy war in diesem langen, heißen Sommer von 1992 elf Jahre und zwei Monate alt und wuchs in einem abgelegenen Vorort in Australien auf, der von eindringendem Buschland umgeben war. In diesem heißesten Sommer seit Gedenken verschwanden die Van Apfel-Schwestern – Hannah, die schöne Cordelia und Ruth – auf mysteriöse Weise während eines Showstopper-Konzerts der Schule im Amphitheater am Fluss. Sind sie weggelaufen? Wurden sie entführt?
Während die Suche nach den Schwestern die kleine Gemeinschaft vereint, wurde das Geheimnis ihres Verschwindens nie gelöst. Jetzt, Jahre später, ist Tikka nach Hause zurückgekehrt und versucht, dieses seltsame Ereignis zu verstehen. Den Sommer, der sie geprägt hat. Die Mädchen, die sie nie vergessen hat. "The Van Apfel Girls are Gone" (OT) ist brillant beobachtet, dornig, scharf, lustig und unerwartet liebenswert. Das Buch ist teils ein Mysterium, teils eine Coming-of-Age-Geschichte mit einer dunkel schimmernden, ungeklärten Abwesenheit im Herzen.

„Wie entkommst du deiner Kindheit? Dieses zwingende Geheimnis von Felicity McLean hat eine seltene Tiefe von psychologischer und emotionaler Wahrheit. Es wird Ihr Herz beschäftigen."

Delia Ephron, New York Times Bestsellerautorin von Siracusa

Aus dem Englischen von Kathrin Bielfeldt und Jürgen Bürger
Mit einem Nachwort von Sonja Hartl
ca. 350 Seiten, Klappenbroschur
ISBN 978-3-948392-34-5 | EUR (D) 15,00 / EUR (A) 15,50
Erscheinungstermin: Oktober 2021

Jake Hinkson

Verdorrtes Land

Coverfoto © Wirestock / Adobe Stock

„Dry County" (OT) ist die dunkle Vision amerikanischer Religion und Politik und das Porträt eines Mannes, der bereit ist, alles zu tun, um an der Macht festzuhalten – einschließlich Mord. Richard Weatherford ist ein erfolgreicher Kleinstadtprediger in den Ozarks von Arkansas. Stolzer Ehemann und Vater von fünf Kindern. Er hat hart gearbeitet, um seine treue Herde mit Predigten und Öffentlichkeitsarbeit zu vergrößern. Aber während Weatherford ein Mann mit Einfluss und Macht ist – und eine große Kraft in der lokalen Politik – ist er auch ein Mann mit Geheimnissen. Im Vorfeld der Präsidentschaftswahlen 2016 ist Weatherfords Welt bedroht, als er von einem ehemaligen Liebhaber erpresst wird. Das Geld aufzubringen ist eine fast unmögliche Leistung, besonders an einem Osterwochenende, wenn alle Augen auf ihn gerichtet sind. Also muss sich Weatherford in einem verzweifelten Versuch, seine Welt vor dem Zerfall zu bewahren, in die dunkelsten Ecken der kleinen Stadt gehen.

„Verdorrtes Land" erkundet ein geteiltes Land und eine rissige Fassade aus den wechselnden Perspektiven von Weatherford, seiner Frau, seinem Geliebten und anderen Stadtbewohnern und erzählt eindringlich, wie weit einige gehen, um alles zu behalten, was sie wissen – und um den Schein zu wahren.

Aus dem Amerikanischen von Jürgen Bürger
Mit einem Nachwort von Peter Grosser
ca. 280 Seiten, Klappenbroschur
ISBN 978-3-948392-36-9 | EUR (D) 15,00 / EUR (A) 15,50
Erscheinungstermin: Oktober 2021

Attica Locke

Black Water Rising

Coverfoto © Mauro Rodrigues / Adobe Stock

Texas 1981, Ronald Reagan ist Präsident, Jay Porter ein erfolgloser Anwalt mit einer Strip-Mall-Kanzlei. Entschlossen, den Geburtstag seiner schwangeren Frau Bernie unvergesslich zu machen, mietet er einen Kahn an und nimmt sie mit auf eine Mondscheinfahrt. Plötzlich hören sie Schreie, Schüsse, sehen wie ein Körper aufs Wasser trifft. Porter eilt zu Hilfe und rettet eine verängstigte Frau aus dem Bayou. In seiner Jugend war er ein Black-Power-Aktivist. Er ist nur knapp einer Inhaftierung anlässlich einer erfundenen Anklage wegen Verschwörung zum Mord entgangen. Er fährt die Frau zur nächsten Polizeistation und setzt sie vor der Tür ab. Als Jay erfährt, dass in jener Nacht ein Mann in der Nähe des Bayou getötet wurde, fühlt er sich gezwungen, tiefer zu graben und kommt in Kontakt mit den korrupten Praktiken der Ölindustrie. Houstons schwarze Hafenarbeiter drohen zu streiken, und Jays Schwiegervater, ein einflussreicher Geistlicher, bittet ihn, einen jungen Mann vor Gericht zu vertreten, der behauptet, von einem Hafenbeamten zusammengeschlagen worden zu sein.

„Locke schreibt mit einer ernsten, aufwühlenden, moralischen Dringlichkeit, die der von George Pelecanos oder Dennis Lehane ähnelt."

The New York Times

Aus dem Amerikanischen von Andrea Stumpf und Gabriele Werbeck
Mit einem Nachwort von Peter Henning
ca. 450 Seiten, Gebunden mit Schutzumschlag
ISBN 978-3-948392-40-6 | EUR (D) 24,00 / EUR (A) 24,70
Erscheinungstermin: November 2021

Coverfoto © JTATODD / Adobe Stock

Anthony J. Quinn

Auslöschung

„Auslöschung“ ist der erste Band der Reihe um den nordirischen Polizeiinspektor Celcius Daly aus Belfast. Celcius ist mit dem Verschwinden eines alten Mannes befasst. Der pensionierte Agent einer Spezialabteilung, David Hughes, wurde, bevor er verschwand, von Geistern heimgesucht. Die Irrfahrten eines alten Mannes, der an Demenz erkrankt ist, oder etwas Unheimlicheres? Ein ehemaliger Geheimdienstoffizier wird zu Tode gefoltert. Aber warum wurde sein Nachruf vor seinem Tod in der Lokalzeitung abgedruckt? Zur gleichen Zeit sucht ein Sohn das lange verlorene Grab seines Vaters Oliver Jordan, der vor Jahrzehnten verschwunden ist und in dessen Verschwinden die IRA verwickelt war.

Ein eiskalter Mörder schleicht um den Stadtrand von Belfast. Auf wessen Geheiß jagt er seine Ziele? Verrat, Geheimnisse und Lügen.

Obwohl nun die Bomben Belfast nicht mehr erschüttern, geht der Kampf für einige weiter. Wie Inspektor Celcius Daly feststellen wird, ist die Vergangenheit in Nordirland niemals tot. Unter der trügerischen Ruhe Nordirlands droht uralter Neid das Land erneut zu zerreißen.

„Quinns Bücher zeigen die Gleichgültigkeit, die wie ein dichter Nebel über den nordirischen Gemeinden in diesen Tagen nach dem Friedensprozess hängt …“

Irish Examiner

Aus dem Englischen von Sven Koch
Mit einem Nachwort von Ulrich Noller
424 Seiten, Klappenbroschur
ISBN 978-3-948392-26-0 | EUR (D) 14,00 / EUR (A) 14,60
Erscheinungstermin: Juni 2021

Jon Bassoff
Factory Town

Russell Carver, ein rätselhafter und gebrochener Mann auf der Suche nach einem verschwundenen jungen Mädchen, ist nach Factory Town gekommen, einem postindustriellen Ödland aus verlassenen Gebäuden, zerbröckelndem Asphalt, tödlichen Charakteren, verborgenen Geheimnissen und unaussprechlicher Verderbtheit. Russell wandert immer tiefer in die gefährlichen, traumhaften und dunkel mysteriösen Labyrinthe der Stadt und stößt auf Hinweise, die ihn nicht nur dem vermissten Mädchen, sondern auch seiner eigenen unruhigen Vergangenheit näher bringen.

Aus dem Amerikanischen von Sven Koch
Klappenbroschur, 256 Seiten,
März 2021, ISBN 978-3-948392-22-2
EUR (D) 14,00 / EUR (A) 14,60

Taylor Brown
Maybelline

Rory Docherty ist nach Hause auf den Berg seiner Kindheit zurückgekehrt – eine neblige Wildnis, die ihre Geheimnisse verbirgt und sich von der Außenwelt abschottet. Von einem Holzbein gebremst und von Erinnerungen an den Koreakrieg heimgesucht, schmuggelt Rory im Hochland von North Carolina der 1950er Jahre, in einem nachgerüsteten 40er Ford-Coupé, Whisky für einen mächtigen Berg-Clan. Zwischen Lieferungen an Raststätten, Bordelle und Privatkunden lebt er bei seiner Großmutter, entzieht sich Bundesagenten und schürt den Zorn eines Rivalen.

Aus dem Amerikanischen von Susanna Mende
Klappenbroschur, 416 Seiten
Feb. 2021, ISBN 978-3-948392-18-5
EUR (D) 14,00 / EUR (A) 14,60

Doug Johnstone
Der Bruch

Übersetzt von
Jürgen Bürger
312 Seiten, Jan. 2021,
EUR (D) 20,00 / (A) 20,50
ISBN 978-3-948392-20-8
Gebunden mit Schutzumschlag

In einem heruntergekommenen Hochhaus lebt der siebzehnjährige Tyler mit seiner alkohol- und drogensüchtigen Mutter. Von seinem aggressiven und psychopathischen Stiefbruder Barry gezwungen, die Häuser reicher Leute in Edinburgh auszurauben, versucht er, seine kleine Schwester Bean zu schützen. Bei einem Job ersticht sein Stiefbruder die Frau des Oberhaupts einer Gang. Tylers Situation ist ziemlich auswegslos.

Marcello Fois
Abschiede

Übersetzt von
Monika Lustig
504 Seiten, Apr. 2020,
EUR (D) 14,00 / (A) 14,60
ISBN 978-3-945133-97-2
Klappenbroschur

Als Kommissar Striggio an den Fall des kleinen Michele gerät, der auf einem Rastplatz spurlos aus dem Auto der Eltern verschwunden ist, durchlebt er privat eine schwierige Phase. Leo, seine Liebe, will, dass er endlich aufhört, ihre Beziehung zu verheimlichen, vor allem gegenüber seinem Vater. Das Verschwinden Micheles, einem ganz „speziellen“ Jungen, bringt schließlich alles zum Explodieren.

Valentine Imhof
Aus lauter Zorn

Übersetzt von
Ronald Voullié und
Beate Braumann
320 Seiten, Nov. 2020,
EUR (D)22,00 / (A) 22,50
ISBN 978-3-948392-06-2
Gebunden mit Schutzumschlag

Alexis Fjærsten, Freelancer und Musikjournalistin, tätowiert, zieht von Festival zu Festival. In Louisiana ist sie Opfer eines Gewaltverbrechens geworden und hat schwerstverletzt überlebt. Traumatisiert von dem Geschehen, fühlt sie sich in ihren Innersten erniedrigt und gedemütigt. Sexuelle Begegnungen bringen das Trauma zum Ausbruch.

Valentine Imhof verstört in ihrem Debüt mit einer poetischen und brutalen Geschichte.

Mike Knowles
Tin Men

Übersetzt von
Karen Witthuhn
344 Seiten, Okt. 2020,
ISBN 978-3-948392-14-7
EUR (D) 14,00 / (A) 14,60
Klappenbroschur

Canada Council for the Arts | Conseil des arts du Canada

Drei kriminelle Bullen jagen einen Mörder. Woody war gerade dabei high zu werden, als das Telefon klingelte. Dennis hatte ein Date, eins für das er bezahlt hatte. Os hatte Blut an den Händen von einer kleinen Strafvollstreckung. Detective Julie Owen wurde brutal getötet und ihr ungeborene Kind ist nirgends zu finden. Alle drei pflegten eine enge Beziehung zu Julie. Jeder hat seine Gründe den Täter zu finden.

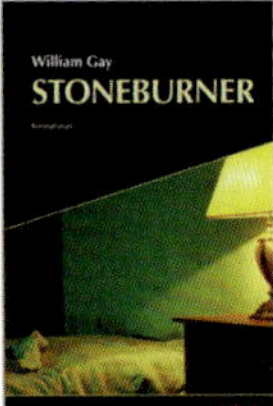

William Gay
Stoneburner

Übersetzt von
Sven Koch
392 Seiten, Aug. 2020,
EUR (D) 14,00 / (A) 14,60
ISBN 978-3-948392-12-3
Klappenbroschur

Stoneburner ist eine hard-boiled Detektivgeschichte, wie sie nur William Gay schreiben konnte. Sie spielt Mitte der 1970er Jahre und erzählt die Geschichte des abgestumpften Privatdetektivs Stoneburner, Thibodeaux, einem Redneck Vietnam-Veteranen, Cathy Meecham, einer jungen Blondine und Cap Holder, dem Ex-Sheriff. Holder beauftragt Stoneburner, nach Cathy und einem Geldkoffer zu suchen.

James Anderson
Lullaby Road

Übersetzt von
Harriet Fricke
374 Seiten, Juli 2020,
EUR (D) 22,00 / (A) 22,50
ISBN 978-3-948392-10-9
Gebunden mit Schutzumschlag

Der Truck-Fahrer Ben Jones, bekannt aus „Desert Moon", versucht auf der Route 117 einen weiteren Winter mit tückischen Straßen und Schneefall unfallfrei zu überstehen. An einem Truck Stop trifft er auf einen stummen Jungen, der von einem Hund beschützt wird. Auf einem Zettel wird Jones um Hilfe gebeten: „Bitte Ben. Passen Sie auf meinen Sohn auf." Ohne weitere Hinweise nimmt er die beiden mit.

Sam Hawken
Vermisst

Übersetzt von
Karen Witthuhn
400 Seiten, Sep. 2020,
EUR (D) 22,00 / (A) 22,50
ISBN 978-3-948392-02-4
Gebunden mit Schutzumschlag

Jack Searle ist ein amerikanischer Witwer, der seine Stieftöchter allein im texanischen Laredo aufzieht. Er nimmt die Mädchen oft mit zu ihrer mexikanischen Familie über die Grenze nach Nuevo Laredo. Marina überredet ihn, sie möchte allein über die Grenze, um mit ihrer Cousine ein Konzert zu besuchen. Jack sträubt sich, da Nuevo Laredo von Drogenkartellen kontrolliert wird. Sie kommen nicht wieder zurück.

William Boyle
Eine wahre Freundin

Übersetzt von
Andrea Stumpf
368 Seiten, Juni 2020
EUR (D) 22,00 / (A) 22,5
ISBN 978-3-948392-08-
Gebunden mit Schutzumschla

Das Leben ist ein Kampf für Rena seit ihr Mann, ein Brooklyner Gangster, ermorde wurde. Als ihr 80-jähriger Nachbar Enzio einen Annäherungsversuch unternimmt, schlägt sie ihm im Affekt den Kopf ein. Sie verschwindet in seinem 62er Impala in di Bronx, wo ihre Tochter lebt. Als diese Rena die Tür vor der Nase zuschlägt, lädt die Nachbarin Lacey, eine Betrügerin und pensionierter Pornostar, sie in ihr Haus ein.

Nicolas Zeimet
Rückkehr nach Duncan's Creek

Übersetzt von
Ronald Voullié
388 Seiten, Mai 2020,
EUR (D) 22,00 / (A) 22,50
ISBN 978-3-948392-00-0
Gebunden mit Schutzumschlag

Nach einem Anruf seiner Jugendfreundin Sam Baldwin ist Jake Dickinson gezwungen nach Duncan's Creek zurückzukehren. Drei Teenager, die eine feste Freundschaft verband, trennten sich Anfang der 90er Jahre unter dramatischen Umständen. Seitdem haben sie ihre Vergangenheit begraben. Jack tritt eine Reise von Los Angeles in die Berge nach Utah an. Sie wird Hass und alte Freundschaften zurückbringen.

Benjamin Whitmer
Flucht

Übersetzt von
Alf Mayer
408 Seiten, Apr. 2020,
EUR (D) 22,00 / (A) 22,50
ISBN 978-3-945133-93-4
Gebunden mit Schutzumschlag

In Old Lonesome leben die Bewohner vom dortigen Gefängnis. Jugg, der Gefängnisdirektor, ist der heimliche Herrscher der Stadt. Als am Silvesterabend 1968 ein schrecklicher Schneesturm die Stadt trifft, brechen zwölf Insassen aus. Jugg schickt einen Suchtrupp aus, darunter sind Vietnam-Veteranen und zwei Journalisten. Die Gefangenen sollen schnell wieder eingesperrt werden ... tot oder lebendig.

Krimibestenliste Platz 2, Feb. & Mär. 2020

Attica Locke
Heaven, My Home

Übersetzt von
Susanna Mende
322 Seiten, Jan. 2020,
EUR (D)22,00 / (A) 22,50
ISBN 978-3-945133-91-0
Gebunden mit Schutzumschlag

Darrens Matthews Karriere liegt in den Händen seiner Mutter, nachdem sie hinter sein Geheimnis gekommen ist und ihn damit erpresst. Als der neunjährige Levi King, Sohn eines Oberhaupts der Aryan Brotherhood of Texas, verschwindet, wird Matthews nach der Wahl von Donald Trump angewiesen, neben den Ermittlungen auch Beweise gegen die texanische Bruderschaft zu sammeln.

Katherine Faw
Young God

Übersetzt von
Alf Mayer
232 Seiten, Feb. 2020,
ISBN 978-3-945133-95-8
EUR (D) 12,00 / (A) 12,50
Klappenbroschur

Nikki ist die zielstrebigste junge Frau in den Hügeln von North Carolina. Dazu entschlossen, dass keine Versager und Ausgeflippte ihre Zukunft bestimmen. Resolut darin, die Dominanz ihrer Familie im lokalen Drogenhandel zu bewahren. Während der Freund ihrer Mutter ihr nachstellt, fällt diese von einer Klippe und stirbt. Dies schleudert Nikki in eine brutale Unsicherheit.

Alle Bücher sind auch als ebook erhältlich

Ron Corbett
Preisgegeben

Übersetzt von
Sven Koch
400 Seiten, März 2020,
EUR (D) 14,00 / (A) 14,60
ISBN 978-3-948392-04-8
Klappenbroschur

Canada Council for the Arts — Conseil des arts du Canada

Nach einem Blick in eine vermeintlich verlassene Hütte am Ragged Lake, ruft ein junger Holzarbeiter die Polizei von Springfield an. Frank Yakabuski aus Lowerton und zwei regionale Polizeibeamte begeben sich in den hohen Norden Kanadas. Denn in der Hütte wurde eine ganze Familie grausam ermordet. Deren Tod ist nur ein kleiner Vorgeschmack auf weitere schlimme Ereignisse.

Pierre Pouchairet
Unheiliges Land

INSTITUT FRANÇAIS Deutschland

Übersetzt von
Ronald Voullié
403 Seiten, Okt. 2019,
EUR (D) 22,00 / (A) 22,50
ISBN 978-3-945133-87-3
Gebunden mit Schutzumschlag

Dany und Guy ermitteln mit dem Schabak, dem israelischen Inlandsgeheimdienst, wegen des Massakers an einer jüdischen Siedlerfamilie im Westjordanland. Als eine Gruppe junger Palästinenser angeklagt wird, führt Maïssa, eine palästinensische Polizistin, Tochter eines ehemaligen Mitstreiters von Yassir Arafat, eigene Ermittlungen durch. *Pierre Pouchairet zeichnet ein Bild der dortigen politischen und gesellschaftlichen Zustände.*

Anthony J. Quinn
Gestrandet

Übersetzt von
Robert Brack
304 Seiten, Nov. 2019,
EUR (D) 20,00 / (A) 20,60
ISBN 978-3-945133-83-5
Gebunden mit Schutzumschlag

Celcius Daly, ein Northern Irish Police Inspector, kehrt in seinen Heimatort zurück. Die Leiche eines Polizisten wird am Lough Neagh ans Ufer geschwemmt. Niemand weiss, ob es Selbstmord, Mord, oder ein Unfall ist. Als der Tote als Detective Brian Carey der Garda Síochána identifiziert wird, entdeckt Daly, dass Carey gegen einen ehemaligen IRA Sympathisanten ermittelt hat.

Gunnar Staalesen
Todesmörder

Übersetzt von Gabriele Haefs und Nils Schulz,
413 Seiten, Okt. 2019,
ISBN 978-3-945133-89-7
EUR (D) 22,00 / (A) 22,50
Gebunden mit Schutzumschlag

NORLA

Varg Veum trifft eine ehemalige Kollegin vom Jugendamt Bergen. Sie erzählt von Janegutt, dem Jungen, für den sie damals zuständig waren. Er wird wegen Mordes gesucht und ist auf der Flucht. Janegutt verschanzt sich im Wald mit einem Mädchen als Geisel und verlangt, mit Veum zu sprechen. Er fährt hin, überredet den Jungen, sich zu ergeben und muss mitansehen, wie die Polizei ihre Zusagen bricht.

William Boyle
Einsame Zeugin

Übersetzt von
Andrea Stumpf
299 Seiten, Aug. 2019,
EUR (D) 20,00 / (A) 20,60
ISBN 978-3-945133-81-1
Gebunden mit Schutzumschlag

Als eine alte Frau Amy Falconetti anvertraut, dass der Sohn ihrer Pflegerin einfach in ihr Haus eindringt und die Zimmer durchsucht, beschließt Amy, Vincent durch die Nachbarschaft zu folgen. Vor einer Bar trifft er einen Mann und Amy wird Zeugin eines tödlichen Messerstechens. Statt das Verbrechen der Polizei zu melden, steckt sie die Waffe ein, treibt ein gefährliches Katz-und-Maus-Spiel mit dem Mörder.

Kevin Hardcastle
Im Käfig

Übersetzt von
Harriet Fricke
288 Seiten, Juli 2019,
EUR (D) 20,00 / (A) 20,60
ISBN 978-3-945133-85-9
Gebunden mit Schutzumschlag

Canada Council for the Arts
Conseil des arts du Canada

Der frühere Martial-Arts-Kämpfer Daniel lebt als Gelegenheitsarbeiter und Schweißer mit seiner Familie in einem kleinen Ort in Ontario. Weder sein Lohn noch das Gehalt seiner Frau als Krankenschwester reichen zum Leben aus. Deswegen willigt er ein, für einen alten Freund seines Vaters, einen Mohawk-Gangster, zu arbeiten. Diesen Schläger kennt er seit seiner Jugend. Er kehrt zurück in die Welt voller Gewalt.

Estelle Surbranche
Nimm mich mit ins Paradies

Übersetzt von
Cornelia Wend
326 Seiten, Juni 2019,
EUR (D)20,00 / (A) 20,60
ISBN 978-3-945133-75-0
Gebunden mit Schutzumschlag

Kommissarin Gabrielle Levasseur wird mit mehreren Selbstmorden junger Frauen in Toulouse konfrontiert. Alle Toten waren mit dem gleichen smarten, aber perversen und narzisstischen Mann liiert. Um den Mörder festzunehmen, muss Levasseur sich ihrem Misstrauen gegenüber romantischen Beziehungen und Angst vor Verrat stellen. Gleichzeitig macht die serbische Killerin Nathalie Jagd auf sie.

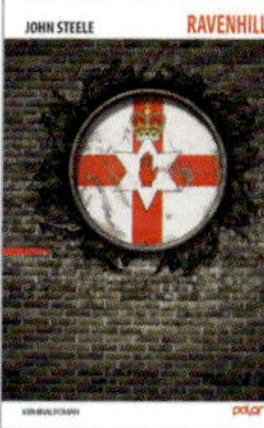

John Steele
Ravenhill

Übersetzt von
Robert Brack
352 Seiten, Mai 2019,
ISBN 978-3-945133-77-4
EUR (D) 20,00 / (A) 20,60
Gebunden mit Schutzumschlag

Tag für Tag saß er hier am Tresen des Videoverleihs und wurde von allen als harter Bursche angesehen. Er war mit Männern zur Schule gegangen, die Verbindungen zu den Loyalisten hatten. Mit Männern also, die solche Anschläge guthießen, von denen gerade im Radio berichtet wurde. Er mied seine Stammkneipe, aber auch in den Lokalen an der unteren Ravenhill Road wurde nach Kerlen gesucht, die für Ulster kämpfen.

Krimibestenliste Platz 10, Jan. 2019

David Joy
Wo alle Lichter enden

Übersetzt von
Sven Koch
256 Seiten, Apr. 2019,
EUR (D) 20,00 / (A) 20,60
ISBN 978-3-945133-79-8
Gebunden mit Schutzumschlag

Charlie McNeely kontrolliert das lukrative Crystal-Meth-Geschäft in seinem Waldgebiet. Die Polizisten stehen auf seiner Gehaltsliste und seine Autogarage dient als Vorwand, um das Drogengeld zu waschen. Selbst er kann nicht verhindern, dass ein Mitarbeiter ihn verrät.
Aus seinem Sohn Jacob will er einen Mann machen. Jacob ist von Selbsthass erfüllt. Der einziger Lichtblick ist Maggie.

Krimibestenliste Platz 1, Jan. & Feb 2019

Attica Locke
Bluebird, Bluebird

Übersetzt von
Susanna Mende
328 Seiten, Jan. 2019,
EUR (D) 20,00 / (A) 20,60
ISBN 978-3-945133-71-2
Gebunden mit Schutzumschlag

„Darren Mathews, ein afroamerikanischer Texas Ranger, fährt auf Drängen eines Freundes im FBI nach Lark. Was zunächst wie ein Hassverbrechen in einer winzigen Stadt in Texas aussieht, entpuppt sich als ein komplizierter Fall. Eines der Opfer ist ein schwarzer Anwalt aus Chicago. Das andere Opfer eine weiße Kellnerin. Beide Leichen werden im nahegelegenen Attoyac Bayou gefunden.

Krimibestenliste Platz 9, Jan. 2019

Cloé Mehdi
Nichts ist verloren

Übersetzt von
Cornelia Wend
312 Seiten, Nov. 2018,
EUR (D) 18,00 / (A) 18,50
ISBN 978-3-945133-53-8
Gebunden mit Schutzumschlag

In einer verrotteten Vorstadt tauchen plötzlich Parolen an den Wänden auf, auf denen Gerechtigkeit für Said gefordert wird. Er ist als Fünfzehnjähriger ums Leben gekommen. Der elfjährige Mattia Lorozzi versucht dahinterzukommen, was geschehen war und trifft auf eine Welt voller Hass, Trauer und Lügen.

In Frankreich wurde Cloé Mehdi für diese Geschichte mit vielen Literaturpreisen gewürdigt.

Jock Serong
Fischzug

Übersetzt von
Robert Brack
304 Seiten, Okt. 2018,
ISBN 978-3-945133-69-9
EUR (D) 18,00 / (A) 18,50
Gebunden mit Schutzumschlag

Jock Serongs „Fischzug“ nimmt uns mit ins australische Victoria, in die düstere Welt des illegalen Fischens und des Drogenhandels. Der Großstadt-Jurist Charlie Jardim trifft in dem Küstenort Dauphin auf das Misstrauen der Einheimischen und steht vor der unmöglichen Aufgabe, ihr Vertrauen gewinnen zu müssen.

Für diesen erstern Kriminalroman bekam Jock Serong 2015 den Ned Kelly Award.

James Anderson
Desert Moon

Übersetzt von
Harriet Fricke
336 Seiten, Sep. 2018,
EUR (D) 18,00 / (A) 18,50
ISBN 978-3-945133-67-5
Gebunden mit Schutzumschlag

Ben Jones ist ein 30-jähriger LKW-Fahrer der seine Kunden auf einer abgelegenen, hundert Meilen langen Strecke in der Wüste Utahs beliefert. Seinem besten Freund, dem alten Walt Butterfield, gehört das Well-Known Desert Diner, das er 1972 nach einer Tragödie schloss.
In dieser abgeschiedenen Welt taucht die mysteriöse Claire auf und wir treffen John, der ein zehn Fuß langes Holzkreuz trägt.

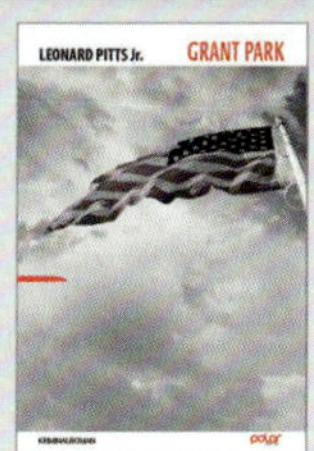

Leonard Pitts Jr.
Grant Park

Übersetzt von
Andrea Stumpf und
Gabriele Werbeck
560 Seiten, Aug. 2018,
EUR (D) 22,00 / (A) 22,70
ISBN 978-3-945133-65-1
Gebunden mit Schutzumschlag

„Grant Park", der dritte Roman des mit dem Pulitzer-Preis ausgezeichneten Miami-Herald-Kolumnisten Leonard Pitts Jr., verknüpft zwei der eindrucksvollsten Ereignisse amerikanischer Geschichte: den Tag von Obamas Wahl zum Präsidenten im Herbst 2008 und den Streik in Memphis, der 1968 zur Ermordung von Martin Luther King führte. In dem Kolumnisten Malcom Toussaint verbinden sich beide Ereignisse.

Krimibestenliste Platz 7, Apr. 2018

Roland Spranger
Tiefenscharf

288 Seiten, Feb. 2018,
EUR (D) 18,00 / (A) 18,50
ISBN 978-3-945133-59-0
Gebunden mit Schutzumschlag

Drogendealer Max mit Nazihintergrund wirft vor einer Polizeikontrolle die Lieferung aus seinem Autofenster, auf der Suche nach dem Crystal Meth irrt er durch den Schnee. Als er einem Flaschensammler begegnet, glaubt er, dass der das Päckchen an sich genommen hat, und lässt seine Wut an ihm aus.
Der Journalist Sascha stellt sich die Frage was der Jounalismus noch wert ist.

Krimibestenliste Platz 4, Mär. 2018

William Boyle
Gravesend

Übersetzt von
Andrea Stumpf
296 Seiten, Jan. 2018,
ISBN 978-3-945133-55-2
EUR (D) 18,00 / (A) 18,50
Gebunden mit Schutzumschlag

Ray Boy Calabrese wird aus dem Gefängnis entlassen. Während seiner Schulzeit hat er einen Jungen wegen seines Schwulseins gequält, ihn mit Freunden geschlagen,so dass Duncan nur die Flucht blieb und er überfahren wurde. Nun kommt Ray Boy Calabrese aus der Haft frei und will nur noch sterben. Duncans Bruder Conway hat Rache geschworen, lernt schießen und trifft nicht.

Klappbroschur 2017 — 2014

Benjamin Whitmer
Im Westen nichts
ISBN 978-3-945133-49-1

Estelle Surbranche
So kam die Nacht
ISBN 978-3-945133-47-7

Ken Bruen
Brant
ISBN 978-3-945133-45-3

Janis Otsiemi
Libreville
ISBN 978-3-945133-43-9

Newton Thornburg
Schwarze Herde
ISBN 978-3-945133-35-4

Jon Bassoff
Zerrüttung
ISBN 978-3-945133-41-5

Benjamin Whitmer
Nach mir die Nacht
ISBN 978-3-945133-37-8

Matthew F. Jones
Ein einziger Schuss
ISBN 978-3-945133-39-2

Nathan Larson
Zero One Dewey
ISBN 978-3-945133-33-0

Ken Bruen
Füchsin
ISBN 978-3-945133-31-6

Sam Hawken
Kojoten
ISBN 978-3-945133-23-1

Gene Kerrigan
In der Sackgasse
ISBN 978-3-945133-27-9

Newton Thornburg
Cutter und Bone
ISBN 978-3-945133-16-3

Ken Bruen
Kaliber
ISBN 978-3-945133-12-5

Gene Kerrigan
Die Wut
ISBN 978-3-945133-06-4

Bill Moody
Der Spion, der Jazz spielte
ISBN 978-3-945133-19-4

Alle Bücher sind auch als ebook erhältlich

Seit Januar 2020 bieten wir Ihnen auch unser Social Media Programm, mit dem wir anhand von zusätzlichen Inhalten wie Podcasts, Interviews mit den Autoren und Autorinnen, Fotoserien und Posts zu den jeweiligen Büchern rund um den Erscheinungstermin aufmerksam machen.

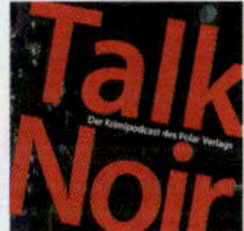

www.polar-verlag.de

Irrtumsvorbehalt
Bei allen Daten, Beschreibungen und Preisen bleiben Änderungen und Irrtümer vorbehalten.

Preisbindung
In Deutschland handelt es sich bei den Angaben in Euro um gebundene Ladenpreise, in Österreich um unverbindliche Preisempfehlungen.

Besuchen Sie unsere Webseite:
www.polar-verlag.de

Polar Verlag | Rippoldsauer Straße 2 | 70372 Stuttgart
Tel. + 49 (0)711/50 55 60 00 | kontakt@polar-verlag.de